探秘"中国之极"

跟随人民日报记者走边关

倪光辉　著

人民日报出版社

图书在版编目(CIP)数据

探秘"中国之极"——跟随人民日报记者走边关 / 倪光辉著 . — 北京：人民日报出版社，2020.7
ISBN 978-7-5115-6455-9

Ⅰ.①探… Ⅱ.①倪… Ⅲ.①新闻报道—作品集—中国—当代 Ⅳ.① I253

中国版本图书馆 CIP 数据核字（2020）第 122337 号

书　　名：	探秘"中国之极"——跟随人民日报记者走边关 TANMI "ZHONGGUO ZHIJI" ——GENSUI RENMINRIBAO JIZHE ZOUBIANGUAN
著　　者：	倪光辉
出 版 人：	刘华新
责任编辑：	林　薇　梁雪云
封面设计：	观止堂_未氓
版式设计：	格律图文
出版发行：	人民日报出版社
社　　址：	北京金台西路2号
邮政编码：	100733
发行热线：	（010）65369509　65369512　65363531　65363528
邮购热线：	（010）65369530　65363527
编辑热线：	（010）65369526
网　　址：	www.peopledailypress.com
经　　销：	新华书店
印　　刷：	北京盛通印刷股份有限公司
开　　本：	710mm×1000mm　1/16
字　　数：	422千字
插　　图：	123幅
印　　张：	27.25
印　　次：	2020年12月第1版　2021年9月第2次印刷
书　　号：	ISBN 978-7-5115-6455-9
定　　价：	60.00元

谨以此书献给共和国的忠诚卫士

清晨4时许,国旗护卫队伴着东方朝霞前往广场举行升国旗仪式。(安晓惠/摄)

"八一"建军节,三角山哨所官兵举行升国旗仪式,激发官兵忠诚戍边的使命担当。(徐嘉宁/摄)

2019年11月21日，帕米尔高原气温降至-20℃，新疆军区红其拉甫边防连执行巡逻任务。图为战士叶斯波力抱着军犬过冰河。（姬文志/摄）

第75集团军某特战旅指挥通信连大学生女兵杨付帆进行穿越火障训练,锤炼过硬的心理素质。(张正举/摄)

阿拉山口边防连位于阿拉套山和巴尔鲁克山的"喇叭口"上，从乌拉尔山南下的冷空气在两座山的阻挡下交会于此。这里每年8级以上大风要刮160多天，最大风力达到12级，最大风速每秒达55米，历史上曾有大风刮翻火车皮的纪录，是闻名全军的"风口连队"之一。在山口巡逻，战士们需要手牵着手，防止被大风吹走。（王宁/摄）

①巡逻官兵在界碑前面向党旗宣誓
②官兵在海拔4733米的红其拉甫达坂执勤
③红其拉甫边防连前哨班官兵踏雪巡逻（姬文志/摄）

歼-15舰载机准备着舰（张凯/摄）

冰冷的湖面成了天文点边防连官兵训练间隙的快乐之地（王宁/摄）

陆军某特战旅指挥通信连大学生女兵从训练场上归来，在强军征途上留下了闪光的青春足迹。（彭希/摄）

高黎贡山位于青藏高原南部,山高坡陡切割深,垂直高差达 4000 米以上,是著名的深大断裂纵谷区,巡逻路异常艰险。图为巡逻官兵携手攀爬高黎贡山的悬崖峭壁。(韦启位/摄)

驻守在南疆重镇和田的新疆生产建设兵团军事部某独立营官兵将教育课堂延伸到沙海老兵村和塔克拉玛干沙漠,重温沙海老兵穿越塔克拉玛干沙漠行军路线。(王宁/摄)

戍守边关,是怎样的体验?

"脚下站立的地方,就是我们的祖国。"

深潜大洋,有着什么感受?

"没有海底浪漫,只有未知凶险。"

我的西太平洋航行日记

走进首个航母"家庭"

探秘"五彩"的南海岛礁

……

在这里,跟随人民日报军事报道记者,

读懂新时代的中国军人

完善国防动员体系,建设强大稳固的现代边海空防。

我们的军队是人民军队,我们的国防是全民国防。我们要加强全民国防教育,巩固军政军民团结,为实现中国梦强军梦凝聚强大力量!

——党的十九大报告

习近平在接见第五次全国边海防工作会议代表时强调

强化忧患意识使命意识大局意识　努力建设强大稳固的现代边海防

本报北京6月27日电 （记者倪光辉）第五次全国边海防工作会议27日在北京开幕。中共中央总书记、国家主席、中央军委主席习近平27日上午接见全体与会代表，并发表重要讲话。他强调，边海防工作是治国安邦的大事，关系国家安全和发展全局。边海防战线的全体同志要强化忧患意识、使命意识、大局意识，勇于作为，敢于担当，努力建设强大稳固的现代边海防。

习近平指出，一提到边海防，就不禁想起了中国近代史。那个时候，中国积贫积弱，处于任人宰割的地步，外敌从我国陆地和海上入侵大大小小数百次，给中华民族造成了深重灾难。这一段屈辱历史，我们要永志不忘。大家要不忘历史、牢记使命，扎扎实实把我国边海防工作搞好。

习近平指出，新中国成立以来，党和国家高度重视边海防工作，边海防战线紧密团结协作，忠诚履行职责，为建设和巩固边海防作出了突出贡献。特别是长期战斗在边海防一线的同志们，钻密林，走大漠，巡荒原，战雪域，踏巨浪，创造了可歌可泣的英雄业绩。这次受到表彰的卫国戍边英模就是其中的杰出代表。对这种艰苦奋斗、牺牲奉献、精忠报国的英勇精神，要结合培育和践行社会主义核心价值观，在全社会大力提倡和发扬，使之成为实现"两个一百年"奋斗目标的强大精神力量。

习近平强调，要坚持把国家主权和安全放在第一位，贯彻总体国家安全观，周密组织边境管控和海上维权行动，坚决维护领土主权和海洋权益，筑牢边海防铜墙铁壁。要坚持军民合力共建边海防，统筹边海防建设和边境沿海地区经济社会发展，巩固军政军民团结和民族团结，发挥军警民联防的特色和优势，坚决维护边疆安全稳定和繁荣发展。要坚持发扬改革创新精神，着力解决制约边海防工作的体制机制问题，加强边海防各项建设，不断增强新形势下防卫管控能力。要坚持狠抓边海防工作落实，国家边海防委员会要发挥好统筹协调作用，各地区各部门各系统要做到守边有责、守边负责、守边尽责，齐心协力把党中央的治边方略和决策部署落到实处。

（摘自《人民日报》2014年6月28日第1版）

军事记者要像战士一样冲锋在前

赵嘉鸣

实现中华民族伟大复兴,是强国梦,也是强军梦。

读《探秘"中国之极"——跟随人民日报记者走边关》书稿,震撼、感动、温暖、自豪一次次涌上心头。

啃干粮,喝雪水,翻达坂,涉冰河,穿行于雪山群岭中的斯姆哈纳边防连,在往返250多公里的巡逻线上整整走了9天,每一步都考验着体能极限。

在水深数千米的海域,潜艇因浮力下降急速下沉,面临主电机舱管道突然破裂、海水喷涌而入的险境,南海舰队某潜艇支队官兵在与浪潮搏击中抢回了时间和生命。

试飞员群体在飞行中不仅要克服一个个技术上的"拦路虎",有时甚至要以生命"试错"。而他们想得最多的是"我们多一分风险,装备就少一分隐患,打赢就多一分胜算"。

…………

昂首挺胸,壮怀激烈,心有大义,坚守坚持。哪有什么岁月静好,只因有人负重前行。40余个军旅故事,让我们近距离触碰中国军人的赤子之情。他们是每天最早把太阳迎进祖国的人,也目送最后一缕落日余晖走出边关;在北国风雪中挺立成一棵棵青松,也在南沙烈日下矗立成古铜色的雕塑;在天安门广场守护着祖国的心脏,也在那些被称为"生命禁区"的地方,用奉献诠释生命的价值。东西南北、边陲界碑,上九天揽胜、下深海探微,中国军人把忠诚和担当写在祖国大地上,用血肉之躯、英勇气魄铸就坚不可摧的东方长城。

探秘"中国之极"

　　这些精彩的军旅故事背后,是人民日报社政治文化部军事采访室主编倪光辉同志坚守军事报道领域十年如一日的初心。近年来,倪光辉同志先后参与抗战胜利70周年、长征胜利80周年、建军90周年、新中国成立70周年阅兵等一系列重大报道。他多次走进边关海防一线,走进偏远艰苦哨所,走进王牌部队,采访军中骄子。从塞北大漠到南沙岛礁,从喀喇昆仑之巅到钓鱼岛海域,从上万米高空到数百米海底,他像军人一样冲锋向前,不怕吃苦,不怕受累,与官兵同吃同住同演练,用满含深情的笔触和镜头记录着新时代最可爱的人,创作出《唱响新时代强军战歌》《这里的战斗静悄悄》《"水下尖刀"锋从何来》等精品佳作,多次受到中央军委和各部队领导的批示和表扬,也得到基层一线部队战士们的喜爱和肯定。

　　"即使倒下,也要保持冲锋的姿态,将头朝着边关的方向。"军事记者是一个承载着光荣与梦想的职业,要有新闻情怀,更要有国防担当。军事报道是拿纸笔战斗的特殊战场,政治性、政策性、专业性都很强。在那些烽火连天、戎马倥偬的岁月里,一批批战地记者用笔和镜头记录下真实的历史图景,构成了一条战场之外的新闻战线。在和平年代,立体展现新时代中国军人精神,聚焦军队建设改革重大问题,书写部队官兵对党和人民的绝对忠诚,更是军事记者理应追求的崇高境界。

　　写作从来不是一件轻松的事情。所谓"涉浅水者见鱼虾,入深水者见蛟龙"。践行"四力",脚力为首。好新闻是"跑"出来的,好记者是"苦"出来的。走出编辑部和书斋,走进火热的现实生活,才能更好地把握国情、军情、民情,真正捕捉有活力的素材、有温度的细节。

　　在行走中,作者记下了这样的经历:"在阿拉山口口岸,刚扣动门锁,记者就被'车门'拽了下来,帽子瞬间被吹飞贴在了东侧墙面,抬头看去,连队主楼屋顶的铁皮瓦片已被大风吹得所剩无几。""那次航行,我们还遭遇了八级风浪,我眼镜都撞碎了。晚上风浪太强的时候,战士们必须要用腰带将自己绑在床栏杆上,我也这样做,但还是不能睡着。"……

　　万里关山,风刀霜剑。对记者而言只是一段采访时光,对边防战士来说却是日复一日、年复一年。"文生于情，情生于身之所历"，不到现场，可能永远无法写出这样动人的故事，产生如此深刻的共鸣。

"强军兴军，要在得人。"大国军人有大国军人的魂魄、风骨，强国军队有强国军队的使命与责任。发掘有灵魂、有本事、有血性、有品德的中国新时代军人风采，记录新长征路上富国强军的铿锵足音，展现中国军队对维护世界和平与发展事业的坚守，让更多真实生动的故事打动人、感染人，是军事报道的生命力所在。

提高军事报道的传播力、引导力、影响力、公信力，要与时俱进，敢于创新，推动融合。近几年，倪光辉同志在人民日报社政治文化部的帮助支持下，和军事采访室同事们一起积极开拓融合报道，"金台点兵"工作室先后推出上百件融媒体产品，产生了不少现象级"爆款"。2017年建军90周年前夕，"金台点兵"工作室联合人民日报客户端推出H5产品《快看哪，这是我的军装照》，全球访问量突破11亿次，刷新了军事报道的传播纪录。《谁是站到最后的人》《老兵：身边的1/24》《致敬！人民英雄》《最想说的话》《有我们在，请放心！》等短视频，访问量均突破1亿次。这些优秀的创意作品，点燃了每一位参与者内心深处的中国梦、强军梦，发挥了凝聚社会共识、弘扬核心价值观的旗帜作用。

初心如磐，使命在肩。党的十八大以来，在党中央、中央军委领导下，我国国防和军队建设成就举世瞩目，强军兴军不断开创新局面。作为军事记者，一定要牢记习近平主席嘱托，坚持正确政治方向、舆论导向、新闻志向、工作取向，推动习近平强军思想往深里走、往心里走、往实里走，为强国强军提供强大的思想舆论力量。

优秀的党报军事记者，始终在新闻现场，始终在采访路上，始终和部队、和战士们在一起。

2020年10月

（作者系人民日报社副总编辑）

自序

最强大的国防,在每个人的心里!

一转眼,我在人民日报从事军事采访报道近 10 年了。由于工作的关系,从东极界碑到西陲哨所,从碧波南海到冰封北国,我走进中国东、南、西、北四极边关和边海防一线,走进一个个偏远艰苦的哨所,探访祖国的边疆海防,见证着新时代边防军人书写的忠诚,记录下他们的工作和生活。

我国拥有 2.2 万公里陆地边境线,1.8 万多公里大陆海岸线、300 万平方公里主张管辖海域。放眼中国地图,用手指沿着中国国境线画上一圈,能感受到这条线的曲折和绵长,而实际情况远比地图要复杂,不同地域的历史、地理、人文特性,让边海防问题变得繁杂而棘手。

自古边关多艰险,平生踪迹勇士心。"红其拉甫",塔吉克语意为血染的通道;"波林",藏语意为偏僻遥远与世隔绝的地方;"哈桑",蒙语意思是道路狭窄艰险的风口;"雀干托盖",哈萨克语意思是极度缺水的地方……从这些哨所的名字,就知道那里环境之恶劣,生存之不易。

全军海拔最高的哨所——喀喇昆仑高原之巅的河尾滩哨所,这里比运动员攀登珠穆朗玛峰的大本营还高出 218 米。全军气温最冷的哨所——大兴安岭深处的伊木河哨所,这里最低气温达零下 57 摄氏度,年无霜期只有 80 多天。红其拉甫,平均海拔 4700 多米,终年积雪,空气含氧量仅为平原的 46%,寒季长达 8 个月。在红其拉甫哨所,每一次呼吸都会提醒你生命的重要。

神仙湾哨所、天文点哨所、查果拉哨所……太多像这样的地方,"天上无飞鸟,地上不长草,风吹石头跑,氧气吃不饱,六月下大雪,四季穿棉袄"。在共和国的版图上,无论用多么美好的字眼赞美山河和草木,总有一些最险峻的山峰、最偏远的疆域、最危险的无人区,成为军人的枕戈待旦之地。

自序　最强大的国防，在每个人的心里！

戍边事业，是一个国家必须有人去做、但大多数人不必去做的事业。

在这里，奉献不是豪言壮语，而是日常生活。在这里，如果不是把信念当作阳光、把担当视为氧气，是很难坚持下去的。

在边关采访，几乎每次都会落泪。

那年寒冬，红其拉甫边防连排长何玉带领 3 名战士前往边境执行任务，返回时被暴风雪围困。当救援人员赶到时，只看到 4 座无言的"冰雕"，怀抱钢枪，向着连队方向保持前进的姿势。

我国西沙群岛最南端的中建岛没有土壤和淡水，寸草不生。一代接一代的守岛官兵，用双手植树种草，硬是将珊瑚和贝壳堆积而成的白沙洲改天换地成一片盈盈绿洲，筑起了一道牢不可破的生态屏障。你见过这样的生日宴会吗？因寒潮补给困难，岛上几乎断粮。为了给战友过生日，中建岛的官兵用粉笔在黑板上画上蛋糕、蜡烛，寿星王少辉闭上眼睛"吹"蜡烛，战友们就把黑板上的蜡烛擦掉。当他用粉笔切蛋糕的时候，再也忍不住热泪盈眶……

每次去海岛、雪山、大漠、高原采访，都久久不能忘记那些感人肺腑的戍边故事，不能忘记那一双双年轻而坚定的眼睛。他们大多非常年轻，是 90 后甚至 00 后，是父母眼中的宝贝。为了头顶闪闪的军徽，为了胸中神圣的誓言，为了脚下广袤的土地，他们驻守边疆无怨无悔。

常在边关行走，总感受到信仰的力量。对守岛人戍边人而言，坚守战位是神圣使命，边关虽然孤独寂寞，但他们的内心却滚烫热烈。

记得 2014 年年底去渤海前哨"海上钢钉营"。接我们离开的小船启动时，所有不在战位的官兵一起跑到岸边，不停地挥舞着手臂，就像与亲人告别。那个时候，我的眼里早已充满泪水。

有一种责任，叫"为人民站岗"；有一种使命，叫"为祖国戍边"。

"背对边界线，你面前就是整个中国；转过身，你面前就是整个世界。"一次前往边境采访，一名边防战士这样对我描述。国之边界，对多数人来说有些遥远，似乎只与静静悬挂在墙上的地图有关，对边防军人而言，意义非同一般，这是他们要用青春和生命守护的地方。中国陆地边界线绵延约 2.2 万公里，贯穿无

探秘"中国之极"

数高山、河流、森林和荒漠,呈现出不同的地理特征。中俄边境的黑瞎子岛,是一块位于乌苏里江口的三角洲,包含大大小小数十个岛屿和沙洲。而云南的中缅边境,居民世代跨界而居,甚至有"两国共饮一井水""一个秋千荡两国"的场景。

"边关明月照山川,为保千家万户圆。"家国天下的戍边岁月,见证他们的勇毅和担当、执着与坚守。与寂寞为伍,与严寒抗争,不惧生死,无悔青春!读懂戍边官兵的故事,你的心头也会激荡满满的感动和温暖。这本书收录了笔者10年来采访他们的文章,还有一些采访手记和体会。

中国之极,既是中心、最东、最北、最西、最南之极,更是中国国土边疆海疆之极。此外,笔者还探访过在中国国防领域和军事专业中最了不起的军人与部队,比如,各军种的特种兵部队、自由空战英雄、中国航母着舰第一人、潜艇里最厉害的声呐兵等,这些也可以称为"中国之极",因而一并记录下来。其中,不少探访内容曾刊载于《人民日报》,因版面所限,有些细节故事和采访手记当时未能刊出,在此补充进来。

万家团圆时,将士未下鞍。享受着现在的和平与安定,我们绝不应该忘记,为岁月静好而负重前行的这些人。

向新时代最可爱的人致敬!

是为序。

目录

第一章 五极之"极"

中国"东极"黑瞎子岛
"东极哨所":我把太阳迎进祖国 / 003

"西极"新疆乌恰县斯姆哈纳
"西陲第一哨":送走最后一缕阳光 / 013

多彩南沙岛礁
"南海第一哨":不让南沙丢失一寸 / 028

祖国"北大门"漠河
"北极第一哨":极地勇士赛青松 / 040

北京天安门
"祖国第一哨":祖国"心脏"的守护者 / 048

第二章 界碑,界碑

阿尔山上的暖心哨所
-35℃,探访三角山边防连 / 058

"红色国门"新疆塔城
寻找歌声里的小白杨 / 068

新疆阿拉山口
"风中第一哨":国门哨兵和大风的故事 / 074

云海之巅的夏尔希里
探访失而复得的国土 / 082

帕米尔高原红其拉甫
西陲边关:探访丝路古道的国门卫士 / 092

"神仙湾里无神仙，戍边一诺重如山"

神仙湾哨卡见证"钢铁战士" / 101

喀喇昆仑之巅的钢铁哨卡

天文点边防连：铸就坚不可摧钢铁边关 / 109

"高寒极地"河尾滩

"极地哨所"：全军最高哨所 离星星最近的兵 / 115

全军驻地海拔最高的建制营

岗巴营："生命禁区"的国门卫士 / 123

从北尖岛、三亚湾到友谊关、法卡山、老山

探访万里边关：英雄的故事 不老的芳华 / 129

我国最南端的陆军海防连队

海南东瑁洲岛"海上花园"和"海上堡垒" / 142

广东珠海"南海前哨"

探访永不卷刃的"钢八连" / 147

"渤海前哨"长山竹山岛

"海上钢钉"营镇守"四无岛" / 158

第三章 深蓝世界

中国海军第一支核潜艇部队

这里的"战斗"静悄悄 / 168

我随潜艇入大洋

深海潜行，并没有海底浪漫 / 183

说说中国航母的故事

揭秘首个"航母家庭" / 191

探秘西沙"天涯哨兵" / 204

揭秘水兵的海上生活 / 211

我的西太平洋航行日记 / 220

目 录

第四章 九天揽胜	空军"模范轰炸机大队"
	"战神"奋飞新航迹 / 230
	新一代空中精锐
	"王牌战鹰"的制胜之道 / 236
	探访空军飞行员的摇篮
	"蓝天骄子"从这里起飞 / 242
	揭秘空战王冠"金头盔" / 248
	我国首批歼击机女飞行员
	劲舞蓝天"女汉子" / 259
	揭秘追梦蓝天的"试飞英雄" / 263

第五章 卧虎藏龙	从第二炮兵到火箭军 / 272
	"东风第一枝"砥砺大国神剑 / 277
	美哉,大国仗剑人 / 283
	探访火箭军建巢铸盾部队 / 288
	构筑"地下长城"的幕后英雄 / 293

第六章 利刃出鞘	走近中国特种兵 / 300
	陆军特种兵
	把忠诚刻进血肉 / 300
	海军陆战队
	三栖劲旅踏浪来 / 307
	空军特种兵
	"雷神"突击,天降奇兵 / 313

探秘"中国之极"

二炮特种兵

"神剑利刃"如何百炼成钢 / 318

武警特种兵

练军中精兵,铸反恐利器 / 324

"雪豹"突击队 / 324

"猎鹰"突击队 / 331

"王杰班":做新时代的好战士 / 338

新型陆军的探路者

全军首个新型合成步兵营 / 343

第七章
刀锋战士

戴明盟:放飞航母"战鹰"第一人 / 348

"九天猎手"蒋佳冀 / 353

郭峰:新时代的坦克兵王 / 356

张磊:"当好潜艇的耳朵和眼睛" / 360

张国春:兵棋战场的生命之光 / 364

吴孟超院士的肝胆春秋 / 368

蓝天"金孔雀"余旭 / 372

壮阔海天见证不朽青春 / 377

"飞鲨"英雄张超 / 381

今天,我们如何讲好英雄的故事 / 386

附录 / 391

后记 / 400

第一章

五极之『极』

祖国的"五极"在哪里?

我国位于欧亚大陆东部，太平洋西岸东起黑龙江省抚远县以东的乌苏里江与黑龙江主航道中心线汇流处，西至新疆维吾尔自治区乌恰县以西的帕米尔高原，南起南沙群岛南海的曾母暗沙南侧，北达漠河东北侧黑龙江主航道中心线。南北长约5500千米，东西宽约5200千米，形成了西部连接亚洲腹地，东南面向海洋的地理形势。

东 抚远县黑瞎子岛"东极哨所"，东经134°40′，北纬48°15′

位于黑龙江省抚远县境内的乌苏镇，与俄罗斯仅一水之隔。北纬48°15′42″，东经134°40′32″，交会出祖国最东端的边防哨所的坐标，人称"东极哨所"，驻守在那里的战士，是第一个把太阳迎进祖国的人。

西 乌恰县斯姆哈纳"西陲第一哨"，东经73°55′，北纬39°41′

当乌苏边防哨所的哨兵已经身披霞光的时候，位于祖国最西端帕米尔高原上的斯姆哈纳哨所哨兵，刺刀正挑着满天星斗。"西陲第一哨"的官兵，是全国最晚看到太阳、最后送走夕阳的人——这里与北京时差3小时20分。

南 海军某部南沙华阳礁"南海第一哨"，东经112°50′，北纬8°52′

距离祖国大陆1400多公里的华阳礁，是人民海军在南沙驻守的最南端的礁盘，被誉为"南海国门第一哨"。它如一叶扁舟，孤零零地静卧在南沙海面万顷碧波之上。需要和常年不变的高温搏斗，官兵们年复一年地生活在被热带海浪拍打的礁石之上。

北 漠河边防连"北极第一哨"，东经122°21′，北纬53°33′

地处祖国版图"鸡冠"上的漠河，这里是拥有多项全国之最的地方：纬度最高——北纬53°33′，气候最冷——最低可达-57℃，冰封积雪期最长——240天，驻扎在这里的连队常年战风斗雪。

中 北京天安门"祖国第一哨"

天安门国旗护卫队护卫的国旗被称作"祖国第一旗"，国旗下设置的哨位，被称作"祖国第一哨"。建党90周年之际，四极哨所和天安门国旗护卫队建立了联系，互换国旗，共同发出守卫好祖国的誓言。

中国"东极"黑瞎子岛

"东极哨所":我把太阳迎进祖国

【地理名片】 在祖国大陆的东极点上,位于黑龙江省抚远县乌苏镇,是祖国迎接第一缕阳光的地方。这是一片独特的岛屿,"一岛两国"分治,在世界内陆岛中独一无二。

黑瞎子岛,地处我国最东端——处于雄鸡版图上"鸡冠"位置,总面积约335平方公里。黑瞎子岛又称熊瞎子岛、抚远三角洲,是一块中俄界江黑龙江、乌苏里江交汇处冲积而成的三角洲,抚远水道连接"两江",使其成为三面环水的岛屿。东北人把熊叫作"黑瞎子"或"熊瞎子",以前有黑熊、东北虎等很多动物在岛上出没,于是就有了"黑瞎子岛"这个名字。2008年10月,中俄两国政府在岛上举行了中俄国界东段界桩揭幕仪式,中国收回半个黑瞎子岛的主权,黑瞎子岛西侧约171平方公里陆地及其所属水域正式划归中国。

【部队名片】 北部战区陆军某旅边防连组建于2008年5月30日,同年10月14日登黑瞎子岛正式履行防务。连队曾经荣获全军基层建设先进单位、"践行强军目标标兵单位"称号,连队先后经历了登岛接防、营建施工、抗击百年一遇特大洪水、中俄联合反恐演练等多项大型任务考验,形成了"胸怀全局,听从指挥,排除万难,主动作为,尊重科学,争创一流"的登岛接防精神。

探秘"中国之极"

位于黑龙江、乌苏里江交汇处抚远三角洲的黑瞎子岛,地处中国版图最东端。当启明星悄悄隐去,天边泛起鱼肚白,祖国每天的第一缕阳光是从这里开始的。

心怦怦地跳着,眼睛睁得大大的,记者踏上了这片神往已久的土地。

2018年7月30日凌晨3时许,火红的太阳喷薄而出,阳光瞬间洒满黑瞎子岛。正在观察哨执勤的北部战区陆军某边防连战士邹英杰和骆强记录下这一刻。自2008年10月14日登岛接防履行防务以来,官兵已经在这片土地上陪伴日升日落走过了10年光景。连队哨所被誉为"东极哨所",官兵被誉为"东极卫士"。

2016年5月24日,习近平主席登上黑瞎子岛视察该连,亲切看望驻守在这里的官兵。在观察情况综合登记本上签下自己的名字,并同两名哨兵合影。

这些年来,"东极哨所"所在边防连官兵始终牢记习主席"发扬以岛为家、艰苦创业精神,忠诚履行戍边职责"的嘱托,不断加强部队全面建设,看齐追随信念坚定不移,练兵备战热潮蓬勃兴起,转型重塑步履铿锵有力。

朝　阳

7月30日是周一。5点刚过,记者一行驱车登岛,40分钟后抵达哨所,官兵们已在广场上肃然站立。

早晨6时整,升国旗仪式正式开始。升国旗、唱国歌、国旗下演讲、宣誓……"我是东极哨所第336名战士,我宣誓,牢记使命、卫国戍边,做一名无愧朝阳的东极卫士!"面向国旗,三班副班长姜鑫雨郑重宣誓。连队指导员王阳阳告诉记者,这种仪式感、荣誉感让每名官兵深受教育,能在国旗下演讲和领誓的,都是连队每周评选出的"东极之星"。

从第一代登岛人把五星红旗高高扬起,升国旗就成为哨所每天的必修课。每逢周一,全连官兵还要集中举行升国旗仪式。

"来到东极,才知道精神的力量有多强大。尤其是习主席视察哨所,让官

第一章 五极之"极"

兵备受鼓舞!"转隶到哨所的上等兵姜鑫雨,原部队驻地在繁华都市,刚到哨所时,他心理落差很大,工作缺乏激情。班长把首批登岛官兵艰苦创业的故事讲给他听。当听到为了营建板房,老兵在退伍前都没洗上一次澡、衣服磨破了还坚持工作时,姜鑫雨心里为之一震。"那一刻我才知道,把太阳迎进祖国,绝不仅仅是一句口号。"鼓足干劲后,姜鑫雨样样站排头,多次获得"东极之星"称号。

"哨所共有171级台阶,代表黑瞎子岛171平方公里的划归面积。"王阳阳告诉记者,营区在规划时特意把一组组具有特殊含义的数字融入其中:国旗台二层底座面积10.14平方米,铭记2008年10月14日登岛接防的历史时刻……如今,这些已成为启示官兵时刻铭记历史、矢志忠诚戍边的重要载体。

31岁的四级军士长任光福已经在东极哨所奉献了整整10年。登岛接防后第一次升国旗、第一次巡逻执勤、搭下第一顶帐篷、架通第一条跨江光缆……他至今都记忆犹新。

当时的黑瞎子岛沼泽遍地、荒草丛生,没水没电没营房,一切从零开始。建设临时哨所需要的所有砖块、建材都是靠官兵肩扛背拉运上来的,"我们一个班的战士一天搬了5万块砖。"在挑战极限中,第一代守防官兵铸就了"胸怀全局、听从指挥,排除万难、主动作为,尊重科学、争创一流"的登岛接防精神。基础设施修好了,可老兵退伍的日子也到了。临走前一天,退伍老兵不约而同地提前起床,早早列队在亲手修建的国旗台前,庄严地升起五星红旗,再次把第一缕阳光迎进祖国。

2013年夏,黑瞎子岛发生百年一遇的特大洪灾,岛上平均水深4米多。在洪水肆虐的60多个日夜里,官兵们坚守哨位,每天蹚着齐腰深的洪水准时升起五星红旗,驾驶冲锋舟巡逻执勤,边境管控一天也没间断。

每天代表祖国迎接第一缕朝阳,国旗,在哨所官兵心中有着无比神圣的意义。王阳阳说,在这里,你能最真切地理解国土的含义。

探秘"中国之极"

变 化

谈起哨所的变化,作为登岛接防"第一代"的任光福打开了话匣子:"刚在岛上执勤时,哨所的观察范围就是走到哪看到哪。"

任光福告诉记者,冬季岛上白雪皑皑,到了夏季却闷热难耐,蚊虫肆虐,过去巡逻执勤很遭罪。如今,哨所有了信息化巡逻车,官兵坐在车里就能清楚地观察边情并及时进行处置。

近年来,哨所在信息化管边控边的设备上不断完善,建立了光纤防越境报警系统,配发了新型通信车,"目前,哨所辖区已经实现视频管控全覆盖!"这是改革强军给边防带来的新变化。

一路同行的副旅长李洪元说,连队辖区"一面陆域、三面环水",情况复杂,随着部队改革的不断推进,各级对边境管控的要求越来越高,"特别是陆军边防旅调整组建后,信息化建设成为全面提升管边控边能力的重中之重。"

走进指挥情况室,记者看到,多个视频系统实时传输的图像近在眼前。拉动视频监控系统操纵杆,辖区内巡逻组正在执勤的图像即时呈现。"辖区陆域、水域国界以及社情、民情复杂,必须做到情况动态监测,才能第一时间精准处置。"连长赵加龙告诉记者,针对重大军事任务和应急联合执勤,上级还配发移动多媒体传输系统、车载数据传输平台,让"指挥所"也可以远程机动,数据传输直通上级作战值班室。

在哨所监控室,班长张立亮正利用信息化视频监控系统对各点位情况进行实时巡查。

"一旦有事,一个士兵就能随时随地呼到旅长。"作为首批登岛接防士兵,张立亮见证了东极哨所10年来从徒步巡逻到立体化管控的飞跃,他说,执勤手段越来越好,执勤效率越来越高,"我们的责任也越来越大。"

"信息化技术的飞跃,让边防辖区观察实现'零死角'!"赵加龙说,新的视频系统安装在执勤官兵头盔上,信号传输依托覆盖全岛的基站,执勤官兵肉眼看到的画面,就是连队指挥情况室屏幕呈现的图像。"信息化建设每推进一步,部队战斗力就提高一分。"

精 兵

边防无小事。乌苏里江和黑龙江具有丰富的鱼类资源,为防止一些渔民夏季越界捕鱼和冬天在冰面上不小心越过国界,哨所执勤战士不厌其烦地发出信号,为维护中俄友谊尽了自己最大的责任。

黑龙江本来江阔风清。在岛上采访这两天,雨情不期而至,水位已上升 40 毫米。

在黑龙江省水文局 7 月 27 日的一份水情预报上,记者看到,未来 3~10 天内,黑龙江干流同江至抚远段陆续超警戒水位,黑瞎子岛绝大部分将会被淹没。

汛情就是命令。经上级批准,哨所安排小分队乘艇巡逻,沿黑瞎子岛北侧界江了解实时情况。记者一同前往。在这次改革中,巡逻艇队和边防连队由两个单位变成了"一家人",这本身就是通过优化力量编成,推动军队组织形态现代化的重大进步。

"管边控边、看护界碑是巡逻的日常任务,我们还会随着情况的变化调整。"赵加龙告诉记者,"战斗化执勤,实战化训练,精准化备战",使他们由"窗口连队"向"精兵连队"转型。

变化的背后,是执勤任务与实战需求的"无缝衔接"。北部战区陆军干事李亮介绍说,部队转隶后,职能使命进一步拓展,对部队实战能力提出了更高要求,战斗化执勤就是他们实战化抓手。翻阅该连训练周表,笔者看到,"联合反恐、边境封控"等新课目训练占比很大,训练更贴近实战需求了。

每名官兵都认识到边境就是战场、执勤就是战斗,队列化的执勤不见了,取

探秘"中国之极"

而代之的是战斗执勤、联合反恐等新兴的硬课目。很多官兵都完成了蜕变,成长为"边防通""神炮手""武状元"。

幸 福

黑瞎子岛,历史上因黑瞎子(黑熊)出没而得名。黑龙江和乌苏里江交汇的常年冲积,纵横的河道,茂密的植被,让这里成为"动物乐园"。

都说边防苦、边防累,可生活在东极哨所的官兵却说,守着国门很幸福!

任光福说,那时岛上还没有公路,需要坐5小时渔船上岛,"现在乌苏大桥和景观大道竣工了,不仅方便战时物资运输,提升了战斗力,更提升了官兵的幸福感。"

这些年来,社会各方越来越多的关注让他们备感荣耀,四级军士长张立亮感触最深。

28岁的张立亮一直被家里催婚,可他女朋友认为部队条件艰苦,坚持要他退伍回家。现如今,官兵们在此坚守的牺牲与奉献为越来越多的人所关注。去年1月,张立亮如愿和女友领证结婚。为了让他安心戍边,妻子还专门从老家来东极一趟。

仅2017年,连队就有1人当选党的十九大代表,1人参加陆军深入学习贯彻习主席重要讲话精神座谈,33名官兵立功受奖,10名官兵在各级比武竞技中获得荣誉……前不久,士官选晋工作刚开始,连队党支部就收到20多封按有红手印的留队申请书。

"在祖国边防最东端的角落,耸立着我们小小的哨所。每当星星月亮悄悄地隐没,那是我第一个把太阳迎进祖国……"

边关无言、使命如山,这里见证着东极卫士对祖国和人民的无限忠诚。

第一章 五极之"极"

探访手记

这块写满沧桑的土地

黑瞎子岛是一块写满沧桑的土地，也是一块曾经寄人篱下的土地，更是一块充满生机、充满着神秘色彩的土地……

黑瞎子岛是黑龙江上最大的一座岛屿，又称抚远三角洲，位于中俄边界抚远县境内的黑龙江和乌苏里江的交汇处主航道西南侧。由于黑龙江中国流域的江水迂回曲折，水流速度变缓，所携泥沙沉积形成了今天的黑瞎子岛。全岛平均海拔约40米，地势平坦，基本处于未开发状态。该岛扼守着黑龙江—乌苏里江通航咽喉，隔江与俄罗斯的哈巴罗夫斯克（伯力）相望。

在中俄界碑揭幕仪式原址，笔者看到这样的简介：2008年10月14日，根据《中华人民共和国和俄罗斯联邦关于中俄国界东段的补充协定》，中俄两国政府在此举行了中俄国界东段界桩揭幕仪式，至此，黑瞎子岛西侧171平方公里陆地及其所属水域归属中国，东侧164平方公里归属俄罗斯，世界独特的一岛两国区划格局由此形成。经两国工作人员实地勘测，在岛上共立17块界碑，其中中方9块，俄方8块。回归处界碑又称259界碑，即是两国领土的永久性分割标志，也代表着黑瞎子岛的领土争议尘埃落定，中俄长达4300多公里的边界全部得到确定。

这个地方与历史上的"中国东清铁路事件"密切相关。当时发生的战争事件在抚远县志上有记载：1929年9月6日下午1时，苏军向乌苏镇发动全面进攻，中国东北军第九旅42团2营两个连的官兵在营副官郭占奎的指挥下奋起反抗，战斗到傍晚，终因寡不敌众，乌苏镇失守，中国守军百余人全部阵亡。乌苏镇、同江、三江在苏军的炮火中变成一片废墟。此后，双方20

探秘"中国之极"

万人激战月余,东北军全面溃败,苏联顺势占领了黑瞎子岛。当年12月20日,张学良被迫派代表与苏方签订《伯力协定》,恢复苏联在中东铁路的一切权利。中东铁路经过一场战争,恢复了原状,一切照旧。但是在黑龙江苏军并没有从占领的黑瞎子岛撤出,而这一占就是79年。

国土得来不易,每一寸都需要格外珍惜。双手抚摸着大理石的界碑,联想到黑瞎子岛的前世今生,记者心里别有一番滋味。

写给"东极卫士"的歌

在祖国的东极,有一片辽阔的土地,像华夏的每一处山河,是那样富饶和美丽。白天,我在国境线上巡逻,芦苇似伙伴牵动我们的手臂,夜晚,我在瞭望塔上站哨,月光像那母亲的手,轻抚着我们的军衣!啊!我守卫在祖国的东极,一天的曙光最先照到这里。啊!我代表伟大的祖国,在这里升起五星红旗!

在祖国的东极,有一片辽阔的土地,像华夏的每一处山河,是那样富饶和美丽。夏季,我们战胜蚊虫叮咬,谱写着青春壮丽的诗句,冬天,我们迎着呼啸风雪,高奏报效祖国豪迈的乐曲。啊!我守卫在祖国的东极,一天的曙光最先照到这里。啊!我代表伟大的祖国,在这里升起五星红旗!

——《我守卫在祖国的东极》

2013年特大洪水,连队官兵每日坚持在洪水没膝的广场升国旗。(资料图片)

一颗红心戍东极（资料图片）

连队利用信息化视频监控系统进行边境封控演练（穆可双/摄）

"西极"新疆乌恰县斯姆哈纳

"西陲第一哨":送走最后一缕阳光

【地理名片】

斯姆哈纳,是我国最西部的边陲小镇,位于新疆维吾尔自治区乌恰县吉根乡境内,海拔3000米,在我国和吉尔吉斯斯坦共和国接壤处。斯姆哈纳是一个典型的以放牧为生的柯尔克孜族村庄,是中国最晚迎来朝阳和最晚送走夕阳之地。这里距首都北京5000公里,同处北纬40°附近,在同一条纬线上与北京遥遥相望,时差达3小时20分。

乌恰县,是中国最西边的县,隶属新疆西部克孜勒苏柯尔克孜自治州,东面是阿图什市,西南与阿克陶县为邻,西北部则与吉尔吉斯斯坦共和国接壤,是我国连接中亚、西亚的纽带和对外开放的桥头堡。中国最西端的乌兹别里山口就属于乌恰县。

由于乌恰县地处内陆,这里冬季寒冷而漫长,夏季温凉而短促,年平均气温只有7.3℃,属温带干旱气候区。如今,"祖国的最后一缕阳光"已经成为乌恰县发展旅游业的一张名片。

【部队名片】

这是中国最后告别阳光的地方,哨所和村庄有着一个共同的名字——斯姆哈纳。海拔2910米的斯姆哈纳边防哨所,矗立在祖国最西端的帕米尔高原,有"西陲第一哨"之称。

连队肩负着镇守我国西大门的重任,守护着100多公里长的边境线,其中到被称为远山口的6020高地巡逻最为艰苦。历代官兵大力弘扬"艰苦奋斗建哨卡,爱国奉献守边防"的斯姆哈纳精神,用赤胆忠诚守卫着祖国西陲的和平与安宁。自1962年建连以来,先后荣立集体一等功1次、二等功5次、三等功5次。1999年3月被原兰州军区授予"西陲戍边模范连"荣誉称号,连队党支部多次被新疆军区表彰为先进党支部。

探秘"中国之极"

新疆乌恰县，斯姆哈纳。

21时，在落日余晖映衬下，"西陲第一哨"官兵的身影更加威武挺拔。

站在祖国最西端的岗楼上，两位战士密切监视着边境线。"哪有一种责任有'为人民站岗'重大？哪有一种使命有'为祖国戍边'神圣？"镇守祖国西大门，这里的战士们感到无比自豪。

战士们的这些话和风雪边防铁脊梁的形象，总是闪回在我的记忆中。

车出新疆喀什西行，载着我们向祖国最后日落的地方奔驰，跨沟壑、越河流、过沙窝、翻达坂，穿行在帕米尔高原上。

斯姆哈纳，柯尔克孜语意为"送走最后一缕阳光的地方"。同行的新疆军区干事许必成说，这是南疆海拔最低、条件最好的连队，与喀喇昆仑相比，斯姆哈纳好比天堂。

尽管斯姆哈纳边防连是这里最好的连队，但3000米的海拔还是让人有些眩晕。300公里的行程，整整走了6小时，我们终于在群山环绕的荒坡秃岭中，看到了一片小小的"绿洲"，向往已久的斯姆哈纳边防连，就掩映在那一行行白杨、一排排翠柳之间。

此时已是晚上9点。我们跳下汽车，清风徐徐吹拂而来，只见皑皑白雪的冰峰雪岭下，一幢银灰色小楼拔地挺立，院内水泥球场、花圃、草坪点缀其间，胡杨像威严的哨兵一样护卫着军营。杨柳成荫，溪水潺潺，绿草如茵的清静幽雅的环境，使我们仿佛置身于"世外桃源"之中。

有苦不言苦，苦中有作为

一面鲜艳的五星红旗，在军营高高飘扬。

这里是人称"西陲第一哨"的斯姆哈纳边防连连部。

接待我们的是连指导员。他热情好客，侃侃而谈。他告诉我们，这里原来是

第一章 五极之"极"

"天上无飞鸟,地上不长草"荒无人烟的地方。不毛之地,抬头是皑皑雪山,西北风一年到头呼呼地刮。

1962年8月,第一任指导员杨亲锁和15名战士,带着三峰骆驼和一口铁锅走了一个星期,才在这里见到唯一的一棵拳头粗的胡杨树,于是就把连队建在了这里。战士们将其取名为"扎根树"。连队也和这棵树一样,数十年如一日守卫着祖国西陲边疆。一代一代的战士靠着一双一双手,开荒搬石,挖渠引水,植树造林,养花种草,艰苦创业数十年,才建起了这个环境优美的"家"。

如今,连队引来雪山上的水源,在这里种活了一片小白杨,修起了仿古小凉亭,并用山上的贝壳化石铺起一条曲折小路,一个漂亮的"哨卡公园"靠着战士们的双手,矗立在戈壁深处,让人顿生敬佩。

缺土,官兵们就在巡逻时一袋一袋扛回来;缺水,官兵们就一盆一盆从河沟里端。在一茬茬官兵的汗水浇灌下,杨树、柳树、刺梅等树种先后成活,并连片成荫。他们在雪山上搬沙运石、栽花种草、植树造林,把哨卡建成了帕米尔高原上的"边关战士乐园"。如今,连队周围栽种各类林木已达59000余棵,成为名副其实的"高原绿洲"。他们还按照"绿化、美化、亮化、人文化"思路,先后建起了"落日公园",设立了人工湖、虎峡飞瀑、刺玫园、戍边楼等"十大人文景观"。截至目前,连队绿化总面积达2600多平方米,是南疆军区所有边防一线连队中绿化面积最大的一个连队,做到了步道有彩砖,空地有花草,庭院有花园,达到了"林中营,营中院,院中景,景中情"的要求,形成了"春有花、夏有荫、秋有果、冬有青"的亮点特色。

冬季的高原,生活物资十分匮乏。冻白菜、肉罐头、粉条、萝卜,被官兵们戏称为边关"四大名菜"。常年巡走在祖国西陲边关,戍边官兵饱受着严寒和紫外线的特殊照顾,头发脱落、嘴唇干裂和指甲凹陷等症状一直困扰着戍防官兵,营养不均衡一度成为戍防官兵的"健康杀手"。

为了改变这种状况,官兵与生存极限挑战,与恶劣环境作斗争,他们挥镐抡锹,开山劈坡,开始尝试种植,翻土、灌水、施肥、播种……菜苗纷纷探出头、长出芽,但恶劣的气候却无情摧毁了官兵们的努力,风霜雪雨轮番袭来,一棵棵

探秘"中国之极"

小菜苗在官兵的精心呵护下还是慢慢地枯萎夭折……但官兵并没有放弃,网上查、请专家、深研究、细琢磨,最终,在西陲哨卡成功种出了新鲜蔬菜。

水果黄瓜、圣女果、水果甜玉米等一批营养价值高的蔬菜相继在哨所试种成功。官兵从吃不上菜到吃上新鲜蔬菜再到吃上营养菜,戍防官兵自力更生、艰苦创业,极大地丰富了"菜盘子",不但吃出了营养,还吃出了健康,这也让戍防官兵们远离了高原病的袭扰,全身心地投入执勤巡逻中。

风雪巡逻路,危难显担当

斯姆哈纳边防连地处海拔2910米的冰山雪谷之中。哨所又在山顶上,气候变化多端,环境十分恶劣,条件极其艰苦,尤其是100多公里长的巡逻点,平均海拔在3500米至4500米高的山头上,每年有7个月的大雪封山,巡逻十分困难。但是,连队的干部都是身先士卒,带队上山。

啃干粮,喝雪水,翻达坂,涉冰河,穿行在雪山群岭中。那里气候变化无常,时而狂风骤起,时而大雨倾盆,时而冰雪交加。往返250多公里的巡逻线,他们整整走了9天。

连队所管辖的边界线140多公里,有20多个通外山口,重要的观察点均在海拔4500米雪山上,东西两个方向全部巡逻一遍,需骑马爬山走一个月,途中吃的是干馕、喝的是雪水、住的是羊圈。巡逻终点在海拔近5600米的山坡上,离边界线不足400米,坡度达六七十度。每次巡逻登顶,官兵都要把自己的名字刻在巡逻终点的大石头上。这块大石头,已刻满这个连官兵的名字,见证了他们对祖国的一片忠诚。

远山口扇形巡逻,是斯姆哈纳边防连独有的一种巡逻方式。

每巡完一个山口都要回宿营点,次日再向另一个山口出发,整个巡逻似扇形展开,直到全部山口到点到位。远山口巡逻一次需往返250多公里,途中要翻越9座高山、蹚越4条冰河,随时还会面临暴风雪、雪崩、地震、泥石流的威胁考

第一章 五极之"极"

验,真可谓是危险重重,每次巡逻出发前,官兵都会站在前哨桥上面向北京方向高唱连歌,现如今已成为一条不成文的规定。

一次巡逻中,身材矮小的上等兵张国斌,正好骑着一匹瘦马。过河心时,马被湍急水流一下冲倒,张国斌一下跌入水中。幸好,被在连队蹲点的宣传股长黄汝珍救起,张国斌这才算是捡了一条性命。

有一次,上士金学华乘马随队巡逻,途中突遭地震。军马受到惊吓,前蹄立起把金学华甩至地下,他的头部被重重地摔在地上,碰出了一个大血口,缝了四针。至今,他的头上还留有难以抹去的疤痕。

2017年9月,连长刘杰带队去远山口巡逻,筋疲力尽的官兵正在翻越6号山口达坂时,隐约听到冰雪融化发出的吱吱声响,经验丰富的刘连长大声喊道:"有危险,快躲进山壁大石缝。"由于坡陡路窄,刘连长让战士们先跑,自己留在最后。等刘连长要靠近石缝时,只见万方土石咆哮而下,刘连长快速躲闪前扑,躲过了一劫。站在石缝内,受到惊吓的大家都捏把汗。刘连长腿部擦破了点皮,让卫生员简单包扎了一下,他们又踏上巡逻路。

最后的百米陡坡,是最难攀爬的一段。拿出预先准备好的绳索系在腰上,官兵们一个跟着一个向上爬,脚下不时有碎石滚落山崖。

"把安全绳系我腰上,你们拉着在我后面走。"走在积雪没膝的陡坡路面上,排长孙峰从执勤包里拿出安全绳。只见他弯着身子,小心翼翼迈出一只脚,踩实之后再抬另一只脚。身后,官兵深一脚浅一脚紧踩着他的脚印前进。突然,下士朱运福一个趔趄,径直滚向山崖。上士班长谭杰一个前扑,迅速拽紧小朱的裤脚,把他拉了上来。朱运福背囊侧包里的水壶却滚落山崖,不见踪影。越向上走积雪越深,官兵气喘越粗,雪花也越下越大,路也越来越难走。再加之,官兵全副武装,真可谓是一步三滑,但巡逻官兵没有怨言,没人掉队。

一路攀爬,他们先后攻下多处险隘,最终抵达巡逻点位。描红界碑、检修监控设备……随后,向团部报告点位情况。

巡逻回来后,不管多晚,官兵都会主动来到前哨桥上,面向北京的方向,向祖国报告平安。50多年了,连队一直保持着这样的传统。

 **探秘"中国之极"**

国门树形象,责任重如山

驱车10公里,我们来到连队的前哨班。

哨楼上镶嵌着"西陲第一哨"5个红色大字,战士们还在山坡上用石头拼出祖国的版图和国旗,写下"祖国在我心中"6个大字。山的对面,是吉尔吉斯斯坦共和国。两个国家仅隔着一条不到两米的小水沟,一步就可以跨出国境。

按照边防界碑设立"同号双立"的原则,两个国家都在同一地点立了两块界碑。我国的界碑是灰色大理石底料,厚重雄浑。吉国的界碑具有典型的俄罗斯风格,像哥特式的塔楼,并涂成鲜艳的橘红色。由于离得近,记者能清楚地看见吉国界碑上的文字和哨楼上的哨兵。吉国的哨楼都是铁皮制成,刷成暗淡的军绿色。我方的哨楼则是钢筋混凝土制成,保暖性能好一些。

在我方哨楼里负责的是一名眼睛幽蓝、头发金黄的柯尔克孜族排长,很容易让人想起《冰山上的来客》中的边防军人阿米尔。年轻人就出生在当地,由于懂汉语和柯尔克孜族语言,而且熟悉当地风土人情,经过军校培养后又返回到这里当了排长。

离前哨班不远的地方,是我国与吉国的伊尔克什坦口岸,每日进出车辆数百辆,往来游客上百人,只要提起哨卡官兵,就没有不翘大拇指的。

"扎根边关,不仅要干好本职工作,更需要靠坚强党性抵制诱惑,始终不忘初心。"斯姆哈纳边防连官兵始终以国门卫士严于律己,忠诚地守护在祖国的最西端。

一天清晨,天蒙蒙亮,哨长王海涛发现一不明身份人员从国界线外向我边境线靠近。"有情况!"王海涛警惕起来,迅速向连队报告这一情况,经验丰富的他一边安排人员加强警戒,一边带着两名战士绕到后边。他们前后夹击,经过10多分钟,成功将不明身份人员拦截抓获,经盘查审问,此人是吉国公民,因喝酒误闯入了我禁区30多米。根据边防政策法规,连队将此人移交上级处理。

还有一次,哨长孙峰和战士在国门前执勤,忽然发现界桥处有些骚乱,一辆吉国货车蛮横地从旁道插队挤了上来。王海涛让战士打旗语制止,车停下,一个老板模样的吉国人走出来,操着蹩脚的汉语说:"让他们过去。"边说边张开五根手指,旁边的司机会意,当即点出了500索姆。孙峰又好气又好笑地说:"我们这里有政策,不能插队,更不能收受钱物。"一番劝阻后,这名老板带着车辆退了回去,老老实实排起了队。

前不久,一名士官亲属来队探亲,透露出想在边境做点小生意的想法,想通过这名士官联系一下连队干部,获得一些"便利"。这名士官当即拒绝了亲属的要求,并耐心为他讲解部队纪律和边防法规政策,打消了他的念头。

调度车辆、维持秩序、解说政策,除了这些日常的工作之外,但凡群众和游客遇到困难,这里,也成了他们的助人中继站。吉国商人竖起大拇指称,这里的官兵个个都是热心肠:曾为患急病的外籍工作人员深夜紧急会晤,送出国境;为因意外而错过开关时间的商务车队层层联系开关事宜,给外商挽回重大经济损失。从开关至今,官兵们在执勤任务相当繁重的情况下,检查出入境车辆、人员上万次,没有发生过一次差错。

探秘"中国之极"

探访手记

送走最后的晚霞

到达斯姆哈纳边防连，已近晚上 9 点。颇感疲惫，下车与连队官兵寒暄后，便去招待所房间稍事休息。下意识想开灯，突然发觉有点"不对劲"，房间里明亮如昼！

向窗外看去，斜阳挂在天边，西边霞光灿烂，远山一黛，戈壁中的胡杨清晰可见。此时的北京已经是万家灯火、星光满天了。与北京相差 3 个时区的乌恰县斯姆哈纳，晚上阳光走得比祖国其他地方迟，早上来得也迟。

晚饭过后，在连指导员相邀下，我们在营门外的小河旁，观赏了建在"戍边湖"上的"落日公园"。这里原来是一个臭水坑，战士们挖去污泥，引来了清水，从山上捡来怪石，修建了这座有湖面、有假山、有凉亭的公园。这个"湖"建在祖国的最西端，战士们为祖国守卡戍边，因此，大家就把它称作"戍边湖"了。每当日落西山的时候，战士们便到这里观看晚霞，它成了名副其实的"落日公园"。

我们漫步在曲径小路上，只见湖中六角凉亭和假山相伴而立，3 座月牙形的拱桥风格迥异，一群白鸭在自由地游弋，湖边的垂柳迎风飘荡，远处皑皑雪山倒映在清澈透明的湖水之中。辛劳一天的战士们三三两两地向这里缓缓走来。哈萨克族战士弹起了心爱的吉他，塔吉克族战士吹起了悠扬的鹰笛，维吾尔族战士跳起了欢快的舞蹈。一时间，歌声、笑声响彻在"戍边湖"上。

已是北京时间 23 点 30 分了。这时，红彤彤的太阳已经靠近了巍峨的雪峰，绚丽的晚霞给帕米尔高原披上了盛装。天边一抹残红在旷野尽头的远山间徘徊，一点点变淡。而黑影开始从我们脚下漫延，漫上了山脚、山腰、山巅……因为这里的山是水蚀地貌，千沟万壑，所以山间的暗影和光影交相纵横、色彩斑斓。随后这斑斓渐渐消失，而山巅最后一线阳光也倏忽不见。瑰丽，惊艳！这就是祖国大陆上这一天的最后一缕光线。

连队战士的"成人礼"

斯姆哈纳边防连守护着100多公里长的边境线，其中最为艰苦的，是到被称为远山口的6020高地巡逻。

到6020高地巡逻，途中不仅需要在外风餐露宿八九天，还要通过两道生死关。一道是5230冰达坂，一道是托呼秋山上的攀崖坡。官兵每上去一次，都面临着一次生死考验。

没有机会探访这个高地，但笔者听来的一则故事，让人触目惊心：

盛夏的一天，连长黄学带着巡逻队抵达人畜无法正常行走的攀崖坡时，已是下午3时多了。距国境线实际距离不足一公里的攀崖坡，坡度足有五六十度，即使兵强马壮，最快也得四五小时才能爬到山顶。

在翻越5230冰达坂时，黄连长在前面拉着马尾巴往上攀，每挪动一步，都要用战备锹给后面的战士凿一个脚窝，谁知马失前蹄，把他摔得多处受伤。当他们到达达坂顶部时，剩下的唯一给养，就是维吾尔族战士艾合买提的一壶水了。黄连长动员大家每人喝几口，而他自己却背过身去，偷偷地吃着冰块，干裂的嘴唇被沾得血肉模糊。幸好这天傍晚他们在山脚下遇到了我方看护草场的一位牧民，这才得到了简单的给养补充。

"快，扶住连长！"一名战士惊呼。当他们快接近攀崖坡顶部时，黄连长险些又一次摔倒。此时，他们个个气喘吁吁，大汗

连队营区的胡杨树茂盛葱茏（倪光辉/摄）

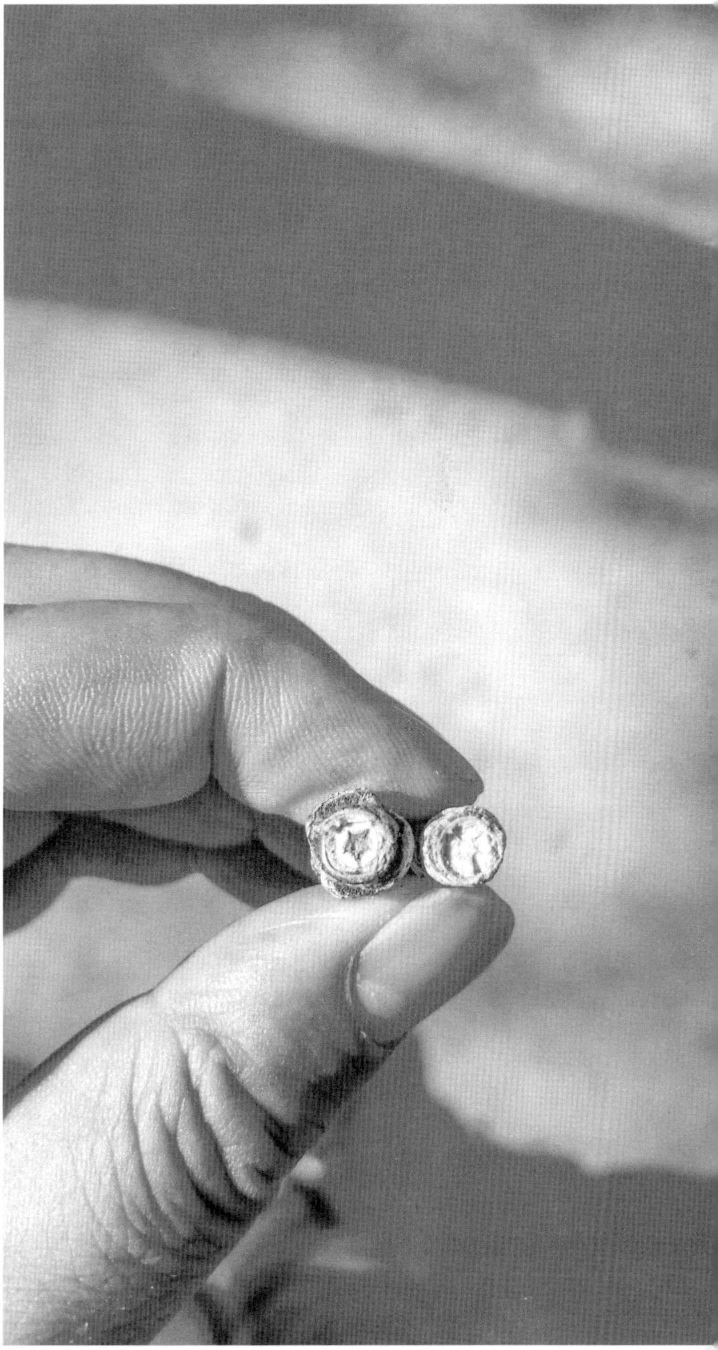

连队营区散落的胡杨树枝,笔者掰开后发现,截面呈现五星形状。官兵们说,这正是对他们一心向党、卫国戍边精神的印证。(倪光辉/摄)

淋漓,可老天还不长眼,又下起了冰雹,噼里啪啦地往官兵头上砸。天又快黑下来了,战士们看着黄连长带伤爬行的艰难情形,噙着泪近乎哀求地说:"连长,你再不能往上爬了,我们几个人上去就是了。""那怎么行……"又过了两小时,他们终于登上了国境线上的6020高地,端端正正地刻上了自己的名字。

在高地一侧的峭壁上,如今已密密麻麻地刻满了连队官兵的名字,那是他们对党和人民无限忠诚的见证!在6020高地,刻上自己的名字,这就是斯姆哈纳战士的"成人礼"。

守山的汉子戍边的歌

西陲第一哨,斯姆哈纳边防连,三峰骆驼一口锅,雪域荒漠把家安,踏冰卧雪志更坚,赤胆染绿洲,湖水碧如蓝,日落观美景,伴马迎朝阳,斯姆哈纳好家园,嘿,斯姆哈纳好家园。

西陲第一哨,斯姆哈纳边防连,戍边卫国一条心,五句话儿记心间,政治强武艺精,战刀闪闪铁边关,创业奉献,团结谱新篇,汗水铸连魂,并肩保国安,斯姆哈纳永向前,嘿,斯姆哈纳永向前。

——新疆军区斯姆哈纳边防连连歌

每天清晨,官兵们唱着这首连歌走上巡逻的漫漫征程。10公里外的连队前哨班上能看到,远远地,一条宽敞的柏油路直通我国与吉尔吉斯斯坦间的边境口岸,一幢镶着白色瓷砖的哨楼在蓝天白云下格外引人注目,两名战士站在高高的哨楼上警惕地注视四周。

1997年年初,来这里体验生活的军旅作曲家吾布力,为官兵们火一般的激情所感染,于是埋首7天,三易其稿,写下了这首连歌。踏访这里，这曲意气风发的戍边歌深深触动了记者。歌如史书，见证着边防建设的巨大变迁。

1962年，哨卡的第一任教导员杨亲锁带着15名战士，靠着三峰骆驼一口锅，就在这"抬头雪茫茫，低头土黄黄"的雪域荒漠扎下根、安了家。16名汉子抱成团，喊出"不做雪山的奴隶，要做雪山的主人"的铮铮誓言，硬是在荒凉之地夯出了第一个地窝子，植下了第一株新绿。

几十年来，一代代戍边官兵在训练、巡逻之余，在雪山上搬沙运石、栽花种草、植树造林。如今，虎峡飞瀑、落日公园、戍边桥、扎根树等八大景观在官兵的巧手之下，奇迹般在雪域高原平地而起，令人叹为观止。

目前，官兵们已经住上了两层高的保温楼房，可以收看到20多个频道的电视节目，执勤巡逻告别了马拉爬犁，换成了猎豹越野车，保温大棚可以让全连官兵即使在零下30摄氏度的严寒中，也能吃上自产的10多种新鲜蔬菜。

2003年秋，一位将军来到斯姆哈纳边防连，战士们列队为他唱起了连歌。歌声荡漾在山谷，响彻在心间，鬓染华霜的将军被这群年轻的士兵深深感染，不禁挥毫写下了这样一首诗：

关山突兀边云长，清秋冷水入横塘。
漏残月黑听犬吠，夜半霜重看夕阳。
前山飞雪后山雨，初夏浅草仲夏黄。
怨女何须为君悔，立马西陲是儿郎。

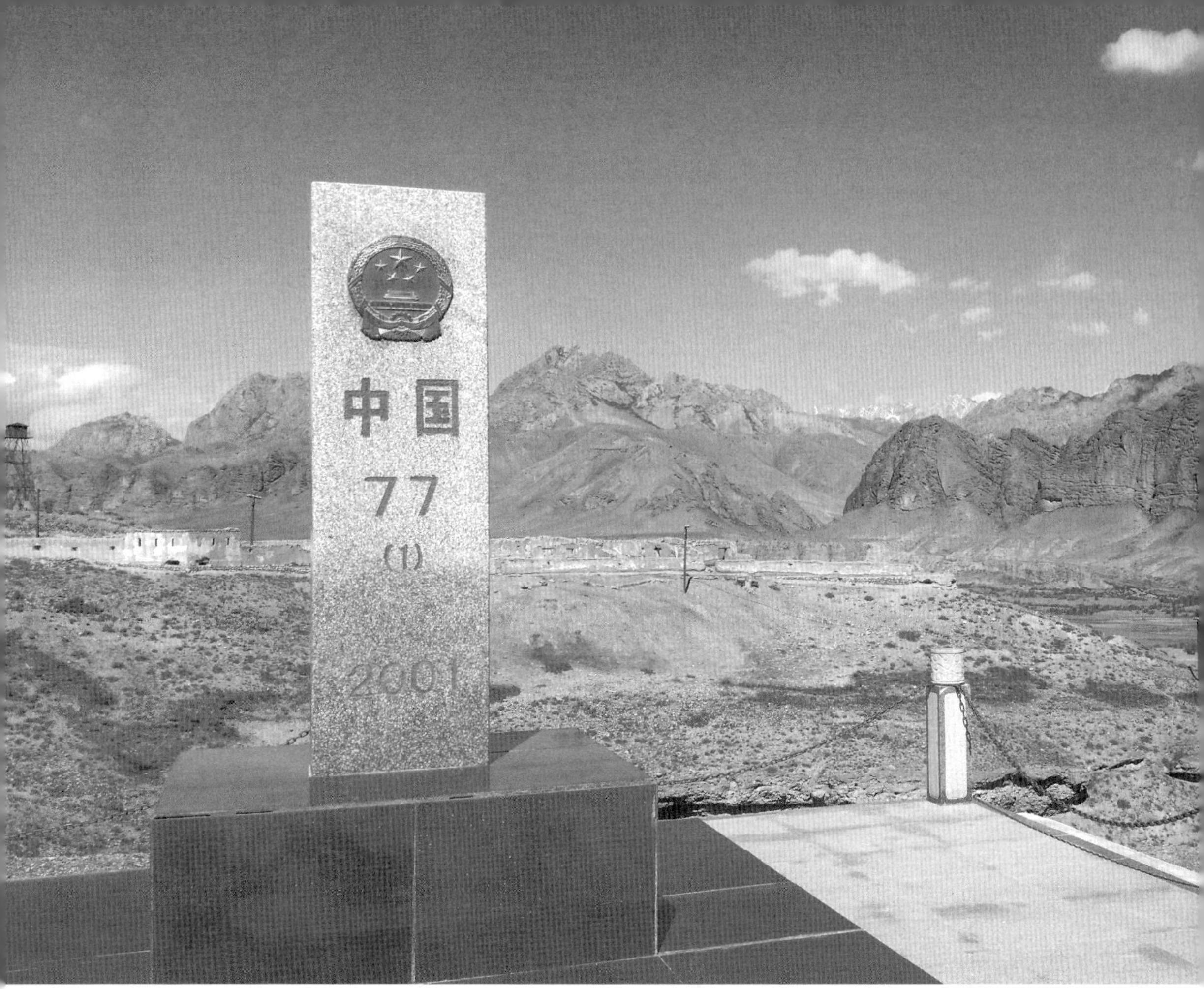

① ②
③ ④ ⑤

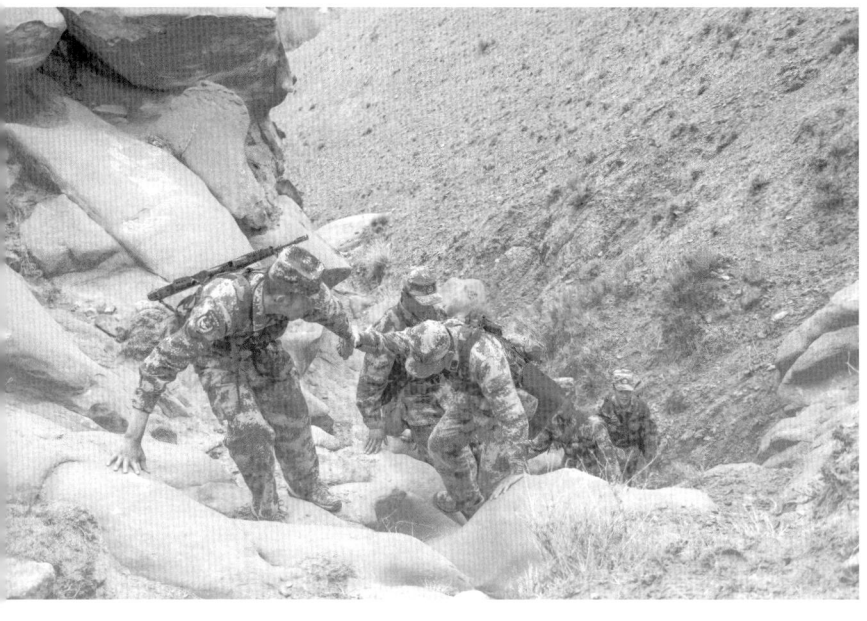

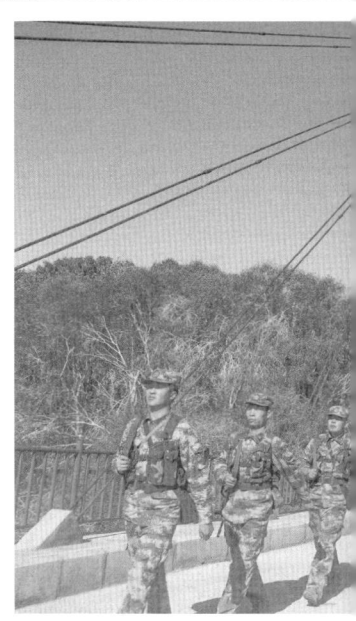

①中国最西端的界碑，与哈萨克斯坦的绿色界碑相对。（倪光辉 / 摄）
②斯姆哈纳边防连执勤分队徒步巡逻。（刘慎 / 摄）
③斯姆哈纳边防连官兵在巡逻途中。（刘慎 / 摄）

④斯姆哈纳边防连执勤官兵徒步巡逻，确保边境安全稳定。（刘慎／摄）
⑤两位战士在执勤中，身后的斜坡上是战士们用石头堆成的祖国轮廓。（倪光辉／摄）

多彩南沙岛礁
"南海第一哨"：不让南沙丢失一寸

【地理名片】

南沙群岛位于北纬3°37′到11°55′，东经109°43′到117°47′的西太平洋上，由550多个岛屿、沙洲、暗礁、暗滩和暗沙组成，它们大部分由珊瑚构成。

南海东北临西太平洋，西南经马六甲、巽他等海峡与印度洋相通，是太平洋通向印度洋的海上交通要道，是远东通入东南亚、非洲、欧洲和大洋洲的必经之地，是世界海上运输的咽喉地带，战略地位重要。西方国家70%的战略物资运输要经过南沙海域，我国通往世界的40多条海上航线，有30多条要经过这里。

【部队名片】

大海天水一色，惊涛拍打礁盘。在南海星罗棋布的岛礁上，驻扎着一支英雄部队，他们被誉为"南沙卫士"。这里地处祖国的最南端，远离大陆1000多公里，常年高温、高湿、高盐、高辐射，环境艰苦，曾一度被称为"海上生命禁区"。进驻南沙30多年来，南沙卫士们吃苦不言苦，不论驻守条件如何变化，他们始终如一地用牺牲和奉献捍卫着国家的主权。上礁就是上前线，守礁就是守阵地，官兵们时刻保持干劲"满格"，从容面对各种复杂任务考验。30多年来，南沙经历了由"高脚屋"到现代化城镇的沧桑巨变，守礁官兵生活翻天覆地，礁堡面貌焕然一新。2019年春节，南沙永暑礁官兵首次走进位于新礁堡的影院观影。从过去"白天兵看兵，晚上数星星"，到如今"足不出礁"赏大片，这只是南沙建设发展的一个缩影。近年来，南沙岛礁建设高歌猛进：新机场民航校验试飞成功，守礁官兵家属首次搭乘民航客机前往南沙探亲；二级甲等医院投入使用，成功实现对岛礁军民医疗全覆盖……

第一章 五极之"极"

"南沙卫士":守好这片"祖宗海"

2018年2月15日,除夕,南海华阳礁。

新上礁的95后战士郭阅兵跟着班长蹚着及腰深的海水,一步步朝着礁盘东北侧的主权碑走去。依照老传统,他们要在这个特殊的纪念日子里去重描主权碑。

华阳礁地处中国南沙驻守岛礁最南端,孤礁悬外,周围风高浪急,海空情况复杂,被誉为"南海第一哨"。

30年前的除夕夜,人民海军第一次登礁驻守。一代代守礁官兵克服艰苦恶劣的自然环境,在祖国的"南大门"筑起了一道坚不可摧的钢铁长城,用实际行动捍卫了祖国的尊严和海洋权益。

"这一刻,我深深感到肩上的担子是如此沉重,自己的使命是这般光荣!"在一笔一画认真描完碑字后,郭阅兵说,我们一定会时刻保持高度警惕,守好这片"祖宗海"!

华阳礁是我国南沙群岛中的一处珊瑚礁,是尹庆群礁四大礁之一。华阳礁位于尹庆群礁东端,礁台长5.5公里,宽约2公里,礁盘面积7.6平方公里。1988年2月25日解放军首批陆战队员登礁,中国军队开始正式驻守华阳礁。华阳礁是中国实际驻守的最南端岛礁,同时也是南沙群岛中,解放军驻守的最西端的岛礁,其军事地位很重要,对永暑礁起到前哨式拱卫作用。华阳礁与我国在南沙群岛的行政和军事指挥中心永暑礁两两相望,二者相距41海里。永暑礁是我国南沙群岛中的一座珊瑚环礁,距中国大陆约740海里,地处太平岛至南威岛的中途。

如今,南沙官兵们个个豪情满怀:"过去恶劣的环境下,守礁前辈没有让礁盘丢失一寸,现在条件越来越好,大家更有理由在守卫南沙、建设南沙中续写新辉煌!"

探秘"中国之极"

"南海第一哨"：乐为祖国守天涯

"南海第一哨"，位于西太平洋北部的南中国海上，地处祖国西沙群岛最南端的中建岛，远离祖国大陆1000多公里，1982年8月12日被中央军委授予"爱国爱岛天涯哨兵"荣誉称号。先后21次被上级评为基层建设标兵单位，荣立集体一等功2次、二等功1次、三等功2次。

"明明知道中建苦，我却偏愿中建留。"这是中建岛守备官兵的真心话。20世纪80年代中期，海军为了照顾艰苦地区部队，批准对西沙守岛部队的干部实行3年换防工作制，西沙守备部队党委也曾规定：凡在中建岛工作满3年以上的士官，可以调到驻永兴岛或其他生态好一点的岛屿工作。然而，官兵到了"换班"时间，却一再跑到领导面前，恳求继续留在中建岛工作，没有一个人主动要调出岛的。

2019年5月中旬，记者有幸探访了海军西沙中建岛守备营。

"在那云飞浪卷的南海上，有一串明珠闪耀着光芒……西沙，西沙，祖国的宝岛我可爱的家乡。"海天茫茫，阳光灿灿，一首人们耳熟能详的经典老歌，随着海风从小岛上飘来。

近了，近了，经过多番周折和颠簸，我们终于踏上这座由珊瑚和贝壳风化而成的小沙岛——中建岛。

这里驻扎着一支英雄的守备队。40多年前的一天，海军一艘炮艇载着7人小分队登岛，拉开了人民海军驻防中建岛的历史。这支守备队曾被授予"爱国爱岛天涯哨兵"称号，是海军历史上第一个被中央军委授予荣誉称号的基层单位。40多年来，一代又一代守岛官兵用青春和热血，在祖国西南海疆筑起了一道钢铁长城。在习近平强军思想指引下，如今的中建岛守备营全面建设取得了新成就。

第一章 五极之"极"

中建岛位于西沙群岛最南端,离三沙市永兴岛178公里,是中国领海基点。小岛面积不足1.2平方公里,岛上曾寸草不生,被称为"荒岛""风岛""南海戈壁"。而如今,展现在我们眼前的,却是五彩的世界:它白得那样纯粹,红得分外耀眼,绿得生机盎然,黑得俊朗坚毅,蓝得深远辽阔。

几天来,我们被小岛的斑斓、壮美色彩所吸引,被守岛官兵忠诚、奉献的品格所感动。

(一)白:没有七分英雄胆,休上中建白沙滩

上岛真难。

5月的南海,算是一年中海况最好的季节。即使这样,5000多吨的舰船依然像一片树叶。我们从三沙市永兴岛驶出,在漆黑的海面上飘摇了一夜,终于迎来海上日出。走上甲板,兴奋地发现,中建岛隐隐约约地出现在我们的视线里。

由于码头航道浅、暗礁多,只能靠小船接驳。我们登上一艘小船,又是一个多小时的飘摇。正头晕目眩时,海军某基地副政委陈江舫朗声说:"我们到了!"

踏上沙滩,仿佛置身一片白色沙漠。听战士们说,这里有"四高两缺一多",高温、高湿、高日照、高盐分,缺水、缺土、多台风。台风过境时,营区常被海水浸泡。一旦遭遇强台风,整座岛屿便没入海中。每年下半年寒潮期间,风大浪急,连渔船都很难靠岸,岛上有时三四个月无法补给。

在营区门口,两行大字赫然在目,"没有七分英雄胆,休上中建白沙滩"。三级军士长郭丹阳已在这里驻守了16年,他刚来时,被这里的"白"惊到了:到处是白沙,营房也是"一穷二白",官兵的食物、淡水、生活用品都要靠船来补给。

2016年10月,"莎莉嘉""海马"双台风接踵而至,中建岛"被吹变了形"。官兵在缺水断电的情况下坚守25天,成功处置了油库顶部裂缝、营区海水倒灌等重大险情,为部队挽回100万余元经济损失。

中建岛还流传着一个感伤的故事。有一次受寒潮影响,通信中断几个月,等到寒潮过去,原守备队队长刘杰奇同时收到家中发来的3份电报:一份是"父病

重"，一份是"父病危"，还有一份是"父病故"。

休假归来的战士带着一群小鸭子上岛。在三亚等交通艇等了几周，在永兴岛等交通艇又等了几周，到中建岛的时候，鸭子已经长大了……

（二）红：丹心永向党，扎根在天涯

朝阳初升，霞光万道。铺在沙滩上的巨幅党旗和国旗，红得醒目热烈，巡逻战士列队而过。

我们跟随巡逻战士，走在风吹浪卷的海边。守备营某连指导员陈子民讲起"种旗"的经历。曾经，守岛战士们收集全岛红珊瑚碎片，一点一点拼成"祖国万岁"4个大字。一场台风狂飙而至，削走了半尺多厚的珊瑚沙，拼砌好的图案也被吹得无影无踪。后来官兵们发现：岛上有一种叫海马草的多肉植物，在阳光照射下，叶茎都会变得红彤彤，既耐高温又抗盐碱。"咱们可以把'祖国万岁'种出来！"说干就干，官兵开始挖草栽种。担心日照强伤及小苗，他们搭起简易帐篷；担心小苗缺水，他们省下珍贵的淡水来浇灌。一个月后，50多米长、红彤彤的"祖国万岁"字形奇迹般地呈现在白色沙滩！2012年庆祝党的十八大召开和守备队被授予荣誉称号30周年，官兵们又"种"出巨幅国旗。

今年为了迎接新中国成立70周年，中建岛官兵又"种"下了巨幅党旗和"党辉永耀"4个大字。如今，岛上2900多平方米的党旗，2900多平方米的国旗，是全体守岛官兵的情感寄托和精神坐标，每次巡逻经过，官兵们都会庄严敬礼。

海马草茎叶鲜红，那是中建人忠诚的热血；海马草深扎根系，那是中建人坚定的信念。

主权碑上的"中国"二字，也红得格外耀眼。四级军士长王少辉，每月的第一天，都会用红漆把"中国"二字仔细地描一遍，一描就是13年。"当兵来到中建岛，使我真正感受到'中国'二字的分量。只要祖国需要，我愿守一辈子中建岛、当一辈子'天涯哨兵'！"

第一章　五极之"极"

（三）绿：战天斗地，誓把荒岛变花园

登上中建岛的制高点信号塔，俯瞰全岛，片片绿色尽收眼底：马尾松高耸苍劲，羊角树开枝散叶，抗风桐坚韧不拔，爬藤植物贴地而生……那层叠着、伸展着的绿，彰显着守岛官兵与大自然抗争的顽强意志。

"岛上种活一棵树，可比养个孩子难呢！"教导员刘长文笑着说。种树，成了每一代驻岛官兵的使命。为了种树，他们从大陆上背土。为了改善土壤环境，他们甚至把鸡粪带上岛礁。老兵邱华回忆，一名老班长在岛上服役8年，共背上来48包土，像呵护婴儿一样精心照料树苗。可即使这样，最初种的890棵树只成活了1棵。

"中建第一树"是银毛树，是第一批栽种的890棵、15类植物中唯一存活下来的。这棵树见证了中建岛守备队官兵艰苦奋斗的历程。

"种下的不仅仅是树，更是一种精神，是一颗颗爱国爱岛的种子，展现的是敢教日月换新天的志气、百折不挠的锐气和一往无前的豪气。"营长范期宏告诉我们。

40多年后的今天，岛上已成活了489棵椰树、1423棵抗风桐、5336棵马尾松，以及2万多平方米的爬藤、海马草等植被。每到春季，就会有数万只大凤头燕鸥飞到岛上栖息，成为西沙群岛中海鸟最多的一个岛。

每名守岛官兵都有自己的扎根树。培土、扶苗，再浇上满满一桶"定根水"。幸运的是，在岛上的几天里，恰逢战士们新种一批椰子树，我们每人也种下了一棵见证"天涯哨兵"守岛卫国的椰苗。

用爱与坚守，官兵们在这片寸草不生的沙滩上，创造出一个生机盎然的海上绿洲、构建起一道防风固沙的生态屏障。

（四）黑：西沙黑，守岛战士独特的美

在中建岛的几天里，我们深深感受到守岛官兵的纯朴与可爱，那黝黑的皮肤、英俊的面孔、坚毅的神情，构成了中建岛上独特的风景。

"我是大黑，他是二黑，这是小黑！我们被誉为'中建三黑'。"战士周校田

探秘"中国之极"

指着一条唤作"小黑"的爱犬向我们介绍时，憨厚地笑了。

周校田和他说的"二黑"洪咏春，上岛不到半年，成为岛上最黑的兵。黑皮肤是守岛官兵的"标配"。谁黑，意味着谁的训练刻苦，战士们说："西沙黑，西沙黑，守岛战士独特的美。谁不黑谁惭愧！"

岛上除了两只军犬，还有八九只普通犬。它们跟着战士一起巡逻，一起赶海捕鱼，成为战士们的亲密伙伴。

海岛上，烈日似火、海风如刀，空气一捏一把水、捏干一把盐。战高温、斗风浪、抓训练，官兵脸庞黝黑发亮，皮肤被晒脱了皮；迷彩服湿了干、干了湿，渗出厚厚的盐渍。这种艰苦，外人是难以体会的。我们上岛不一会儿，皮肤已晒得生疼，衣服里外全湿透。

"营长同志，部队入营仪式集合完毕，请指示！"这是 2019 年第一批中建新兵入营仪式。这场特殊的仪式，是守备营被授予荣誉称号以来，中建岛一直坚持的传统。

"每一名来到中建岛的战士，都有属于自己的'天涯哨兵'编号，下面我将你们的编号告知你们。邓哲！"

"到！"

"你是中建岛守备营 20190015 号天涯哨兵！"

……

宣布完毕，中建岛"新兵"、从其他岛屿调整过来任职副营长的邓哲，带领 6 名新兵庄严宣誓："珍惜中建荣誉，投身中建建设，刻苦训练、常备不懈，尊干爱兵、团结同志，争做让党和人民永远放心的天涯哨兵，为把中建建设成为一流前哨阵地而努力奋斗。"

（五）蓝：向海图强，砥砺武功争先锋

又一个风吹浪卷的日子，岛上例行实战训练。白沙滩地表温度接近 50 摄氏度，战士们一个个飞身扑下，烫人的沙子溅得满脸都是，汗水冲出道道沙痕。一个目光坚定的小伙子匕首练得虎虎生风，动作迅疾凌厉。他是中建岛守备队的军

第一章 五极之"极"

医蔡关泉。

"连军医都是战斗员？"面对我们的提问，范期宏回答得斩钉截铁，"中建岛远离大陆，单独设防，海空情复杂，必须全员过硬。"

"武艺练不精，不配中建兵""上岛就是上前线，守岛就是守阵地"，中建岛守备队实施全员额换岗轮训，培养"本专业精通、跨专业适用"的多能型人才。目前，上岛一年以上的官兵，无论是勤务员还是炊事员，人人都能熟练使用岛上装备的所有轻重武器。

改革强军，中建岛官兵严格进行实战化训练，推动由"守备营"向"特战队"转型，加大沙滩武装越野的强度，把射击靶场设置在海上，昼夜进行漂浮靶射击……官兵们始终瞪大警惕的眼睛，海空情目标发现率和上报率均达到100%。

战士们说，在这里，眼睛望不到祖国大陆，他们日夜守护的只有脚下这片土地。岛即是国，国即是家，哪怕付出再多，也一定要守好她。

"中建岛的兵是从大海的波涛中闯荡出来的，是在炎热的沙滩中煎熬出来的，是在严格的训练场上摔打出来的，是在恶劣的环境中磨炼出来的。"前来视察的一位将军曾这样评价。

"千里长沙的明珠，万里海疆的门户。立志家国梦，甘尝白沙苦，初心不曾改，国旗心中树……"这首《中建岛之歌》，守岛官兵人人会唱，因为这是他们用忠诚和奉献谱写出来的。歌声飞扬，不绝于耳，历经几代中建人的接续传唱，歌声愈加高亢辽远。

探访中建岛

探秘"中国之极"

探访手记

南沙的礁联文化

踏上南沙礁堡,最抢眼的是礁联。一副副礁联,道出了守礁官兵的心声,是他们精神风貌的写照。

永暑礁小菜园门口的礁联别具匠心,只有上联:"无土运土无菜种菜无中生有",横批一个"园"字。一群年轻军人,在无岛无土无淡水、缺乏生存条件的汪洋大海中,创造出多少个"有"!

赤瓜礁文化室挂着一篇仿《陋室铭》写成的《守礁铭》,道出了南沙卫士的情怀:

"礁不在大,有人则活;人不在多,有用则行。斯是孤礁,惟系主权。蓝天映碧海,钢枪伴国旗。观日出日没,审潮涨潮落。有海情空情报礁长,无处置之乱耳,无惊慌之劳形。功业耀千秋,甘愿受孤寂。官兵云,南沙精神。"

在此,收集到我驻守部分岛礁礁联如下——

华阳礁 位于尹庆群礁的东端,是我国驻守南沙最南端的礁盘。

礁联:

南海第一哨

蛟龙蟠水显灵气气吞山河

猛虎踞礁振国威威震南沙

渚碧礁 位于中业群岛西南约 15 海里。

礁联:

雄风虎胆

第一章 五极之"极"

人在天涯戍守渚碧礁盘
心系祖国永保国门平安

东门礁 位于九章群礁中部北侧,被称为"南海国门第一礁",连队被海军党委授予"南沙守礁模范连"。
礁联:
铜墙铁壁
保国门卫东门国门东门保卫靠我们
驻后方守前方后方前方驻守为国防

赤瓜礁 位于九章群礁的西南端。
礁联:
英雄本色
古之多少戍边志士流芳百世
今朝赤瓜卫国儿郎再展风流

南薰礁 位于郑和群礁西端。
礁联:
壮志凌云
南海南沙南薰男儿显威
礁盘礁堡礁魂交我放心

①	③	④
②		

①官兵光着膀子进行体能训练,沙地温度时常达到60摄氏度。(蔡盛秋/摄)
②中建"罗汉"。官兵们战酷暑斗海浪。
③"中建第一树"银毛树,是第一批栽种的890棵、15类植物中唯一存活下来的。这棵树见证了中建岛守备队官兵艰苦奋斗的历程。(倪光辉/摄)
④官兵回家休假时,都不忘从家乡背土上岛,甚至把鸡粪带上岛礁。在中建岛种出家乡田,吃上家乡菜。(倪光辉/摄)

祖国"北大门"漠河

"北极第一哨":极地勇士赛青松

【地理名片】

漠河位于中国雄鸡版图的"鸡冠"顶端,黑龙江省的最北部,河对岸就是俄罗斯,在这里能够吃到不少俄罗斯的小零食。这里一切以天然为主,深藏在大兴安岭林区之中,有绝美的风景和无污染的环境。

漠河基本一年都处于寒冷中,这里年平均气温 $-5℃$,一年中霜雪期长达9个月,气温最低曾达 $-57.3℃$,是中国有气象记载以来的最低温度。每年的6、7月,漠河会举办夏至节,因为夏季的短暂,所以对当地人来说,过夏天是一个节日。极其难遇的极光,也出现在这个时间段,到"北极村"偶遇极光,让人们对漠河充满了美好的幻想。

【部队名片】

漠河雷达站,则是全空军地理位置最北、北部战区空军自然气候最冷的雷达站,是祖国最北端的雷达站和北部空防预警的第一道屏障,被称为空军"北极第一哨"。外出巡逻时,官兵们要戴着厚厚的防寒面罩、棉帽,但"风吹在脸上依旧像刀刮一样疼"。在最冷的地方,战士们都有一颗最热的心。面对极端恶劣的自然环境,一茬茬雷达站官兵扎根"祖国北极",勇于担当、爱站建家、无私奉献,漠河雷达站连续26年被评为基层建设先进单位,荣立集体一等功2次、二等功4次、三等功10次。连续41年情报合格率100%,创下空军雷达兵情报合格率最高、连续时间最长的纪录。

第一章　五极之"极"

初识祖国"北天门"

2016年立夏时节,北京早已是繁花似锦,热风习习。一路向北2600公里,黑龙江漠河却还是冰天雪地。抵达的前一天,这里刚经历了一场大雪。

寒冷,是"神州北极"给每位到访者的"见面礼"。

清晨6点多,太阳已经升起,气温仍在零下6摄氏度。哈气成雾,记者不自觉地把手揣进口袋。"在这里,终于找到北了!"一位同行者感慨。

从漠河县到雷达站有不到半小时的车程,记者一行人乘车前往雷达站。采访车行驶在林海间的一条水泥路上,路两侧是十几厘米厚的积雪。车窗外,密密成片的白桦树、点缀其间的樟子松一律笔直地指向蓝天。

行至半山腰,因路面结冰,采访车在爬坡过程中突然打滑,一行人不得不下车,小心翼翼地步行走向雷达站。约莫20分钟,"北极第一哨"营房大门呈现在我们眼前。

此时,清晨的阳光洒满林海,大门上方不锈钢铸成的"北极星"熠熠生辉。环顾望去,如弯弓待发的雷达天线直视蓝天,崭新的现代营房似威武之士傲立森林中。营房广场,正中是高耸的旗杆,主楼前数十位着装严整的战士列队肃立。升旗仪式正在进行。在嘹亮的国歌声中,鲜艳的五星红旗冉冉升起。

"我们雷达站是中国空军最北端的雷达站,我们的国旗是中国空军最北端的国旗,我们是中国空军最北端的雷达兵。""祖国有我,请放心。最北最寒最坚定,练严练实练金睛!"

伴着国歌的最后一个音符,官兵们的铿锵誓言,响彻茫茫林海雪原。

站长马东平、指导员程龙,一对一米八几的大个子,黝黑的脸庞映出"北极"的印记。走进雷达站荣誉室,站在时任总参谋长傅全有为连队题写的"北极金睛空中卫士"面前,他们备感自豪地介绍,漠河雷达站1952年组建于鸭绿江畔,随即奉命出征朝鲜战场,执行抗美援朝对空警戒侦察任务,1973年调防漠

河大兴安岭深处。雷达站连续 26 年被评为军事训练一级单位，连续 41 年情报合格率 100%。

几十年把一件事做好更是非同寻常。随着采访的深入，记者渐渐明白：荣誉背后，正是他们那种箭在弦上、引而待发的临战状态，是那一股敢为人先、精益求精的过硬作风。

"练严练实练金睛"

在战士食堂吃完早餐，突然，"丁零……"一阵急促的铃声传来。

只见六七名战士正往雷达阵地奔跑。马东平告诉记者："这是一等转进！"大家随着转进战士的脚步也奔跑起来。不到一分钟，战士们已各就各位，山坡上弯弓般的雷达天线快速旋转着，雷达方舱里屏幕上电波一圈圈扫描着。

在指挥室，值班领导根据操纵录取员不断报告的空情信息，即时发布正确处置指令。

"小小操纵员，牵动指挥员。雷达一旦遇到干扰，'千里眼'就会成为'睁眼瞎'。"马东平介绍说，漠河雷达站守护着祖国最北端数十万平方公里的领空，我们就是上级首长和值班指挥员的千里眼。稍有疏忽就可能发生错漏压情，甚至贻误战机。

在战备值班检查"双向"登记本上，记者看到，清晰地记录着雷达站主官每天上机检查的时间、检查的内容、人员的值班状态、兵器的工作状况等内容。

"为了祖国的天空每一分每一秒都蔚蓝宁静，我们必须练好过硬本领。"漠河雷达站有这样一个理念：练在平时，想着战时；像准备打仗一样组织训练，像打仗一样落实战备工作。为提高实战环境下各类各级人员人工处置、传递、上报空情能力，连队成立了课题攻关小组，以"不明空飘物、护林防火、雷达反干扰"等情况为想定背景，反复进行空情模拟推演。

2015 年 6 月的一天，漠河上空乌云压顶，雷声滚滚。为防雷电击毁装备，官兵们迟疑地看着站长：雷达关不关？经验丰富的马站长听着雷声望向天空，下定决心说："雷达正常工作。"

两分钟后，雷达显示屏上发现一个亮点，一个不明目标正高速朝我边境线飞来。连队立即转进一等，迅速向上级指挥所报告，持续跟踪目标。

经查证得知，不明空情是一架民航客机因绕飞雷电云层，私自改变航线。尽管是虚惊一场，但雷达站提供的准确情报，为上级正确处理赢得了先机。

"最北最寒最坚定"

在雷达阵地旁的一片松林中，高高耸立着7棵百年古松。

这是1987年烈火洗礼后幸存的7棵樟子松，时至今日，依然如同卫士般巍然屹立，成为一代代官兵扎根北陲的精神图腾。

守边关！一个"守"字重千钧。守得住边关，守得好空防，是漠河雷达兵肩负的责任和使命。

1987年5月，大兴安岭地区发生罕见的森林火灾，漠河雷达站作为驻地唯一的空中情报保障单位，全程保障引导灭火救灾直升机、运输物资的运输机以及视察灾情的各类专机保障任务，当大火蔓延到阵地时，全站官兵仍誓死坚守岗位，英雄的壮举得到军委总部的通令表彰。

这7棵松树都有名字："创业松""毅力松""奉献松""志向松""勤勉松"和象征主官团结的一对"团结松"。为了铭记和传承雷达站不同时期的奋斗历程，他们把这片松林命名为"七棵松公园"。"公园"里樟子松树干上，有数十个刻有官兵名字的红色小木牌。凡是获得师级以上表彰的官兵都可以在里面认领一棵松树，并以自己的名字命名。

采访期间，那两棵并肩站在一起的松树终于迎来了新主人。去年，站长马东平和老指导员李佳宁被空军评为"一对好主官"，雷达站全体官兵组织隆重的入林仪式，"团结松"挂上马东平和李佳宁的名字。

探秘"中国之极"

多年来，每当有重大活动，官兵们都要来到"七棵松"下，讲站史、忆传统，用一代代官兵的感人事迹，激励大家珍惜荣誉、献身使命。每当新兵下连、老兵复退时，都会来到"英雄林"前静静站一会儿，想想自己"为连队干过什么、为连队留下什么"，许多心愿都留在了这片静静屹立的松林里。

"最偏最远最放心"

这样一个地处偏远、环境艰苦的小远散单位，官兵干劲从何而来？

在雷达站荣誉室，有一张黑白照片令人印象深刻：一群官兵围着一台收音机，在认真地收听。指导员程龙告诉记者，雷达站移防漠河之初，条件艰苦，信息闭塞，没有电视和报纸，官兵们自费买了这部半导体收音机，及时学习党的理论、上级指示。从此，北极雷达兵听到了来自北京的声音。

越是地处偏远，越要看齐追随。雷达站数十年如一日，采取官兵自学、骨干领学、干部辅导的方法，坚持每天半小时理论学习、半小时读报、半小时收看新闻联播制度雷打不动，搭建小讲堂、小卡片、小广播、小周记、小典型、小论坛"六小"学习实践平台。

采访期间，连队理论骨干正利用训练间隙带领官兵开展"两学一做"专题学习，大家时而在重点字句下重重地画上红线，时而就某个难点问题展开激烈讨论。空军某指挥所政委陶大鹏介绍说："利用点滴时间见缝插针学理论，从建站之初坚持至今，已成为一茬茬雷达站官兵的行动自觉。"

在电脑学习室，程龙进入邮箱，打开一封标题为《学习体会》的邮件，"这是今年参加外出驻训官兵的学习体会，"程龙说，"这些年，我们站按照'党员干部受教育、一个也不能少'的原则，建立'承包负责、网上学习、跟踪督导'三项制度，对每名在外党员干部，明确专人负责，及时传送学习计划和教学资料，并回收学习体会，实现了教育不断线、覆盖到全员。"

"持之以恒的理论学习，不仅铸就了官兵绝对听党指挥的军魂，还激发了官

第一章 五极之"极"

兵卫国戍边、争先创优的热情干劲。"陶大鹏告诉记者。近年来,雷达站先后有52人入党,44人荣立三等功,16人被表彰为优秀共产党员,11人考学提干,战士留队率一直保持在90%以上。

全军纬度最高、位置最北、坐落于漠河北极村里的北极哨所。(倪光辉/摄)

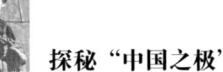

探秘"中国之极"

探访手记

在北极当兵，始终有一种精神

在空军漠河雷达站再往北，是黑龙江漠河县北极村。这里是中俄边界，处于界河黑龙江畔。

北极村，是祖国版图的最北端，冬季最低气温达零下57摄氏度。拥有诸多"中国之最"：纬度最高、位置最北、温度最低、无霜期只有80天，一年中有8个月冰封雪裹。北部战区陆军某旅二连驻守这里。多年来，官兵战严寒、斗风雪，坚决守好祖国北大门。1999年被原沈阳军区评为基层建设先进连，2003年被原总政治部评为"全军学雷锋先进集体"。

在这里，"一对好父子，两代戍边人"的动人故事广为流传。2006年7月，连队新来干部贾鹏飞，没急于去连部报到，而是先来到连队的老靶场、哨所和界碑前脱帽肃立，自言自语地说："爸，您的儿子选择了这里，来继续完成您未完成的事业……"他是该连第13任连长贾永才的儿子。20年前，贾永才在执行任务中为了掩护战友，献出了年仅30岁的生命。如今，他继续站在这片父亲热爱并献身的土地上，成为一名出色的北极哨兵。

战士们说："最北最寒最坚定！在北极当兵，始终有一种精神让自己充满斗志。因为，我们要当好神州北极一面旗。"

极寒环境下,为防止润滑油冻结,官兵每隔一段时间就要推动雷达天线。

随着天气逐渐转冷,奔腾流淌的中俄界江黑龙江呈现大面积流冰,这标志着黑龙江进入流冰期,即将冰封。2019年11月8日,在黑龙江省漠河市北极村,形状各异、大小不一的冰块顺流而下,形成了壮观的"跑冰排"景观。(褚福超/摄)

北京天安门

"祖国第一哨":祖国"心脏"的守护者

【地理名片】

北京天安门,祖国的"心脏"。天安门坐落在中国首都北京市的中心、故宫的南端,与天安门广场以及人民英雄纪念碑、毛主席纪念堂、人民大会堂、中国国家博物馆隔长安街相望,以杰出的建筑艺术和特殊的政治地位为世人所瞩目。1949年10月1日,在这里举行了中华人民共和国开国大典,由此被确定为国徽图案,并成为中华人民共和国的象征。

【部队名片】

天安门国旗护卫队护卫的国旗被称作"祖国第一旗",国旗下设置的哨位,被称作"祖国第一哨"。

从1982年12月28日开始,武警天安门国旗班正式担负天安门广场升降国旗和国旗哨位守卫任务,升降国旗仪式由3人完成。1991年,天安门国旗护卫队正式成立,并从5月1日起施行新的升旗仪式,升降旗方队共36人。2004年6月1日起,天安门国旗护卫队每月3次大升旗的勤务改为每月1日进行大升旗。到2017年12月31日最后一次升降国旗恰好满35年,35年来约有3亿人次在现场观看了升旗仪式。

武警北京市总队十支队官兵常年驻守在这里,风雨无阻地守卫着天安门广场、护卫着五星红旗。先后被武警部队评为"基层建设标兵支队",被中央军委表彰为"全军先进旅(团)级单位党委""全军学雷锋先进单位",被中共中央、国务院授予"北京奥运会、残奥会先进集体"。

在新一轮国防和军队改革中,国旗护卫队调整到解放军仪仗队,隶属北京卫戍区。2018年1月1日起由中国人民解放军担负国旗护卫和礼炮鸣放任务,武警天安门国旗护卫队从此成为历史。

第一章 五极之"极"

天安门广场,祖国的"心脏"。一声清脆的哨音,划破了清晨的宁静——

2017年11月17日,星芒未散,天安门国旗护卫队的官兵们早早起床,开始了升旗前的例行训练。

6时56分,国旗护卫队36名队员整队出发。从金水桥到国旗杆下,正步行进96步,一步不多,一步不少。

7时,太阳跃出地平线的同时,鲜艳的五星红旗沿着国旗杆冉冉升起,雄壮的国歌声响彻天安门上空。

"升好祖国第一旗,凝聚亿万爱国心",这里早已成为每一名中华儿女心中的坐标,他们每天从五湖四海汇聚到这里,感受伟大祖国"心脏"的跳动,感受爱我中华的神圣一课。

金水桥畔,国旗杆下,长安街上,纪念碑前……武警北京市总队十支队官兵常年驻守在这里,风雨无阻地守卫着天安门广场、护卫着五星红旗。时刻感受着祖国奋进的足音,时刻抚摸着走向复兴的时代脉搏。支队组建25年来,官兵用青春和热血,忠诚履行使命、服务人民、尽职担当,先后被武警部队评为"基层建设标兵支队",被中央军委表彰为"全军先进旅(团)级单位党委""全军学雷锋先进单位",被中共中央、国务院授予"北京奥运会、残奥会先进集体"。

步履铿锵,战歌嘹亮。他们用一举一动、一言一行,诠释着中华人民共和国神圣的尊严,让五星红旗映衬下的天安门广场更加亮丽和谐。

铁心向党的"忠诚卫士"

"我爱北京天安门,天安门上太阳升……"

迎着清晨第一缕阳光,心中默唱着耳熟能详的歌曲,守护天安门城楼的五中队官兵们,踏上神圣哨位。党的十九大胜利开幕那天,他们用自己独特的方式为党的十九大送上最高礼赞。

1983年三人升国旗仪式的场景（资料图片）

2015年国旗护卫队担负"9·3"大阅兵升旗仪式任务。图为方队队员正在训练。（牛成浩/摄）

2007年8月1日，身着崭新07式礼服的国旗护卫队员正步走过长安街。（武炎龙/摄）

2008年北京奥运会开幕当天升国旗（武炎龙/摄）

探秘"中国之极"

"站在广场观盛世",这是支队官兵中流传甚广的一句话。作为天安门地区"最高"的哨位,"在这里站岗,你会越来越为祖国繁荣富强而自信、骄傲"。站在"开国大典"举行的地方,官兵们把这里作为提升"四个自信"的生动课堂。

1983年年初,随着中国人民武装警察部队的重新组建,武警北京市总队的官兵们开始进驻天安门广场地区担负天安门城楼、金水桥、国旗、人民英雄纪念碑等的守卫任务。多少年来,这支部队始终铁心跟着中国共产党,部队前身从井冈山到延河畔,从西柏坡到北京城,转战南北,历经战火硝烟洗礼,始终忠诚地护卫在党中央身边。

支队组建以来,始终传承着红色血脉,"护卫国旗重于生命、守卫广场无上荣光"深深植入了一茬茬官兵的内心。

奋进的中国,崭新的时代。武警北京市总队政委刘振所介绍:"天安门广场是见证历史的地方,是感悟新时代的好课堂,支队常年在这里执勤站岗,用赤胆忠诚续写了光荣和梦想,他们是用习近平强军思想武装起来的新时代官兵,是新时代部队建设的一面旗帜。"

营区上下,官兵目之所及、耳之所闻、手之所触,到处都能感受到习近平新时代中国特色社会主义思想。"十九大报告是一部思想宝典,只有逐字逐句地研读才能体会精神要义。"国旗护卫队指导员彭凯带领官兵归纳整理十九大报告中"14条基本方略""40个新提法""100个关键词"等内容制作口袋书、黑板报、宣传展板供官兵学习。

支队始终注重发挥驻地红色文化和部队建设底蕴深厚的特点,变资源优势为教育优势。坚持用国旗文化感召,每逢新兵下队、老兵退伍、官兵晋职晋衔都要举行向国旗宣誓仪式;坚持用英雄文化感染,组织瞻仰人民英雄纪念碑,培塑官兵英雄情结;坚持用传统文化熏陶,在赓续优良传统中提升忠诚纯度。

为了适应新时代思想政治教育的新形势、新情况,支队党委还探索建立"互联网+"思想政治教育新模式。在研发的"掌上军营"APP上,记者看到,工作动态、理论文库、教育超市等10多项栏目一目了然,客户端每天及时推送党的十九大精神学习理论成果,让官兵在方寸之间解决思想上的难题、理论上的困感。"只有让'生命线'加装'数据链',思想政治教育才会如虎添翼!"支队政委王建华对记者说。

广场安宁的"守护神"

故宫午门外,国旗护卫队驻地。来自世界各地的游客,看到的是国旗卫士笔挺的军装、整齐的步伐和洋溢着自信的脸庞。

有些成长只有他们能领会:这里的新战士,在训练中每天平均要行进2.7万步,两年服役期累计超过1.3万公里。腰插"十字架"、领别大头针、背贴硬板床,这是练"站功"的基础课;腿绑沙袋、尺量步幅、表测步速,这是练"走功"的入门课;枪刺挑哑铃、枪托吊砖头、腋下夹石子,这是练"持枪功"的必修课。

有些疼痛只有他们能体会:升旗手吴猛练习收旗动作时,手掌与旗杆一次次猛烈碰撞,鲜血染红了白手套,依然力度不减;老兵陈国学站哨时,脖子被游客的风筝线拉出一条4厘米长的口子,他却一动不动;"国旗之子"陶维革站国旗哨时腹部一阵剧痛,坚持上完一班哨后才发现十二指肠溃疡急性穿孔……

从进入国旗护卫队的那天起,官兵们每天都要经受超越生理极限的磨炼,但是在每个人的心里,始终有无上光荣的自豪感。"每一次升旗、每一个哨位,就是我们的战场!这不是一面普通的旗帜,而是高扬在每一名中华儿女心中的信仰。"支队长刘彦武说。

"走进这支部队,我们能时刻感受到,官兵始终把绝对忠诚的标准落实到履行使命的具体行动中,捍卫的是国家形象、民族尊严,每个人都能做到舍身为党、赤胆忠心、爱岗敬业。"武警北京市总队司令员李志刚说。

这是一份用汗水、泪水甚至血水凝成的执勤数据——

支队正常部署每班哨用兵百余人,有时每人每天执勤长达10多个小时;年均执行临时勤务2600余场次,最多一天要担负20多场临时勤务……

2017年5月19日，36.8摄氏度，北京迎来首个高温日，国旗护卫队新战士赵涵在酷暑下训练。（粜世民/摄）

第一章 五极之"极"

"执勤无小事,事事连政治",天安门广场发生的任何事件都可能成为社会焦点。多年来,支队官兵时刻保持高度警惕状态,力保遂行任务万无一失。

在天安门广场任何一个角落,如果发生可疑情况,官兵都能迅速到位、妥善处置:他们通过电子监控、信号对讲等信息化手段,对重点部位,哨兵都能做到一点触警,指挥员与哨兵同步感知。为使一线哨兵与应急力量同步行动,他们加强处置执勤情况协同联动训练,确保广场任何一个点位一旦发生情况,官兵都能迅速到位妥善处置。

支队组建以来,圆满完成历次党的代表大会,每年全国两会,香港澳门回归庆典,北京奥运会,国庆50周年、60周年庆祝活动,"9·3"阅兵,APEC会议,"一带一路"国际合作高峰论坛等重要会议、重大活动的安保任务。

传播爱国主义的"名片"

阳光照射在故宫博物院金色的琉璃瓦上,这座宫殿显得更加华丽、庄严。作为游览胜地,这里每天都要接待数万名国内外游客。

而在守卫故宫博物院的七中队,官兵谈起11月8日的经历,依然心潮澎湃。那天,故宫成为中美友好的见证,美国总统特朗普及夫人受习近平主席邀请前来故宫参观。从那一刻起,官兵觉得自己守护的不仅是一座故宫,更是一座联通中国和世界和平发展的桥梁。

在国旗护卫队的荣誉室里,摆放着来自世界各地友人赠送的纪念品,有革命老区拥军模范亲手纳制的鞋垫,有维吾尔族青年送来的花帽,有藏族群众送来的哈达,有南海守礁官兵送来的海螺,有哈萨克斯坦国民近卫军送来的镜框……

"把以护卫国旗精神为主题的爱国主义教育辐射到全社会,是国旗护卫队的一项崇高使命!"每来一批参观的客人,国旗卫士们都热情地向他们讲解国旗知识和国旗背后的故事。据统计,从20世纪80年代至今,已有超过3亿人次来到天安门广场观看升旗仪式,国旗卫士把这幅壮美的图画,深深地定格在全世界炎

探秘"中国之极"

黄子孙心底。

2017年8月13日,一张拍摄于天安门广场的照片在网上热传:国旗区西南角,一柄深绿色执勤岗伞外,一名武警哨兵在雨中笔直伫立。身后伞下,挤满了来自天南地北的游客。照片引发网友一致热评:"为人民服务,最可爱的人!""忠诚卫士,敬礼!"……

党的十九大报告鲜明提出了"坚持以人民为中心"的重大思想,官兵们第一时间学习,第一时间践行。多年来,官兵走了一茬又一茬,可"为人民做好事"始终刻在每名官兵心上。"当兵尽义务一阵子,为人民服务一辈子"早已成为官兵的共同心声。

在这片44万平方米的土地上,哪里有困难,哪里就有支队官兵的身影。在进入天安门广场的通道口和故宫博物院门口,都有支队官兵们常年为游客提供问路咨询、紧急求助、寻找失物等服务。支队专门举办文明礼仪、常用英语、法律常识、旅游知识培训,使每名哨兵都成为"北京通""活地图""宣传员",让每个哨位都成为展示文明的窗口、树立形象的平台。

头顶,是高高飘扬的五星红旗;身后,是亿万人民瞩目的目光。官兵们的每一张面孔,都成为中国向世界展示自信的窗口。

第二章

界碑，界碑

阿尔山上的暖心哨所
-35℃，探访三角山边防连

【地理名片】

"雄鸡"昂首的拐角处，大兴安岭哈拉哈河畔，内蒙古阿尔山风景优美，到处是挺拔的林木。中蒙边境三角山位于阿尔山市，哈拉哈河支流中蒙界河努木尔根河右岸，因其山形呈三棱锥状而得名。三角山海拔1039米，山坡灌丛茂密。常年大风，阵风风力最高可达10级。从山顶可俯瞰界河两岸风光，遥望对岸山川如浪，山脚下即为阿尔山口岸。中方一侧为内蒙古兴安盟阿尔山市，蒙方一侧为东方省哈拉哈勒县。这里冬季漫长，冻结期长达7个月，无霜期仅90天左右，最低气温曾达到过零下50摄氏度。常年白雪皑皑，成片的樟子松傲寒挺立。

【部队名片】

三角山边防连组建于1976年，担负着中蒙边界的执勤守卫任务。哨所建在三角山顶，为八角形二层建筑，有台阶和护栏通向山下。

极端低温给连队和戍边战士带来极大挑战。近年来，在军队和地方各级单位的大力帮助支持下，三角山边防连和观察哨所的硬件设施有了巨大变化：连队驻地建起了太阳能日光温室和智能温室两座温室大棚，建好了地下菜窖，天然气锅炉、车库、晾衣房、家属房等，解决了许多冬天低温带来的问题。

哨所先后荣立集体一等功1次、二等功6次，被原北京军区表彰为全面建设先进基层单位，被陆军表彰为基层先进党组织。哨所的墙上，悬挂着一张习近平主席与哨所官兵亲切合影的大幅照片。2014年1月26日，习近平主席顶着凛冽的寒风，沿着58级陡峭的台阶来到哨所，在观察登记本上签下名字，和官兵们一起执勤站岗。

第二章 界碑，界碑

本文作者在三角山哨所前

隆冬的内蒙古阿尔山，冰雪覆盖，天寒地冻，最低气温超过零下35摄氏度。驻守在这里的北部战区陆军三角山边防连官兵不畏严寒，穿行在林海雪原，守卫着祖国北疆。

2014年1月26日，同样是滴水成冰的隆冬，中共中央总书记、国家主席、中央军委主席习近平，身穿寒区迷彩作训大衣，顶着凛冽的寒风，踏着厚厚的积雪，来到三角山边防连，亲切看望慰问连队官兵。习主席的亲切关怀温暖着连队官兵，激励着他们扎根边关、创业边关。

2019年1月，记者走进三角山边防连，登上雪山哨所，跟随官兵巡逻，探访了这群可敬可爱的"北疆卫士"，记录下途中的点点滴滴。

探秘"中国之极"

一大早,记者从旅部驻地前往三角山哨所。40分钟车程,汽车驶过一片白雪皑皑的草原,路边出现一片突兀耸立的山石,仿佛在提醒我们,这个地方不寻常。白雪漫漫的山坡,成片的樟子松傲寒挺立,"扎根边关、安心边关、创业边关、立功边关"的红色标语在雪野中格外醒目。

沿着58级台阶,记者登上连队驻守的三角山哨所制高点,纵目环视,一片连绵起伏的丘陵向远方延伸,一条弯弯曲曲的河流已然结冰被雪覆盖,如同一道白练。这,就是中蒙界河哈拉哈河。

边关遥远,地广人稀,这里冬季漫长,冻结期长达7个月,无霜期仅90天左右,最低气温曾达到过零下50摄氏度。极端低温给官兵执勤训练和生活带来极大挑战。近年来,在军队和地方各级政府的大力帮助支持下,连队、哨所的硬件设施和边防建设有了很大变化,整修了巡逻路,官兵宿舍做了外墙保温,新建了保温菜窖、温室大棚、车库,哨所还打了深水井,极大地提升了连队冬季后勤保障能力。

年复一年,安心戍边,需要一枚最重的心锚。在官兵心中,深藏着一种掩饰不住的荣耀。采访中,战士们说得最多的一句话就是"我们是习主席接见过的战士"。

每年的1月26日,是连里的荣誉日,这一天全连官兵都会重走习主席视察路线、重温讲话嘱托、重读回信内容、开展大讨论……"每当新干部任职、新士兵下连,连队都会组织他们学习领会习主席在回信中的殷切期望和嘱托,增强贯彻落实习近平强军思想的政治自觉和行动自觉。"政治指导员窦虹杉告诉笔者。

5年来,三角山边防连官兵始终牢记习主席的教诲和嘱托,扎实推进强军目标在边防连队落地生根,连队建设稳步发展。连队党支部始终紧贴实战化练兵要求,聚焦练兵备战,着力培养"有灵魂、有本事、有血性、有品德"的新时代革命军人,连队官兵苦练实战本领,锤炼打赢硬功,军事考核合格率达到100%,优秀率达到85%以上,培养了一批执勤能手和训练尖子,2018年在旅组织的岗位技能比武中取得了边防连队第一名的好成绩。

第二章　界碑，界碑

套马备马，执勤出发

当天，室外气温低至零下 35 摄氏度，而哨所温度计的红色液柱却稳稳停留在 18 摄氏度的高度。

温度计对面的墙上，悬挂着一张习主席与哨所官兵亲切合影的大幅照片。2014 年 1 月 26 日，习主席顶着凛冽的寒风，沿着 58 级陡峭的台阶来到哨所，在观察登记本上签下名字，和官兵们一起执勤站岗。

"每次看到照片，想到边关离习主席这么近，就会觉得心里热乎乎的。"下士葛旺说，大家都铆足了劲为祖国站好岗、放好哨、守好边。

最近几年，为了改善哨所官兵的工作生活条件，部队为哨所更换了锅炉，新建了厨房、卫生间、活动室，当地政府给墙体加装了保温层，军民同心把寒冷结结实实地挡在外面。"过去连队条件苦，哨所保暖差，室内室外一个样，喝的是浑浊的水，吃的是凉了的饭。"连队上士陈富军说。如今，连队打了深水井、装了净水设备、安装了热水器，哨所加固了保温层，新建了厨房、卫生间和浴室，电脑、电视、洗衣机等电器一应俱全，执勤点间的边防巡逻路垫上了风化砂，路更好走了；在哨所能吃到热乎饭，巡逻戍边也更有劲了。

由于室内外温差超过 50 摄氏度，哨所的防盗门因屋里的暖湿空气遇冷凝华，结成厚厚的冰砣。"冰结得太快，敲都敲不过来。"葛旺说，每天早晨门和门框都是冻在一起的，像是多加了一把纯天然的冰锁。

清晨 7 时，天边刚露出鱼肚白，连队营门探照灯下出现 3 个身影，"待会儿先把今天执勤的 5 匹马圈出来喂些草料、饮一饮，马儿吃饱了才有力气巡逻。"执勤组组长王挺对身后的两名士兵说。

大灯将马圈照得透亮，上等兵嵇顺甩开了套马杆，将马驱赶到了马圈的角落，准备开始"套马"。这不是个简单的活儿，马群在马圈内绕圈跑，需要精准地将套绳套在奔跑的马脖子上。嵇顺是同年兵里套马的一把好手，不出 10 分钟，

探秘"中国之极"

5匹即将执勤的战马已挑选完毕，整齐地拴在马圈食槽前。上等兵陈研打开了饮马的水龙头，抱着一大捆草扔到食槽里。

"今天除了巡线外还要去王玉发麦点给牧民送药，路线会比往常长不少，天气预报今天可能有较大降雪，你们今天骑马更要注意安全。"连长王禹博在战士们临行前叮嘱着。

受领任务后，王挺下达巡逻执勤命令："上马，出发！"乘马执勤小组身披白袍，肩挎钢枪，手持缰绳，迎着刚露头的朝阳，队伍一路笔直地向前奔进，此时连队的温度计显示室外气温为零下35摄氏度。

突遇险情，临机处置

乘马执勤队伍在茫茫雪原缓缓行进，寒冷的天气使得马匹身上结上了一层白霜。半小时后，一块蓝底白字的"军事禁区，严禁入内"的路标，赫然出现在我们眼前，边防巡逻路到了。

连续几场大雪使得巡逻路积了20多厘米厚的雪，低洼不平的雪地使马队减慢了行进速度。不一会儿，走在队伍最前面的军马突然停下了。王挺告诉大家："老马识途，前面道路险峻，每次巡逻到这里，马就不往前走了。大家下马，牵马行军。"

雪舞漫天，眼前白茫茫一片，能见度不足十几米。"班长，雪这么大，咱们到了麦点就回来，不一定要去界碑吧？"面对追问，王挺扒开结满冰霜的防寒面罩，"不行，界碑那一段边界线距离连队远，恶劣天气对不法分子隐蔽更有利，越是恶劣的天气咱越要巡逻好！"

"天寒地冻的风雪巡逻路上，只要是向着界碑前进，我就浑身充满力量。"王挺说。一次巡逻时，连队官兵冒着零下40摄氏度的严寒，踏着没膝的积雪，每前进一步都像是在雪海"游泳"，一个不小心，整个人就跌入冰窟。他们几乎是爬着到达界碑的。

第二章 界碑，界碑

风越来越急，雪也越下越厚，巡逻队伍艰难前进着。突然，一匹军马嘶鸣着滑入雪窝，马肚皮全部埋进雪里。个头不高的下士王佳乐半个身子也陷入雪坑中。一旦战马困在雪中过久，造成低温冻伤将很难治愈。"救援！"大家迅速排成一队，一人牵着马绳，其他人一起合力向后拽，最终把军马和王佳乐一步步"拖"出了雪窝。突发的情况并没有阻挡战士的脚步，稍做休整后，大家再次踏上了巡逻的道路。

关爱群众，巡诊送药

上午10时，太阳出来了，风雪渐渐小了。林海雪原中几座简陋的木房子若隐若现，马队沿着岔路口继续往前走，到达牧民王玉发的麦点。

早上6时多，指导员窦虹杉突然接到王玉发的求助电话，因为母亲突发高烧，夜间的积雪导致汽车无法在雪原行驶，紧急请求连队送一些药品帮助母亲退烧。连队临时调整了执勤人员，安排军医张君担负此次执勤任务，携带必备药品的同时，帮助王玉发母亲看病。

经过检查和了解病情，初步诊断为扁桃体发炎，加之老人高龄，身体免疫力低下导致突发高烧。张君随即从药箱里取出药品送给王玉发，交代他按时喂老人吃药，并嘱咐老人多喝水多休息。接过药袋，王玉发激动地握住了张君的手。

一路上，张君向记者讲起"电子哨兵"的威力。怎样有效提升保卫边疆的能力？经过长期思考和实践，连队官兵大抓科技控边！

凌晨2点，三角山区域漆黑一片。连队监控室内，值班员刘俊心目不转睛地盯着屏幕。突然，警报骤响，一个未知物体被红外摄像头捕捉，位移方向清晰可见。刘俊心迅速拿起对讲机，将情况通报给在外执行潜伏任务的执勤组长，通知其位置。没过多久，执勤组传回消息，原来是几只野鹿出没，虚惊一场。"实现'科技控边'之后，边境地区有一点风吹草动，红外摄像头'电子哨兵'都能自动监测到。"刘俊心说。

探秘"中国之极"

守护界碑,使命如山

苍茫雪原上,北风呼啸,不知不觉间战士们的棉帽和防寒面罩上布满了冰霜,战马不时喘着粗气。"快到了,大家再坚持一下!"下士王佳乐在给大家打气。

队伍转过一个山脚,远方的界碑静静地伫立在风雪之中。看到界碑,上等兵魏凯激动地把马"撩"了起来。穿过一小片丛林,魏凯甩鞍下马,跑上去拥抱界碑,轻轻地拂去界碑表面的积雪。

随后赶到的战友也纷纷下马,向界碑敬礼,表达着边防官兵对界碑的尊敬!忽然,一声清脆踩雪的声音划过,组长王挺凝神几秒后,松了一口气:"是只野兔。"大家在不远处的凹雪里发现了小动物的蹄迹。

看着年轻战士疑惑的表情,王挺告诉大家,人踩雪的声音比较厚重,小动物踩雪却是频率规则、声音清脆。"各种动物的声音,我们都要能准确分辨,巡逻路上一丁点儿可疑的声响都不能放过。"像这样细致地执勤,连队官兵每天都要安排几组。

记者向远方望去,此起彼伏的林海雪原在阳光的照耀下显得格外壮观,界碑上的国徽反射着太阳光格外耀眼。

"界碑在我面前,人民在我身后,祖国在我心中,责任在我肩上。请习主席放心,请全国人民放心。边关有我,祖国安宁!"执勤官兵在庄严的界碑前许下诺言。这一诺言,已经实实在在内化为连队的精神力量,融入官兵的血液中。

列兵刘博阳和班长一起在界碑旁执勤（赵新春/摄）

探秘"中国之极"

探访手记

"相思树"下特殊的军礼

大兴安岭哈拉哈河畔,三角山哨所屹立在这里。哨所门前有一棵挺拔的樟子松,官兵们亲切地称它为"相思树"。

2019年10月,途经千里跋涉,军嫂吴新芬和丈夫王俊景从河南来到三角山哨所,看到了相思树。吴新芬扶着丈夫,指着寒风中挺拔的樟子松感叹:"俊景,这就是相思树啊!"

"相思树"的故事在北疆边防广为流传。35年前,在一次执行巡逻任务中山洪暴发,为救战友,连长李相恩不幸被洪水卷走,光荣牺牲。闻讯赶来的妻子郭凤荣,在哨所守望了三天三夜。离开哨所前,为了表达对丈夫的思念,郭凤荣一抔土一把泪在山顶上种下了这棵樟子松,呼唤丈夫归来。

2010年,郭凤荣不幸身患癌症,弥留之际嘱托后人务必要将自己的骨灰撒在哈拉哈河,她要陪伴丈夫一起守卫祖国的边疆。为了纪念老连长夫妇,官兵们将这棵樟子松称为"相思树"。如今,"相思树"栉风沐雨,枝繁叶茂。吴新芬仰望着这棵代表李连长夫妻爱情的"相思树",自己的往事再一次被唤起⋯⋯

从懂事时起,吴新芬就崇拜军人,热爱部队。那时,每到建军节、中秋节、春节前夕,她都会给边防哨所写慰问信。后来,她认识了西藏的边防军人王俊景,两人通过信件成了无话不谈的笔友,逐渐相知相爱。

在一次执行任务中,王俊景遭遇意外,四肢严重烧伤,失去了双臂。得知消息的吴新芬毅然辞掉工作,来到原成都军区总医院照顾王俊景。当时,医生断言,王俊景一辈子将在病床上度过,也正是那时,王俊景得到了吴新芬无微不至的关心和照顾。

第二章　界碑，界碑

每当他意志消沉，吴新芬总会对他说："我相信你"，给他坚强生活的信念。

2002年，经历了风风雨雨的两人终于走进婚姻殿堂。"虽然丈夫没有双手，也总是遗憾不能给我完整的拥抱，但他给我的拥抱在我心里，我能感受到。"虽然吴新芬在生活中承受很多艰辛，可多年来，她毫无怨言。

经常从媒体上看到"相思树"的故事，吴新芬每次都深受感动。2019年年初，吴新芬看到《人民日报》刊发《-35℃，探访三角山边防连》的报道时，涌起了去现场看看"相思树"的愿望。

为了圆梦，她鼓起勇气向记者写了一封信，希望能到三角山哨所探望边防军人，看一看仰慕已久的"相思树"。在记者的联络下，北部战区陆军某边防部队领导也为吴新芬夫妇的心愿感动，邀请他们来到了哨所。

夕阳下，吴新芬和爱人站在了"相思树"下。透过岁月的风尘，吴新芬一只手轻抚着樟子松的树干，一只手紧紧抓着王俊景那空着的衣袖。虽然丈夫此生再无缘军礼，但吴新芬就是他的双臂。"相思树"迎风摇曳，吴新芬替丈夫郑重地敬下了一个特殊的军礼！

"红色国门"新疆塔城

寻找歌声里的小白杨

【地理名片】

在中哈边界,新疆塔城地区裕民县有个巴克图口岸。该口岸不仅是"准噶尔门户",当年还是传递革命真理的通道,为巴克图革命力量发展起到了积极的推动作用,有"红色国门"之誉。莽莽巴尔鲁克山脚下,新疆军区塔城军分区塔斯提边防连有一个闻名遐迩的小白杨哨所。地处巴尔鲁克山中部,海拔989米,是塔城地区唯一一个和兵团连队驻扎在一起的边防连队。

【部队名片】

一首《小白杨》传唱大江南北,而歌曲中的故事,就发生在驻守巴克图口岸附近的塔斯提边防连。中哈边界的小白杨哨所是塔斯提边防连前哨,位于巴尔鲁克山西部,建于1962年8月,因歌曲《小白杨》而得名。连队哨所先后荣立集体三等功4次,曾被原兰州军区表彰为"边防工作先进单位"。

20世纪80年代初,哨所战士陈福森回伊犁家中探亲,将哨所官兵卫国戍边的故事讲给母亲听,母亲让他带10棵白杨树苗回哨所种上,叮嘱他要像白杨树一样扎根边疆,为祖国守好边防。哨所干旱缺水,战士们吃水都要到1公里外的布尔干河去挑,尽管战士们每天用省下来的水精心浇灌,但是小白杨还是相继枯死,10棵小白杨中唯有1棵顽强地活了下来,伴随战士们。1990年,总政歌舞团创作组的同志到新疆采风,为小白杨事迹所感动,谱写了歌曲《小白杨》,当年的春节联欢晚会上,著名歌唱家阎维文把它唱响了祖国大江南北,激励着戍边将士。塔斯提哨所从此更名为"小白杨哨所"。

第二章　界碑，界碑

（一）

踏着初夏的节拍，2011年6月，记者来到新疆塔城。

这里的巴克图口岸不仅是"准噶尔门户"，当年还是传递革命真理的通道，为巴克图革命力量发展起到了积极的推动作用，有"红色国门"之誉。

抗战时期，3万多名东北抗日义勇军将士通过巴克图口岸从国外"回家"，苏联援华物资也源源不断地通过这里运送到抗日前线。站在口岸前，记者不由得对这座"红色国门"肃然起敬。2016年，巴克图口岸成为新疆首个边民互市贸易区"三日免签"试点口岸，建成了年吞吐能力100万吨的边贸货场。

"一棵小白杨，长在哨所旁……"当年，著名的军旅歌曲《小白杨》传唱大江南北，而歌曲中的故事，就发生在驻守巴克图口岸附近的塔斯提边防连。因为《小白杨》的成名，这个连队的哨所也被人们称为"小白杨哨所"。

（二）

6月上旬，是巴尔鲁克山最美的季节，满山绿色点缀着缤纷山花。

驶过草原，远远地，在车上就能望见在巴鲁克山下布尔干河畔的无名高地上屹立着一座哨楼——身漆着明亮的迷彩，五星红旗在塔楼高高飘扬；放哨的战士背着枪，威武雄壮；塔楼前的白杨树，在阳光下银光闪闪……这，就是闻名遐迩的小白杨哨所。

来到小白杨哨所已是北京时间18时，但参观的人依然不少。一辆大巴停在哨所山下，30多人陆续下车来。"七一快到了，来的人多。这已经是今天的第五批客人了！"连队指导员张文铣舔了舔发干的嘴唇告诉记者，不少单位组织员工来此接受教育，重温入党誓词。除了执行任务的，其他官兵都当起了义务讲解

探秘"中国之极"

员。据介绍,哨所已成为自治区爱国主义教育基地。"自从边界勘查立碑后,'小白杨哨所'就成了一座永久性的纪念观光地,每年接待的参观者达8万余人。"

(三)

刚一下车,记者便迫不及待地去寻找当年歌曲中的那棵小白杨。30岁的张文铣,是边防连第33任指导员,向记者讲起了连史。

小白杨哨所建于1962年8月,原名塔斯提边防前哨,位于塔城地区裕民县境内巴尔鲁克山西部布尔干河畔。1983年,哨所一名战士回家探亲,母亲为鼓励儿子安心边防,让他带10株白杨树苗回哨所种上。尽管战士们精心呵护,但由于干旱、风沙、严寒,10棵小白杨只有1棵顽强活了下来。

1983年夏,著名诗人、词作家梁上泉来新疆边防部队采风,为小白杨事迹所感动,谱写了歌曲《小白杨》,1984年八一建军节那天,阎维文在庆八一文艺晚会上,第一次将《小白杨》唱了出来,唱响了祖国大江南北,激励着戍边将士。塔斯提哨所,从此被称为小白杨哨所。此后,小白杨就成了戍边军人的象征,小白杨哨所则成了边关将士的精神家园。

如今,哨所后院已有不少白杨树。在最靠近营房处,我们找到了那棵著名的白杨树,当年的小白杨已经直耸云天。高大的树干上,"小白杨守边疆"几个红色大字非常醒目,上面还刻着很多已经离开的战士的名字。

"这棵白杨树该是多少战士用心血养育的啊!"在此合影留念的塔城地区干部这样说,"当年,战士们每天到1公里外的布尔干河挑水,用洗脸刷牙节省下来的水浇灌小白杨。现在条件好了,但呵护小白杨依然是我们的精神动力。"班长朱腾蛟,18岁参军来到这里,至今整整8个年头,从懵懂少年成长为二级士官。这位来自浙江衢州的小伙儿有两年没回家了,"孤独的时候,唱起《小白杨》,想着代表国家驻守边疆,心里一下就温暖起来!"年初,大雪封路,朱腾蛟和战士们巡逻时,踩着没过膝盖的雪,一步一步来回20多公里,总共走了2

万多步。每天要走多少公里、多少步,很多战士烂熟于胸。

(四)

唱着那首著名的歌曲《小白杨》,我们和小白杨合了影。哨所向西 1 公里,我们来到塔斯提连部,这是边防战士生活的地方。2010 年连部搬迁到此。

现在塔斯提边防连营区内外绿树成荫,院子里葡萄藤架起 100 多平方米的凉棚,绿油油的草坪上点缀着奇石,上面刻着"顽强""军魂"等字样,映照出官兵守边卫国的拼搏精神。

广场上,奇异石头、蟠龙根雕、各样植物,不一而足。"这些都是官兵们自己动手的杰作,这里也是我们的绿色文化长廊。在这里,官兵们感受不到边防的寂寞。"张文铣介绍。

每年新兵入伍,连队干部就会带他们到小白杨哨所宣誓,讲述小白杨的故事。老兵复员时,连队都要在小白杨哨所举行军旗告别仪式,并把仪式连同小白杨哨所生活点滴刻录成光盘,发到老兵手里。这,无疑是战士们记忆深处的珍藏。

在连队营区附近,"小白杨哨所"与新的一线哨所遥遥相望,像一对亲兄弟般一同讲述着当年的故事。"一棵小白杨,长在哨所旁,根儿深,杆儿壮,守望着北疆……"依依惜别哨所时,记者回头遥望,站在塔楼上的哨兵在阳光中挺立,一如风中的小白杨。

探秘"中国之极"

探访手记

向可爱的边防战士致敬

采访时恰逢哨所换防,记者跟随战士徒步巡逻。行进不到一刻钟,藏在杂乱草丛中的蛇让记者虚惊一场。仅此一次,就碰到这种险情,边防战士在执行任务中又会遭遇多少次呢?在忍受孤独寂寞外,还要面对各种恶劣环境。难能可贵的是,一代又一代的哨所官兵,把爱国、敬业、不畏艰难的精神,把乐观、开朗、始终坚守的态度,一直传承到今天。

与以往相比,小白杨哨所的条件有了很大改善。除徒步巡逻外,现在战士们还可以骑马、开车执勤;执行任务之余,还能种菜养牛羊,改善生活。但战士们生活工作的艰苦,依然可以想象。

白杨树其实是西北最普通的一种树,出身贫微,却能坚守土地,挺拔向上。半个世纪以来,小白杨哨所历代官兵牢记党和人民的嘱托,用忠诚守防,用生命戍边,用青春和激情铸就了"忠诚正直,拼搏向上"的小白杨精神。

在守边人心中,祖国的每寸土地都重过自己的生命。在新疆漫长的边境线上,戍边人、兵团人、农牧民等都是国门的忠诚卫士,都像红柳、胡杨一样扎根边关,成为永不换防、世代接续的护边力量。向可爱的戍边人致敬!

传说中的小白杨,戍守在哨所旁。这里已经成为爱国主义教育基地。(倪光辉/摄)

红色国门巴克图口岸旁的界碑(倪光辉/摄)

新疆阿拉山口

"风中第一哨":国门哨兵和大风的故事

【地理名片】

阿拉山口地形由西北向东南倾斜,介于阿拉套山和巴尔鲁克山之间。北高南低的地形坡度为25%～40%之间。年平均气温8.5℃,每年8级以上大风要刮180多天,最大风力达到12级,最大风速每秒达55米,历史上曾有大风刮翻火车皮的记录。当地有打油诗这样描述:"一年一场风,从春刮到冬,风吹石头跑,常年不长草。"

阿拉山口口岸,是世界上著名的大风口岸,是"丝绸之路经济带"的重要节点,中国西部最大的陆路口岸。往东,通往中国内陆;往西,通向中亚、欧洲。1990年6月,国务院批准设立阿拉山口口岸。2003年,阿拉山口口岸被国家列为重点建设和优先发展口岸。

【部队名片】

阿拉山口边防连位于阿拉套山和巴尔鲁克山的"喇叭口"上,从乌拉尔山南下的冷空气在两座山的阻挡下交汇于此,是闻名全军的"风口连队"之一。边防连被誉为"风中第一哨"。

1962年,老战斗英雄、阿拉山口边防站首任站长吴光胜带着17名官兵,步行两天来到阿拉山口戍边守防。他们战风沙、斗严寒、熬酷暑,创立了"三峰骆驼一口锅,顶风冒雪住地窝"的戍边精神。半个多世纪来,全连官兵镇守大风口,扎实打牢铁心向党、忠诚戍边的思想根基,连队先后被原乌鲁木齐军区授予"阿拉山口坚强堡垒"荣誉称号、3次荣立集体二等功、20余次荣立集体三等功。该连队15次荣获"军事训练一级单位"。

第二章　界碑，界碑

2017年1月7日凌晨，温度指向零下26摄氏度。

狂风肆虐着新疆西陲的阿拉山口口岸，雪粒如刀割般划过官兵的脸颊，战士们呼出的气体将睫毛粘在了一起。可对于新疆军区阿拉山口边防连官兵来说，这种恶劣的天气似乎已是常态，踏着湿滑的巡逻路，他们依然顶着风走向中哈边防线……

这里就是世界上著名的大风口岸。从"漏斗状"的地形上看，不难发现这里常年飓风的原因。连史记载，一年8级以上的大风天气长达180多天，当地有打油诗这样描述："一年一场风，从春刮到冬，风吹石头跑，常年不长草。"要问威力有多大，连长苏浩已不记得有多少出境的火车被狂风吹翻。

在这里，流传着太多与大风有关的故事，但在官兵口中却总也离不开那首"无风赋"。看！那逆风前行的士兵，把守卫祖国西大门的重担挑在自己的肩头，用一颗红心深描那刻在界碑上的国徽。

"狂风再大，那股英雄气坚决不能丢！"

立冬的那天，狂风暴雪肆虐了口岸一整夜，虽已到凌晨6时，气温几近零下20摄氏度，狂风依然没有停歇的迹象。而此时，这个边防连的8名官兵已趴在冰冷的山坡上完成了近3小时的潜伏任务。列兵马瑞祥站起身跺了跺脚，这才使冻僵了的右脚恢复了知觉……

风到底有多大？记者刚进入营区就领略到它的厉害。在到达连队前就听说，下车时一定要用双手拉紧车门，否则门轴很可能被吹断。果然，刚扣动门锁记者就被"车门"拽了下来，帽子瞬间被吹飞贴在了东侧墙面，抬头看去，连队主楼屋顶的铁皮瓦片已被大风吹得所剩无几。连长苏浩向记者介绍，这样的天气在阿拉山口边防连已是家常便饭，大风一刮就是半年，很多战士常常因此皮肤缺水皱裂。

但就是这样一个连队，连续10年竟无一人主动申请调离，2017年是上士闫

探秘"中国之极"

晓飞在风口坚守的第 9 个年头,家人先后介绍的 3 个女友都因为他不愿意调动工作和他"吹灯",是什么让他拥有如此决心?闫晓飞指着边界线上的界碑向记者说:"老站长的'魂'就洒在边防线上,他传下来的英雄气我们谁都丢不起……"

"他嘴里所说的戍边魂,来自第一任站长吴光胜。"连长苏浩回忆道。1962 年初冬,吴光胜带领 17 名官兵,徒步 80 余公里来到阿拉山口,凭着"三峰骆驼一口锅、趴冰卧雪住地窝"的精神在石头缝里建起了第一座边防站,硬在风口坚守近 10 年。2001 年,老站长因病在家乡扬州去世,去世前他唯一的心愿竟是将骨灰撒在西陲边防线上、国门界碑旁。

跟随闫晓飞登上哨楼,狂风夹杂着雪花打在记者脸上如同刀割一般。刚登上平台,记者便有些站不住了,虽然穿着羊毛大衣,但风依然能顺着脖颈吹到肚皮。闫班长说,哨兵已在这里站立了一个半小时,"每当走向战位,我们都能深深感受到先辈就在身边,他的戍边魂似乎已融入界碑、国门,和官兵一同坚守祖国西陲的大风口"。

传承精神更要掌握窍门。多年来,连队官兵也琢磨出了一套"风口守防经":逆风侧身跑,顺风向后倒,站哨绳捆腰……巡逻拴背包带、怀抱大石头。"暖手贴、冻疮膏、防风眼罩、防寒耳套、单兵煤气灶"战士张小祥打开的执勤器材包中,记者发现不少"新装备"也列入必备器材,"在恶劣的条件下,官兵只有保护好自己才能圆满完成戍边任务"。

临近春节,战士王业峰使用手机的频率越来越少,他说,每每打开朋友圈,大家都在晒团聚,今年因任务在身,不能回家,所以我们做了约定,今年过年不分心,努力当个优秀士官,明年春节抱着奖章回家团圆。

连队营院内一尊石碑上刻着两个巨大的象形文字——"无风"。这是官兵的内心写照:身处风口,不怕大风方能临危不惧、临阵不乱;心中无"风"才能所向披靡、战无不胜。

无风石前,指导员周华告诉记者:"战士们学历不高,但都传承着一股不服输的劲头,这也许就是老站长为我们这些戍边人留下的精神财富,风雪越强烈,他们心中的那一份坚守的信念就越执着,他们是戍守神圣国门的兵。"

第二章 界碑，界碑

"如今的边关，是长城更是窗口！"

在人们的印象中，边关似乎是离城市最远的角落，但这里恰恰相反。记者顶着似刀的寒风跟随指导员周华登上山头向南望去，沉浸在欢度春节气息里的阿拉山口市万家灯火，似乎触手可及，国门口岸往来货商人头攒动，"在这里，边防军人是祖国的长城更是形象的窗口，展示军人的良好形象，比任何时候都有必要"。

谈起展示形象，上等兵程浩伸出满是疤痕的手指回忆道，年底的一天傍晚，连长苏浩一行10人巡逻在风雪途中，突然一辆向口岸行驶的哈萨克斯坦干果运输车因雪地路滑陷下路基，眼看通关大门即将关闭，焦急万分之时，官兵找来撬杠、绳索帮助车主脱离困境，很快车辆被推出路基，而程浩的右手食指却因接触冰冷的铁皮被生生撕下一层皮，鲜血直流。通过关口，车主透过窗户伸出大拇指高声喊："中国军人，好样的！"

随着口岸的建设发展，阿拉山口成了国家能源大通道和第一大陆路口岸。特殊的战略位置，给官兵带来新的考验和挑战。连队90%以上的官兵来自内地，面对异常艰苦的环境和繁重的任务，靠什么凝心聚气？党支部把连队精神浓缩为以"大风吹不动、诱惑打不动、强敌撼不动"为主要内容的"三不动"精神，以此激励官兵铁心向党，忠诚戍边。

2016年，中哈两军在阿拉山口组织会谈会晤，班长岳宇带领5名战士担负警戒哈方军车任务。会晤刚刚开始便狂风大作、暴雨如注，"我们的任务是坚守战位，雨再大也不能撤！"帐篷就在5米开外，3个半小时竟无一人前往帐篷下躲雨，会议结束，官兵迷彩被完全浸透贴在身上，看到这一幕，哈方指挥员对警戒官兵给出了高度评价。

步行来到国门哨楼旁，记者发现，一块石头上官兵用红毛笔写下这样一副对联："我在边关守卡子，莫看他人数票子"。谈起其中含义，排长景熠阳亲历的故

探秘"中国之极"

事让记者对国门军人的定位有了更深理解……

一天,排长景熠阳在国门执勤点带哨。一名哈萨克斯坦商人找到他,小声对他说:"我有两辆走私轿车下午将从哈萨克斯坦方向开过来,只要你悄悄开个门,钱就是你的。"说着将一沓百元钞票塞进他的口袋。排长立即闪身:"别来这一套,若收了你的钱,就是玷污中国军人的身份,请你迅速离开!"百般诱惑无果,商人才悻然离去。

"素质不过硬,边关有事如何摆得平?"

号音响起,已到下午操课时间。按照课程安排是边境封控演练和体能连贯训练,但记者抬头望向窗外,大风吹得屋顶瓦片嗡嗡作响,院子里仅有的几棵树被吹得"趴在"地上:"练还是不练?"

"如今的边防,视频监控、高压脉冲等大批高新科技装备全面封控,官兵综合素质是否过得去就行?"连长苏浩用一个月前的一起事件向记者道出了答案。

那天凌晨2时许,连队接到上级通报,有不法分子企图从防区越境。"执勤分队集合完毕、确定坐标方位、分析地形环境、做好封控前准备向目标方向奔袭……"这一系列动作竟只用时10余分钟,连长说,这些科目他们演练过上百回,只为这次"实战"。不到30分钟,分队长王启光传回消息:越境分子在逃往边界线的最后一刻被官兵擒获。"信息边关,科技只是锦上添花,若官兵综合素质不过硬,突发事件如何摆得平!"

集合队伍,全连官兵一个不少,在连长下达完任务后,官兵武装奔向目标地域,虽然寒风刺骨,但上等兵张建文的汗珠依然顺着脸颊滴了下来。50米的低姿匍匐,右手手掌3处蹭破了皮,鲜血直流,但他一直冲在前面,"我体能素质不是最好的,但是不断提高自己能力素质的决心必须是最大的。"张建文对记者说。

指头强更要变拳头硬。近年来,他们将单兵军事素质训练融入巡逻勤务中,

第二章 界碑，界碑

突出分队各单元之间的协同，不仅形成高效信息链，更使每个单兵在处置突发事件中发挥最大效能。

来到连队荣誉室，15块"军事训练一级单位"的奖牌旁，还有188次成功处置非法抵边行为的要事日志。正巧，为记者做介绍的15年军龄的四级军士长高育中是这些荣誉的亲历者，他感慨道："守卫国门的面孔年年不同，但精武强能、稳边兴连的决心从未动摇，这，就是一种责任与精神的传承。"

"大风起兮云飞扬，安得猛士守四方。我们是跨世纪的擎天柱，我们是大陆桥的铁脊梁。大风口高唱大风歌，大风歌唱出新曙光……"出操了，官兵迎风再度吼唱起连队的"大风歌"。

吼唱大风歌，筑就"无风"魂。狂风卷走了沙石，却"吹"来了一批批誓斗风魔的兵，也许这就是"无风精神"的魅力。神州大地欢庆春节之时，那国门前的身影依然挺立，或许往来的货商没人知道他的名字，但翠绿迷彩建起的堡垒却在告诉人们："边关有我，请你们放心，请祖国放心！"

大风起兮，冷的边关热的情；云飞扬兮，铁马冰河鉴兵心。阿拉山口的坚强堡垒，一面风中搏击的旗帜，铁心向党，忠诚戍边；山口有风，我心无风，那是因为军魂在心中。

阿拉山口上的边防哨所（倪光辉 / 摄）

因为风大，战士戍守界碑必须戴上防风眼镜。（王宁 / 摄）

战士们在哨楼前执勤（王宁/摄）

战士们抱着石头，都能被大风吹得东倒西歪。（王宁/摄）

云海之巅的夏尔希里

探访失而复得的国土

【地理名片】

夏尔希里,蒙语意为"金黄色的山坡"。地处中哈边界、祖国西北边陲的新疆博尔塔拉蒙古自治州阿拉套山深处。这片东西长29公里,南北宽约25公里,面积220多平方公里的自然保护区,位于博乐市西北部,与哈萨克斯坦共和国接壤。

这片土地长期属于中哈(原苏联)边界争议区,因而极少受到人类活动的干扰。根据1994年和1998年中哈两国签署的《中哈国界协定》和补充协定,夏尔希里才真正完整地回归中国版图,成为新疆新增加的国家级自然保护区。夏尔希里的自然资源保存十分完好,处于原始自然状态,境内有雪山、高山草甸、山地森林、戈壁荒漠等多种地貌类型,生态种群分布同时受中亚、蒙古及西伯利亚植物区系的影响,是多种珍稀野生动植物的集中分布区,保护区内动植物种类达1600多种,其中黄羊、马鹿、北山羊、雪豹、棕熊、苍鹰等珍稀动物和党参、当归、肉苁蓉等名贵药材,研究和保护价值极高。夏尔希里被称为"中国的最后净地"和"不可多得的天然基因库"。

【部队名片】

这片迟归的国土——夏尔希里入口由赛里克边防连镇守,出口则由玉科克边防连镇守。

边防连再往山里延伸,有边防哨所,海拔近3000米的哨所建在一座高高的山顶上,四周沟壑纵横。一代又一代的边防军人,在这里,他们用青春、热血,甚至是生命,维护着边境的安宁,铸就了祖国的尊严。

第二章 界碑，界碑

从阿拉山口出发，穿越博尔塔拉蒙古族自治州府和百公里大漠戈壁，就进入了阿拉套山山脉，神秘而美丽的夏尔希里，就铺陈在面前了。

夏尔希里位于祖国大西北，中国与哈萨克斯坦的交界处，阿拉套山腹地。这里山高水长，林深茂密，没有人烟，却有广泛生物多样性，国家重要的植物基因库，也是生态环境最纯净的地区。

夏尔希里系蒙语，音译"金黄色的山坡"。有高山草甸与森林交替的多类型地貌，抬眼望去，处处都是美景。在淡淡的云雾与亮丽的阳光中，夏尔希里绚丽多彩，有着难以想象的梦幻般的景致，瑰丽如玉。

6月下旬，我们来到位于新疆博尔塔拉蒙古自治州境内的边防线。阿拉套山顶上的玉科克瞭望哨海拔2400多米，来自冰山的微风充满了凉意，即使在盛夏的夜晚，这里的士兵依然要盖棉被。与新疆大多数地方不同，由于雨水充沛，山体阴坡森林茂密，阳坡则花草繁盛。

驻守国门的玉科克边防连告诉我们，2003年，中哈双方按照新的国界线行使主权，边界线由原来的山脊前移到河谷，驻地部队专门为此新修建了一条通往前方的国防公路。

（一）

通往夏尔希里的道路是单程的，越野车沿着狭窄的山路蜿蜒而上，像蜗牛一样慢慢行进。

从山脚到山顶，要在山路上垂直攀登1600多米。山路就像一条缠绕在群山中的彩带，在阳光的照耀下泛着赭黄色，给这片净土增添了一点灵气。

越野车在盘山小径螺旋攀升，窗外的景物从葱郁的原始森林到遍野的高寒山菊，一路景色的变化显示着海拔的上升，抵达山顶哨所，极目远眺，"一览众山小"。向东望去，一片葱茏，驻守国门的边防战士告诉我们，这片方圆达300多平方公里的区域，就是失而复得的国土。

探秘"中国之极"

1881年,沙俄迫使清朝政府签订《中俄伊犁条约》,沙俄从中国新疆划走霍尔果斯河以西7万平方公里领土,对在不平等条约之外沙俄和苏联所占领土,中国政府都坚决反对,我们眼前的这片土地,就是其中的一部分。新中国成立之际,中国与陆上邻国的十二条边界由于自然和人为的原因而形成一些争议。为解决历史遗留的边界问题,中国同苏联和哈萨克斯坦进行了多次谈判,根据1998年《中哈国界协定》第二补充协定,夏尔希里争议地区划归中方220平方公里。1997年7月开始实地勘界,2000年9月完成勘界立标工作。

由于地处军事禁区,这里少有人员来往,通往新边境线的道路两旁一直被翠绿笼罩,山腰是成片的白桦林和雪松,谷地青草好似地毯般平整,涓涓溪流穿过厚厚的黑土地,山风吹过,松涛阵阵,一派原始生态景观。河谷两旁新拉了铁丝网,主要防止牲畜越境。这片回归的土地属于军事要地,一般不允许游人入内,当地政府将其建成保护区,禁止任何形式的开发。

和平年代的边境线宁静而祥和,不过20世纪中苏关系紧张时期,边境紧张形势一度剑拔弩张,这里几成"战争前线"。自1994年4月,《中哈国界协定》签署后,中哈边界一直很平静。两国边防军已形成了在对方重大节日到来之际彼此祝贺的习惯。

在这片土地西侧的霍尔果斯口岸,沿街商铺林立,经济发展迅速,两国正就经济领域尝试更深层次的合作;在其东侧的阿拉山口口岸,如今已成为中国最大的陆路通货口岸。

(二)

"阿拉套山军歌响,踏雪巡逻守边防。走好新的长征路,一路高歌向太阳。"

一个月前,新疆博尔塔拉地区还普降大雪,一度造成大雪封山。玉科克边防连官兵组织到号称"云海之巅"的某地域进行定点巡逻。巡逻官兵一路翻山越岭,过峡口,翻雪山,历经12小时,顺利完成了巡逻任务,确保了边防安全和

第二章　界碑，界碑

边境稳定。

这是中国西部一条漫长的边防线，玉科克边防连就镇守在这片迟归的国土——夏尔希里出入口。中哈边界玉科克边防连部，显得幽静而神秘。连队院子有一片碧绿的草地，草地上有一头花岗岩黑牛雕像，令来访的人颇感好奇。

"阿黑是一座精神丰碑，它让官兵永远保持了坚忍和耐劳的作风。"在黑牛雕塑前，玉科克边防连连长神色凝重地向记者介绍起阿黑的故事。

边防连往山里延伸，有一个边防哨所，它建在一座高高的山顶上，四周沟壑纵横，没一条正儿八经的路。正因为山高路险，无法通车，哨所的后勤供给以往全靠战士们肩挑背驮。

阿黑，是头黄牛。20世纪70年代，当地牧民看到哨所通往前哨的12公里山路难行，转运物资较为困难，便将阿黑牵来为官兵服务。

从此，阿黑每天沿着利石遍地的山路，独来独往，无须驭手，将官兵所需生活物资安全送到前哨。上站以来，阿黑累计跋涉3.5万公里路程，上送物资270多吨。17年后，无疾而终。

阿黑走了，官兵含泪将它葬在了连队一侧，并立了碑。后来，阿黑忠诚戍边的故事越传越广，深受感动的群众特意从山下赶来，为它塑像并作《阿黑颂》以纪念。

这些年来，每逢过节，哨所官兵就要为阿黑放炮、敬酒、敬献哈达，老兵退伍、新兵上站之机，还要擦拭雕像，组织宣誓，以教育官兵热爱并扎根边防。

"阿黑为我们玉科克哨所筑起一座精神丰碑，它吃苦耐劳、默默无闻的品质，成了我们边防官兵攻难克险，壮守边关的无穷动力！"连长说，"在玉科克，像老黑式的官兵太多了，也正是他们的付出和坚守，才换得了边防的稳固。"

也就是前些年，连队的前哨才解决了吃水难题。过去，一入冬还好点，化雪为饮，夏天就麻烦了，每次抬一桶水，两个战士得翻过好几道山梁，来回花5小时。

为了给战友们节约每滴水，每次出去抬水的战士都要在泉眼把肚子喝撑。回营途中的大半天，哪怕天气再热，太阳再毒，两人都舍不得喝一口桶里的水。

探秘"中国之极"

那年8月,哨所准备对无人区进行勘查。数千平方公里的荒原,有着一望无垠的尖石利滩、连绵不断的巍峨大峰、出没无常的凶猛野兽,还有变幻无端的恶劣天候。

像往常那样,官兵依旧踊跃报名。然而,赶到实地,历经多次磨难和考验的官兵们真正体会到了什么叫极苦。

马,进去仅一天,就被累得咋牵也不再动弹。刚刚穿越尖石遍地的利滩,还没来得及抚慰满是伤口的脚掌,官兵又迎来了一座座近乎70度的连绵陡坡。上山,必须手脚并用,否则爬一步,就要滑下好几步。人还没到顶峰,手指早已血肉模糊。一路无饭可吃,饿了,啃干馕;渴了,舀河水。睡觉,钻睡袋,3人一帐篷互相靠体温取暖,就是这样,也不断被冻得腿抽筋。除了劳累,还有无尽的危险:峭壁是一座一座地翻,悬在嗓子眼的心是嘭咚嘭咚地跳。刚想喘口气,猛然间,一头黑熊就直立在不远处。那时到处都是被狼吃剩下的黄羊尸骸。

这些年,边防连生活环境有了很大改善。自军地携手管控景区以来,官兵边境执勤压力大大降低,管理质量却有了明显的提升,景区有任何情况,一分钟内便能传达到连队,官兵能迅速有效地处理各种边境突发事件。此外,该边防连还将无线监控、电子脉冲报警器等高科技安防装备安装在边防一线地区,进一步确保景区边境地区安全稳定。

(三)

赛里克边防连驻守在夏尔希里的赛里克,这里是一处多民族聚居的区域,山峰重峦叠嶂,山沟河谷纵横。

自2003年10月1日我国对夏尔希里地区行使主权以来,赛里克边防连官兵在高标准完成戍边守防使命任务的基础上,自觉担负起了夏尔希里地区野生动植物的守护任务,结合执勤巡逻、清边清山等时机,有效制止非法捕猎、乱采乱挖,同时救治野生动物,采集植物标本,维护生态文明,打造生态文化,倡导人与自然和谐相处理念,深受军地各界的好评。2012年5月,连队被自治区动植物保护协会授予"夏尔希里保护神"称号。

2013年以来,连队倾力打造集军营特点、边防特色、地域景观、人文关怀于一体的精神家园,建成了独具特色的碑石文化,令我们印象深刻。

连队门口一座5米多高的石碑巍然矗立,"赛里克边防连"6个大字赫然在目,背面刻有"献身使命"。连队营区楼房前,3块2米高的碑石格外引人注目:营房正前方竖的是连魂石,刻有连歌及"守一线天、树一面旗、创一级连"的连队精神,时刻提醒官兵不忘历史,艰苦奋斗。东侧是荣誉碑"夏尔希里保护神",背面刻有连队官兵在夏尔希里自然保护区执勤中的生态小故事,时刻提醒官兵珍惜荣誉,当好夏尔希里的守护者,忠诚履行历史赋予我们的使命。西侧则是一块"惠风和畅"石碑,背后刻有关于保护生态环境的内容。

2007年5月,原兰州军区政委喻林祥来连队某执勤点时,即兴题诗一首,写出了戍边战士革命的乐观主义精神。记者见到,摘录如下:

> 半川烟雨挂檐前,孤塞危崖草木新。
> 谁说戍楼唯寂寞,闲来可与鸟谈天。

探秘"中国之极"

探访手记

神秘的夏尔希里

在30年前，还少有人知道夏尔希里，因为这里是中苏两国边界军事争议地区。苏联解体后，这里又成了中哈两国待解决的边境问题。

1998年，中哈两国边境谈判，中国让渡了阿拉山口以北100多平方公里的土地后，哈萨克斯坦将夏尔希里314平方公里土地（争议地区面积共328平方公里，其中2/3归中方，约220平方公里）归属了中国，却已经烟雨千年。

其实，早在唐太宗李世民时代，大唐鼎盛时期，中亚五国，阿富汗，远至里海一带的广袤土地都属于中国；而著名的诗人李白就诞生在边塞地区，即今天的吉尔吉斯斯坦境内的碎叶城。

现在，夏尔希里仍然没有对外开放，仍是重要的军事管制区，如果没有边防证不会被批准进入阿拉套山区。其间，由于夏尔希里没有人烟，山区里面没有食宿之地，手机没有信号，需要自备水与食品。

夏尔希里峰峦叠嶂，景美峰奇，越野汽车最高时速只能20公里，要沿着边防部队的之字形小道缓缓上行，不时会惊起呱呱鸡和一些小动物，打破了它们生活的平静。

夏尔希里的上山便道两边，都是陡峭的山崖峡谷，车行时每每惊险万分。如果没有技术高超的司机驾车前行，切忌登山。同时，也会有棕熊、森林狼、野猪等野兽出没，要时时保持警觉。

此外，夏尔希里沟壑纵横，水资源极其丰沛，无论冬夏春秋，都有极致的美景。尤其在秋冬时节，绿色渐渐地褪去，夏尔希里会变得多姿多彩起来，每一处山梁，都是一幅壮美的自然画卷，又美得各不相同。冬天降临，这里全被白雪覆盖，平均积雪厚度在一米以上，大雪、松林、高山、沟壑，俨然童话的世界。

我们走进夏尔希里的时节，恰是春夏之交。目光所及，漫山遍野姹紫嫣红，蜂飞蝶绕。一片一片，红的、紫的、蓝的、黄的、白的花朵，随着我们的行进，次第花开，一幕接着一幕闯进眼帘，迷醉人心。

到达山顶后，回首望去，身后之字形的山路犹如天梯，可拾级而上，似乎能直达天上穹隆！此刻，多彩的高山草甸，就像画家涂抹在大山上的油画，鲜艳夺目，与生机盎然的松林和谐相生。美哉，神秘的夏尔希里！

赛里克边防连的生态文明小故事

环保卫士 2006年夏，几名游客慕名来瞭望哨参观。途中，一个10多岁的小男孩边吃零食边丢垃圾，正在执勤的哨兵刘文明看见后，赶忙走过去将果皮捡起放在随身携带的手提袋中。男孩看到后，不解地问："叔叔，你为什么捡垃圾？"刘文明笑了笑："这里是自然保护区，它的美丽要靠大家来维护。"几位游人听到后，都不好意思地点了点头，并投来赞许的目光。

狗獾邻居 一天深夜，1472执勤点的厨房内忽然传来响动。被惊醒的官兵赶紧拿着防暴棍围拢过去。官兵们从窗户上借着月光一看，原来是一只狗獾正翻箱倒柜地找食物。战士们正想去"教训"这只狗獾，却被排长拦住了："狗獾是我们的邻居，我们不能伤害它。"看着吃饱的狗獾大摇大摆地走远后，官兵们才回到宿舍。

黑熊救兵 2009年6月下旬的一天傍晚，军医董河和两名战士在299号界标潜伏。突然，一名战士发现200米远处有3只狼

正快速向他们靠近。在这千钧一发之际,一头雄壮威猛的黑熊挡在狼群前面。狼群停止了前进,依地而坐,与熊对峙——熊进狼退,狼嘶熊吼。最后,狼群见无机可乘,只好掉头逃去。良久,黑熊回头向潜伏官兵长啸一声,转身消失在树林中。

绕路巡逻 在瞭望哨附近的山坡上,生长着一片美丽的柳叶兰。每次巡逻,官兵总喜欢径直穿行。一次,来此考察的一位生物学家说,柳叶兰是一种珍稀的兰科植物,现在已经很少了。官兵们听了,深受教育。从此,官兵巡逻时都要绕路前行,尽管要多走5公里的山路,也没有柳叶兰的芳香,但官兵心里舒畅。

为北山羊送盐 在1472执勤点东侧的山崖上,常年生活着一群北山羊。一次,班长王双江发现饮水回来的北山羊却在路旁啃食黄土,就告诉大家:"它们缺盐了,我们去送点吧!"从此以后,官兵们每隔一段时间就要给这群可爱的邻居送些马盐,用爱心和实际行动守护着这片生态乐园。

救治小鹿 2008年7月13日,执勤官兵去297号界标巡逻,路过一片树林时发现了一只受伤的小鹿。见它无法正常行走,官兵们决定把它带回连队疗伤。回到连队,军医赶紧为小鹿处理伤口,大家也争着喂它青草和水。十几天后,小鹿康复了,官兵们才恋恋不舍地将小鹿放归大自然。

玉科克连队里的阿黑雕塑,成为连队的精神丰碑。(倪光辉/摄)

玉科克边防连官兵执行中国和哈萨克斯坦边境301至303号界标方向的徒步巡逻任务,主要检查边境设施、人员越界、非法打猎和非法挖药等。因该段地区在阿拉套山的山脊线上,地势险要、气候变化无常,经常有野兽出没,官兵们形象地称之为"死亡之谷"。(张欢/摄)

玉科克边防连官兵执行中国和哈萨克斯坦边境301至303号界标方向的徒步巡逻任务,图为官兵们检查界标附近的边防设施情况。(夏布恒/摄)

帕米尔高原红其拉甫

西陲边关：探访丝路古道的国门卫士

【地理名片】

红其拉甫，塔吉克语意为"血染的通道"，位于新疆塔什库尔干塔吉克自治县。这里平均海拔4700多米，终年积雪，由于高寒缺氧，空气稀薄，空气含氧量仅为平原的46%，全年无霜期不到60天，风力常年都在七八级以上，年平均温度3.3摄氏度，最低温度零下43摄氏度，寒季长达8个月。在这里，水的沸点不足70℃，自然环境十分恶劣，素有"雪域孤岛"和"西部天门"之称。

【部队名片】

新疆军区红其拉甫边防连组建于1949年，常年担负中巴边境线近百公里的守防任务，最高巡逻点海拔超过5800米。红其拉甫边防巡逻管控的吾甫浪沟蜿蜒在崇山峻岭之间，也是目前全军唯一一条只能骑牦牛的巡逻线，官兵们要经过30多条河和险沟，每一次进山要走四五天。他们还守卫着世界上最高的国门——红其拉甫口岸，连接着中国和巴基斯坦陆路边境，海拔5100米。

红其拉甫边防连在帕米尔高原筑起了一道坚不可摧的边关屏障。连队先后荣立一等功5次、二等功6次、三等功8次，连续多年被上级表彰为"基层建设标兵连队"，2004年被中央军委授予"卫国戍边模范连"荣誉称号，并被共青团中央授予"全国青年文明号"。

第二章 界碑，界碑

向西！向西！向西！

2017年6月，从新疆喀什机场驱车一路奔西400多公里，碾过雪山冻土，翻越冰峰达坂，红其拉甫就在眼前了。

这是一个艰险神秘而令人向往的地方。这里有千里冰峰、万年积雪，巍峨的帕米尔高原；这里有丝绸古道、血色峡谷，苍凉的西部边关；这里有云端国门、雪山哨卡，可爱的戍边官兵。

红其拉甫边防连组建于1949年，常年担负中巴边境线近百公里的守防任务，最高巡逻点海拔超过5800米。他们还守卫着世界上最高的国门——红其拉甫口岸。

冰峰、雪谷、国门、界碑、青春……驻守在这里的新疆军区某边防团红其拉甫边防连官兵，将热血洒在风雪弥漫的巡逻路上，将青春站成祖国边境线上庄严的界碑，在帕米尔高原上续写着一曲当代军人的青春之歌。

高原缺氧，但从不缺精神

红其拉甫，塔吉克语意为"血染的通道"。这里平均海拔4700多米，终年积雪，空气含氧量仅为平原的46%，风力常年都在七八级以上，年平均温度3.3摄氏度，最低温度零下43摄氏度，寒季长达8个月。

走在红其拉甫的大地，每一次呼吸都会提醒你生命的重要。在这里生活、工作，需要的不只是生存能力，还需要强大的信念和意志力来支撑。

红其拉甫是一个令弱者望而生畏的地方，也是强者精神生长的沃土——

20世纪50年代，连队老一辈戍边人以"三峰骆驼一口锅、三根木棍搭地窝，储冰融雪当水喝"的豪迈气概，在帕米尔高原扎下了根。数十年来，一代代戍边人听党话、跟党走，忠诚卫国、戍守边关的信仰始终坚如磐石。

那年寒冬，排长何玉带领3名战士前往边境执行任务，返回时被暴风雪围困。当救援人员赶到时，只看到4座无言的"冰雕"，怀抱钢枪，向着连队方向

保持前进的姿势。

那年初秋,时任连长杨波在山崖上探路时,不慎跌下悬崖,所幸被一块突出的巨石挡住,当场昏迷。战友背着他往山下送,颠簸中醒来的杨波问的第一句话是:"到点位了没有?"得知正在送他下山,他挣扎着从战友的背上下来,带领大家向山顶的点位爬去。

在点位界碑前,杨波用毛笔和颜料为界碑描红。那时,战友们脱帽敬礼,齐声唱起连歌:"红其拉甫很高很高,红其拉甫很远很远,我们这个地方叫边关,界碑竖在云里面……"雄浑的连歌在冰峰雪谷久久回荡,成为官兵们永恒的记忆。

"这就是一种信仰的力量。"因高原反应而头痛欲裂,记者鼻子里插着氧气吸管,聆听边防连官兵讲述戍守边关的故事依然心潮澎湃。年轻的官兵言语朴素,不善抒情,却让记者屡屡动容抹泪。

身处边关,紧绷战备之弦

"缺氧不缺精神,海拔高标准更高。"置身连队,记者真正懂得了这句话的含义。登上红其拉甫哨所,记者每走一步都气喘吁吁。有人做过测算,人徒步行走相当于平地负重30公斤,训练强度难度可想而知。

恶劣的自然环境,没有成为连队降低训练标准的借口。尽管官兵不时地提醒记者走路要慢些,而上了训练场,他们个个像小老虎,敢打硬拼。官兵们在一次次极限挑战中,练就了"守得住、打得赢"的过硬本领。

"海拔再高高不过使命,生命有禁区备战无盲区""不仅要守得住,更要打得赢"……"身处边防,使命重大,坚持战斗力标准,就要按照习主席的要求,'保持箭在弦上、引而待发的高度戒备态势'。"连长杨映伟说,"我们就是祖国的眼睛,什么时候都要睁得大大的!"

为应对严峻复杂的边境防控形势,连队坚持加强应急处突演练,提高应对突发事件的能力，始终保持良好的战备状态。他们还协调武警、驻地派出所、民兵，每月举行边境防控、潜入潜出等联合演练……如今，一丝风吹草动、一点异常响动、一张陌生面孔，都会被官兵敏锐捕捉，迅速做出反应。

一次，驻守国门附近的红其拉甫前哨班列兵杨建刚上岗时，发现路旁停放着一辆皮卡车。他透过车窗发现，车内空无一人，车座上放着几件军装。他顿时警觉起来，立即向哨所报告。

时任指导员梁超带领3名战士迅速赶来，突然一名男子钻进车内，发动汽车掉头就跑。梁指导员迅即通知连队，启动军警民联防预案。不到7分钟，连队官兵、驻地民兵、武警官兵同时在多处道路设卡拦截。20分钟后，这名逃逸男子被抓获。后来得知，该男子是犯罪嫌疑人，企图冒充军人越境。

3年来，连队在上级10余次紧急战备拉动考核中，次次都是全团第一。团长杨军检查连队战备工作时称赞道："红其拉甫边防连的兵就如同上膛的子弹，时刻准备出击！"

山高路险，固守每寸国土

"宁让生命透支，不让使命欠账。"这句话，在红其拉甫边防连不仅仅是喊得震天响的口号，更是官兵用生命履行使命的真实写照。

2016年9月，连长杨映伟带领战士骑着牦牛，踏上了吾甫浪沟年度例行巡逻的征程。

吾甫浪沟执勤点素有"死亡之谷"之称，每次巡逻官兵要翻越8座海拔5000多米的冰雪达坂，30多次涉蹚冰河，往返一趟上百公里需要至少4天。这是全军唯一一条因山高路险而只能骑乘耐力好、擅走一线悬崖的牦牛执勤的巡逻线。

蹚冰河、涉险滩。每走一次吾甫浪沟，都是一次生与死的考验——

一次，巡逻分队到达沟口克勒清河，军医杨海波骑牦牛到河中央时，一个大

浪将他卷入河心，连人带牛被冲出300多米，最后在下游被战友们救上岸；

一次，班长姬文志从牦牛身上滑下，差点坠落悬崖；战士王福龙为躲避飞石，险些掉进深谷；夜晚宿营，时任指导员王烈点燃大衣勇斗狼群；涉蹚冰河，护边员加尼丁摔倒在河里，被冲出200多米远……

还有一次凌晨，巡逻队正在宿营时，被狼群包围。十几双绿油油的眼睛盯着营地，低沉的嘶吼声让哨兵毛骨悚然。官兵们聚拢在一起，点燃篝火，不住地拉动枪栓，与狼群对峙了整整一夜。直到天放亮，狼群才散去，官兵们顾不得休息，又匆匆赶往下一个点位。

近10年来，在巡逻途中，官兵近百次遭遇泥石流、暴风雪、冰雹、雪崩和猛兽的威胁，有30多名官兵曾掉入冰河、山谷和雪坑，15头牦牛摔下悬崖，死于巡逻途中。

一个个惊险的故事，听得记者心惊肉跳。然而，到吾甫浪沟巡逻却是连队官兵共同的愿望。他们说，只有经历"勇士之征"，才算优秀的红其拉甫边防连战士。

胸怀家国，青春永驻边关

紫红色的皮肤、干裂的嘴唇、凹陷的指甲……在这里，恶劣的自然环境赋予边关将士共有的、独特的妆容。官兵脱去军帽，一张张年轻的脸庞上都有一道高高的发际线——头发稀疏。当他们伸出双手，凹陷、变形的指甲让人心疼……由于缺氧和缺乏维生素，官兵大多患有不同程度的高血压、心室肥大等高原疾病。

驻守边关，才更懂家国。克服高寒缺氧的各种不适，官兵们在冰川雪山刻下胸怀家国、无私奉献的诗篇。

2010年，四级军士长张洪顺接到母亲病危的消息。当时，连队正在执行重大任务，守防多年的张洪顺默默走出连队大门，在空旷的高原上，面对老家的方

第二章 界碑，界碑

向，给母亲磕了 3 个响头。

连队官兵的默默奉献也一直得到各级的关怀。党的十八大以来，连队工作生活环境有了很大改善。如今，官兵住在新式营房里，吸上了床头氧，吃上了新鲜菜，用上了长明电。

"看云彩，看云彩，光秃秃的哨所也有乐趣在。大雪能封住山，封住了路，封不住士兵多彩的情怀……"

团政治处主任陈柏涛说，这是官兵最爱唱的歌曲《看云彩》。都说红其拉甫连有一种神奇魔力，是一个听了不敢来，来了却不愿走的地方。这首动听的歌曲，不就是对这种神奇魔力的注解吗？

"在激情奋斗中绽放青春光芒。"如今已是红其拉甫会谈会晤站副站长的王烈对记者说，习近平主席的这句话，就是红其拉甫边防连官兵的青春写照，这里不仅是干部成就事业的舞台，也是战士实现青春价值的好地方。

"永远忠于祖国，永远忠于界碑"……高原的艰苦环境改变的不只是他们的外表，也锻造了战士们忠诚无言的强大内心。

探秘"中国之极"

探访手记

再见,红其拉甫

2019年11月21日,帕米尔高原气温降至零下20摄氏度,新疆军区某边防团红其拉甫边防连官兵,奉命对7号界碑执行巡逻任务。

这是一次例行巡逻,但对于裴涛、丁文涛、杨亚超、周林平4名老兵来说,却有着非同寻常的意义——他们不久就要脱下军装退伍返乡,这将是他们的最后一次巡逻。

下午3时30分,巡逻队终于到达7号界碑。"亲爱的界碑,我又来了,让我最后一次为你描红吧!"寒风中,戍边已经12载的裴涛,用颤抖的手在界碑上描写着"中国"二字,泪水不知不觉滑落。

"看云彩,看云彩,光秃秃的哨所也有乐趣在……"经过艰难跋涉,官兵顺利完成巡逻任务,唱着歌回到前哨班。面对五星红旗,巡逻官兵庄严宣誓,几名老兵举起的右手久久不愿放下……

红其拉甫边防连官兵正在执勤(资料图片)

战士们在国门巡逻(姬文志/摄)

高原巡逻路充满艰辛（姬文志/摄）

红其拉甫边防连官兵执勤中骑牦牛过冰河（倪光辉/摄）

"神仙湾里无神仙，戍边一诺重如山"

神仙湾哨卡见证"钢铁战士"

【地理名片】

位于喀喇昆仑山脉中段、在新疆皮山县赛图拉镇南部。这里的海拔高度为5380米，年平均气温低于零摄氏度，昼夜最大温差30多摄氏度，冬季长达6个多月，一年里17米/秒以上大风天占了一半，空气中的氧含量不到平地的45%，而紫外线强度却高出50%。这里是不折不扣的"高原上的高原"。

喀喇昆仑山脉是世界山岳冰川最发达的山脉之一，位于中国、塔吉克斯坦、阿富汗、巴基斯坦和印度等国的边境上。山脉的宽度约为240公里，长度为800公里，平均海拔超过5000米，拥有8000米以上山峰4座，7500米以上山峰15座；山脉冰川发达，总面积达1.86万平方公里，其中长度超过10公里的冰川约为102条。全世界中、低纬度山地冰川长度超过50公里的共有8条，喀喇昆仑就占了6条。雪线的平均高度为5000米。

【部队名片】

1956年起，新中国设置神仙湾哨所（新疆皮山县赛图拉镇南部），是赛图拉哨所的一个分卡（边卡）。1959年8月，经中央军委正式命名为神仙湾，出现在共和国军事地图上。建哨初期，官兵们靠着一顶棉帐篷、一口架在石头上的铁锅，每天吃压缩干粮、喝70多摄氏度就沸腾的雪水，硬是在被称为"生命禁区"的地方站住了脚，牢牢地守住了祖国的西大门。一代代神仙湾人为祖国奉献着青春甚至是生命。1982年，中央军委授予神仙湾哨所"喀喇昆仑钢铁哨卡"荣誉称号。

探秘"中国之极"

"生命禁区",喀喇昆仑精神的发源地

在遥远的喀喇昆仑山上,有一个最高、最苦、最让人崇敬和牵挂的小小哨所——神仙湾。

时至今日,神仙湾哨所依然是我国条件最为艰苦的哨所之一,生活在和平年代的我们,在尽情享受和平所带来的幸福时也不应该忘记,正是这些在背后默默守护和付出的人,那些纷飞战火才离我们如此遥远。

巍峨险峻的喀喇昆仑山巅,海拔5380米的神仙湾哨卡在风雪中屹立。

提及昆仑山,想必大家不会陌生。在中华文化史上,昆仑山拥有"万山之祖"的显赫地位,古人还将其视为中华"龙脉之祖",传说上古神仙西王母居住于此。与昆仑山相连的,还有亚洲著名山脉——喀喇昆仑山,"喀喇昆仑"源于上古蒙古语"黑水"一词的音译,意为"黑水之山"。在这座全球山岳冰川最发达的高大山脉中,有一个名为"神仙湾"的地区。

听名字,很多人会想象这里是一个风景如画的人间仙境,然而事实却恰恰相反。"神仙湾"位于喀喇昆仑山脉中段,在新疆皮山县赛图拉镇南部,被学者们称为"生命禁区"。此地平均海拔5380米,空气含氧量只有平原地区的45%不到。由于空气稀薄,神仙湾地区的日照强度要比平原地区高出一半,还有强烈的紫外线。更令人难以接受的是,由于神仙湾地区的地表基本都是裸露岩石,比热容较低,所以当地昼夜温差可达30摄氏度以上。

自1956年起,神仙湾哨所就已经屹立于此,如今已经有60多年。在哨所初立之时,条件的艰苦程度超乎人们想象,抛开常年肆虐于哨所营地的大风不谈,光是吃饭都足以让普通人崩溃——由于气压的关系,在这里烧水,75摄氏度就会沸腾,这样的热水既不能杀菌也不能用于煮饭,所以战士们常年只能以热水和压缩饼干充饥,一旦遇上腹泻就可能有生命危险。至于战士们所需要的维生素,则全靠药片提供。

第二章 界碑，界碑

"冰山雪谷一军营，哨卡设在云雾中。筋骨若非钢铁铸，神仙在此也难停。"这里是名副其实的"生命禁区"，也是以"热爱边防、艰苦奋斗、无私奉献、顽强拼搏"为主要内容的喀喇昆仑精神的发源地，神仙湾边防连曾被中央军委授予"喀喇昆仑钢铁哨卡"荣誉称号。

建连初期，官兵们靠着一顶棉帐篷，一口架在石头上的铁锅，每天吃压缩干粮，喝70多摄氏度就沸腾的雪水，硬是在"生命禁区"站住了脚，牢牢地守住了祖国的西大门。从那时起，一代代神仙湾人在这里为祖国奉献着青春甚至生命，谱写着一曲曲边防军人卫国戍边的赞歌。

"训练不怕苦，打仗不怕死。"在前往神仙湾边防连的山崖上，印刻着一行白色大字，令人印象深刻。

这里是海拔4000多米的康西瓦烈士陵园，100多位先烈为保卫祖国、建设边防而长眠于此。他们有的是在战火纷飞的年代为抗击入侵之敌英勇牺牲，有的是在和平年代为守卫边疆、建设边疆而献出生命。

一座座整齐排列的墓碑，在寒风中越发显得庄严。高耸的纪念碑前，军容严整的礼兵神情肃穆，大家依次上前敬献花圈、默哀、鞠躬……

后排的两座墓引人注意，墓主人分别是中央军委政治工作部正团职干事李战胜和河尾滩边防连班长叶尔登巴依尔·红尔，两人在2016年因公牺牲。

边防连指导员李士福介绍，叶尔登巴依尔是连队一名非常优秀的蒙古族班长，军事素质好，乐于助人。3年前，叶尔登巴依尔巡逻归来突发脑水肿和心肌炎，送下山后抢救无效，年轻的生命永远定格在了雪域之巅。

"和平年代被高原夺去生命的，远不止叶尔登巴依尔一个。"李士福说，在这里，轻微的疾病就有可能夺去生命。70年来，一批批官兵把心安在高原、把根扎在边关，很多人付出了生命的代价。

然而对这些战士而言，最危险的却不是自然环境。由于喀喇昆仑山脉长达800公里，中国、塔吉克斯坦、巴基斯坦、阿富汗和印度的边界全在这一山脉之上，所以戍卫于此的战士们还需要时刻警惕外敌入侵。

探秘"中国之极"

在这里吃上蔬菜不容易,神仙湾战士自己动手种出绿叶菜。(杨明方/摄)

神仙湾里的"神仙"们

"神仙湾里无神仙,天高气薄绝尘烟。官兵一心固长城,戍边一诺重如山。"

这首由老一辈戍边军人写下的诗,在神仙湾哨卡一代代官兵中口耳相传,至今读来,仍能感悟字里行间透出的艰辛与坚强。

神仙湾——这是一个名字很能刺激人们想象力的哨卡。

自然,戍守在这里的兵们并非神仙,而是有着血肉之躯的凡人。

于是,便有了不少平凡而真实的故事。新疆军区宣传干事向记者讲述了这里充满革命乐观主义精神的"神仙"们——

"站在山下仰望,有一个哨所挂在云端上。我看到云朵缠住了钢枪,整个哨所好像都在摇晃。""我看到雄鹰从头顶飞过,就像战士在山巅上巡防。上哨时我接过钢枪,举手敬礼就能碰到太阳。"……

写出以上文字的人叫王向阳,是神仙湾边防连的一名中士。这样的话语常徘徊在他的心间,流露于他的笔尖。而现在,王向阳的诗句变成了铅字,印在一张哨所小报上。这张小报叫《卫戍

第二章 界碑，界碑

报》，是神仙湾边防连自己创办的。

"以前没觉得，直到上了高原，去过海拔 4000 多米的康西瓦烈士陵园，才发现入伍后每次看升旗的感受都不一样。"哨所报的出现，给了官兵们一个全新的自我表达的机会。

那篇文章这样写"连值日"——

"风很轻柔，但也有不老实的时候，我被树叶带着到处跑。然后，我就只能一次又一次地拿起扫帚，蹲下身子'收拾'顽皮的树叶，这其实是在磨炼我的耐心。我挺拔的身姿伫立在那儿，无论雨雪风霜，我仍然伫立在那儿，因为我是守护祖国的人。"

在宋志辉的笔下，他的青春既是遥远、冷寂的每一天，也是刚毅、执着的一

中巴边界关口及界碑

神仙湾哨卡。从连队营区到哨楼有108级台阶,这无疑是"拦路虎",在这海拔5300多米的"生命禁区",就连身强力壮的人也举步维艰。图为官兵走向哨卡战位。(牛德龙/摄)

 探秘"中国之极"

段岁月。这样的青春，相信每一个在哨所报上读到这篇文章的官兵都能感受到。

中士王向阳在神仙湾守防7年，这里的日子他太熟悉。他喜欢摄影，营区四周的环境都出现在他的镜头中，神仙湾一草一木的变化他都清清楚楚。他觉得，连队的变化是在潜移默化中发生的。《雪域昆仑的风》写出了他的戍边情怀：

"手握钢枪，便无惧飞雪与寒风／再大的风，也是对我忠诚的褒奖／再大的雪，也是对我灵魂的赞美。"

干事牛德龙向记者介绍，这些年，保障部门通过自主研发，研究出了四层夹心隔离保温墙，探索总结出了高原滴灌喷洒等技术，让新鲜蔬菜出现在了神仙湾。据了解，现在蔬菜大棚内可种菜品达20多种，即便在大雪纷飞的日子，官兵也不用为吃新鲜蔬菜发愁。

十几年前哨卡没有手机信号，加上交通不便，官兵都经历过"等不来一封信，也送不出一封信"的落寞。现如今，连队驻地建成了通信基站，4G网络覆盖整个营区，官兵们利用周末上网、与家人视频聊天。

如今，连队官兵住进新式多功能哨楼，吸氧难、用电难、上网难、吃蔬菜水果难等问题得到解决。特别是前两年富氧训练室的建成并投入使用，标志着连队在经历"救命氧""保健氧"时代后正式迈入了"训练氧"时代。神仙湾边防连"白天兵看兵，晚上数星星"的单调生活得到了改变。

喀喇昆仑之巅的钢铁哨卡

天文点边防连：铸就坚不可摧钢铁边关

【地理名片】

我国西部边陲喀喇昆仑之巅，平均海拔5170米，氧气含量不足平原的45%，紫外线强度是平原的4倍；群峰连绵，冰封千里，没有季节轮回，年均6个月冰雪封路、与山下隔绝。

这里年平均气温在零摄氏度以下，昼夜最大温差近40摄氏度。终日狂风不断，大部分时间天空都飘着雪花。这里没有一棵树、没有一棵草，没有奔跑的藏羚羊、没有飞翔的小鸟，除了巡逻的战士和喘着粗气的军犬，几乎没有其他生命迹象。

【部队名片】

新疆军区天文点边防连组建于1959年，前哨班海拔5390米，距团部几百公里。这里"氧气难吸饱，天上无飞鸟，地上不长草，风吹石头跑，四季穿棉袄"，每年冰雪期长达10个月，300多天在刮风，空气中的含氧量还不到平原地区的一半，比著名的神仙湾哨卡海拔还要高10米，战士们被称为离天最近的哨兵。

在这片看不到绿色的"生命禁区"，天文点边防连建连戍边61年，经历了战火洗礼和上千次重大任务考验，4次荣立集体二等功，2次荣立集体一等功，被表彰为首届全军践行强军目标标兵单位，成为挺立云端的钢铁哨卡。2015年8月26日，中央军委主席习近平签署命令，授予天文点边防连"团结战斗模范连"荣誉称号。

探秘"中国之极"

雪山，戈壁；戈壁，雪山。

群峰连绵，冰封雪裹，万物萧瑟，这里是亘古蛮荒的喀喇昆仑山。

天文点，我心中向往的圣地！汽车在茫茫戈壁滩穿行颠簸了10多个小时，海拔5170米的天文点边防连眼看要到了！

我小心翼翼把脚放在这片神圣的土地上，感觉仿佛踩在棉花上一样。10多个小时的路途，已把我折腾得够呛，加上缺氧的折磨，顿感头昏眼花，恶心呕吐，四肢无力。

很遗憾，没有爬上去。在半山腰上，我听大家讲述了天文点边防连的故事！

（一）

连队戍边61年来，在风雪边关留下了许多官兵友爱的故事。

原副指导员陈炳利在天文点一干就是8年，上级几次调整他下山，他都把机会让给了别人，1986年因肺水肿牺牲在了山上。18年前，新战士吴昌斌在翻越海拔5452米高地时缺氧晕倒，嘴里直吐白沫，双脚冰冷没了知觉。连长曹国胜不顾寒冷，立即解开衣服，将他的双脚紧紧焐在怀里。如今已从团政治处副主任岗位转业的吴昌斌，还在感慨："这辈子，只有我娘和连长用身体为我暖过脚！"

"藏在云端里，守在冰峰间，人若问我冷不冷，我说这里春满园。"大学生士兵郭建军对连队的温暖体会很深："那是我第一次参加巡逻任务，途经一条冰河，河不宽，水很急，看着混浊的水裹着冰块上下翻滚，我很害怕。这时，连长侯法营脱掉棉衣，一下把我背起来，一步步蹚过冰河。那次，连长在冰河中来回走了6趟，把我们6名新战士一一背过河去。晚上，我打了一盆热水要给连长泡脚，连长坚决不让。我当时都急哭了，在刺骨的冰河中连长能背6名战士过河，我只想给他泡泡脚，咋就不行？"

"不让领土丢失一寸、不让主权受损一分"的守防信念和责任担当。连队十分重视用这种共同追求激励官兵，形成了"寸土寸金寸心、坚守坚定坚强"的连

110

魂。每个新同志到连队,首先参观连队荣誉室,必上喀喇昆仑精神教育课,都要在海拔 5390 米前哨的国旗上签名。每次巡逻出发前向国旗宣誓,每年组织官兵到康西瓦陵园、红山头战场遗址祭扫,缅怀在边境自卫反击作战中牺牲的英烈,强化"驻守最高哨卡、坚持最高标准、履行最高使命"的意识。

(二)

在独立偏远、险象环生的雪域边关,特别需要干部当好连队建设的"顶梁柱"、冲锋陷阵的"排头兵"、战士健康的"保护神"。在这里,干部视兵如兄弟,战士爱连当主人。

2005 年 10 月的喀喇昆仑山,早已是大雪寒冬、呵气成霜。一次徒步巡逻时,战士贺国斌双脚冻得失去知觉,鞋子跑丢了一只都全然不知。连长张祥林发现后,亲自给他暖脚,并让大家沿着原路返回寻找鞋子,一个雪坑、一个脚印地找,终于在 200 米外的雪窝中把鞋子扒出来,焐热后给他穿上。2008 年 3 月,战士刘兆杞突发脑水肿,急需治疗,但下山道路被大雪阻断,又没有铲雪机械。指导员许国雷果断带领几十名官兵,用锹挖手刨清除积雪,接力奋战 40 多个小时,终于打开了一条 10 公里长的"生命通道"。

"干部处处肯带头,战士工作有劲头。"多年来,连队干部把"有我在""跟我来"挂在嘴边,更落实到行动上。平时巡逻执勤,总是走在前边探路排险;遇有苦活累活,总是挑最重的抢着去干;执行重大任务,总是挺身而出冲在一线。

2012 年 9 月,连长侯法营带队执行任务,被一条冰河挡住了去路,他拦住战士,自己先下水探路。漂着冰碴的河水冰冷刺骨,他硬是咬着牙,来回摸索了好几趟,直到确认安全过河的路线。每到冬季,凿冰取水是连队最苦的体力活。干部与战士一样"全副武装",跑到 15 公里外的冰湖取水,每次回来,因抡钢钎、扎口袋,手磨出血泡和划破最多的都是干部。

一张老照片记录的瞬间,令记者感动不已:冰天雪地里,一名干部把一名战

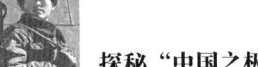

探秘"中国之极"

士的脚紧紧抱在怀里,脸上挂满冰霜;另一名干部在一旁帮战士吸氧,帽子和肩头覆盖着积雪。照片中的战士叫吴昌斌,现任团政治处副主任。"17年前,我当兵来到天文点,第一次参加冬季巡逻,在翻越海拔5452米的一个高地时晕倒了,口吐白沫,双脚没了知觉。老连长曹国胜立即解开大衣,撩起内衣,将我的双脚紧紧焐在他的胸脯上。"说起当时的情景,吴昌斌眼里漾出泪花,"这一辈子,只有我的亲妈和我的连长用身体为我暖过脚!"

(三)

在艰难困苦中凝结战友爱,在生死考验中锤炼兄弟情,不断增强连队凝聚力战斗力。

在天文点训练苦,同甘共苦就不苦。经测试,在海拔5000多米的高原即使

在天文点边防连,冬季打冰取水是件苦差事,但连队干部骨干都争着去。(王宁/摄)

天文点边防连哨兵正在站哨执勤（王宁/摄）

天文点边防连前哨班海拔 5390 米，比闻名全国的神仙湾边防连还高 10 米。

探秘"中国之极"

是徒步行走,也相当于在平原负重20公斤奔跑。在这样的环境中搞训练,苦累程度可想而知。为了激发官兵训练热情、练就过硬本领,连队坚持干部与战士一起摸爬滚打,做俯卧撑、拉单杠,战士多少个,干部也多少个;爬哨楼、冲阵地,战士跑几趟,干部同样跑几趟;练装备操作,战士练多久,干部也练多久。广泛开展比学赶超活动,设立训练龙虎榜,组织执勤技能小比武,举办边防知识小竞赛,还注重强弱搭配帮着练,跑不动时拉一把、训练间隙教两招,带动大家熟练掌握巡逻执勤"十八般武艺"。

在天文点巡逻难,携手并肩就不难。近10年,官兵每年徒步巡逻2200余公里,无论过达坂还是翻雪山、走熟路还是闯险地,大家都肩并肩共同面对。其间,110余次遭遇洪水、塌方、暴风雪、泥石流,有45人跌落雪坑,大家总是把自己的安危置之度外,把生的希望留给战友;120余名官兵患上严重的心脏病、肺水肿等高原性疾病,24人晕倒在巡逻途中,大家总是竭尽所能、全力挽救。

在天文点斗争险,生死相依就不险。在该连官兵眼中,一石一峰都是主权象征,一山一壑都事关国家利益。2013年4月,连队受命执行一项十分艰巨的驻营执勤任务,连队干部时刻站在前,与战士同吃一锅饭,晚上睡在帐篷口为战士挡风寒,半夜起来帮战士盖大衣。随着任务时间延长,官兵脸上晒脱了皮,嘴唇干裂渗血,却没有一人退缩。指导员程彦胜在一线,每天休息不足4小时,最终劳累过度深度昏迷,经过80多个小时抢救才苏醒过来。凭着这种生死与共、勇敢顽强的战斗精神,最终胜利完成任务。

"高寒极地"河尾滩

"极地哨所"：全军最高哨所　离星星最近的兵

【地理名片】

这是寸草不生、藏羚羊都待不住的"生命禁区"。位于喀喇昆仑山脉中段，海拔5418米，含氧量不足平原的40%。这里四季飘雪、终年冰封，高寒、缺氧、低压、强紫外线和宇宙射线照射，自然环境极为恶劣，风力高达8级。有测试表明，在海拔5000多米的地方站立，相当于平原负重25公斤，爬坡则更为艰难。

古老苍凉的喀喇昆仑山，每日都会大风来袭，长年冰雪皑皑，全年中有长达8个月被大雪封山。这里不见树木、没有花草，天空中看不到任何飞翔的鸟类。四周一片寂静，只有呼啸的大风，以及巡逻战士的身影，生物学家称其为"生命禁区"。

【部队名片】

河尾滩边防连位于喀喇昆仑高原深处，哨所因高、远、险而闻名：海拔5418米，是全军海拔最高的哨所，有"生命禁区的禁区"之称，是祖国西部边防的重要哨所之一。

2011年5月，7名先遣队队员顶风冒雪挺进喀喇昆仑之巅，在寸草不生的雪原扎下3顶帐篷，让五星红旗第一次飘扬在海拔5418米的河尾滩哨卡。官兵执勤、训练和生活条件十分艰苦。连队距团部400多公里，最快也要12小时到达。哨所组建以来，官兵们继承和发扬了"喀喇昆仑精神"，以"海拔高斗志更高，缺氧不缺精神"的革命意志，在藏羚羊都待不住的地方扎下了根、站稳了脚，圆满完成边防执勤和军事训练任务，向祖国和人民交上了一份海拔最高的答卷。

探秘"中国之极"

河尾滩，在1∶400万的中国地图上只是一个没有标注的点；5418，在读者的心中也只是个普通数字。但当它与海拔高度关联，瞬间就会成为令人望而却步的艰苦险境。

这个听起来再普通不过的地名，驻守着全军海拔最高的哨所。新疆军区河尾滩边防连挺立在海拔5418米的喀喇昆仑之巅，一举刷新全军海拔最高哨所纪录，成为名副其实的"高寒极地"。

这里有一群"离星星最近的兵"，扎根生命禁区、建功最高哨卡，忠于使命、铁心戍边，所表现出的家国情怀感动着亿万国人心……

"5418"，总有你温暖的注视！

"在这钢橛子也打不进的地方，我们就是要像界碑一样立在这里"

通往河尾滩的第一行脚印，是河尾滩边防连先遣队的7名勇士闯出来的。

2011年5月中旬，时任指导员彭义带着6名战士作为先遣队，从30里营房向着海拔5400多米的指定地域出发了。

风大雪急。在距预定地域十几公里时，大雪覆盖了前进的道路，既分不清哪是路，更找不到"家"。车上的人只得全部下车，手拉手用脚探路，一路磕磕绊绊为后面的车导航。

到达目的地时，已接近凌晨。这时，大家心里明白，这片荒芜之地就是所谓的连队。

在肆虐的山风中，官兵们的当务之急是搭帐篷。然而，在狂风暴雪中搭帐篷又谈何容易：十字镐抡圆了砸下去，手都震麻了，冻土上却只有一个小白点；平时掂得格外轻松的大锤，举起来都是如此地沉重，70厘米长的橛子，50多锤才能打进千年的冻土里，一顶帐篷就有8个橛子，其劳动量可想而知。

狂风暴雪和高原反应把大家折腾得筋疲力尽，年纪最小的上等兵唐涛，一度出现了幻觉，指着纷飞的雪花硬说是满天的乌鸦。

下士孙瑜累得头昏脑涨，手一松绳子飞出去抽到了彭指导员的眼角，血刚冒出来，立即冻住了。小孙吓坏了，彭义却手一摆，大声地说："没事。在这钢橛子也打不进的地方，我们就是要像界碑一样立在这里。"

两小时后，第一顶篷终于搭起来了，大家却累趴下了。先遣队队员之一、当时还为中士的上士马双喜回忆说："帐篷搭完后，每人吃了一点冻僵的干粮，唐涛睡在我上铺，床都上不去，是我用尽全力推上去的。"

第二天上午，天气好了一些，大家一鼓作气又搭起了3顶帐篷。先遣任务完成了，下士孙瑜和上等兵张鹏祯却因为过度劳累引发肺水肿，被紧急送下了山。

听说这段经历后，该团团长黄小虎感慨地说："一个干部六个兵，一部电台四辆车，先遣队家当虽不多，但他们是首次进驻最高哨所的勇士，是全军最高哨所的奠基人。"

"任何困难都永远阻挡不了我们丈量边防每寸土地的脚步"

有测试表明，在海拔5000多米的高原徒步行走，体能消耗相当于在平原地区负重20公斤奔跑。有人说，在这样的地方，生存就是奇迹，躺着也是奉献；河尾滩边防连的官兵们却说，海拔高使命更高，氧气少勇气不能少。

2012年8月的一天，马双喜跟着连长于少林徒步赴石峡巡逻，刚过一线天峡谷，就见身后山顶的巨石哗啦啦滚落下来。队伍再走慢一点，可能就全军覆没了，官兵们虽然有点后怕，但巡逻的脚步却没有停止。

休息时，连长对大家说："尽管这条巡逻路随时有巨石滚落，泥石流突袭，但任何困难都永远阻挡不了我们丈量边防每寸土地的脚步，寸土寸金寸心，坚持坚强坚守！"战士们听后，巡逻的脚步更坚定了。

下士李栋在巡逻途中曾遇上雪崩，被困16小时。等到救援队赶来时，他们

探秘"中国之极"

早已筋疲力尽,瘫倒在地上。8小时过去了,小李的脚趾仍然丝毫没有知觉。

脚趾可能要截肢!当医生和护士对李栋的遭遇感到惋惜时,这个不到20岁的小伙子却倔强地说:"脚趾少一两个不是大问题,只要保住脚就行,这样我还能巡逻执勤。"

不能让战士流血流汗又流泪!在组织的关怀下,李栋在乌鲁木齐总医院接受了最先进的治疗,脚趾保住了。

在连队,类似的故事还有很多:下士张浩楠,走水路巡逻时,陷进泥潭,水面没过了下巴,却仍用双手把枪高高举过头顶;上等兵陈杰,抢着去推陷在深雪里的拉水车,眼睛被柴油气喷得肿成了"熊猫眼"……

2013年年底,河尾滩边防连荣立集体二等功。这对于一个组建不到3年的连队来说,荣誉的背后是他们创造和见证的奇迹。该团政委魏鹏说:"这个连队官兵身居特殊环境、肩负特殊使命、争做特殊贡献,把生命置之度外,把使命举过头顶,给他们再高的荣誉都不为过。"

"我端起枪就不能抱起你,我放下枪就不能保护你"

副连长梁辉的两句打油诗,让连队的官兵心头酸楚。就在前不久,他相恋多年的女友正式提出分手……

"我同意。你等了我这么久,即便你提出分手也是我欠你的,对不起。"当小梁用粗糙的手指在手机屏幕上敲下这段话时,他的心里在流泪。相恋5年了,见了没几次,又两推婚期,是谁也不能没有个想法。

在连队,提起巡逻执勤、爱军精武,官兵们个个头昂得高高的;可一说到感情,个个有苦难言,有债难还。

2013年6月,指导员马龙飞下山执行任务,被特批了3天假。下山前夜,他一想到儿子就充满了愧疚。出生时,他在执行任务,没有陪在妻子身边,儿子

第二章 界碑,界碑

两岁了他也只见过一次。

工作安排妥当后,他急匆匆往家赶,在家属院见到妻子王冲时问:"儿子呢?""就在这群小孩里,你找找看?"妻子看似玩笑的问题,真把马龙飞难住了。他围着几个差不多大的孩子,转了两圈,愣是没认出来。当妻子从孩子堆里抱起他们的孩子时,这个铁骨铮铮的汉子哭了,一把将妻儿揽在怀里,连声说:"对不起……"

爱情债、亲情债,更多的是忠孝难两全。下士魏武,义务兵期间,父母相继去世,他都没能见上最后一面。2012年年底,面对走与留,他毅然留了下来。士官晋升命令宣布的那天,他拨通了家里唯一的亲人的电话,说:"姐,你多保重,咱们的小家没了,我一定要守好祖国这个大家。"现如今,小魏不仅是全团最优秀的军犬饲养员,还当上了四班班长。

连队所在的和田军分区政治部主任郑晓红感动地说,这些真汉子,眼里只有国与家,唯独没有他们自己。

2014年1月4日,河尾滩边防连官兵在海拔5400米以上的边防线上巡逻。(王宁/摄)

探秘"中国之极"

探访手记

战士巡逻吸氧,告别"氧气瓶"时代

出阳关、过大漠、踏戈壁,来到位于喀喇昆仑山脉中段的新疆军区河尾滩边防连。

从祖国的版图上来看,从这里到达首都北京的距离有将近5000公里,这也是我们国家乃至世界最高的边防连队,海拔5418米,这也意味着比运动员攀登珠穆朗玛峰的大本营还要高出218米。官兵们在这里,用生命守卫着这一段没有界碑的边防线。

由于海拔过高,河尾滩边防连官兵不仅要经受高寒、低压、

河尾滩边防连官兵踏冰巡逻(王宁/摄)

第二章 界碑，界碑

缺氧以及强紫外线等考验，同时还要完成边防巡逻以及军事训练等任务。而对于每一名官兵来说，最大的挑战就是高海拔带来的强烈高原反应。这几年，河尾滩边防连基础设施不断改善，生活条件越来越好，方方面面都发生了翻天覆地的变化。

在这里，官兵最头疼的就是氧气补给问题。在上级关怀下，供氧设备经历了几代更新，如今已经能够满足官兵生活、巡逻、训练等各种任务需求。

官兵的富氧室内训练场，是个 300 多平方米的场地，拥有氧气、加湿器、制氧机等设备，官兵们能够在这里进行训练、健身和娱乐，通过不间断的持续供氧设备，室内的氧气含量可以达到平原地区的 80%，在这里不仅可以解决官兵们的训练难题，同时可以解决官兵们的业余文化生活。

官兵外出巡逻的时候，又是如何保障氧气的？河尾滩边防连 2018 年列装了一款新型的便携式供氧设备，这款设备体积小、重量轻，只有挎包大小，持续时间 6～8 小时，并且采用人性化脉冲式供氧，这款制氧机在吸气时会供氧，在呼气时不会供氧，官兵们在巡逻途中可以随时随地进行氧气的补给。在高原边防巡逻线上，战士们吸氧将真正告别"氧气瓶"时代。

5418 米的高度，挡不住他们守边戍防的决心，历代战士常年戍守在这道边防线，用生命之躯一次次拓开巡逻的道路。边防无小事，事事连祖国。连队官兵说，脚下踩的每一块土地，都是我们的领土。

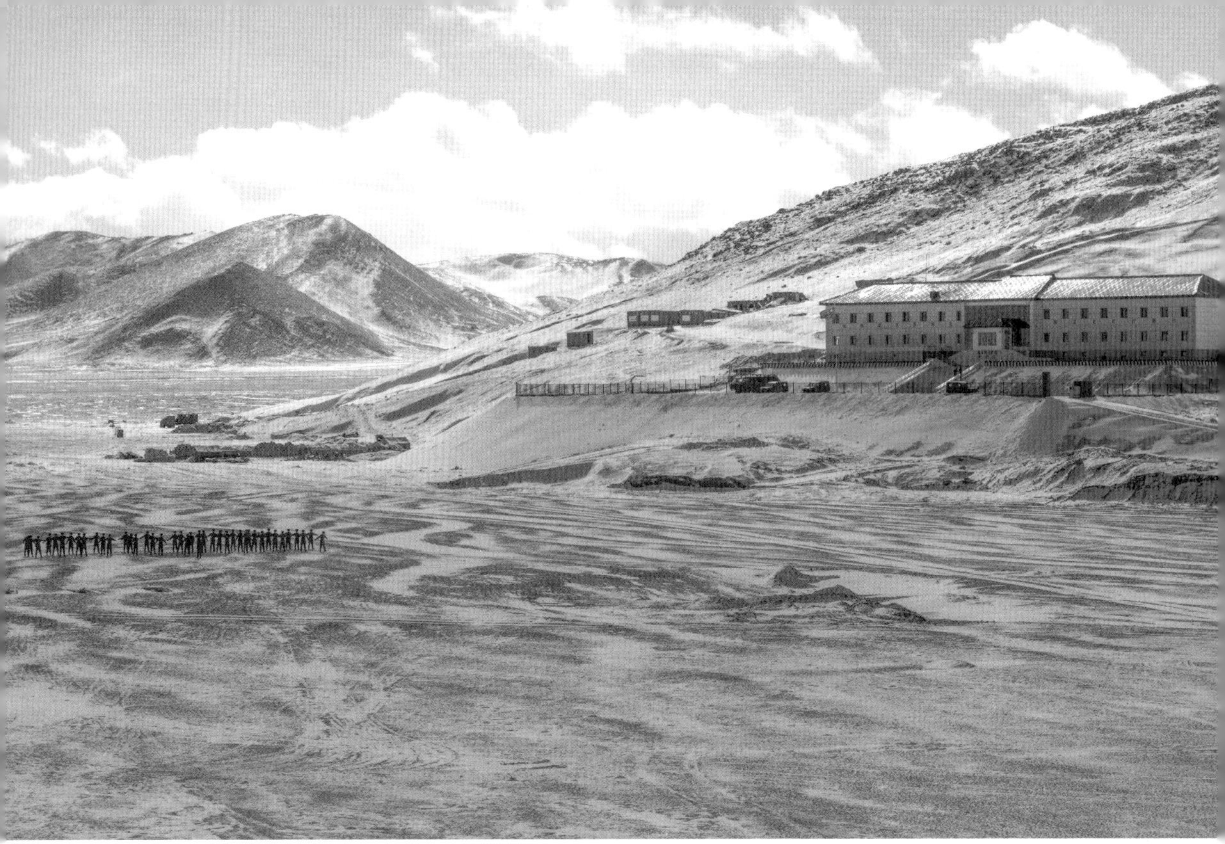

①

②③④

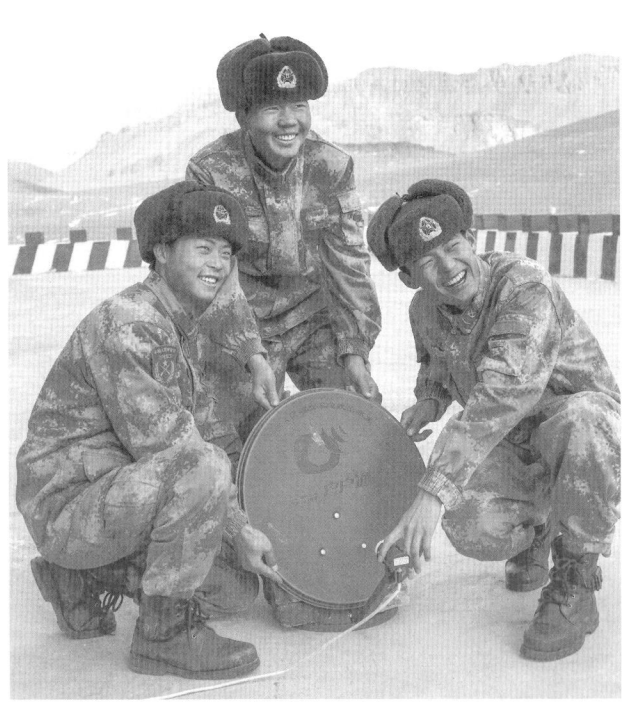

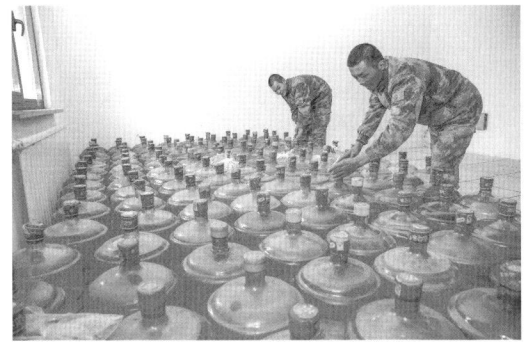

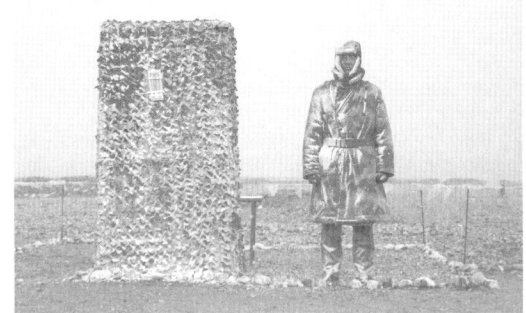

①海拔 5418 米的河尾滩边防连营房外景（王宁 / 摄）
②卫星电视接收系统，让远离人烟的河尾滩官兵能收看 40 余套电视节目。（王宁 / 摄）
③河尾滩边防连附近的水严重超标，官兵饮用的桶装纯净水是从 400 多公里之外拉上来的。（王宁 / 摄）
④建卡初期，河尾滩哨兵在简易哨楼旁站岗。（资料图片）

全军驻地海拔最高的建制营

岗巴营:"生命禁区"的国门卫士

【地理名片】

岗巴,坐落在喜马拉雅山脉北麓,藏语意为"雪山下最美的村庄"。诗意的名字只是对美好的向往,这片平均海拔4800米、含氧量不足内地50%的冰峰雪岭,历来都是艰难险阻和牺牲奉献的代名词。岗巴的自然环境极为恶劣,年均气温-4℃,最低达-40℃,每年200多天刮8级以上大风,7、8月依然冰封雪裹……在医学上被视为"生命禁区"。

这里既是"生命禁区",又是据守西藏的要冲,与我国周边3个国家接壤。

【部队名片】

1961年,为了祖国的尊严,老一辈岗巴军人听从号令,扛着红旗就上山,誓将岗巴当家建。从此,这里有了飘扬的国旗。

西藏军区岗巴边防营,全军驻地海拔最高的建制营,管控防区百余公里边境线和通外山口,守卫着共和国"平均海拔最高、自然条件最差"的边防线。担负着近10座海拔5000米以上雪山和近20个通外山口的边防巡逻任务。戍边官兵们要全副武装,每年徒步1万公里,翻越6000米以上雪山78次。

岗巴营的查果拉哨所海拔5318米,是岗巴营海拔最高、条件最艰苦的哨所。5个固定巡逻点海拔在5500米以上,最高点位海拔6900米。岗巴边防营先后7次受到全国全军表彰,营和所属连队在不同时期被授予"岗巴爱国奉献模范营""高原红色边防队""强边固防模范连"等荣誉称号。2016年8月被中央军委授予"高原戍边模范营"称号。

探秘"中国之极"

岗巴，坐落在喜马拉雅山北麓，藏语意为"雪山下最美的村庄"。诗意的名字只是对美好的向往，这片平均海拔4800米、含氧量不足内地50%的冰峰雪岭，历来都是艰难险阻和牺牲奉献的代名词。

这里既是"生命禁区"，又是据守西藏的要冲。1961年，为了祖国的尊严，老一辈岗巴军人听从号令，扛着红旗就上山，誓将岗巴当家建。从此，这里有了飘扬的国旗，有了钢铁般的长城。

作为祖国西南边境县，西藏自治区岗巴县与我国周边3个国家接壤。西藏军区岗巴边防营，成为全军驻地海拔最高的建制营，管控防区百余公里边境线和通外山口，守卫着共和国"平均海拔最高、自然条件最差"的边防线。在这里，"氧气吃不饱、风吹石头跑、四季穿棉袄"，但从1961年进驻起，战士们每天巡逻在祖国的最高边防线上，守土不失寸土。

在这片生命禁区上，一代又一代极地卫士战天斗地，将青春交付祖国，把哨位当作归宿，边防线上才有了"国防今胜昔，边关坚如铁"的座座丰碑。而那一面面被五星红旗勾勒的"国家轮廓"背后，是一代代岗巴官兵默默挥洒的热血和青春。

在高原驻守，时时需要牺牲奉献。可岗巴官兵却说，如果牺牲能换来祖国领土的完整，那就没有岗巴军人不能付出的牺牲。一支小分队巡逻到海拔5000多米的曲登尼玛雪山时，遭遇大雪崩，将小分队一口吞没。除两名战士侥幸生还外，其他5名官兵都化作了曲登尼玛永远的雪山。仅19岁的上等兵任浪，执勤中突发高原心脏病，一头栽倒再也没有醒来……西藏军区第八医院诊断统计：由于缺氧和缺维生素，"岗巴营"80%的官兵血色素严重超标，100%的官兵有不同程度的高血压、心脏移位等高原疾病。

"雪山红旗、永放光彩。"一代代官兵在极度恶劣的自然环境下无私奉献、忠诚戍边。迄今为止，岗巴边防营先后7次受到全国全军表彰，营和所属连队在不同时期被授予"岗巴爱国奉献模范营""高原红色边防队""强边固防模范连"等荣誉称号。

第二章　界碑，界碑

"身体虽缺氧，精神不缺钙"

盛夏8月，内地骄阳似火，岗巴却依然冰封雪裹，官兵们在巡逻途中披尽寒霜。

岗巴年平均气温-4摄氏度，最低气温达-40摄氏度，每年有200多天刮8级以上大风……医学界称，这里不适合人类居住。

"生命有禁区，听党指挥无盲区！"该营历届党委深知，越是条件艰苦，越要坚如磐石。他们始终把举旗铸魂作为最高政治，注重加强理论武装，锻造让党和人民放心的"最高卫士"。

每年冰雪初融，海拔5318米的查果拉哨所都会迎来上哨时刻。驻守这个季节性哨所，官兵们极易患上维生素缺乏症，人人指甲凹陷，嘴唇干裂。然而，半个多世纪以来，每年进点时，却有大量上哨申请书飞向指挥部。该营官兵说，不上查果拉，愧为岗巴人。至今，该营保存着数以千计的"红色申请书"。一茬茬官兵咬破手指，用血写下誓言：一生交给党安排，青春献给查果拉。

1965年，国防部授予查果拉哨所"红色高原边防队"荣誉称号，全国上下掀起向查果拉官兵学习的热潮。新兵胡同德想方设法调离城市部队，来到岗巴营工作，此后连续10年登上查果拉，其巡逻里程加起来相当于一次风雪长征。

薪火相传。近3年来，清华学子吴毅恒誓将青春写上查果拉，双胞胎兄弟范良忠和范良民并肩战斗在该营极地观察哨……营教导员何正海说，该营官兵始终以坚守极地为荣，先后有上百人主动放弃到低海拔地区工作，7名战士读完军校后主动申请归队奉献。

探秘"中国之极"

"即使倒下,也要保持冲锋姿态"

在恶劣的自然条件下,岗巴官兵戍守边关常与死神打交道。

一次,一支小分队巡逻到海拔5000多米的曲登尼玛雪山时,遭遇暴风雪引发的大雪崩,将小分队一口吞没。除两名战士侥幸生还外,其他5名官兵都化作了曲登尼玛永远的雪山。

岗巴"高原戍边模范营"巡逻勇士在巡逻途中休息补给。(晏良/摄)

岗巴"高原戍边模范营"巡逻勇士在冰川上坚定前行。(晏良/摄)

探秘"中国之极"

年仅19岁的上等兵任浪，执勤中突发高原心脏病，一头栽倒在地再也没有醒来……在高原驻守，随时需要牺牲奉献。可岗巴官兵却说，如果牺牲能换来祖国领土的完整，那就没有岗巴军人不能付出的牺牲。

"即使倒下，也要保持冲锋的姿态，将头朝着边关的方向。"在岗巴，你总能听到这样令人心酸动容的故事。西藏军区第八医院诊断统计：由于缺氧和缺维生素，岗巴营80%的官兵血色素严重超标，100%的官兵有不同程度的高血压、心脏移位等高原疾病。

"什么也不说，祖国知道我……"岗巴军人每次唱起这首歌，血液都会发烫，泪水湿润眼眶。

生命禁区，立起军人好样子

自1961年进驻岗巴以来，该营历代官兵牢记"守边先要练打仗"的训条，矢志加钢淬火。

在海拔4900多米的塔克逊边防连，官兵们嘱咐来采访的记者"缓步移动，节省体力"。然而，他们在3公里越野训练中却以命相搏。"只有豁出去、敢拼命，才能把兵练到极致，锻造合格的边防卫士。"营长胡广军说。

那年隆冬，营里训练高难巡逻课目。当时风雪蔽日，工作组建议"避避风头"。官兵们偏向虎山行，将足迹刻在生疏地域。

正是凭着这种"活着练，死了算"的劲头，该营创下纪录：在同类型部队中练打仗成果最多。

戍边近六十载，每年组织180余次武装巡逻；近3年来，他们创新37项训法战法，在上级比武中斩获11个第一。此外，该营官兵自己动手，开山劈石，将路修到天边，还创建当地第一个电站、第一所学校，帮扶附近11个村庄脱贫致富……

在生命禁区，岗巴营官兵用青春和热血，垒起一个个牢不可破的国门哨所。

从北尖岛、三亚湾
到友谊关、法卡山、老山

探访万里边关：英雄的故事　不老的芳华

【地理名片】

广东珠海北尖岛，3.174平方公里，在万山群岛最南端。它扼守太平洋、印度洋入珠江口两条国际航线，守卫海上进出香港、澳门、珠海、深圳的门户，是南中国海的瞭望哨。

从北尖岛出发，沿陆地海防线一路向西，过三亚湾，沿中越、中缅边境线，探访友谊关、法卡山、麻栗坡烈士陵园、老山主峰。

【部队名片】

在这条万里边关线上，驻守着南部战区陆军的边海防部队。其中有不少荣誉连队："海防模范连""东瑁洲模范海防连""戍边卫国模范连""法卡山模范守备连""边防钢七连"等。

传承红色基因，守卫万里边关。这些连队正是2018年全军开展"传承红色基因　担当强军重任"主题教育的缩影。

边防部队部署高度分散。随着国防和军队改革不断深入，西南边海防部队加速推进信息化转型建设，实现了跨越式发展，在战备、训练、管理等方面均发生了深刻变化。部队信息化建设不断完善，管理模式升级换代，建强网络平台，不断拓展管理内容、延伸管理触角，实现了部队管理和训练任务落实的精准高效。以往山高路远、通信不便的千里边关，如今变得可视可控。在西南边境地区，一支支现代化边海防劲旅经历换羽新生，合力构筑捍卫祖国边境安宁与稳定的钢铁长城。

探秘"中国之极"

北尖岛：有一种精神叫坚守

2018年6月25日　晴　广东珠海北尖岛

下午3点多了，太阳还很刺眼，阳光照在海面，金星涌动。小岛北主峰，刀尖一般刺向北方，像守岛战士凌厉推出的枪刺！

海上颠簸7个多小时，终于看见山崖上红色"北尖"二字，在阳光下分外耀眼。岛很小，3.174平方公里，在万山群岛最南端。它扼守太平洋、印度洋入珠江口两条国际航线，守卫海上进出香港、澳门、珠海、深圳的门户，是南中国海的瞭望哨。

驻扎岛上的陆军某海防旅三连，有着"海防模范连"荣誉称号，被称为北尖连。岛上无居民、无市电、无班船、缺淡水；石多泥土少，风吹沙石跑，飞鸟不做窝，渔民不上岛。可官兵们热血铸信念，愣是把孤岛打造成海防钢铁堡垒。

采访路上，指导员蒋鹏超让司机停车，带我们到一座墓碑前。蒋鹏超轻声说："老程，我们来看你了！"给程华森烈士点上了一支烟，烟雾缭绕间，我们面对烈士墓三鞠躬。20世纪50年代，官兵肩挑手提修筑国防工事。突然坑道塌方，程华森一把推开战友，自己却被埋入乱石。

北尖岛三面悬崖，东面有小码头，对着无风三尺浪、有风浪滔天的"老虎口"，遇天气海况不好，后勤补给船几周上不来。想种菜，山上没土，他们从山下背土。没有水，聚集雨水、下山挑水。汗水灌得菜花开，辛勤换得菜香来，官兵们吃着背土挑水种上的瓜菜，特别香！

最烦恼的，是遇到急事等不来船。指导员说，去年3月，上士荆卫辉母亲病危，进了重症监护室，假批了，却足足等了一个多月才下岛。年初年关将近刮起大风，休假官兵数着日子盼船来，许多人差点没赶上春节团圆饭。

北尖苦吗？在菜地里，记者问黝黑精瘦的列兵刘梓雄，他咧嘴笑："挺好的。"指导员说,刚上岛时,家境优渥的刘梓雄闹情绪。班长白天带他训练,晚上帮他按摩。在北尖过第一个生日,大家悄悄将漂洋过海、被压得变形的蛋糕端到他面前,唱起了生日快乐歌。刘梓雄从此变了个人。

在北尖岛 11 年的士官徐强,也觉得"挺好的"。他说在北尖,每逢春节、中秋节日,官兵都会到烈士程华森墓前缅怀。新兵下连、老兵下岛、连队取得重大荣誉,也要告慰英雄。徐强说,想想程华森及他们那个年代,再多的困难也都不算什么!

岛上,碗口大的树都齐腰断过,是台风吹的。那场台风,7 吨重的储水桶被吹飞几百米。营房玻璃全碎了,石头、断树、天井盖满天飞。一年多后,拧断的树杈上,顽强长出新枝绿叶。连长讲这个故事时,我想:"多像顽强的战士啊!"

在北尖,许多官兵上了岛,一干就是十几年。连长葛龙飞从当排长时就在北尖,几次轮换到好点的地方,他愣是主动留下来。近 3 年,有 25 名调出官兵,又回北尖。一代又一代北尖官兵,用忠诚守海岛、热血践使命,形成和锤炼出"忍得住孤独、耐得住寂寞、经得起考验、特别能吃苦、特别能战斗"的"北尖精神"。

训练场是战士们一锹一镐刨出来的。没有射击训练场,就趴在老营房顶上练瞄准,夏天趴 5 分钟能印出"水人"来。武装越野训练,他们绕礁林、爬山坡、钻坑道。近年,连队先后接受考核 37 次(项),次次优秀,参加各种比武竞赛,夺第一名 25 次,47 人被各级评为优秀"四会"教练员和训练标兵。

沧海桑田,编制体制和隶属关系几经变更,一茬茬官兵更替,但"北尖精神"始终在。

天涯哨兵:守护繁华志如磐

2018 年 6 月 30 日　晴　海南东瑁洲岛

出三亚湾,交通艇踏浪前行,繁华喧嚣的凤凰岛渐行渐远,20 多分钟后,

探秘"中国之极"

记者一行登上了东瑁洲岛。"小树夹花处处黄,珊瑚礁石砌围墙。榆林港外东西瑁,瞪大眼睛固国防。"在东瑁洲岛码头上,驻守在该岛的"东瑁洲模范海防连"指导员苏博告诉记者,这是郭沫若20世纪60年代写下的诗篇,诗中的"东西瑁",就是东瑁洲岛和对面的西瑁洲岛。

从码头走向连队,是一条千余米长的水泥路,连队的老兵说,这条路是老一辈守岛人,肩扛背驮、一锹一镐修出来的。在连史馆内,保存着三件"镇馆之宝"——当年连队开山铺路的钢钎、铁铲和用断了的镐头。

当时的连长,正是现在的旅长黄文忠,他带领官兵开山采石、大抓营建,2年时间,高标准建成营房、俱乐部等,还建好了多功能器械场、训练场、运动场,建成了500米长、5米高的挡土墙。

那段时间,全连官兵平均每人穿破了8双解放鞋,磨破了4套迷彩服,个个晒得皮肤黝黑。听着黄旅长的深情讲述,透过连史馆陈列的一张张泛黄的照片,我们仿佛能够听到金石在碰撞、闻到热血在迸发。

"身在天涯海角,心系繁荣富强。"说起改革开放给驻地三亚带来的巨变,官兵们如数家珍,喜悦之情溢于言表。从海南建省办经济特区到建设国际旅游岛,再到建设自贸区、推进自由贸易港建设,昔日封闭落后的边陲海岛发生了翻天覆地的变化。三亚也成为国际旅游胜地。

连队指导员苏博动情地说:"习主席在庆祝海南建省办特区30周年的讲话,大家看了电视直播不过瘾,还利用读报时间专门组织了'再过30年三亚会是什么样'畅想会!"

改革开放的东风,已使守岛官兵的生活居住环境旧貌换新颜。如今的东岛上,不但道路宽阔还安装了路灯,篮球场、足球场一应俱全,学习室、娱乐室、网络室功能完善,通网、通电,手机信号覆盖全岛,营区内还建设有"七大景""八大园"。最近,岛上建起了远程医疗系统,通过视频可以让千里外的专家诊断,这是信息化带给守岛官兵的福利。

老兵杨勇富对这种变化感受更加明显,他说刚上岛当水电工时,班长带着他学习用发电机,那时每天只能中午和晚上各发几个小时的电。

第二章　界碑，界碑

前些年，岛上建设了光伏发电站，淘汰了燃油发电机，用上了长时电。紧接着又修通了海底光缆，引来了市电。杨勇富开玩笑说，自己差不多可以下岗了。

走进连队作战指挥室，整面墙大小的液晶显示屏和大型沙盘映入眼帘，连队信息化建设成果可见一斑。屏幕墙上除了一个主窗口显示雷达获取的海上目标外，若干个子窗口可以实时监控岛上的重要目标。连长倪丙其一边介绍，一边在电脑上操作，切换摄像头，岛附近海面上小船上的国旗清晰可见。

不光如此，地方海防委在该岛建设的预警雷达，也能同步分享数据，在该连作战指挥室和300公里外的旅部作战值班室内，均能实时显示，形成了军地联合、上下联动的侦察预警体系。"信息化建设再先进，连队的基础性训练也毫不放松。"班长何红海把记者带到连队门前，那里醒目地张贴着一块龙虎榜，以班级为单位进行排名，每名官兵的成绩也都一清二楚。何班长告诉记者，每月连队会以班为单位组织一次比武考核，进行评比和奖励。

连队上等兵申屠惠康，5公里越野原来是中游水平，自从实行龙虎榜评比后，为了班级的荣誉，常常一个人加练，现在每次越野都是冲在连队最前面。

傍晚，记者和排长卢昊文在海边散步，他突然接到了一个电话，电话那头是连队正在参加南部战区陆军海防步兵集训的班长刘俊爽。刘俊爽告诉排长，在周考中取得了第一名的好成绩。喜报令人鼓舞振奋，但卢昊文也心生忧虑，过去一个月里，刘俊爽的两只膝盖伤情严重，左膝盖十字韧带拉伤、右膝盖发炎积液。"排长，我这膝盖，就是痛一点儿，咱们出门在外，大家都看着呢，说什么也不能给东岛丢脸！"连队同批参加集训的战士卢龙汉、陈章杰也都训练十分刻苦，在周考中分别取得第三名和第六名的好成绩。

在东瑁洲岛采访，一张张黝黑的脸庞，一句句朴实的话语，让记者感到，岛上的物质巨变中蕴含着不变的精神，东瑁洲岛依然是那只瞪大着的眼睛，官兵们守护着繁华，坚守着一颗"天涯哨兵"的心。

探秘"中国之极"

友谊关：忠诚脚步在延伸

2018年7月2日　晴　广西友谊关

到友谊关，已近黄昏。昔日的南疆边关要塞，如今已成为国家一类口岸。华灯齐放，右侧高高的金鸡山上，哨兵钢枪紧握，注视前方。

寂寥边哨冷月下，战士握枪护繁华。翌日清晨，驱车前往金鸡山巅的"戍边卫国模范连"——边防某旅十连。来十连，有两个地方一定要去：一个是古炮台阵地，一个是"拓荒园"。

金鸡山巅，一边是现代化哨所，一边是一门百年古炮。"往事越千年，日照金鸡巅。莫道干戈休，古炮尚鸣咽。"炮台墙上，《炮台铭》把我们带进了那段屈辱史。当年清政府重金买来德国克房伯大炮，用9个月时间将大炮运上山顶，首发试射就炮弹卡膛、报废，边关失守……"每看到卡膛的炮弹，就像卡在我们喉咙里！"龚指导员动情地说，"每年新兵下连、新干部来队报到，连队都在这里进行勿忘耻辱教育。"

连队菜园，原来是乱石堆，菜地里的土，是官兵巡逻路上，一袋一袋从山下背上来；种子，是官兵探亲休假带回来的；山上气候反常，菜苗难活，官兵们将旧口盅、罐头盒制成"育苗杯"，把种子放入"杯"里试种，育成幼苗后再移栽到菜地里。最终形成了369块菜地，最小的巴掌大，取名"拓荒园"。这369块菜地，不仅成为官兵爱连如家、以苦为乐的见证，更成为官兵的精神家园。

上午10时，一阵急促的哨音响起，6名荷枪实弹的战士，在操场上整齐列队——准备巡逻！记者也跟随前往。

在通往浦寨口岸1090号界碑的路上，商贸店铺鳞次栉比。指导员介绍，浦寨开发前，这里是一处居住着18户人家100多人的小村寨，现已发展成中越边境最大的边贸口岸之一。

第二章　界碑，界碑

在浦寨口岸边检站，军车免检让巡逻车一路畅通开到口岸，指导员说，光这条绿色通道，就被不少商人盯上。"你们巡逻时，让我们的车跟进去，每次1万元'带路费'。""损害国家利益的事，就是给座金山银山也不干！"这是该连官兵的坚定回答。

部队规定，在边贸点巡逻不准购买一针一线。这一条成为十连一代代官兵遵从的铁规。2008年，某大学的一名教员来连队代职。代职结束，官兵们决定给他买个红木笔筒做纪念。按说，到商贸点去买既省钱又方便。但思来议去，最后还是让一名士官，跑到20公里开外的国内商场，买了个笔筒。

巡逻战士讲，在连队周围有3个贸易点，最近的弄尧边贸点直线距离500米，从山上走小道5分钟就可到达。3公里长的弄尧边贸点客商云集，商品琳琅满目。然而，这条小道却成为官兵们人人自觉遵守的"禁区"，平时连散步走到这里，大家都自觉不前跨一步。

心中有忠诚，言行有准绳。几十年来，连队官兵风雨无阻巡逻在情况异常复杂、充满各种考验和诱惑的边贸点，但他们始终做到了"拒腐蚀、永不沾"。

"当心脚下！" 1101号界碑，位于海拔近500米的山顶，一路盘山而上，半米不到的小路上，一边布满荆棘，一边是陡峭悬崖，每走一步都小心翼翼，烈日烤得记者大汗淋漓。

走在最前面的班长王宜涛给记者算了一笔账，一次巡逻18公里，一周3次，他在连队当兵12年，相当于走了1万多公里的边境线。边防官兵，就是用一串坚毅的脚步，丈量着对祖国的忠诚。到达山顶，官兵顾不得擦拭汗水，拿出毛笔和油漆，为界碑上的"中国"描红。在太阳照耀下，"中国"二字格外鲜艳。

是什么精神，让边防战士们，身在物欲喧嚣的商贸口岸，却甘愿坚守清贫？是什么样的信念，让边防战士们在诱惑和考验面前能止步，在充满艰辛的巡逻路上勇向前？某旅政委程昭善给出这样的答案：是连队的精神和传统，"戍边守土苦亦乐，卫国镇关勇献身"是连队之魂，"忠诚戍边、艰苦奋斗、爱民奉献、精武征先"是连训。

巡逻归来，已是下午4点，赶上该旅"传承红色基因，担当强军重任"故事

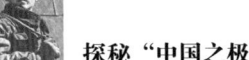
探秘"中国之极"

会。6名官兵依次登台,讲述身边红色传人的事迹。一名叫王开的战士讲,连队门口有4棵铁梨树,官兵给每棵树都起了名字:铁心树——铁心跟党走;铁拳树——铁拳守边关;铁纪树——铁纪正作风;铁血树——铁血凝友情。

多么可爱可亲又可敬的边防战士啊!

法卡山:英雄的山

2018年7月8日　晴　广西凭祥法卡山

清晨,从凭祥出发前往法卡山。行前,带我们上山的旅政治工作部主任吴银华说:"山高坡陡弯多,第一次上山,不少人都会晕车!"记者听了还有些不以为然。山丛密林间,越野车越往上开,弯越多,坡越陡,发动机在怒吼,脑袋开始发晕,胃里开始翻腾。

终于到山顶,推开车门,我"哗——"的一声吐了一地。指导员曹钦忙不迭地解释:"凭祥到连队这20多公里山路上,大小弯道有200多个,每公里就有十来个急弯。记者,辛苦了!"我内心想的却是,战士们下一趟山,多难啊!

曹钦介绍,因为下山太难,官兵周末外出都是"摊派"任务,去年连长浦亚"最懒",一年只下了一次山——休假回家,还"捎带着"结了婚。"官兵在山上待的时间久了,下山去也不知道要干什么!"

沿台阶拾级而上,连队依山建在阵地上。抬头看,"法卡山模范守备连"的英模牌匾格外抢眼,"为人民甘愿吃亏,乐于吃苦,勇于奉献"几个红色大字,苍劲有力,如一面鲜艳的旗帜矗立着。这里,是法卡山精神的发源地。这里,长眠着154名烈士。这里,曾发生过57个昼夜的激战,敌人曾向这一方寸之地发射2万多发炮弹,山的海拔被削低了整整4米。

主动担任解说的士官李兵,说起当年那场惨烈的战斗,话语低沉,泪眼哽咽。连队把当年战斗打响那一天确定为"光荣日",每到这一天,都会拉响战斗

第二章 界碑，界碑

警报，全连战备拉动，绕法卡山 10 公里武装越野，既为祭奠缅怀先烈，也为时刻警醒这里曾经一寸山河一寸血，是烈士们用鲜血换来的土地！

再往上走，"严守法卡山"5 个大字，横在阵地坑道上方。走进坑道，战时用于躲避炮火、运送弹药的坑道潮湿阴冷，洞壁凝着水珠，洞顶往下滴水，地上湿漉漉的。连队每年都要在这个坑道里驻训 1 个月，白天结合坑道战备训练，晚上睡在坑道，坑道里平时本就潮湿，下雨天被子能拧出水。

山顶，方圆数公里的最高点，哨所和界碑矗立。站在哨所遥望，当年在炮火倾泻之下光秃秃的山崖，如今已满目苍翠，绿涛林海；昔日密密麻麻的"猫耳洞"，如今已不常寻见，唯有界碑前、阵地上留下的那层层叠叠的弹孔，犹如烈士的眼睛。

"这里怎么不长草啊？"同行的记者问。低头看，脚下确有一片篮球场大的地方寸草未生。连队干部介绍说，这里是被当年炮火覆盖的一片焦土。早些年，捧一抔土，里面都是弹片，战士们也曾尝试过在这里种树，但都没有存活过。

这就是战争的残酷啊！真正持久的胜利就是和平，而不是战争。"让和平的薪火代代相传，让发展的动力源源不断，让文明的光芒熠熠生辉，是各国人民的期待，也是我们这一代政治家应有的担当，中国方案是：构建人类命运共同体，实现共赢共享。"这是我们党的立场、中国人民的心声。

"面前是界碑，身后是祖国，我们为富强而守卫，为和平而守望！"哨所里执勤的哨兵如是说。

临别之时，在"严守法卡山"的坑道前，我们招呼着"来，一起合个影吧"。战士们呼啦围了过来，齐声高唱《我爱法卡山》。"我爱法卡山，雄姿多娇艳；我爱法卡山，一柱立南天。法卡山，英雄的山，你是祖国的骄傲，民族的尊严……"歌声在层峦叠翠间久久回荡。

探秘"中国之极"

老山之巅：芳华永绽放

2018年7月10日　晴　云南老山

今天安排得满。麻栗坡烈士陵园、老山主峰、"边防钢七连"。"陵园长眠着来自19个省市、19个民族的960名烈士。"同行的营长杨逢春说。英雄台是中央军委和原昆明军区授予"战斗英雄"称号的12名英雄的墓冢。

9时，哀乐悲鸣，大山呜咽，点3支烟、三鞠躬，烟插祭坛，酹酒于地。"最小的烈士只有16岁。"讲解员引领大家缓步瞻仰，墓碑上刻着红五星、和平鸽，中部镌刻烈士姓名。山脚到山顶，一排排坟茔，五星与翠柏相映，还是青春方阵啊！

"战士的决心早已融进枪膛里，为了祖国不惜血染战旗……"王建川烈士墓前，讲解员念起《寄给妈妈的日记》……19岁人生芳华，在祖国最需要时，他一往无前，把青春化作永恒。我想，这就是灵魂高尚？

离开陵园，越野车左摇右晃一个半小时，终于来到闻名遐迩的老山。戍守老山的某旅十四连，是个英雄连队，经历大小战斗67次，在收复某高地战斗中，荣立集体二等功，1990年被中央军委授予"戍边英雄连"荣誉称号。

英雄广场前，矗立着一尊雕像——一级战斗英雄张大权，戎装、横枪挺立。"他在战斗中奋勇冲锋，腹部被弹片削破，他咬牙将肠子塞回继续冲锋，直到以冲锋姿态牺牲……"

红歌林边上，在歌曲《血染的风采》《望星宿》的背景音乐中，一个人正在讲故事，他是小坪寨村支部书记盘银华。1984年，任民兵连通信员的他，与战友冒着弹雨，输送弹药18吨，运送伤病员67人，光荣地火线入党。如今他常将教育课堂搬到战场遗址，宣讲、传承红色基因。

上主峰共有223级台阶，223是攻打老山一天内牺牲官兵的数字。昔日构筑

烈日下,战士们向边境线巡逻点位进发。(倪光辉/摄)

探秘"中国之极"

的坑道、战壕,在无声诉说着往昔的艰苦与荣光。

走进堑壕,一个镶嵌在战壕上的洞里,陈列着当年的弹药箱、炮弹壳、旧电台,"一人吃苦万人乐""一家不圆万家圆"的对联赫然醒目。指导员格茸七林说,这就是"猫耳洞",并打开话匣:40年前,父亲龚曲吹扎,瞒着家人参军到前线。奶奶收到家信,看到"打仗""前线"等词,整日以泪洗面,不久病危。长期猫耳洞生活,龚曲吹扎患上了严重的类风湿,几年后便瘫痪了。虽然被病痛折磨,但在儿子军校毕业时,鼓励格茸七林选择边防。从排长到指导员,格茸七林在老山,一扎就是9年。

一身军装两代情,同为"戍二代"的,还有副指导员冯锐。冯锐现在的宿舍,是父亲20多年前任指导员时的宿舍。他父亲在边防近30年,冯锐军校毕业时,父亲已从文山转业回河南,劝他到边防。"到了包裹都不能寄的边防,一度打过退堂鼓。"但在巡逻时,穿行在主峰上的堑壕,触摸弹孔累累的坑道,走在"百米生死线",扎根戍边的种子,奇迹般发了芽。

峰顶,记者问一名战士,"深山中站岗执勤,苦吗,寂寞吗?"他咧嘴真诚地笑,"触摸曾沾满鲜血的猫耳洞,翻看英烈的请战血书、战场日记。想想牺牲的人,哪还会觉得苦?"

下午,从陡峭泥泞的山路上通过,一路险象环生,终于来到被中央军委授称的"边防钢七连"。指导员王永青带领我们,径直奔往连队的战壕军史馆。"在收复老山战斗前夕,连队在八里河东山潜伏7昼夜,激战10昼夜,顶住敌2500多发炮弹轰击⋯⋯"看着桌上标满红蓝箭头的战场态势图,触摸已经生锈的炮弹,仿佛穿越到那个战火纷飞的年代。

英雄逐渐老去,精神却在传承。"连队如今守卫的27座界碑,有20座在雷区,地雷遍布,毒蛇横行,道路艰险。""在这充满生死考验的戍边路上,后悔过吗?""想想牺牲的前辈,哪还有脸后悔?"王永青目光里透射着坚毅。

第二章　界碑，界碑

探访手记

这次边海防行，花时间最多的是在路上，最难忘的也是在路上。

去海岛的路，波谷浪尖、跌宕起伏；赴边防的路，或蜿蜒曲折，或翻山越岭，无不漫长而又艰辛。万里边关万里巡逻路，边防战士日复一日、年复一年，用汗水播撒忠诚基因的种子，用脚步传递光荣传统的火炬，用青春书写报效祖国的答卷。

人民军队90多年的奋斗历程中，有一种传承，镌刻历史深处，跨越九天长空，融入这支队伍里每一成员的血脉，伴随并激励人民军队从胜利走向胜利。这种传承，就是红色基因的传承。红色基因是我党我军性质宗旨本色的集中体现，也是人民军队根脉灵魂所在、特有优势所在、制胜密码所在。

改革开放40多年，社会环境在变，部队编制体制在变，人员结构成分在变，但官兵们传承红色基因的决心和行动没有变。如果说有所变化的，则是他们脚步更加坚定、意志更加坚韧、精气神更足更强了。

新时代，强军兴军是一条充满希望的路，也是一条前人没有走过的路，难免会遇到"腊子口""娄山关"。红色基因是历史的，也是时代的。新形势下，传承红色基因，必须与时代同行，抓好创造性转化和创新性发展。不断赋予红色基因新的时代内涵、新的表达形式、新的灌输方式，切实找到认知"共鸣点"、认同"契合点"、认定"嵌入点"。

边海防行告诉我们，有红色基因的砥砺，强军之路无论多么遥远漫长，我们的目标一定能实现。实践证明，红色基因是新时代滋养强军奋斗精神的丰厚沃土，是培塑"四有"军人、锻造"四铁"部队的源头活水，是经受各种考验、永葆我军本色的重要法宝。

我国最南端的陆军海防连队

海南东瑁洲岛"海上花园"和"海上堡垒"

【地理名片】东瑁洲岛距三亚市5.4海里,面积只有0.83平方公里,素有"荒岛""火岛""风岛""蚊岛"之称。同时,因为岛上唯一的居民是海防连的官兵,又称"兵岛"。和西瑁洲岛一样形似玳瑁,浮潜于三亚湾外,像两只眼睛,时刻注视着南海风云。岛上四周悬崖峭壁、礁石林立,自然条件艰苦,缺水少电,夏秋季节风无三日停,冬春季节数月无降雨,全年平均气温34摄氏度,淡水奇缺。

【部队名片】这里驻守着我国最南端的陆军连队。从1953年5月23日奉命进驻东瑁洲岛,一甲子的光阴,守岛人换了一茬又一茬,昔日蛮荒的海岛已建设成为"海上花园"和"海上堡垒"。官兵们在党支部带领下,继承和发扬"以岛为家、爱岛奉献、精武强能、守疆固防"的光荣传统,从"尚武精兵""文化建连""生态建岛"等方面着手,将连队打造成为钢铁般的战斗集体。连队官兵用勤劳智慧,采用筛石换土、修建遮阳网等方法,建起了10多亩"防风、防晒、防雨"菜地,20多个蔬菜品种在岛上安家落户,适应海岛环境。如今连队每年自产青菜1万多斤,自给率达到75%。连队多次被原广州军区和海南省军区评为"基层建设标兵单位",荣立集体二等功3次、集体三等功6次。2002年4月29日,被原广州军区授予"东瑁洲岛模范海防连"荣誉称号。

第二章　界碑，界碑

从三亚湾向南约 5 海里，已是烟波浩渺、水天相接。不远处，一个面积只有 0.83 平方公里的小岛浮现于南海万顷碧波中，这就是东瑁洲岛。

小小东瑁洲，悠悠南中国。东瑁洲岛不大，但它扼守着三亚的咽喉。早听说，这里曾经是"遍地珊瑚石，鸟儿不落脚"的"荒岛"，岛上温度比三亚要高出几摄氏度，一无淡水，二无居民，唯有海防连官兵常年驻守。

如今，这里的状况怎样呢？2014 年 5 月，记者探访了东瑁洲岛。

一个观察哨
海之角，目光紧盯南中国海

"欢迎你，来到海之角！" 5 月 16 日 10 时许，交通艇刚靠上东瑁洲岛码头，连队指导员盛林辉和副连长闫志勇就热情地迎了上来。码头尽处的滩涂上，官兵们用岩石垒砌的 8 个大字"扎根海岛，戍边卫国"映入眼帘，两名哨兵笔直地挺立在码头两侧。

5 月本是初夏时节，这里已经炎热难当：紫外线直射肌肤，强烈的炙烤感让人大汗淋漓。官兵们个个皮肤黝黑。

据了解，经过守岛官兵半个多世纪的艰苦创业，这里形成了以永备坑道为骨干的完备防御体系。20 世纪 90 年代前，东瑁洲岛是琼南地区海岸防御体系中的重要一环，对封锁控制三亚港、榆林港进出航道发挥着前沿要点作用。近年来，随着国家战略重心前移，三亚地区作为经略南海的重要一环，其战略地位日益凸显。东瑁洲岛的军事价值进一步提升，海空预警、反袭扰作战和海防管理方面的作用越来越明显。

在岛上最高处的连队观察哨里，下士林德斌和新兵陈章杰正在执勤。此刻，蓝天上，民航客机、直升机频繁飞行；海面上，商船、游轮穿梭游弋……"如此之多的目标，能看得过来吗？"记者问。

林德斌指着光波闪烁的雷达显示屏说："没问题，不仅看得准还望得远，观

探秘"中国之极"

测到的图像还能上传至陆地指挥所。"一边说,一边将情况随时记录到日志本中。这样的本子,已经在一代代驻岛官兵的手中传了60年。

记者用高倍望远镜和官兵一起观测目标。不到一刻钟,记者的眼睛就累得模糊了,而战士们一盯就是几个小时。

与之相隔6公里外的三亚湾,却是这座城市中最繁华、最热闹、最具诱惑力的商业区。滨海路的优雅,凤凰岛的奢华,步行街的喧闹,成为吸引全球目光的"城市名片"。

盛林辉说:"尽管对面的生活是那么精彩,可战士们巡视的眼睛从没有斜视,永远都是睁得大大的,紧紧地盯着这片南中国海。"

一条创业路
守岛苦,苦中作乐天地宽

从码头到连部,一条不到1000米的林荫道蜿蜒曲折。这是条宽敞平坦的水泥大道。道路两旁,相思树郁郁葱葱。

盛林辉边走边介绍:当年这里却是坑坑洼洼的,路是官兵捡珊瑚石修出来的,官兵们叫它"创业路"。"这些相思树是一茬茬老兵离开时种下的。"

相思树上,挂满了用木板制作的"官兵格言牌",记者数了数,有100多条:"一个人不在于干什么,而在于干出了什么""进来是小树,出去是栋梁"……一条条"格言",讲述着守岛人一个个创业的故事。

当年,官兵们渡海上岛,面对滔滔瀚海、嶙峋怪石,不少官兵暗自倒吸口凉气。这里曾是有名的:风岛——年平均风力5级,台风经常侵袭;火岛——热带气候,年平均气温34.4℃,最高温度43℃;荒岛——悬崖峭壁,遍地是野生剑麻和仙人掌;渴岛——淡水奇缺,连海鸟也不愿光顾;蚊岛——岛上蚊子异常稠密且个头庞大,有"8个蚊子一盘菜"之说。

再荒凉的海岛,也是祖国的一片国土!一代代守岛官兵接力奋战,用双手在

第二章 界碑，界碑

岛上修筑了第一条水泥路，打出了第一口深水井，建起了第一幢楼房……

"荒岛种菜"，对于当地许多渔民来说简直是做"白日梦"，可连队官兵却把它变成现实。为了改善土壤高盐、高碱的特性，他们索性利用战士外出时间从岛外背土，填补菜地稀缺的资源，并引进耐寒、耐高温菜种，小珊瑚岛，硬是开辟出了6亩良田。如今，10多种翠绿的蔬菜茁壮成长。

官兵来到岛上，爱它们；离开海岛的时候，想它们。"创业路"又被老兵叫成了"相思路"。

据统计，岛上现有各类植物800多种，还有不少野生动物。在这里，记者还偶遇了野山鸡和蜥蜴。现在，放养的山羊已成群结队，喂养的鸡、鸭、鱼也初具规模……昔日的"风岛、火岛"活脱脱被勤劳的战士建成了"生态岛、花园岛"。

2015年3月，海底电缆贯通。加之早前岛上太阳能光伏电站的投入使用，多年限时供电的难题彻底解决！"现在用电方便了，以前可不是这样。用电都是靠柴油发电机发出来的，每天限时供电，有时天气太热，战士们半夜被热醒的情况经常发生。"闫志勇感慨地说。

这里依然缺水，建起的蓄水池只能用来灌溉。战士们的饮用水都是靠运输船一趟一趟运来的，若遇上台风，很可能出现"断水"的局面；而洗澡的水，则是用淡化的海水，海风一吹，浑身黏黏的，说不出的难受。

"戍守在此，觉得苦吗？"18岁的小伙子陈章杰告诉记者，苦是让自己成长的财富。在这里，雨过后灵芝蟹爬过山顶的壮观场面、赶海时亲自捕捉海鳗海鱼的欢乐，都令他幸福不已。此外，连队还时常组织开展沙滩排球、沙滩象棋、竹竿舞、椰子保龄球等海岛文化活动。

狗与人为伴，兵与岛相融！记者采访途中，连队的一只小狗"皮皮"一直陪伴记者左右。盛林辉说，皮皮跟战士的时间长了，也成了岛上的一员：每天听号声起床，巡逻路上少不了它的身影，深夜枕着浪涛声与战士一起入睡。

探秘"中国之极"

一张导游图
岛虽小,官兵的内心很辽阔

东瑁洲岛南北长 1300 米,东西宽 850 米,海岸线 3.4 公里。散步,个把小时可以环岛一周。但是,那举步可见的指示牌,却是你驻足观赏的"活地图"……

文化长廊、天涯哨兵、育心阁、天涯烽火台,芒果园、盆景园、椰子园……这些被官兵称为"七大景、八大园"的景观不是大自然的特别恩赐,而是官兵们自己创造和命名的。

连部外的椰亭,是连队天然的"会客厅"。"小岛小迎四面八方客岛不小,大海大聚东西南北兵海不大",悬挂于此的这副对联,展现出官兵们的胸怀和追求。据介绍,每到周六下午,官兵都围坐在椰子树下,举行别具特色的"东岛论坛"。时新话题,尽在其中。

"别看岛小,可我们的内心很辽阔。"盛林辉说。弹丸小岛,处处闪现着官兵智慧的火花。例如,盆景园。官兵们探家出差,都不忘带来祖国各地的名花佳卉,制作成 1100 多个盆景。珊瑚石、啤酒瓶底等都成为盆栽的材料。

一名战士对记者说:"你看,树木并不是只有高高大大的才能成材,只要有特点、有内涵也就有了价值,就像我们一样,虽然并不轰轰烈烈,但是生命却很有意义!"

岛虽小,战士们精武强能的劲头可不小。连队开展全员额岗位轮训制度,每名官兵都熟悉岛上所有武器的性能,精通一门装备。连队目前 98% 的官兵实现了一专多能。一次,上级组织对海上目标射击考核,连队炊事班请缨上阵,打出了"满堂红"。

此岸灯塔耸立,彼岸歌舞升平。时代变幻,不变的是东岛人对海岛的眷恋和对国家的忠心。"胸怀祖国,小岛在我心中;放眼世界,我在祖国心中。"归途中,记者见到战士们用废旧炮弹箱制成的格言牌,这也是东岛精神的精彩诠释。

广东珠海"南海前哨"
探访永不卷刃的"钢八连"

【地理名片】

广东省珠海市大横琴岛,地处珠江口西侧,东南是大西水道,遥对万山群岛,与澳门特别行政区一水之隔,是扼守珠江口外侧的重要军事要冲。过去,横琴岛是一座孤岛,与澳门虽仅一江之隔,江河两岸却是"两个世界":一边是人烟稀少,生存环境恶劣的小渔村,另一边却是缤纷绚丽、金碧辉煌的现代化都市。时光荏苒,昔日贫穷荒凉的小岛渔村,如今已成为繁华的国家级新区。

经过高楼林立的横琴中央商务区,穿过游人如织的长隆海洋王国,就进入了一座山谷。这里四面环山,山清水秀,多功能营房错落有致,现代化设施一应俱全,原生态环境鸟语花香,南海前哨钢八连就驻守在这里。

【部队名片】

原广州军区珠海警备区海防八连,现隶属南部战区陆军某边防旅。钢八连驻守在被誉为"特区中的特区"的横琴岛,与澳门仅一水之隔。从1952年9月奉命进驻横琴岛至今,见证了横琴从"无人荒岛"到"开发热岛",从"御敌前哨"到"开放前沿"的历史巨变。无论环境如何变化、驻地如何变迁、任务如何拓展、生活如何改善,钢八连始终永葆钢铁本色,高举"艰苦奋斗、拒腐防变"的精神旗帜,如钢浇铁铸般守卫在祖国的海防线上,成为珠海特区一张亮丽的"精神名片"。1964年4月,八连被国防部授予"南海前哨钢八连"荣誉称号。这些年来,连队先后被表彰为全国拥政爱民先进单位、全军基层建设先进单位,年年被评为军事训练一级单位,荣立集体一等功2次、二等功2次。

探秘"中国之极"

海风习习，海浪声声。

刚才还隐匿在战备坑道里的队伍，霎时出现在整个演练场：特种科目生龙活虎，远距离狙击百发百中，火炮射击精准无误……2014年4月18日，记者在海岛见识了钢一样的"锋芒"。

这支部队就是广州军区珠海警备区海防八连。这个海岛就是横琴岛。1964年4月，八连被国防部授予"南海前哨钢八连"荣誉称号。

昔日贫穷荒凉的小岛渔村，如今已成为繁华的国家级新区。而驻守在这里的八连，历经50年风雨洗礼，依旧像钢之锋刃，先后被表彰为全国拥政爱民先进单位、全军基层建设先进单位，年年被评为军事训练一级单位，荣立集体一等功2次、二等功2次。

"钢八连"，也成为珠海特区的一张"精神名片"。

铸牢钢之魂

"'钢八连'钢在哪儿？"在八连采访，记者向多名官兵问起同一个问题，每个人的回答坚定而一致：永远听党话，铁心跟党走。

"在八连，听党指挥从来都不是一句空洞的口号。"指导员何东明告诉记者。

"革命战争年代，听党指挥是敢于闯枪林弹雨；改革开放后，连队不用便利条件倒卖商品，同样是听党指挥；新时期，从细微之处落实好党中央、习主席的指示，还是听党指挥。"珠海警备区政委刘国文说，时代在变，但八连的"钢之魂"没有变。

在八连，每当新兵入伍、干部到任，上的第一堂课是连队光荣传统课，看的第一个场所是连史馆，学的第一首歌是"钢八连之歌"；每当重大教育、老兵离队和连队命名日，都要参观万山海战遗址和前辈肩挑手垒建起来的老营房和战备坑道，让官兵在重温传统中，树起守岛固防的"精神界碑"。

连队与澳门仅一水之隔，受多元思想文化、价值观念和生活方式的影响直接

第二章 界碑，界碑

突出。这些年来，连队紧跟党的理论创新步伐，引导官兵切实把党的创新理论作为行动指南自觉践行。

连队阵地前方海域是养蚝的理想之地。2012年7月，一位养蚝大户盯上这块"风水宝地"，他带着几台电脑作为"见面礼"，找到时任指导员崔成贤。

"海域租给我养蚝吧。每月5000元，给官兵改善伙食，怎样？"老板开门见山。见崔成贤没吱声，老板又伸出两根指头："每月再给你个人2000元，连队买蚝按成本价算！"崔成贤严肃地说："部队严禁参与经商活动；更重要的是，那片海域属于军事防区。就是给座金山，也不能租！"

正是这种敢于说不，不越底线的勇气与坚守，让八连历代官兵守纪如铁、作风如钢，50年面对诱惑一尘不染，50年走在海边不湿鞋，50年无事故无案件。

砥砺钢之锋

那年深秋的一个夜晚。

一门门隐藏在海岛洞库的火炮严阵以待，一场海防炮兵精准射击演练即将拉开帷幕。突然，海面刮起大风，下起暴雨，靶标在波峰浪谷间时隐时现。连队能完成任务吗？

"保证完成任务！"在连长刘双凤的冷静指挥下，官兵顶着风雨，凭着平时练就的恶劣条件下夜间射击要领，紧张有序地装填、瞄准、击发，随着火炮轰鸣，一处处靶标被炸开了花……全连火炮打出了命中率100%的好成绩。

"我们一定要当能打胜仗的海防尖兵，守好祖国的每一寸领海！"为练就能打胜仗的"钢筋骨"，八连制订了一份远超其他连队的训练计划：每人每天坚持一个5公里、一次冲山头、一个400米障碍跑，每天睡觉前，要完成俯卧撑、杠铃挺举、蹲下起立等"5个100次"；每月进行一次徒步70公里的环岛拉练；每季组织3天野外生存训练；连队组织实弹射击、武装越野等科目训练，都有意选在恶劣天候、复杂地形下进行……

探秘"中国之极"

"如今,横琴岛在飞速发展,我们战斗力转型的脚步也在加快。"珠海警备区司令王文说起钢八连,充满自豪,新时期除了海防任务外,还要求八连具备多样化特种作战能力。针对海岛作战的独立性、执行任务的多样性,连队提出了"一专多能"的目标,把军事训练、战备任务和勤务内容结合在一起。

近年来,随着部队信息化建设步伐的加快,"钢八连"官兵感到,传统的尖刀如果不用信息化淬火,在未来战场上就会变成"锈铁废钢"。为此,连队引导大家树立信息主导、体系制胜等新理念,专门制订了信息化学习规划,为每个班订阅计算机刊物,持续掀起"学信息化、钻信息化、用信息化"的热潮。

熔铸钢之气

随着改革开放特别是澳门回归祖国,"横琴荒岛"变成了"开发热岛"。八连官兵以过硬的作风,一言一行、一举一动都折射出人民解放军的形象。

在连史馆,铁锄头、砍柴刀、竹扁担、工具箱,引起了记者的注意。指导员告诉记者,这是传承了50年的四件"连宝"。当年连队身处孤岛,只能靠砍柴烧水做饭,连队人人都练就了砍柴的"绝活"。随着时代发展,砍柴已成为历史,但是砍柴刀却被作为连队艰苦奋斗的见证,保留了下来。

记者了解到,连队从崇尚节俭生活方式入手,倡导官兵节约一粒米、一滴水、一度电、一两油、一张纸,房间人走灯灭、每周烧3天柴火灶、营具修理不出连成为自觉行动,养成了人人不吸烟、人人有存款、人人会理发、人人会缝补、人人会做饭、人人会扎扫把的"六个好习惯",平均每年节约自来水上千吨、生活柴油2吨、市电4000度。

"当然,艰苦奋斗不是要排斥物质文明成果,而是要在勤俭节约、拼搏进取中奋斗出一片新天地!"连队进驻后,官兵们劈山平地、挖塘植树、拾贝堆景,把昔日一块块荒地丛林打造成了"岛中乐园"。如今,连队拥有菜地8亩、鱼塘3亩,每年养鸡鸭鹅700余只、产鱼8000余斤、种植时令菜30多个品种。

第二章　界碑，界碑

"把孩子送到八连当兵，进去时是铁，出去就是钢！"从"钢八连"当兵提干的珠海警备区纠察队队长杨权的父亲老杨感慨不已。连队党支部按照入伍适应部队、退伍适应社会的思路，为每名官兵量身设计成才"路线图"，成立兴趣小组，与驻地学校建立育才协作关系，每月开展理论学习、军事技能、信息知识、实用才艺的"四星"评选活动。

好"熔炉"锻造优质"钢"。5年来，八连先后有68人拿到计算机、厨师、电工等专业技能证书，42人实现学历升级，8人考上军校和研究生，一批批"知识战士"脱颖而出。

坚守南海前哨，做让祖国放心的海防卫士。（郑希胜、刘谦/摄）

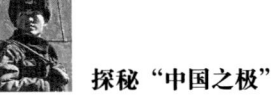

探秘"中国之极"

探访手记

"钢八连"的钢铁基因在哪里

一支军队的建设与发展,离不开军队内在精神的支持。这种内在精神是一代代官兵生生不息的薪火相传,是融入官兵血脉的英雄基因。

有人说,好钢也会生锈。可"钢八连"为何历经50年风雨洗礼,依旧本色不改、永不卷刃?穿过横琴新区的热闹与喧嚣,记者来到八连,探寻这个英雄连队永不生锈的"钢铁基因"。

两棵"哨兵榕"

"南海前哨钢八连"的坑道前,两棵根茎相连的大榕树,树冠如盖,垂阴满地。

到八连采访,正是榕树最茂盛的季节。两张石桌,数把石凳,记者和八连官兵散坐在浓郁的树荫下,拉起了家常。话题就是从这两棵大榕树开始——

多年前的那个春天,连队老兵从山上找来两棵榕树,移栽到坑道口,从此,榕树深深扎根,与一代代官兵共同经历风雨,共同成长壮大,它的精神深深刻入岁月的年轮,也深深融入八连官兵的血脉。

那年,连队组织施工,挖开离大榕树50多米的砂石地,官兵惊讶地发现,大榕树的根须蔓延到这里,深深地扎进了石头缝里。

"大榕树的根又密又多,深深地扎进了土地。根扎得越深,就越能经得起风雨。就像我们八连的官兵,有着钢铁一般的坚韧。"一排长张静说。张排长黑黑的脸庞，2010年在连队由士兵提干，2012年分配的时候，本来有机会回河南老家，可他申请回到了珠海警备区。

兵如树。像张静这样的"老八连"，在连队还有很多。近3年来，就有25名调出横琴岛的官兵，经过反复申请又重新回到连队。

牺牲奉献平常事，守岛建连写忠诚。进驻初期，横琴岛一片荒芜，官兵们用铁锹开路、用石头垒房，扎下了营盘，逐步实现了自给自足。正是一代代官兵用忠诚守卫海岛，用热血完成使命，创造了连队"人人过硬、长期过硬"的佳绩。

清冽的"四班泉"

连队四面环海，却又极度缺"水"。1954年夏天，连队坑道施工，没有淡水，官兵生活用水都要从远处的一口水井运来。四班长廖辉带领战士爬到山岭上，凿开坚硬的花岗石，凿出了一汪泉水，挖渠千余米，自制竹筒渡槽百余米，引来了清冽甘甜的清泉。

如今，连队已经用上了自来水，但"四班泉"仍然源源不断，官兵与水的故事也从未间断。每次来到泉水旁，听泉水淙淙，都会令人心生感动，像上了一堂无声的教育课。

2011年5月的一个深夜，时任指导员崔成贤查铺查哨，路过冲凉房时，听到了滴水声。"这么晚了还有人在用水？"崔成贤推开冲凉房的门，看到一个水龙头没关紧，漏在地上的水几乎漫过鞋底。他赶忙拧紧水龙头，又用毛巾吸起地上的水拧进桶里。

对连队用水的"辛酸史"，崔成贤再清楚不过了。如今条件好了，为什么就不珍惜了呢？崔成贤觉得这不是件小事，便决定

立即集合全连官兵。看着一脸疑惑的官兵，崔成贤一字一顿地开了腔："这么晚把大家叫起来，是因为个别同志用完水没拧紧开关，让宝贵的水白白流了一地……"

"想一想当年'四班泉'，今天的做法实在不应该。"崔指导员借着月色，把一代代官兵用水的故事一一道来。大家内心受到很大触动，许多战士不由自主地低下了头。

2014年3月，连队搬进了功能齐全的新宿舍，现代化设施一应俱全。但八连官兵崇尚节俭的生活方式始终没变。

蜿蜒的"战备路"

从连队出发，沿着一条浓荫掩映的水泥路，步行约15分钟，就到了连队的阵地。从连队珍藏的老照片看到，这原先是一条土坯路，是当年连队官兵用简易工具，沿着海岸线，在半山腰里一点一点抠出来的。

再后来，连队装备大口径火炮，由于当年交通极不发达，运送建材上岛很不容易，守岛官兵只得"偷工减料"，自己动手修成了两条半米宽的水泥带和中间沟槽组成的轮迹路，形如两根"筷子"铺在地上。现在，这条路早就改建为水泥路，是横琴岛上的第一条水泥路。每天，官兵沿着这条水泥路巡逻海岛。它见证了官兵们为提高战斗力洒下的辛勤汗水，也留下了备战打仗的深深足印。

在坑道里，记者见识了一班长钟守益的绝招：用黑布蒙上双眼，快速通过长达千米的坑道，在哪里拐弯，从哪里加速减速，没有丝毫犹豫，准确进入数个战位。

"如果真打仗了，坑道里没有电了怎么办？难道要摸索着找？战场上可是一秒钟决定胜负的。"钟班长说。这种黑暗中穿越坑道、精确定位的"蝙蝠功",是连队官兵的基本功。轮流到坑道值守的官兵,都会在黑暗中苦练方位感、距离感,即使在完全无光条件下,官兵们也能快速有序进入自己的战位。

"睡觉的时候都要睁只眼睛。"这句口头禅虽然有些夸张,但记者在该连采访时,能够真切感受到他们时刻准备打仗的警惕。他们坚持四个"战备套餐"不间断:每半年开展一次"析战例、学战将、研战法"活动,每季度组织一次环岛拉练,每月举办一次军情海情研究,每半月进行一次形势战备教育。连队官兵都养成了一个习惯:每天晚上睡觉前,官兵会将雨衣、水壶等战斗装具按照编号放在固定位置上,作战靴鞋跟朝内摆在床尾,背囊会放在床头边。

泛黄的"欠条"

在八连,历代官兵严格执行规矩,接力传承规矩,带头落实规矩,坚守和形成了"能公开的事项,一项都不遮掩;官兵意见诉求,一条都不怠慢;违纪问题苗头,一起都不迁就"的"三条铁规矩"。

在连队史馆的角落,一张面额为11.6元的泛黄的"欠款条",引起了记者的注意。

就是这11.6元的欠款,还郑重地写进了连史:"全连官兵应引以为戒,不准赊账欠账,不得侵占群众一针一线……"

2002年9月30日,连队司务长闵亮和一名炊事班的同志到市场为连队购物。当两人提着大包小包准备往回赶时,突然记起指导员交代过,最近连队训练很辛苦,买几斤剑兰干菜给战士们煲汤喝,既营养又防暑。

于是,闵亮掉头来到杂货市场,挑了一位大嫂的干货店摊,

探秘"中国之极"

捡了几斤剑兰干,算完账摸摸口袋,却差11.6元。面露难色之际,大嫂开口了:"八连的小兄弟,先拿东西后给钱也行,我信你们!"闵亮犹豫了一会,写了个欠条,还是拿着东西上了车。

没想到,这笔小小的欠款却成了永久的遗憾。第二天,闵亮骑车来到市场时,怎么也找不到那位大嫂。一打听,才知道大嫂回北方老家带孙子去了。此后,连队官兵每逢到市场,都会打听大嫂的情况,但欠款始终没有还上。带着深深的遗憾和愧疚,闵亮在连队军人大会上做了检查。这笔欠款的故事也写进了连史。

一张11.6元的欠条写进了连史,外人看来是小题大做,但对八连来说是天大的事。正是因为凡事敢较真,处处讲原则,八连才始终保持了钢的本色。

攀爬悬崖峭壁成为钢八连战士的"必修课"(张雷/摄)

探秘"中国之极"

"渤海前哨"长山竹山岛
"海上钢钉"营镇守"四无岛"

【地理名片】

在波涛汹涌的渤海前哨,有个面积不到1.5平方公里,无淡水、无航班、无耕地、无居民的"四无"小岛——竹山岛。这个"弹丸之地",曾是蛮荒小岛,但却是"锁钥京津"的战略要地,距公海只有12海里。

包括竹山岛的内长山列岛在祖国的版图上称为庙岛群岛。它由32个大大小小的岛屿和岛礁组成,纵横交错地分布在渤海海峡的万顷波涛之中,像系在渤海湾脖子上的一串项链,历来被称为"渤海咽喉""京津门户",战略位置十分突出。1858年第二次鸦片战争、1900年八国联军进攻京津、1937年日军大沽北塘登陆作战等,历史上外强侵入中国,曾先后7次路经长山列岛,闯入渤海,进犯京津。20世纪50年代起,部队开始分散驻守在渤海深处的多个岛屿之上。

【部队名片】

被誉为"海上钢钉"的某加农炮营官兵,挑起"锁钥京津固千里海防"的重任,默默承受着"隔绝人世"的寂寞和艰苦。官兵们在孤岛上战天斗地,短短10年就让这个小岛面貌焕然一新。岛上无耕地,官兵就发扬"海上南泥湾"精神,自力更生,硬是在旧营房的废墟上建起总面积800平方米的冬暖大棚,肉菜自给率达到95%以上。原济南军区授予该营"基层全面建设模范营"称号。

第二章 界碑，界碑

前不久，持续的风浪让原本每周一补给的竹山岛差点"断粮"。2014年12月底这几天风浪小了些，补给船艇随时待命。听闻喜讯，记者从蓬莱市乘坐1个半小时的轮船抵达长岛要塞区码头。

这天，天气晴好。伴着海鸥的鸣叫声和发动机的隆隆作响，登陆艇驶出码头。

船艇在大海中颠簸了2个多小时，大竹山岛渐渐进入了记者的视野，镌刻在巨大海岩上的"大竹山"3个大字赫然醒目。

在这片土地上，一群年轻的士兵日夜守护着祖国的海防线，用青春和汗水诠释着军人的荣誉与崇高。该海防团政委张鑫告诉记者，这里的战士，常常入伍进岛来一待就是几年，出岛的时候已是退伍的时候了。

战风斗浪，吃苦不言苦

在"四无岛"，补给是个重要问题。特别是冬天，出行非常困难，海风贴着海面吹，上了船后又呕又吐，那遭罪的滋味真让人想跳海。

终于靠岸了。沿着崎岖的山道拾级而上，背靠山坡，海风似乎也要把记者吹倒。

"所有的补给全靠部队的给养船运送。"一同探访的团政治处副主任邱信江说，每年11月到来年4月的风浪季节，十天半月不通船是常有的事。他介绍，有一年刮大风，持续29天没送给养，储存的青菜吃完了，淡水用完了，官兵们只能啃咸菜，喝坑道水。官兵亲属来队探望，常因风大浪急，只能在岛外苦苦等待。有的即便乘船来到竹山，也往往靠不了岸，亲人在船上拼命地呼喊，官兵在岸上含泪招手，这种场景深深地印在守岛人的记忆中。

"战风斗浪，是守岛人的常态。"营队教导员刘德祥说，去年腊月，由于风大，半个多月没有通船。风浪把海底电缆和通信电缆都扯断了，小岛与外界失去了联系。腊月二十九那天，趁着风浪稍有减弱，上级派来了给养船。可是风浪依

探秘"中国之极"

然很大,给养船无论如何都没法靠岸。官兵只好眼睁睁看着给养船掉头返航。没有年货,春节怎么过?他们就在海岛"家底"上做文章,淡水保障做饭和饮用,其他用水使用蓄水池积攒的雨水;他们杀掉尚未出栏的猪,保证官兵吃上新鲜肉;蔬菜品种少,他们就变着花样地翻新花样;把炝土豆丝、青椒丝、胡萝卜丝称作"窈窕淑女",把炖土豆块、白萝卜块、排骨块叫作"同甘共苦"……

苦点累点倒能忍受,遇到特殊情况,可真是让人着急。战士卢先财突发急性阑尾炎,出现阑尾穿孔症状,需尽快手术。当时正值风浪天,病号送不出岛。上级急令派来船只,平时2个多小时的航程,竟在风浪中走了12小时。船到达时已是晚上10点。当时小卢的病情十分危急,已来不及送往医院救治,军医刘吉林决定就地手术。没有无影灯,就打起10多个手电筒,没有消毒设备,就用酒精甚至点火烘烤手术器械,艰难地完成了手术,把小卢从死亡线上拉了回来。

"在'四无岛'驻守,你有没有后悔过?"在岛上采访,记者问了不少官兵同一个问题。"开始有点,后来就再没有想过,因为早已习惯了。"他们望着大海,一脸的坦然。

就地取材,苦中有作为

在山脚营区一旁,1200多平方米的温室大棚引人注目。虽是冬季,蔬菜也是长势喜人。

岛上淡水仅靠补给船运送不行,打起仗来很容易被动。官兵们动手挖水槽、架水管、修水池,把雨水积存起来。为吃上更多的新鲜蔬菜,他们就在老营房废墟上开辟菜地。房子地基是用混凝土灌注的,一镐下去,只见火星不见坑。大家以蚂蚁啃骨头的精神,硬是开出2700多平方米的空地。而后又从石缝里把土一点一点抠出来,一筐一筐背下山,建起了冬暖式塑料大棚,种植官兵爱吃的时令蔬菜。2012年,在各级的关怀下,新建了营房,优化了官兵生活环境,又建起了生活服务中心,自己炸油条、做豆腐、生豆芽、轧面条,结束了单纯依靠岛外

给新上岛的官兵讲述创业井的故事(资料图片)

海岛的石刻文化
(倪光辉/摄)

海岛上的巴掌田
(倪光辉/摄)

 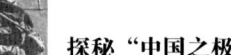

探秘"中国之极"

借助某型射击指挥系统,迅速锁定目标坐标方位,精确修订火炮射击诸元,全营发射炮弹90发,全部准确命中目标。图为火炮射击瞬间。(资料图片)

保障的历史。

"白天兵看兵,晚上看星星;没事遛海边,来回小半天。"这段顺口溜,是曾在岛上工作过的团政治处主任孙震给记者谈起的,它形象地描述了小岛过去枯燥寂寞的业余生活。近年来,各级首长机关坚持为岛上的官兵解难题送温暖,灯光球场、健身房、空调、全自动洗衣机、卫星电视接收器、保鲜库等设施,纷纷落户小岛连队。2008年,竹山岛连通了政工网。后来,网通公司和广电部门在岛上架设信号中转站,开通了无线电话,实现了电视电话进班排;建起了营局域网和网络学习室,将军营广播联通到了官兵宿舍,将图书放置到了战士床头。

在岛上工作了12个年头的军医刘吉林告诉记者:"过去是新报变旧报,周报变月报,现在只要鼠标一点,就能浏览当天新闻、下载学习资料,仿佛一下子从知识的荒漠来到了信息的海洋。"

第二章　界碑，界碑

对接强军目标，传承"老海岛"精神

这里距公海仅12海里，平均每天有几十艘境内外船只从附近水道通过。小岛连着大战略，特殊的战略地位让官兵深感责任重大。官兵苦练硬功、矢志打赢的精神感染着记者。

有人认为，在条件这样艰苦孤独的地方，就是睡觉也是做"奉献"。但竹山官兵不这么认为：只有睁大警惕的眼睛，练好过硬的本领，才能守卫祖国的海防。

在岛上条件逐步改善的同时，营队党委一直在思考：如何让"老海岛"精神对接强军目标。为此，他们教育引导官兵争做"有灵魂、有本事、有血性、有品德"的新一代"四有"革命军人，始终保持强烈的使命意识，着眼现代战争需求，自我加压，把小岛建成坚不可摧的"海上钢钉"。每年开展"三带三讲"活动，将战士带进坑道，讲述"老海岛"们真抓实备的感人故事，带上阵地，讲述营队的重要军事位置。每周组织观看《甲午海战》《戚继光》《目标战》等爱国教育影片，强化官兵固守海岛的责任意识。

因为小岛没有专门的五公里越野路线，营队就将从生活区到训练场的那条陡峭上山路，作为官兵训练的重要场所，负重蛙跳、深蹲、冲刺等课目成为官兵训练片头曲和闭幕式，有效提升了官兵的军事基础素质。

他们还抓住机会对官兵进行针对性适应性训练。2013年10月，连续10多天的大风使补给中断。营党委决定，不动岛上储存的淡水和食物，组织开展孤岛生存训练。官兵们搭掩体、住山洞、蒸海水、吃海菜。"5天进行了14个课目的训练，提高了野战生存能力，强化了战斗意志。"一位兵龄14年的上士班长任虹刚向记者回忆。有一次，营里组织士兵到岛外查体，下午返航时遇到大风，只得在海上抛锚。船体随着海浪剧烈摇晃，大部分人员出现严重的晕船反应。利用这一机会，他们进行抗眩晕训练，组织大家唱军旅歌曲、讲"老海岛"们创业故事

探秘"中国之极"

来转移注意力。风刮了一夜,大家与风浪抗争了一夜,硬是挺了过去。

针对岛屿防御任务特点,营队积极探索依托既设阵地发挥兵力火器最大效能的战法。组成课题小组,反复演练,探索出了打击快速登陆工具"固定射角法"和抗登陆作战"2+2"射击法。在此基础上,与沈阳炮兵学院联合研制出炮兵营对海射击指挥系统,这项成果获得"军队科技进步三等奖"。

第二章　界碑，界碑

`探访手记`

浪花里飘出欢乐的歌

　　小岛啊小岛，就是战士的家，云雾满天蒙碧沙，海天一色美如画；战士啊战士，最爱自己的家，站岗巡逻保卫她，满腔热情建设她。肩负使命责任重，赤胆忠心把汗洒。脚踏三尺热土，胸怀万里海疆，头顶边关明月，立下永恒誓言。

——济南军区某要塞区海防营营歌

上岛后首先看到的就是这块石碑（倪光辉／摄）

探秘"中国之极"

这是一个面积仅有 1.462 平方公里的"四无小岛",面对恶劣的自然环境,某要塞区海防营的官兵们决心:不但要守卫好这个"锁钥京津"的战略要地,还要建设好这个"弹丸之地"的蛮荒小岛。为了凝聚人心,鼓舞士气,在营党委的组织下,全营官兵一起出谋划策,集体创作了这首优美的营歌——《小岛啊,战士的家》。

"这首歌伴着我们在海风中成长,在海浪中壮大。"说起这首营歌来,岛上 2002 年年底入伍的战士记忆最为深刻,那一年,他们第一次登岛时遇上了大风,登陆艇先后换了 3 个停泊点,都没能靠上岸。"我们一起唱营歌来欢迎新战友吧!"时任六连指导员梁彦平提出了建议,并带头率领岛上的老兵唱起来,激昂的旋律由小到大,由弱渐强,穿透海浪,压过狂风,一下振奋了新兵的精神,不少人不由得唱和起来。就这样,岸上唱一句,船上学一句,越唱声音越大,越唱精神越足……不知过了多长时间,船终于靠上了岸,梁彦平和其他连队干部跳下小船,蹚着没膝刺骨的海水把新兵一个个背上了小岛。就这样,还没上岛,这批战士就已经在船上学会了营歌……

伴着优美的旋律,官兵们在孤岛上战天斗地,让这个小岛面貌焕然一新。岛上无耕地,官兵就发扬"海上南泥湾"精神,自力更生,硬是在旧营房的废墟上建起总面积 800 平方米的冬暖大棚,肉菜自给率达到 95% 以上。单独驻防,军事训练可比性差,官兵们牢记使命,紧贴作战任务,创新了一系列战法,营队火炮实弹射击连年取得优秀成绩,多次圆满完成军事演习任务。

第三章

深蓝世界

中国海军第一支核潜艇部队

这里的"战斗"静悄悄

【阅读提要】

潜艇，神秘而威武。1951年4月，海军成立了潜艇学习队，到苏联海军潜艇分队学习。1954年6月，海军第一支潜艇部队——海军独立潜水艇大队成立。如今，潜艇部队已经成为海军重要力量之一，拥有战略核潜艇、攻击核潜艇和常规柴电潜艇。

2013年秋，记者走进中国海军第一支核潜艇部队——北海舰队某潜艇基地。

多年来，海军北海舰队某潜艇基地官兵用忠诚和汗水创造出中国潜艇史上多个"首次"和"第一"：90昼夜长航，创造世界核潜艇一次长航时间新纪录；大深度极限深潜，检验了我国核潜艇深海作战性能；水下发射运载火箭，宣告中国海基战略威慑力量正式形成；作为我军战略铁拳，初步具备了核威慑和核反击能力；守护核安全，从未发生核事故……

潜艇远航执行的是独立作战任务，绝对忠诚、绝对纯洁、绝对可靠是首要政治要求，官兵驾驭核潜艇安全航行百万海里，始终做到"艇由我操纵，我听党指挥"。面对打赢信息化条件下海上局部战争的历史性课题，基地把一切工作向打赢聚焦。训练的难度、强度和出海频率逐年上升，基地官兵在一次次闯关历险中创造了20多项"首次"和"第一"。

黄海之滨的这湾军港，安静得出奇。静谧的港湾内，一艘艘核潜艇扶波静卧。这就是中国海军第一支核潜艇部队——北海舰队某潜艇基地。

这支"静悄悄"的部队，一举一动却牵动着全世界的神经：每一次执行任务都是孤军前出、远离大陆、环境复杂；任何一个战术动作，都包含着极高的政治含量；任何一个决策举措，都与国家政治外交大局息息相关。

第三章 深蓝世界

和平盾牌——
使命与忠诚的承诺

"我们是和平的盾牌,护卫着国家的安宁。在地球每一片海洋,留下对祖国的忠诚。"基地军史馆里,昂扬的《中国海军核潜艇之歌》唱出了基地官兵的壮志豪情,也诠释着这支战略部队忠诚履行神圣使命的承诺。

2009年4月23日,青岛某海域。庆祝人民海军60华诞海上大阅兵场面壮观:百舸争流,两艘钢铁巨鲸稳稳把住头阵,气势磅礴地驶过检阅舰……这是我国战略导弹核潜艇首次公开亮相。

20世纪50年代,为打破世界军事强国的核讹诈、核垄断,维护国家独立、自主、安全、尊严,继"两弹一星"之后,开国领袖毛泽东发出"核潜艇,一万年也要搞出来!"的号召,我国核潜艇事业破浪启航。1970年12月,我国第一艘核潜艇下水。多年来,它们勇闯惊涛骇浪、建功深海大洋,为维护国家主权、发展利益,维护海洋和平,做出了突出贡献。

"特殊的武器装备,特殊的使命任务,注定了我们必须把听党指挥作为最高政治要求。上至将军,下到列兵,都需要有很强的政治意识、大局意识和战略意识,政治上绝对忠诚可靠,党和人民才能放心地把核潜艇这种战略武器交给你!"基地政委厉延明告诉记者。

核潜艇常常作为孤身前出的"撒手锏",是国家的重要战略力量。任务之中,交锋之时,是上浮还是下潜?是前出还是后撤?核潜艇驶向何方,打向哪里,必须坚决听从党中央、中央军委指挥。

一次,被中央军委授予"水下先锋艇"荣誉称号的某核潜艇奉命远赴深海大洋,执行重要任务。其间,突遇紧迫局面。而上级的命令简短,只有12个字。危急关头,由海上指挥员袁誉柏、艇长董震、艇政委梁桂林等组成的临时党委严格执行上级命令,在极度困难的情况下出色完成了任务,受到中央军委表扬。

"艇行深海不迷航,靠的是平时打下的坚实思想根基。"基地司令员高峰底气十足地说道。从当兵之初,基地就把听党指挥落实到每个艇员。"艇由我操纵,我听党指挥"的思想根基从未动摇。

探秘"中国之极"

使命与忠诚,每时每刻都是考验——

基地总工程师姚青生,在天津大学攻读硕士,又被学校推荐直接攻读博士时,收到"速回部队执行任务"的电报,当天他就义无反顾打起背包返回部队。

有一次,水下装备试验,核潜艇上一个蒸汽调压阀失灵,整个舱室瞬间弥漫着滚烫的蒸汽。某艇员队政委赵忠生第一时间冲到现场。"需要牺牲算我一个!"

在党委和广大党员以身作则、率先垂范的激励下,核潜艇官兵完成了一个又一个重大任务。

1985年,以90昼夜长航的辉煌壮举,创造世界核潜艇长航时间新纪录;1988年9月,水下成功发射运载火箭,使我国成为继美苏英法之后,世界上第5个拥有核潜艇水下发射运载火箭能力的国家,标志着我军海基战略防御力量初步形成。

水下先锋
——变革与跨越的追求

那年,从海军常规潜艇和护卫舰抽调的36名官兵组成中国核潜艇第一批接艇队员,开始了驾驭核潜艇的艰难探索。面对核物理、高等数学、流体力学等30多门学科和上万台套设备,他们不分昼夜地学业务,艰苦卓绝地刻苦练,逐渐摸索出了门道,全部通过专家的笔试、口试和实操考核。36名官兵被誉为挺立于驾驭中国核潜艇之巅的"36棵青松"。

从那时起,努力成为水下先锋,就是基地官兵不变的追求。

随着第一代核潜艇艇员的诞生,核潜艇部队建设稳步走向快速发展的道路。应该如何安排训练,训练内容怎样设置,训练成绩如何评定?结合常规潜艇训练大纲,基地官兵总结核潜艇训练经验,为核潜艇量身定做了第一本训练大纲,这个大纲成为我国第一部核潜艇操纵规范性文件。

现代海战瞬息万变,未来战场谁主沉浮?新军事变革的浪潮扑面而来,打赢信息化条件下海上局部战争成为时代课题。核潜艇部队在未来战争中扮演什么角色,平时训练应把握哪些重点?基地党委一切建设和工作都围绕着打赢信息化战争的目标,向科学训练要战斗力,精练技能、巧练战法、历练谋略,不断提高信息化条件下的威慑和实战能力。

为使军事变革的新观念深入每位官兵的心田,基地党委"一班人"以身作则,每有专家教授到基地,有从外面学习的干部回来,"一班人"都要去虚心请教,并经常向基地官兵谈自己的学习体会。近年来,他们率先探索了"以战带训、以训待战"的训练机制;率先作为战备值班艇实施延长鱼雷储存突破性尝试,率先成功实施水下多雷齐射等。基地官兵创造的中国核潜艇20多项"首次"和"第一"将永载史册。

基地自筹资金建成的模拟训练中心集3D虚拟教学模拟系统、水下信息对抗训练系统、核动力模拟训练系统等先进训练设备于一体。官兵不用出海,就能进行"斗室驾巨鲸、鼠标点狼烟、荧屏射战雷"的港岸训练。

"气球再漂亮、再结实,哪一个部位有一个针眼,整个就完蛋。"在基地,"气球定律"官兵耳熟能详。围绕克服那个"针眼",官兵们在训练场上千方百计寻找"我哪里不行",人人达到了随时"盲操"的程度,一大批"系统通""潜构通""排故通"脱颖而出。

当前,基地涌现出优秀指挥员群体、大学生军官群体、机电官兵群体和优秀士官群体四大人才群体,基地还拥有全军第一个设在师级作战部队的博士后科研工作站。基地向兄弟部队输送了一批批核潜艇"种子"人才。

深海雷霆
——奉献与光荣的乐章

众所周知,核潜艇的战斗力在于它的隐蔽性:对手不知道你在哪里,才会感到莫名的恐惧。

"潜得再深一点,隐蔽再好一点。"那年4月,核潜艇在某海域向极限深潜发出了挑战。100米、200米……潜艇越潜越深,舱壁不时发出响声。"一根支撑深度计的角钢随着潜艇下潜而逐渐变形。"参加深潜的老艇员、基地原副政委孙承勤回忆起当时情景,仍心有余悸。但是,官兵们并没有退却,每个人都在各自战位上镇定操作,控制潜艇平稳地向深海下潜。12时10分52秒,深度计指针

探秘"中国之极"

指到极限深度，标志着中国潜艇史上深潜新纪录诞生了！

官兵驾驭战艇，长时间在深海大洋中时而水下潜航，时而快速机动，时而隐蔽出击……漫漫水下"长征"路，一次次挑战生理极限，一次次探路深海龙宫，一次次出色完成任务。

"莫说完成任务，能在艇里待住就是奉献。"这是记者下艇的直接感受：整日没有阳光、不断循环使用的舱室空气；部分舱室高温、高湿、高噪声，每分每秒都在考验着官兵。

"这才是真正的同呼吸共命运，同舟共济。"面对艰苦环境，官兵以乐观的态度对待。

然而，他们的奉献远不止此。

"过去只知道丈夫在潜艇上工作，具体干什么、到底多危险，他从来不告诉我。"一位士官的妻子，直到随军来到部队，才略知丈夫工作的风险性。

舱段分队长刘兰生是位参加过90昼夜长航的老艇员，曾多次下大洋，在大洋深处航行时间累计超过几百个昼夜，但其间他先后失去了父、母、兄、姐等5位亲人，他却一次也未能回去做最后的诀别……

"什么也不说，祖国知道我！"基地官兵对歌词理解得尤为深刻。多年来，他们在大海深处驭鲸蹈海百万海里，水下先锋艇先后2次荣立二等功，4次荣立三等功，先后2次被原总政表彰为"全军先进基层党组织"。

第三章　深蓝世界

探访手记

探访中国核潜艇部队

2013年深秋时节，我突然接到通知，要立即出发去采访我国第一支核潜艇部队。这个消息让我着实兴奋，虽然从事军事报道数年，但与核潜艇部队"亲密接触"还是头一次。

长久以来，对中国核潜艇部队的报道少之又少，它像隐蔽在幽暗海底的蓝鲸，游弋在人们的视线外。这只庞然大物如何在深海中潜行、隐蔽，最终向"敌人"发出致命一击？在采访前，我脑海里不断闪现着军事大片中的情节。

"海底蓝鲸"，大国佩剑

很快，我和同行的记者一起抵达海军北海舰队某潜艇基地。静谧的港湾内，一艘艘核潜艇扶波静卧，庞大身躯反射着黑黝黝的冷光，透出凛凛杀气，让人有些不寒而栗。

它为什么神秘？在官兵的讲解中，我逐渐认识到这些"海底蓝鲸"的重要。

核潜艇被誉为"大国佩剑"，是国家安全的战略盾牌。曾有军事学家断言："只需要一艘战略核潜艇，就可以让一个现代化国家退回石器时代。"这说法也许过于绝对，但新中国成立后，领导者们认识到了核威慑力量的重要性。为打破世界军事强国的核讹诈、核垄断，毛泽东主席发出伟大号召："核潜艇，一万年也要搞出来！"核潜艇可以做到"平时核威慑，战时核反击"，能在祖国需要时发出雷霆一击，给敌人以毁灭性打击。建设一支强大的核潜艇部队，是国家的使命，也是时代的召唤。

在众人的不懈努力下，1970年12月，我国仅用了10多年的

探秘"中国之极"

时间,就让第一艘核潜艇轰然下水。与此同时,由36名海军精英官兵组成的第一支核潜艇部队,也开始了艰难的探索历程。

有人计算过,如果把核潜艇内所有电缆连接起来,长度足可绕赤道两周。核潜艇拥有各类设备数千台套,仪器仪表上万件,指示灯数千个,大小阀门上万个……弄明白这些仪器设备,对当时大多只是高中毕业的艇员来说,绝对不是件容易的事。

据老艇员们回忆,上艇第一堂课上,老师就给大家来了个下马威。当时,老师把"核裂变"的理论知识讲了好几遍,可大家还是不太懂。最后,是老师讲出了一身汗,大家也急出了一身汗。在这样的条件下,艇员们自身的"裂变"也开始了——面对核物理、高等数学、流体力学等30多门学科和上万台设备,他们跟着教员学,跟着工人练,一个口令、一个动作练上几百次、上千次,嗓子喊哑了、手掌磨破了,全然不顾;困了累了,就用辣椒和生姜提神,夜以继日学习钻研……一年内,36名官兵通过了全部笔试、口试、实操考核。这些种子选手,随后进行了第二次"裂变",他们带出了100多名核潜艇艇员,成功配合科研厂所,完成我国首艘核潜艇核反应堆艇上启堆运行调试和试航任务。

随后的十几年,这样的"裂变"在不断继续。

1985年11月,一艘核潜艇悄悄驶出港口,一个"猛子"扎入深海,开始了我国核潜艇首次最大自持力考核试验。"水下长征"毫无浪漫色彩可言,艇内没有白天黑夜,艇员们只能凭着挂在各岗位上的那个铜盘挂钟判定是黑夜还是白天。空气、水、阳光是生命必不可缺的三要素,可对于长航的官兵来说,这三样就是最昂贵的"奢侈品"。50天,60天……用水成了大难题,喝水是定量的,洗脸更是奢望。长时间水下生活,艇员们体质明显下降,许多人出现失眠、头晕、食欲不振、血压降低、大腿根部溃疮等。全艇人员原来一顿能吃几十斤米,现在连一半都吃不了。

日历一张张翻过。第 70 天到了,已超过法国核潜艇 67 天的长航纪录,是到此止步还是继续前行?艇政委常宝林做了"民意测验",结果 90% 以上的艇员都选择"继续航行"。他们说,纵有千难万险,也要勇往直前,为国争光!

长航继续。80 天,85 天,90 天!潜艇最终浮出海面。

这是一次真正意义上的"水下长征":打破了美国"海神"号核潜艇的长航纪录,创造了核潜艇一次水下航行时间最长的世界新纪录。不仅如此,据公开报道,外军核潜艇极限长航归来,许多艇员是被担架抬下艇的。而我们的远航勇士凯旋时,依然在寒风中坚强挺立,接受祖国和人民的检阅。

1988 年 9 月,我核潜艇又一次潜入海底,执行水下发射运载火箭任务。27 日,运载火箭冲破海面,带着橘红色的火焰,准确落在目标海区。中国成为继美苏英法后,世界上第 5 个拥有核潜艇水下发射运载火箭能力的国家,标志着我军海基战略防御力量初步形成。

众所周知,核潜艇的战斗力在于它的隐蔽性:对手不知道你在哪里,才会感到莫名的恐惧。"潜得再深一点,隐蔽再好一点。"某年 4 月的一天,核潜艇在某海域向极限深潜发出了挑战。100 米、200 米……潜艇越潜越深,舱壁不时发出响声。"一根支撑深度计的角钢随着潜艇下潜而逐渐变形。"参加深潜的老艇员回忆起当时的情景,仍心有余悸。但是,官兵们并没有退却,每个人都在各自战位上镇定操作,控制潜艇平稳地向深海下潜。12 时 10 分 52 秒,深度计指针指到极限深度,标志着中国潜艇史上的深潜新纪录诞生了!

基地官兵在一次次闯关中,把中国核潜艇 20 多项"首次"和"第一"载入史册。

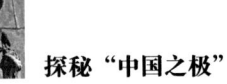

探秘"中国之极"

抽屉里的"遗书"

艇员的讲述,还不能让我感同身受,直到下艇参观,我才明白其中的艰辛。

核潜艇的进舱口很小,只能容下一个人进入。舱内狭小的空间,布满各种线路管道和仪表设备。某舱室不到2米的高度横着3层铺位,每个铺位1米多长,并排铺位的间隙也就一个转身的距离。官兵们只能钻进去睡觉,小腿和脚多半露在床外,有些床位就安排在鱼雷架上。

舱内的温度可以说包含了四季。因为工作环境不一样,舱室之间的温差有四五十摄氏度:有的舱室工作时热得只能穿大裤衩,有的冷得要穿棉大衣,有些舱室噪声大得听不见彼此说话。

据介绍,因为环境密闭,不能有烟,官兵执行任务时,吃的大多是罐头食品。常常执行数十天任务回来,有些官兵见着罐头就反胃。而因为水下密闭的环境,一般人都会生物钟紊乱。"莫说完成任务,能在艇里待住就是奉献。"这是我们下艇的直接感受。高温、高湿、高噪声、高污染、高放射性,时刻考验着官兵。

讲起官兵们的故事,某艇员队政委朱涛悄悄地流泪了。采访之余,他给我展示了一张照片,他取名为"太平洋之夜"。那是某次在太平洋执行任务,他深夜巡查时,用镜头记录下官兵们的睡姿。他们有的侧着身,有的相拥着,还有人坐着就睡着了。

但采访中,我也看到了温情的一幕。在核潜艇执行任务期间,艇政委给艇员们带来一份惊喜。他把潜艇官兵家人们的视频剪辑成了"亲情DV",把家人对官兵们的问候带到了大洋深处。艇员王文平说:"我妻子怀孕8个月了,很激动也很辛酸。我看到妻子在视频上拍着肚子对我笑,就忍不住流泪了⋯⋯"

与水面舰艇部队不同,由于执行任务的需要,不论出航还是回港，核潜艇官兵总是默默地离开，悄悄地回来。因为保密需要，家人不可能到码头送别，也不能迎接他们归来。"过去只知道丈夫在潜艇上工作，具体干什么、到底多危险，他从来不告诉我。"一位士官的妻子直到来了部队，才略知丈夫工作的风险。

"我不能陪你走完一生，一辈子欠你的情。希望你不要难过，把孩子带好，再组建一个幸福的家庭……"艇员董福生的抽屉里，一直保存着写给妻子的"遗书"。一位艇员也告诉我，他第一次随艇远航执行任务，老班长就提醒他，出发前要给家人写上几句话，要把东西整理好。"刚开始我不理解，等我回过神来，心跳突然加快了。"

即便牺牲了，核潜艇官兵的精神也会传递下去。孟昭旭曾是某艇员队机电长。一次出海执行任务时，反应堆舱冷却系统突发故障，他第一个冲进去抢险。由于反应堆舱内存在放射性物质，等战友们把他拉出堆舱，时间已超过规定时限的两倍多。最终，45岁的孟昭旭献出了生命。临终前，他叮嘱年幼的儿子孟龙：长大后要到核潜艇部队去当兵。

如今，孟龙已经是核潜艇部队的一名军官。他告诉我，6岁时，他就开始学京剧，专业是武生。高中毕业那年，他同时收到了两张录取通知书，一张来自戏曲学院，一张来自军事院校，是父亲临终前的那句话让他选择了部队。

无时无刻不在战斗

在基地军史馆里，有几页泛黄的纸，那是核潜艇官兵从深海大洋带回的一份临时党委会记录。基地政委厉延明告诉我，这也是部队执行任务的"核武器"。

"每次出海远航，我们都要在任务艇上增设海上临时党委。海上指挥员就是临时党委书记，艇长、政委、部队机关人员等就

探秘"中国之极"

是临时党委成员,核潜艇的一切行动由临时党委按上级党委决策指示和决策,并记录下来,返航后这些记录都要上交封存。"换句话说,核潜艇作为国家战略力量的"撒手锏",任务之中,交锋之时,是上浮还是下潜,是前出还是后撤,驶向何方,打向哪里,必须坚决听从党中央、中央军委指挥。一次,被中央军委授予"水下先锋艇"荣誉称号的某核潜艇奉命远赴深海大洋,执行重要任务。其间,突遇紧急情况。而上级的命令简短,只有12个字。危急关头,临时党委严格执行上级命令,在极度困难的情况下出色完成了任务,受到中央军委表扬。

核潜艇要求"团队一条艇,百人一杆枪",这种特殊模式,对每个艇员的政治素质提出了更高要求。不久前,第11艇员队官兵出海执行一项重大任务,主机兵孟祥磊在进行例行设备巡检时,突然发现舱室温度在逐步上升。他仔细查找后,终于发现某排放系统吹除管路周围有微量蒸汽漫出。"糟糕,出现蒸汽泄漏了!"孟祥磊顿时紧张起来:此时,潜艇正处大洋深处,如果不及时处置,很可能直接导致主动力丧失,严重的话潜艇会"滑"向大海深处。他立即向值更舱室长报告情况,两人商讨出了应对方案。孟祥磊冒着高温,又迅速加工出一个新部件,更换上去。故障得到了及时解决,潜艇摆脱了危机。

还有一次,艇员们带着试验任务进行远航训练,要求验证复杂海况条件下核潜艇新型通信天线的可靠性。这时,通信天线突发故障。指挥员果断决定:连夜浮起更换。艇长朱振国决定亲自带领突击队出艇,然而,他和航海长、值更官刚登上舰桥,就被大雨狂风给"推"了回来。朱艇长咬咬牙,嘴里蹦出两个字:"再上!"3个人紧紧抱在一起,粗大的绳子拴在腰上,费尽九牛二虎之力,终于挂到了艇边的护栏上,建起了临时抢修的"通道"。通信班长黄超也带领6名艇员登上舰桥,顺着绑好的绳子,把自

第三章 深蓝世界

己绑在艇舷上进行操作。黄超描述当时的场景：那时的大浪打到脸上，犹如刀锋划过般的疼痛；坐在左倾右晃的艇舷上，比坐过山车更加惊险。3小时后，终于重新更换了通信天线，试验取得圆满成功。

在更多时候，对核潜艇来说，出航就是出征，下潜就意味着战斗。

一次，"水下先锋艇"官兵受命执行远航任务。途经复杂狭窄水道，遭到外军舰机连续跟踪，对方的声呐，持续不断地对我搜索探测，意图逼我上浮。"上浮意味着暴露，暴露意味着失败！"全艇官兵临危不惧，在各自战位上镇定操作。蛙跳、悬停、变深……一连串干净利落的动作后，核潜艇成功摆脱"尾巴"。声呐操纵长段正辰说："与对手打遭遇战，在平常训练中就是家常便饭，我们早已习以为常了。"

侦察与反侦察，跟踪与反跟踪……浩瀚的大洋上，潜艇与反潜的较量从未停止。"8分钟，普通人看来只是短短一瞬，可对核潜艇来说，8分钟，就可以决定战斗的胜负。"大洋上的那一场较量，一级军士长穆美田至今记忆犹新。

那一年，核潜艇悄然出航，执行战备训练任务。穆美田全神贯注地盯着雷达显示屏，突然，一个微弱的信号在眼前一闪而过，顷刻消失得无影无踪。但是，这瞬间的一闪，在穆美田的脑海留下刀刻般的印记："疑似外军反潜飞机，左舷×度，距离××，正向我艇飞来！"艇长董震当机立断："紧急下潜！"核潜艇一头扎入滚滚碧波。8分钟后，外军反潜机果然掠海而过，一无所获，悻悻离去。这一次令人惊叹的捕捉，创下了核潜艇侦测雷达空情预警时间最长、信息最准确的纪录。

探秘"中国之极"

核盾牌上的"安全密码"

核潜艇的动力装置是核反应堆,因此,一个令人头疼的大问题就是如何确保核安全。我国第一座核电站——秦山核电站运行发电是在1991年12月,而第一艘核潜艇早在1974年8月就已服役。这座海上移动的核电站,其运行、管理、维修的难度可想而知。据外电报道,1963年4月,美国海军"长尾鲨"号核潜艇沉没造成129人遇难,成为世界上第一艘失事核潜艇。2000年,俄罗斯"库尔斯克"号核潜艇在一次军事演习中失事沉没,世界为之震惊。然而,中国核潜艇部队连续42年核安全无事故。官兵告诉我,因为他们破译了核盾牌上的"安全密码"——专注于每天工作的细节。

某核潜艇一次小修后,技术保障大队士官刘辉在对设备进行抽检时,发现一台机器少了一个螺丝。这在核潜艇上可是天大的事。技术骨干进堆舱展开地毯式排查,整整忙碌了16天,拆卸了几百台套设备,测试了数千条技术数据,最终找到了那枚丢失的螺丝。打那以后,大队定下一条"铁规":新安装设备必须进行全面安全排查,宁可自己费事,绝不给核潜艇留隐患。

基地某总站每年都要引进一批高学历人才,无论是学士、硕士还是博士,总站主任卢明章给他们上的第一堂业务课就是"细节决定成败"。卢明章发给每人一张特别的试卷——让他们抄写一份导弹元件参数表。上千组参数,哪怕抄错一组,卢明章都毫不留情地大笔一挥,打上"0"分。只错一点点,等同交"白卷"。作为"撒手锏"的战略导弹,维护、保养和使用更是不允许出现丝毫误差,否则精确打击只能是一种梦想,这是用鲜血和生命得出的结论。

几天的采访很快结束了。当我要离开基地时,夕阳的余晖洒在海面上,远航归来的核潜艇静静停靠在码头,也许,它很快又

将神秘起航,因为大海深处才是它驰骋的沙场。远处传来了《中国海军潜艇兵之歌》优美的旋律:

> 不要问我在哪里 / 问我也不能告诉你 / 我们是中国海军潜艇兵……

这首歌,唱出了中国核潜艇官兵的使命和担当,也唱出了他们用热血写下的不朽光荣!

我随潜艇入大洋

深海潜行，并没有海底浪漫

【阅读提要】

现代潜艇是海军的主要舰种之一，具有良好的隐蔽性，较大的自给力、续航力和较强的突击威力，用于攻击陆上战略目标，大、中型水面舰船和潜艇，袭击海岸设施和陆上重要目标，以及布雷、侦察、遣送特种人员登陆等。现代潜艇的动力装置有核动力、常规动力和最新的AIP——不依赖空气动力系统。

近年来，我潜艇部队以坚实的脚步走向深蓝。随着世界海军强国反潜手段、装备和技术的日新月异，前进的每一步都面临挑战。如何征服更深、更远、更复杂的海洋，在未来战争中出奇制胜？

南海舰队某潜艇支队，将谋兵布局转化为搏击大洋的实践，先后有数十艘艇次完成战备远航，累计实射各型雷弹200多枚，创海军潜艇部队之最。他们还顺利通过了总部军事斗争准备检验评估，连续多年被总部评定为"军事训练一级师单位"。

2014年，记者随潜艇走入大洋，亲身感受并见证我潜艇部队实战化训练。

仲夏时节，南海之滨。清晨6时不到，某海湾畔已然炎热难当。

港湾远处是滨海旅游胜地，晨起的游人来到海边散步，一些渔船已经起锚出海。而军港码头一片静谧，一艘艘潜艇扶波静卧挺立，庞大身躯反射着黑黝黝的冷光，透出凛凛杀气，似乎转眼间就翻江倒海，让人不寒而栗。这里就是南海舰队某潜艇支队。

近年来，该潜艇支队加快实战化训练步伐，一次次潜行在深海大洋。支队先后有数十艘艇次完成战备远航，累计实射各型雷弹200多枚，创海军潜艇部队之最。他们还顺利通过了总部军事斗争准备检验评估，连续多年被总部评定为"军

探秘"中国之极"

事训练一级师单位"。

这支被誉为"水下尖刀"的部队,是如何磨砺刀锋的?水下潜行的一路上,随着训练任务的展开和官兵们的讲述,答案在记者的脑海里逐渐清晰。

只有未知危险,没有海底浪漫

6时30分,"解缆!",官兵各就各位,潜艇徐徐离开码头。

潜艇的进舱口很小,只能容下一个人进入。舱门关闭后,一种压迫感袭来。舱内狭小的空间,布满各种线路管道和仪表设备。在一个舱室里,不到2米的高度横着3层铺位,每个铺位1米多长,并排铺位的间隙也就一个转身的距离,比火车上的卧铺车厢要狭窄得多。官兵们要睡觉只能手脚并用钻进铺位,为了节省空间,有些床位就安排在鱼雷架上。即使这样,床位也只能按总人数的60%匹配。

舱内空间逼仄,温度也并不"宜人"。因为工作环境不一样,舱室之间的温差有三四十摄氏度:有的舱室工作时热得穿背心短裤仍然大汗淋漓,有的舱室披着棉大衣还冻得发抖。有些舱室噪声大得完全听不见彼此说话。

饮食也是大问题。潜艇内不能生火做饭,官兵执行远航任务时,吃的大多是罐头食品。常常执行数十天任务回来,有些官兵开始厌食。在远航中,淡水宝贵至极。每个人的每天用水量在一升左右。就连每周一次的洗澡,也是限时完成。因为环境所限,关节炎、腰椎间盘突出和肾结石等,成为艇员的常见病。高温、高湿、高噪声、高污染环境,时刻考验着官兵。在潜艇中,一般人生物钟都会紊乱。"莫说完成任务,能在艇里待住就是奉献。"这就是记者的直接感受。

"小说中将海底描述得那样浪漫。其实潜艇在大洋潜航时,只有无边的黑暗,还有处处潜伏的危机。"本次任务的指挥员之一、支队副参谋长何献中告诉记者。

艇动三分险,生死一条路。潜艇部队的战斗力标准要用远洋大海来检验。相对于其他兵种,潜艇兵更危险、更艰苦。"悄无声息离家远航,没人知道我们正经历什么,一旦遇险,只能独自担当。"该艇政委赵盛格说。

"怕死不当潜艇兵"已成为官兵们的共识。何献中介绍,有一次远航,某艇经过连续航行，艇员极度疲惫，潜艇连续遭遇两次强台风袭击。在水下数十米抗风，潜艇横摇仍然达到 15 度。为了最大限度地节省电能，他们不开空调、不使用电灶做饭，仅靠饼干和火腿肠充饥，在高温下坚守岗位，没有一人叫苦叫累。

当该艇完成任务胜利靠上码头，所有人都惊呆了：原本光滑平顺的艇体上，长时间连续航行后，附着着密密麻麻的海洋附生物，它们已悄然在那上面安了家。

"安全不是保出来的，是训出来的。随着装备的升级换代，舱内环境已经有很大改观。针对未来战场的训练，才是潜艇兵最大的挑战。"此次任务的指挥员、副支队长陈卫告诉记者。

只在近海浅滩，怎能翻出大浪

水面行进 1.5 小时后，艇晃动得突然厉害了。"准备下潜！"在指挥室，记者看到，横频、深度等仪表盘数字开始不停地闪动。该艇艇长汪家友镇定自若地指挥并下达口令。

"正负 5 度，5 米、10 米、20 米……"第一次乘坐潜艇的记者，顿时觉得天旋地转。约莫 20 分钟后，随着深度加大，艇身渐渐平稳了。水下定位等数十个项目检查的训练一一展开。

"油加足、水补满，开到海上转一转；时间长、辛苦点，备好备品遛遛弯。"这句过去在部队流传的顺口溜，道出了一些官兵对潜艇出海训练的态度。然而，近年来随着远海训练日益频繁，潜艇兵们感到前所未有的挑战。

"同样置身大海，站立点不同，看到的景象两样——在'家门口'看到的是平静的港湾，走出去才知道海的浩瀚！"说起这一段经历，汪家友深有感触。

几年前，汪家友所在艇接到执行远海训练任务的命令，艇上一些官兵不以为然："不就是距离拉长了一点吗？"可是，随着训练的展开，浩瀚的大海不客气地将一道道难题摆在大家面前：潜艇远离岸基，保障补给困难；远海环境陌生、海况复杂，一路上险象环生；训练持续时间长，官兵体能、心理经受巨大考验……

"潜艇到了远海大洋，许多情况是以前想都没想到的！"汪家友对记者说，

①	②
③	④	⑤

① 某潜艇艇长孙瑞强在指挥训练（王松岐/摄）
② 核潜艇兵水下逃生训练（王松岐/摄）
③ 忠诚守卫核潜艇（殷海洋/摄）
④ 潜机对抗训练（钟魁润/摄）
⑤ 核沾染洗消训练（新华社记者 查春明/摄）

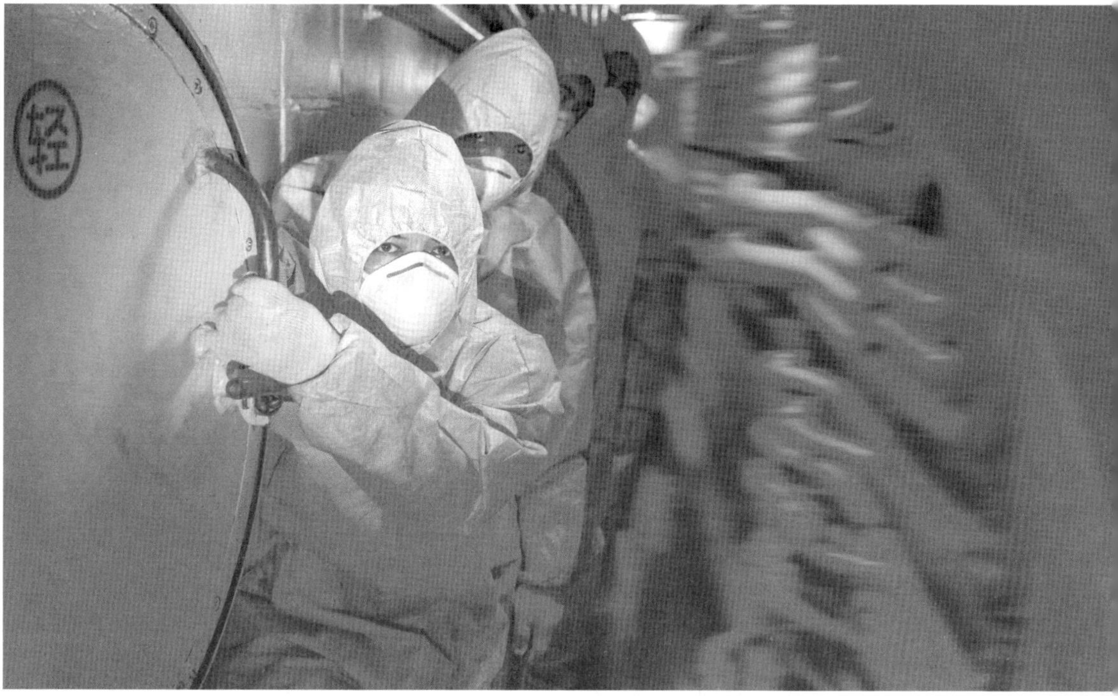

探秘"中国之极"

尽管在这次远海训练中艇上官兵出了不少洋相,但坚定了他们的决心:要想制胜未来海战场,就不能满足于"家门口"打转转!

正如支队长王红理所说:"潜艇部队的战斗力标准是什么?就是走得远、潜得深、待得久、藏得住、打得准,这样才有威慑力、战斗力。都用'巨鲸蹈海'来形容潜艇兵,可'巨鲸'在近海浅滩怎能翻出大浪?我们必须把目光投向远海大洋……"

如今,远海训练在该支队已成为常态。各部队枕戈待旦,雷弹、药品、备品配件等一应俱全,海上指挥组成员和所有任务艇员,均全时在位,一声令下即可驾艇出征。艇员之间,暗自较量的是"执行了几次战备远航任务""发射了多少枚战雷和导弹""一年出海时间有多长"。

离开苦练精练,哪来"一剑封喉"

在某舱室一侧,这里不足6平方米的空间,集会议室、餐厅、医务室和休息室于一体。官兵们向记者讲起了"生死考验3分钟"的故事。

那天,支队某艇正执行远航巡逻任务,在数百米深的大洋潜航,遭遇海水密度突变造成的"断崖"掉深。这是潜艇水下最危险的状况之一,若不能迅速控制下潜状态,到极限深度便会艇毁人亡。

此时,事发海域水深数千米,该艇失去浮力急速下潜,主电机舱管道因深海巨大压力而破损、海水喷涌而入……危急时刻,全艇官兵条件反射般的反应速度和指挥员果敢正确的应急处理,3分钟内,在能见度几乎为零的水雾环境中,关闭了大大小小近百个阀门和开关,操纵了几十种仪器,将险情成功化解。

"化险为夷的本领,源自平日高难度训练打下的过硬技术。"随艇执行任务的支队长王红理和政治部主任何占良表示。

操纵潜艇,犹如"在刀尖上跳集体舞",一个动作不协调,就可能让全艇陷入险境。过去,总觉得潜艇出海危险性大,确保艇和人不出事才是底线,训练强度、难度都要为安全让路,可在实践中大家感到,越是训练瞻前顾后,安全隐患就越多。

何占良告诉记者，今年以来，该支队结合战斗力标准大讨论进行训练改革，基础训练内容和形式也不断与实战接轨；强化基础的模拟连续航行训练时间延长了1/3；封舱训练次数提升至原来的2倍……如今，灭火、堵漏等损管专项训练，从来都是"实打实"，人人参加、反复进行，直到形成机械记忆。与此同时，支队也不断做好科学防范，这一年来该支队已经完善了10多项安全制度。

"随着海军远海训练的常态化，我们面临的安全风险前所未有。然而，离开一招一式的苦练精练，哪来'一剑封喉'的制敌绝技？"支队长王红理出发前的这句话又回响在记者耳边。用科学求实的态度对待安全事故，才能把战斗力标准立起来落下去，官兵才能放开手脚投入训练，才能形成安全和训练的"双赢"。或许，这就是"水下尖刀"部队刀锋的奥秘所在。

此时已经入夜，孤身前出的潜艇依然游弋在深蓝海底。即使处于静默状态，潜艇上依然有1/3战位的官兵在值更待战。

说说中国航母的故事

揭秘首个"航母家庭"

【阅读提要】

这样一些节点,牵动着国人和全世界的目光——

2011年8月10日,我航母平台首次出海进行海试;

2012年9月25日,我国首艘航空母舰被命名为辽宁舰,正式交付海军;

2012年10月9日至29日,辽宁舰完成入列后首次科研试验和训练;

2012年11月23日,歼-15舰载战斗机在辽宁舰上首次着舰起飞成功;

2013年2月27日,辽宁舰首次成功停靠母港……

而2011年7月27日,当我国对外宣布正在改建第一艘航空母舰时,外电却报道称:"驾驭航母,中国至少要用10年……"

一年五个月,中国航母事业却以惊人的速度向前推进。在这一进程中,凝聚着一个特殊群体的忠诚和奉献、勇敢和智慧,是他们托举了共和国的航母事业。

辽宁舰是我国航母事业的重大载体。其实,在它的背后,有一个庞大的家族,有一群托举强国梦、强军梦的建设者。

在海军成立64周年纪念日(2013年4月23日)前夕,记者陆续走进"航母家庭",去探寻中国第一艘航空母舰、第一支航母部队、第一个航母军港、第一代航母人背后的故事。

辽宁舰官兵

家庭身份:"业主"

采访地点:辽宁舰2甲板

顺着青岛西海岸逶迤的海岸线,驱车约2小时,转过几个山湾,一座连山通

探秘"中国之极"

海、巍峨的航母军港立时呈现在记者眼前。站在高处俯瞰,辽宁舰如帅气的男子挺立在三号码头。

4月8日下午,安排我们第一次上舰。"登舰离舰,需向军旗行礼,舰员走路必须拐直角。""舰上不能携带打火机。"这些命令让我们对航母充满了敬畏。

的确,安全是航母的生命。防火是航母的大事。据了解,辽宁舰正在进行航煤燃料、舰机协同方面的实验。安全部门是辽宁舰一个全新的部门,也是战斗舰艇编制的首创。"人人进行灭火实战训练,人人过关",舰上提出要求,安全部门消防中队战士们用不到2个月时间,掌握了消防队员需要2年时间才能掌握的技能。

在航母内部有很多规矩,比如,往舰艏位置走,要走左舷,靠左侧的通道;往舰艉位置走,要走右舷,靠右侧的通道。上下扶梯时,要先上后下,规则跟坐公汽完全相反。为什么是这样呢?舰员告诉我,因为在海上水面以下相对是危险的。

"在中国,驾驭航母是一项无先例可循的事业。我们学了一门没有师傅的学科,进了一个没有标准答案的考场。"辽宁舰舰长张峥告诉记者,"但是全体官兵为应考做好了准备,有信心为祖国开好航母!"

这位60后大校曾先后到英国国防语言学院和英国三军联合指挥与参谋学院深造。他表示,在这条舰上工作,面临许多新的挑战。这艘舰艇是一个巨系统,有数千个舱室,上万套设备,不论是人员的安全,还是装备的安全,都依靠着一个优良的管理体系。

接舰部队

家庭身份:"保姆"

采访地点:88舰

在辽宁舰靠泊的军港码头对侧,就是88舰。

88舰是海军首艘为满足重点装备建造需要、专门用于航母接舰部队生活保障的舰船。2011年6月交付使用。总长196米,宽28.4米,吃水7.73米,满载排水量23200吨,最大航速18节。

88舰政委漆泽富告诉记者,该舰的建成服役,填补了海军装备舰船型号的一项空白,是目前我国自行设计建造的吨位最大的海军辅助舰船,是创新接舰保障方式、提高机动保障能力的探索和尝试。

"守望相助",是88舰对辽宁舰的崇高使命。在这里,记者听到了一个两船相望的感人故事。丈夫肖磊在辽宁舰,妻子郭志芳在88舰。虽然近在咫尺、一个码头宽的距离,但因为工作需要,两人聚少离多。想念对方的时候,就约定好时间在甲板上对望。

工区部队
家庭身份:军港"开发者"
采访地点:军港码头

航母军港连山通海,码头与海岸线呈90度角直插入海。

在通往码头的路上,记者遇到航母军港建设部队工区政委黄毅。为了建设中国首座航母军港,黄毅离开北京的家人,一头扎进航母军港建设基地。5年来,辛苦而繁忙的工作,海风吹白了他的头发,吹黑了他的皮肤。

"这座码头采用技术含量高、施工难度大的突堤式结构,能够有效利用水域面积,提高码头的舰艇驻泊能力。这座码头可以同时停靠多艘大吨位军舰。"看着军港码头,黄毅言语中充满自豪。记者明白,自豪的背后有着太多艰辛的付出。

2008年3月28日,海军某航母配套工程建设的开工礼炮划破长空,惊醒了沉睡中的荒山。激动振奋褪去,呈现在工程建设者面前的是杂草丛生的山野、高低起伏的沟壑和松软不定的滩涂。地形复杂、时间紧迫,征地搬迁、劈山填谷,一道道难题让他们始料不及。"就是有再大的难关也必须闯!"时任工区主任孙长久的话让官兵记忆犹新。

征地搬迁是制约工程建设的第一道难关。工区征地办主任严毅介绍,党委"一班人"带领官兵,在-20℃多的严寒中,住在无水、无电、无暖的简易工棚,连续100多天吃盒饭,顶风冒雪走村入户讲解政策、说服群众。家中"猫冬"的村民看到官兵深入田间地头、渔港山林、丈量土地、核量实物,脸被冻伤,手被冻裂,都是为了保证老百姓的利益不受损失,他们被感动了。于是,村民们打破

探秘"中国之极"

春节不搬家的习俗，纷纷抓紧时间搬离了自家宅院。全部搬迁任务完成，仅用一年时间。

在建设航母军港防波堤时，需要进行大体积混凝土浇筑。然而由之产生的裂缝，始终困扰着工程建设者。官兵们经过上千次的反复试验，最终摸索出大型混凝土浇筑裂缝控制配方，获得国家发明专利。超大沉箱运输和安装是一道新的技术难题，官兵和施工单位联手创造出新型工艺，获得国家专利。"在建设中，我们集智攻关，攻克了此类超大沉箱的预制、海上运输、水下安装等40多个世界性技术难题。"军港建设专家、工区副主任张宏武说。

为了不给工程建设质量留下丝毫隐患，他们不放过任何细节。学生官张晓在检查某部位钢筋焊接质量时，蹲在狭窄的基坑下面，十几小时保持一种姿势，1500个接点一个个用手探摸，手指被钢筋刺破鲜血直流。施工处副处长王慧峰发现场道道面切缝有沙粒杂质，他带人用高压喷气枪逐段清扫，还找来小毛刷一点点清理。

地面保障部队

家庭身份："物业"

采访地点：海军某综合保障基地

航母码头上，官兵正有条不紊地对辽宁舰进行补给。大型塔吊高高矗立，它可以在贯穿码头首尾的铁轨上方便快捷地移动，迅速为航母吊运补充物资；码头上黑、蓝、黄3种颜色的不同泵口，将油、水、气源源不断地补充到航母"体内"……

"在这些泵口下，埋藏的管线就长达数百公里。它们如'血管'般，把整座航母军港有机地连在一起，为航母提供不竭的'生命之源'……"海军某综合保障基地参谋长王运明说。

航母保障，与普通水面舰艇的保障有极大的不同。王运明介绍说，辽宁舰吨位大、人员多，每天消耗的油、水、电、气等能源物资是常规水面舰艇的数十倍。军港内新建了大型万伏高压变电站、能量站，以确保辽宁舰电力供应。航母靠泊时，仅水的保障就多达6～7种。

记者看到，为了防止补给油、水时出现错乱，码头上的管线阀门接口都被涂成醒目的不同颜色，以示区分；在码头附近的能量站中，仅消防功能一项就被区分为多种模块。

保障航母的军港，就是一座现代化的超大物流中心，它涉及物资采购、装备管理、交通运输、油料接收、存储和配给，以及有害材料管理和日常生活服务等诸多保障环节，任何一个环节都不能出现差错。

"航母保障，对中国海军而言刚刚起步。"基地政委孙成杰说，随着认识的深入、管理的细化、建设的发展，中国首座航母军港将围绕航母战斗力的尽快形成和提升，不断改进完善。

特装保障大队
家庭身份：舰载机"陪练"
采访地点：某舰载机训练基地

当舰载机在辽宁舰完美起落、当航母style走红的那一刻，海军某舰载机训练基地起飞中队中队长田伟激动得流泪了，这里才是那个帅气而自信的动作的发源地。田伟说，是他们见证了这个style从无到有的探索过程。这个有力的动作，伴着试训基地和这群特装官兵整整3年。

逼真的舰上起降模拟环境，舰、机、场高度融合的综合性枢纽、试验训练同步展开的一体化平台……来到训练基地，记者仿佛又置身于航母飞行甲板。

特种装置大部分工作岗位分散于道面、地下舱室等多个部位，要承受舰载机起飞、降落以及特种装置自身产生的噪声，要长时间忍受高温、高湿、寒冷和密闭空间等环境条件，相对比较艰苦，全流程滑跃起飞保障，止动舱室的工作人员要面对150分贝的噪声和强烈震动。

特装保障大队大队长甄兴仁，海军学习成才标兵。他带领特装大队官兵夜以继日，周而复始地忙碌。面对他日渐憔悴的身影和花白的头发，远在山西长治的妻子心疼地说："他每次都说，忙完这段时间就回家看看，但这话说了几十次，

探秘"中国之极"

却不见他回来一次。"他带领编纂了55种教材，填补了36项装备设计上的漏洞，还攻克了很多装备技术上的难题。

据基地副司令员周纯山介绍，组建以来，共完成试验训练课目保障飞行2700架次，出动人员10万人次，动用各类保障车辆1.6万台次，保障优质率、良好率均达到100%。

走近共和国第一代航母舰员

这是一支阵容豪华的高素质舰船部队：舰员都是优中选优，其中，本科以上学历的军官占98%以上，博士硕士50余人。

这是一个多民族融合的海上大家庭：汉族、维吾尔族、回族、蒙古族、哈萨克族等13个民族儿女同在一艘舰上战斗，同甘共苦，同舟共济。

这也是一支多情多义的忠诚部队：为了航母事业，从四面八方汇聚于此。既有舍小家，忠诚报国，也有上阵夫妻兵，守望相助。

他们就是辽宁舰的全体官兵——共和国第一代航母舰员。在中国梦、强军梦的今天，他们因忠诚报国的使命与担当，被誉为当代最可爱的人。2012年10月，记者来到辽宁舰，见识了这个特殊群体的别样风采。

国之重器的操盘手怎么选出来

自信、豪情、英姿勃发……这是舰员给记者扑面而来的强烈感受。

这些国之重器的操盘手是怎么选出来的呢？

"第一支航母部队，承载着中华民族百年强军梦想，选什么样的人，关系重大！"2009年8月，海军启动组建航母接舰部队。着眼航母建设对人才的特殊要求，在海军党委的直接领导下，成立了专门机构，经反复研究，确定了选人标准——

要"有理想、有追求"，选"特别想干、特别能干"的人加入接舰部队；要

第三章 深蓝世界

"有能力、有潜力",为航母事业选好"中坚力量"和"种子人才";要"高起点、高标准",全海军遴选,大范围考核,优中选优……

"驾驭航母,绝不是安逸的事业!'一切从零开始'的艰苦创业,足以让人'掉几层皮';干航母充满未知的风险和挑战,也考验人的勇敢和追求……"

"我请求加入航母部队!""我接受祖国的挑选!"……在航母事业的号召下,一大批优秀海军业务骨干放弃熟悉的工作环境和舒适的生活条件,别妻离子,在陌生地域和岗位开始了艰苦创业。

辽宁舰机电长楼富强,原是某驱逐舰支队装备部副部长,海军范围内数一数二的机电行家。部队组建初期,他独自负责航母机电专业,不到一年,头发白了身体瘦了,但工作激情和标准始终不减,常常在60℃的机舱一待就是三四小时。

"第一代航母舰员,来源遍及海军五大兵种和海军各级机关、各个院校,都是抱着航母梦来的!"采访中,辽宁舰政委梅文和舰长张峥自豪地告诉记者,"他们中有飞行员舰长、博士硕士舰长、全训合格舰长,有留英留俄的各领域各专业尖子人才,有优秀飞行员、全国空管先进个人,还有'中国青年五四奖章'获得者、全军优秀指挥军官……"

据介绍,辽宁舰上还配备了近5%的女性舰员,几乎涉及舰上所有专业。梅文表示,现代化程度较高的操作系统,对体力要求降低,对智力要求较高,女性舰员在某些岗位上,会比男性发挥更多的优势。

航母内部通道有20公里长,甲板下有3000多个舱室

航母是"海上巨无霸",常被称作"海上城市"。记者进入辽宁舰内部,感觉像庞大的迷宫,到处都是通道、舱室。据介绍,整个航母内部通道加起来有20公里长,在航母甲板以下有3000多个舱室。

忽上忽下的复杂路线,让记者直犯迷糊……引导员步伐稍一加快,我们就跟不住了;我们稍一停顿,引导员已然不见踪影。这样的遭遇,在许多舰员身上也发生过。

第一次进入辽宁舰舱室,当了20多年水兵的辅机区队长刘辉一下子"找不

探秘"中国之极"

到北"了:"不知道东西南北,搞不清楚哪是舰艏哪是舰艉!"说起当时情形,刘辉心有余悸。

迷路的尴尬,让刘辉和战友们明白了一个道理:在航母上不管是新兵还是老兵,每个人都是小学生!要想获得航母"驾照",唯一的出路就是学习。

那段时间,刘辉和战友们一起,手拉着手钻舱室,在航母上学"认路"。22层甲板、300多个直梯斜梯、长达数十公里的通道……着实让他们吃尽了苦头。

从认路起步,舰员们开始了孜孜不倦的求学之路。数万台(套)全新装备如何使用?数十万册技术资料如何吃透?数以亿计的备品备件如何管理?战舰和飞机如何融合?岸舰如何衔接?……铺天盖地的问号,犹如一副副千钧之担,压在接舰官兵的肩上。

"组建一支部队,创办一所学校,接好航母首舰,培育种子人才",他们往返奔波在科研院所、研制厂家和实习部队之间——

自接舰部队组建以来,先后2万余人次辗转17个省20多座城市,进出院校、厂所,参加接舰理论培训和新装备技术培训,8万余人次上舰熟悉舱室训练、跟产助建和试验试航,400多人次赴驱护舰、航空兵部队交叉学习专业技能……凭着这种执着,辽宁舰100%的舰员通过了相关厂所和院校的各种接装培训考核,获得上舰资格认证。

心在哪儿,收获就在哪儿。2012年4月20日,作为全舰最复杂、最庞大的部门,机电部门的官兵全面接管前机舱,率先实现独立操纵装备。那天,离接舰部队组建刚两年半。紧随其后,其他部门陆续实现了自主操纵。

2012年8月中旬的一天,渤海某海域,云飞浪卷,辽宁舰进行入列前最后一次海试。一连10多天,在官兵们娴熟的操纵下,辽宁舰庞大的身躯服服帖帖……

接舰以来,该舰官兵先后提出各类改进建议近4000项

航母是最大的水面舰艇,近2000人战斗生活在上面,看似寻常的吃、住、行、医都成了不小的问题。保持良好的战备生活秩序是一个大课题。为管好这个

"海上城堡",创新在辽宁舰上无处不在。这里,每一个部位、每一个系统、每一个战位,都可以告诉你一个甚至几个创新的故事。

皓月当空,机电长楼富强辗转反侧,令他寝不安席的是航母的锅炉。辽宁舰锅炉必须按一定程序启动。

一个月前,楼富强向有关专家质疑:"传统的方法耗时太长,影响航母出航的速度;炉内压力太高,不安全因素多。能不能通过改进,把启动蒸汽压力降下来?……"得到的答复是:"原设计就是这样,不可能!"

楼富强不甘心。"越是习惯思维认为'不可能'的地方,越是创新萌芽生长的地方!"揪住问题,楼富强没日没夜地忙开了……最终成功降低了锅炉启动蒸汽压力,装备安全性能提高的同时,启动时间缩短了许多。

创新,让舰员们总能发现别人难以发现的问题。

就连就餐如何安排,衣物如何清洁,洗脸毛巾怎样拿、怎样放等生活细节,都融入了官兵们的创新智慧。"可视化"的引导,这样的细节在航母上随处可见。

统计显示:接舰以来,该舰官兵先后提出各类改进建议近 4000 项。仅航空部门信息班战士李学良,一人就提出合理化建议 70 余项,其中 33 项被工业部门采纳……

在"世界上最危险的 4.5 英亩"完美演绎"航母 style"

"这是阻拦索装置,这是滑跃甲板一端的偏流板,那是菲涅耳透镜。"在飞行甲板上,身着绿色 T 恤、黄色马甲的起飞助理陈小勇向记者们现身说法。

航母飞行甲板,是"世界上最危险的 4.5 英亩"。而起飞助理,被称为"刀刃上的舞者"。"颜色和动作,是舰面交流的主要'语言',各战位官兵通过它传递信息以操作特种装置,保障飞行员的安全。"陈小勇说。看似轻松的背后,其实危机四伏。舰载战斗机离舰瞬间,隐藏着许多令人心悸的意外:一旦舰载机偏移起飞跑道,巨大的尾喷,可把挨得最近的起飞助理吹到海里;一旦尾喷流扫到人体,鲜活的生命,瞬间即被灼伤而致死;一旦被发动机吸入进气道,活生生的人立即就会粉身碎骨……

探秘"中国之极"

"你不觉得危险吗?"记者问。

"我知道!自1986年以来,仅某大国就有28名起飞助理在岗位上殉职……我们的舰载机还在试验阶段,风险远超过外国同行。我很清楚,选择这一专业,无疑是用生命去探险、用躯体去铺路!"陈小勇说,"祖国的需要,永远是我抉择的砝码。"

陈小勇是家中的顶梁柱,一直对父母和妻女隐瞒所从事的工作。然而,2012年11月23日,随着歼-15舰载机的完美起降,陈小勇"露馅"了。他和另一名起飞助理潇洒的"凌空一指",永远定格在镜头里,成为引发"航母style"的原型。

反复端详照片,妻子给陈小勇打来电话:"你老实跟我说,我怎么越看越觉得第二个人就是你啊!"电话那头,妻子一脸泪水……

总有一种精神淬火铸就,总有一种使命义无反顾,总有一种信念催人奋进!这就是当代最可爱的人!

第三章 深蓝世界

探访手记

国产航母，开拓中国新蓝海

阳光下国歌声雄壮嘹亮，舰舷上五星红旗迎风招展。2017年4月26日，第一艘国产航母正式出坞下水。一瓶香槟酒被摔碎于舰艏，两舷喷射绚丽彩带，周边船舶一起鸣响汽笛，按照国际惯例举行"掷瓶礼"之后，国产航母缓缓移出船坞，停靠码头。这历史性的一刻，被定格为永恒的民族记忆。

如果说现代文明由海洋文明开启，那么航母则是现代大国海军的标配，是一个民族海洋力量的象征。正因此，建设国产航母，不仅是捍卫国家利益、维护海洋权益、开发海洋文明的重要举措，更是中华民族几代人念兹在兹的百年梦想，是强军梦、强国梦的重要组成部分，寄托着中国人的民族情感。下水现场，不少人慕名而来、驻足观看；网络上，网友点赞"展示了中国速度、中国力量、中国智慧"；电视节目中，有嘉宾谈到海军发展历程喜极而泣……这个土生土长的"国之重器"，激荡着亿万人民内心深处的民族自信和爱国情怀，彰显着中国国家整体力量的提升。

"不能制海，必为海制。"作为一个拥有1.8万多公里大陆海岸线、300万平方公里主张管辖海域的海洋大国，需要建设一支以航母为核心的强大海上力量。建设航母属于巨系统的设计、建造与集成，考验着一个国家的技术、资金、工业化水平等综合实力与整体意志。从1987年提出建设航母规划，中国仅仅用了30年的时间，就自行研制出第一艘国产航母，从外壳到内在都贯彻着自己的理念设计，这不仅体现出中国海军装备水平的跃升，更彰显着中国国家整体力量的提升。

飞行员艾群在爬下飞机时向战友们展示张超生前所用手电筒,并说:"这是张超的。"(张凯/摄)

歼-15舰载战斗机在辽宁舰滑跃起飞(张凯/摄)

一名获得航母资质认证的舰载机飞行员驾机离开辽宁舰(张凯/摄)

第三章 深蓝世界

同时也要看到,与世界先进水平相比,国产航母仍然还有不小差距。无论是排水量,还是核心技术,抑或是未来可期的作战能力,国产航母与一些发达国家相比仍有距离。这一方面说明,那种把航母与"中国威胁"相联系的论调并没有现实依据;另一方面也说明,国产航母依然任重道远,应该在第一艘国产航母的基础上继续努力,争取早日具备自主完成大中型、新型航母建造全过程的能力。

铸剑不是为了战斗,而是为了和平。中华民族是爱好和平的民族,对和平有着孜孜不倦的追求,国产航母将更有助于中国维护和平发展、捍卫世界和平。近年来,通过在亚丁湾、索马里海域的护航和人道主义救援行动,中国向世界展示出负责任的大国形象。国产航母肩负的使命更是义不容辞,"维护海上通道安全,维护海外利益""更好地承担大国责任和义务"……从港湾迈向深海,中国航母将为中国的和平发展提供坚实保障,为世界和平贡献力量。

被称为"中国航母之父"的刘华清将军曾说:"如果中国没有航空母舰,我死不瞑目;中国海军必须建造航母。"如今,第一艘国产航母出坞下水,足可告慰几代人的努力。而国产航母将要驶向的,不仅是广阔的海洋,更是中国发展道路越走越宽的新蓝海。

探秘西沙"天涯哨兵"

【阅读提要】

西沙群岛位于南海西北部，距海南岛东南方180多海里。西沙群岛是我国南海四大群岛之一，由永乐群岛和宣德群岛组成，共有22个岛屿，7个沙洲，另有10多个暗礁暗滩。

海军驻西沙部队被誉为"天涯哨兵"，他们在永兴、石岛、东岛、琛航、珊瑚、金银、中建7个岛屿驻防。

偏远的地理位置，使得西沙各岛的物资曾经十分匮乏。驻守在这里的"天涯哨兵"在守岛建岛、爱岛建家的数十个春秋中，用双手把一个个孤岛建设成了攻能打、守能防的"海上钢铁长城"。官兵顶烈日、冒酷暑，以海岛礁盘为前沿，着眼实战锤炼战斗作风，以实际行动确保祖国的海洋国土寸土不丢。一座座岛礁，就是一艘艘钢铁战舰。

西沙的颜色

"在那云飞浪卷的南海上，有一串明珠闪耀着光芒……"2016年4月这天清晨，迎着海上初升的太阳，神往已久的西沙就在眼前了。《西沙，我可爱的家乡》这首熟悉的旋律又悠扬地在心中回响起来。

虽然经过海上近14小时的颠簸，我们依然早早走出海军运输补给舰舱门，来到甲板上翘首以望。

"看，那就是永兴岛！"随着一阵欢呼声，大家立马被眼前的景色吸引了：湛蓝的天空下，永兴岛像一颗白绿相间的翡翠镶嵌在大海中，岸边清澈的海水下，珊瑚礁若隐若现，海水由近及远依次呈现出碧绿、浅蓝、深蓝的颜色……

大家纷纷感慨："这里的海水比所有照片中的更透彻更漂亮。西沙太美了，祖国太美了！"西沙某水警区副政委李玉林向记者解释，由于海底高低不平，西沙海面呈现出深浅不一的蓝色,但都十分清澈,能见度可以达到三四十米。

岸上高大的椰子树成为绿色屏障,一些楼房建筑显露其中。还未下舰,码头上矗立的标语墙首先映入眼帘:"爱国爱岛,乐守天涯"8个大字金光闪闪。同行的南海舰队政治工作部副主任谭江山说,这就是西沙精神的高度凝练。

"现在守西沙条件可比以前好多了。"琛航岛守备部队部队长田艳博对这些年海岛的变化如数家珍:告别罐头干菜、吃上六菜一汤,咸涩的苦水被换成净化水,民航包机、"三沙一号"让交通补给越来越便利,4G网络让孤岛与世界同频共振……

标配的肤色

迎着清晨喷薄而出的红日,一队队手握钢枪的官兵凭海临风,沿着礁石正在巡逻。

碧蓝的大海,广阔的天空,守岛士兵黝黑的皮肤和他们微笑时露出的洁白牙齿……提到驻西沙部队,脑海中总会浮现出这样一幅景象。

直到踏上西沙,记者才确信:在这里,黝黑的皮肤是所有守岛官兵的"标配"。

海岛上,常年"高温、高湿、高盐、高日照、缺水、缺土",烈日似火、狂风如刀,沙子能焐熟鸡蛋,空气一捏一把水、捏干一把盐。战高温、斗风浪、抓训练,官兵脸庞黝黑发亮,皮肤被晒脱了皮;迷彩服湿了干、干了湿,结了厚厚的盐渍。

这种艰苦,没上过岛的人难以体会。登岛不到两小时,皮肤已经晒得生疼。然而,这里还有一群年轻的女兵,在海岛环境中锤打自身、昂扬成长,她们的脸上写着动人的"西沙黑"。

掩映在椰林中的"女兵楼"里,记者见到了她们。从女兵班战士成长为通信连副连长的杨韶华告诉记者,还有半个多月,女兵参与西沙守岛就整整15年了。2001年5月14日,西沙迎来了首批海军女兵,女兵班也同时组建。西沙女兵担负的主要是通信保障值班任务。她们将岗位当哨位,在闷热、狭窄、噪声大的机

探秘"中国之极"

房里,以一丝不苟的工作态度坚守着战位。

在西沙,无论是男兵还是女兵,都首先是守卫西沙的战士。2015年分配到西沙女兵班的路冰洁原来在海军陆战队服役,她担任女兵班领头人后,给西沙女兵注入了一股硬朗的作风。为了提升打赢本领,在训练场上,西沙女兵们不怕苦累,泥里来水里去,和男兵一样摸爬滚打;炎炎烈日下,她们不畏高温暴晒,严格按照标准完成一个又一个的队列动作;武装越野、对抗演练,她们敢于冲锋在前,以巾帼不让须眉的姿态,刷新一个又一个纪录。

特殊的阵地

踏上西沙石岛老龙头,4个红色大字——"祖国万岁"闯入眼帘。这几个字非同一般,雕刻在临海的悬崖峭壁之上,苍遒有力。这是一位守岛官兵的杰作,用了半年时间,一刀刀刻出来的。一代代守岛官兵自觉地给这些字刷漆描红。

"每次描红,军人的使命感都会油然而生。这里,是我的阵地。"24岁的士官张尧和战友们,正手持钢枪守卫在石岛的主权碑前。张尧17岁入伍便在岛上。他告诉记者:"你们刚从永兴岛过来的路几年前是条小土路,现在已是长近1公里、宽约5米的海堤公路。"

一般而言,海军部队往往讨厌坏天气,它会增加出行和训练的难度。在这里采访,记者却见识了一支特殊的建制班,越下暴雨他们越兴奋。这就是全军唯一的雨水班。

西沙雨水班成立于1999年,是中国军队中人数最少的特种兵之一。为解决吃水难题,1999年,上级为西沙建成了雨水收集净化库,经过过滤净化的雨水可以直接饮用。3名官兵担负起为西沙官兵及居民收水、净水、供水的重任,而西沙雨水班也就此进入了战斗序列,成为全军唯一的特殊编制。

与海军不同,雨水班的阵地并不在海洋,而是在西沙永兴岛的机场。班长张耀辉告诉记者,为了更好地收集雨水,永兴岛机场的跑道和停机坪,都设计成了5‰的斜度,在跑道和停机坪的另一侧,铺设了1米多深的渠道。雨水流入后,进入积水坑,再通过水泵压到两个大水罐中,然后经过清水池的沉淀,最后在水处理中心进行净化。收集来的雨水经过电容、沉淀、反应、过滤、消毒等一系列处理,不添加任何药品就已经达到了国家饮用水标准,甚至超过了一些大城市的水质。目前西沙雨水班每年提供淡水 8.6 万吨,结束了西沙喝苦水的历史。

与雨水班一样,绿化班、雷锋班、尖刀班、女兵班……西沙部队诸多的"特色班"坚守在各自战位上,任劳任怨建设小岛,乐于助人服务军民,撑起守岛戍边的重任。

战斗的氛围

踏上琛航岛,让记者始料未及的是,我们还没顾上欣赏美景,就被岛上的战备氛围所感染。只见岸边官兵个个身着迷彩服,随身携带着轻武器。

"近几天有情况吗?"面对记者的疑问,西沙某水警区司令员刘堂说:"这里没有平时战时之分,上岛就是上前线,守岛就是守阵地。我们时刻都在准备打仗,确保一有情况拉得出、守得住、打得赢。"

在岛上,随处可见迷彩色的碉堡暗道。在永兴岛街道边的展示栏,记者看到,"纪念西沙自卫反击战胜利"主题照片,重现的是绿军装、红领章,斗志昂扬的脸庞,还有浪花四溅的反潜演练。

"上岛就是上前线、守岛就是守阵地""人在岛在国旗在、誓与岛礁共存亡""丢掉幻想、准备打仗"……防波堤、白沙滩、礁石上,一个个鲜红大字构成一道独特的美。漫步岛上各个营区,仿佛步入一个个临战动员的大舞台,处处都能感受到战斗氛围。

"美丽的天海间总有刀光剑影,心灵的荧屏上时刻闪烁着敌情……"这句歌词,摘自水警区官兵创作的歌曲《站在最前沿》。站在守卫海疆、维护国家海洋权益的最前沿,正是官兵戍守西沙的真实写照。

永远的仪式

大海鸣吟,椰林肃穆。祖国最南端的烈士陵园——西沙琛航岛烈士陵园,祭

该水警区司令部通信连女兵们在石岛主权碑前演奏乐器陶冶情操

西沙守备部队官兵岛礁防御演练（赵向虎/摄）

西沙守备部队官兵忆传统、话使命（赵向虎/摄）

奠着42年前在西沙海战中牺牲的18位英烈。记者到来时，陵园正在扩建中。向这些海战英雄三鞠躬，并默哀致敬，简朴的纪念仪式让记者血性迸发。

西沙海战烈士陵园，是西沙所有官兵心中的圣地。42年来，水警区始终把烈士陵园作为传承西沙海战精神的重要教育基地。无论是新兵上岛，还是清明、国庆等重大节日，都要隆重举行祭奠和瞻仰烈士陵园活动。

当年，抗战胜利西沙被收复后，中国军人曾立碑永兴岛，刻字"南海屏藩"。"爱国爱岛，乐守天涯……"凭海临风，手握钢枪，面朝主权碑，铮铮誓言响彻海天。

这些在外人看来最普通的宣誓仪式，置身西沙，却彰显出至高无上的庄严、神圣。主权碑前的誓言，已然定格为一道独特风景。

水警区政委柯和海说："祭扫海战场、祭拜烈士、为主权宣誓，这种战斗仪式特有的情感渗透力，能锤炼官兵不怕苦的意志，提升不怕亏的境界，弘扬不怕死的气概，在官兵心灵中积淀成代代相传的战斗基因。"

在西沙，有一片郁郁葱葱的树林——抗风桐，高大挺拔、生命顽强，植根贫瘠岛礁，能挡烈日狂风，荫蔽海岛生灵，它们与守岛官兵一样，都是西沙的"卫士"。每名守岛官兵都有自己的抗风桐。培土、扶苗，再浇上满满一桶"定根水"……在这里，记者也种下了一棵抗风桐。让它陪护着官兵，一起守卫西沙！

戍边的血性

在西沙，出航即是出征，训练即是打仗，上岛即是上前线。这里风大浪高：外国敌特渗透、外籍船只越界、我渔民捕鱼受干扰、我海上钻井平台作业受阻挠……

"任凭风浪起，我自岿然立。战风斗浪靠什么？一靠血性、二靠本领。"水警区司令员刘堂表示，在西沙，"爱国爱岛"从来不是耍嘴皮子喊口号，而是守边戍防的实际行动。

42年前，为捍卫西沙领土主权，18名年轻的水兵献出了生命。近年来，面

探秘"中国之极"

对复杂的海上维权态势,官兵在执行护渔护航等任务时,依然保持着当年的战斗精神。

训练场上虎虎生威,守岛战士血性十足。综合训练场上,400米障碍比武你追我赶、铁丝网下沙石飞溅、班排战术密切协同……

泸州舰是水警区列装的某新型舰艇。当年的海战中,泸州艇"以小打大",重创敌火力最强的驱逐舰,荣立集体一等功。如今,从小艇走上信息化战舰,官兵们自培训、接装、试验、全训到赴西沙巡逻,以最短时间形成战斗力,并圆满完成某安保任务。

刘堂告诉记者,西沙官兵既没有在"功劳簿"上躺着,也没有一味在艰苦的环境里熬着,而是着眼使命任务始终奋进着。

当前,守备队训练已向特战模式转变,"一兵多用"催生出复合型战斗员;坚持导弹真打、炮弹实打、子弹常打,提升实战化训练水平;舰艇海区重点巡逻,年处理海空目标上千批次……

第三章 深蓝世界

揭秘水兵的海上生活

【阅读提要】

党的十八大报告提出"建设海洋强国",2012年12月,习近平主席登上战舰,与水兵亲切交谈。一时间,守护国家蓝色疆土的"水兵"成为人们关注的焦点。

军旅中的水手到底有一种什么样的生活?他们在海上航行主要做些什么?吃些什么?动辄数十天的海上生活会枯燥吗?他们的快乐在哪里?2012年11月底,记者跟随东海舰队舟山舰执行远海训练任务,航行15天,借机探访了水兵的海上生活。

"沧海一声笑,滔滔两岸潮。"

当舟山舰离岸的那一刻,记者内心充满了豪情。然而,时隔不久即发现,随身携带的手机信号已然全无。望着茫茫大海,失去联络的我们是否会"形单影只"? 15天的飘摇生活,将是怎样的一段旅程呢?

任务,就是命令

【镜头】清晨6时30分。"起床,起床!今天的训练任务是……"一段洪亮的声音从每个舱室的喇叭传出。记者还没从梦中苏醒,走道里已经是一片忙碌。有训练作战任务的战士迅速整理床铺、洗漱妥当,一天的战斗生活开始了!

在远海上,军令如何传递?官兵怎样交流?这是记者首先想了解的问题。

走进舟山舰,记者看到,在每个舱室和战位,都有一部内线电话,墙壁上装备了一个方形的扩大器,作息、训练等指令都是通过这里传达的。"在执行任务中,为了方便战士交流学习,舰上还专门开通了局域网。"舰政委陈友珠告诉记者,需要与后方联系时还可动用加密的卫星电话。"做到军令畅通,远海航行在条件上是没有任何问题的。"

军舰出海,就是执行任务。水兵们在海上生活,首要面对的就是演习演练、护航等命令。记者所在的军舰是国产最新型导弹护卫舰的首舰,2006年12月下

探秘"中国之极"

水,2008年1月编入海军战斗序列。入列4年多来军功赫赫:先后出色完成了实弹演习、出岛链远航、亚丁湾护航、"多国海军"活动等20多项重大任务,在远海大洋上创造了非凡业绩。

实际上,作为战斗部队,"任务就是命令"的铁律是融入每个战士血液的。雷达班班长周言平对记者说:"战斗警报就是战斗号令。听到警报,你必须迅速就位,做好战斗准备。"

两次征战亚丁湾,长达11个多月的护航,航程15万公里,与恶劣的海况搏斗、与凶残的海盗交锋、与伤痛折磨和个人困难抗争。全舰先后有6名官兵在亚丁湾上"荣升"为爸爸,15名同志新婚燕尔饱尝相思之苦,29名同志家庭变故、亲人病重甚至失去亲人,33名同志面临退伍。但在使命和天职面前,他们交出的是优秀答卷。"这是舟山舰官兵谱写的一曲壮歌,是最让我自豪的护航记忆。"陈友珠说。

"舰听我的话,我听党的话"已经成为全舰官兵烂熟于胸的口头禅。在此次任务中,舟山舰有22名即将退伍的老兵,他们选择了完成任务后再退伍,许多官兵放弃了休假。

"无论敌人在不在,无论背后我们的付出有多大,任务就是命令。训练战斗意识是每位水兵海上生活的必修课。"实习舰长张星说。"相比连续189天执行任务,15天就是小case。"张星告诉记者,此次远海训练有许多课题和课目。"保证每天战斗得非常充实!"

政治学习不放松

【镜头】12月4日20时,士兵餐厅,一场智慧的较量正在进行。问:"全面加强军队革命化现代化正规化建设,必须坚持以什么为主题,什么为主线?"答:"以推动国防和军队建设科学发展为主题,以加快转变战斗力生成模式为主线。"原来,这是以当下流行形式为载体开展的"学习贯彻十八大,立足岗位见行动"十八大报告知识竞赛"一站到底"活动现场。经过激烈的交锋,10名先期遴选的官兵轮番PK,机电部门江虹钧最终赢得"站神"的称号,获得10件奖品。

第三章　深蓝世界

"一站到底"活动进行时，舟山舰已经在西太平洋的深处。此处渺无人烟，只有满天星斗做伴。除了值更的战位，其他官兵全部参加，掌声此起彼伏。记者想，其热烈的气氛绝对称得上当时"太平洋最欢乐的地方"。

而欢乐的主题，就是围绕学习贯彻十八大精神展开的。"此次远海训练时机很巧，党的十八大闭幕不久，给我们的思想政治工作提供了很好的素材。"机电部门教导员池勇告诉记者，政治学习是海军官兵海上生活的必修课，如何寓教于乐让水兵感兴趣、真正受教育，是政工干部必须思考的问题。"一站到底"就是池勇的金点子。

不仅如此，观看党的十八大辅导录像、"践行十八大，我为任务献一计"等活动早已展开。记者在左舷通道看到，"学报告、明职责、履使命"十八大体会交流优秀文章全部上墙。为了方便阅读学习，池勇组织制作了《党的十八大报告"热点"精读》，以口袋书的形式分发到每个官兵手中，受到广泛欢迎。

在战士的眼里，池勇工作中是教导员，生活中是兄弟、朋友。如今的水兵大多为90后。大家聚在一起，感情是基础，责任是动力。在池勇看来，90后水兵是需要督促提醒的，比起老兵的成熟稳健，他们充满了对军营的憧憬和幻想，飘逸的水兵服、动听的《军港之夜》，蔚蓝的大海、驰骋大洋的壮志凌云。然而，他们首先要面对的是嘈杂的环境、狭小的空间、晕船的不适、严格的纪律、紧张的训练等。"这些一般年轻人看来难以忍受的问题，经过海上生活的历练，都不会成为问题！"

"执行任务，同时是政治工作的平台。"在《远海训练任务政治工作计划》中，记者看到，各类活动达20多项，每天坚持政工干部碰头会、政治工作日报告制度。12月6日19时30分，7名团员士兵火线入党。"让士兵在远海训练中感召党的呼唤！"陈友珠说。

吃喝菜谱我做主

【镜头】凌晨4时30分，冷库储藏室。炊事班长蔡永建正在根据今天的菜谱

探秘"中国之极"

挑选菜品,里面有西红柿、土豆、莴笋、牛肉、海虾等。已经第 10 天了,一筐筐蔬菜依然新鲜,蔡永建满意地拿上菜,组织炊事员开始了一天的工作。

丸子炖白菜、鸭块萝卜、红烧翅根、丝瓜炒蛋……

在舰上,记者和官兵同住同吃,伙食不错,大家都有相当不错的食欲。10 来天的蔬菜怎么还能这么新鲜?陈友珠告诉记者,这是加氮气保鲜处理了。"现在保障环境好了,一般半个月左右的任务,可以直接储藏。"如果时间长了,补给就要跟上。

水兵们的食谱是怎么出炉的呢?

"战士们每天的菜谱是出发前就设计好的。"担任 12 年主厨的蔡永建告诉记者。舰队每月开展"我爱我舰建言献策"活动,官兵们可以就伙食、后勤、部队建设管理等方面提出建议。舰队党委研究后通过军人委员会给出答复。"一般而言,海上吃什么战士们自己做主!"陈友珠说,炊事班根据战士营养需要和海上生活特点,先拉出一份食谱,战士们来选择定夺,基本上能做到每天食谱不重样。后勤供应站采购好后,出发前一齐供应到舰。

做菜就是炊事班的手艺了。据了解,炊事员大多有厨师优秀等级证。每天分 4 个时段工作:4 时准备早餐,9 时准备午餐,15 时准备晚餐,23 时准备值更夜餐。

据了解,这次任务 15 天,但贮备了 20 天的粮食,采购了 70 多种蔬菜,鱼肉类荤菜多达 40 种。为了给战士们补充维生素,舰队专门给每个舱室准备了两箱苹果。

张弛有度放轻松

【镜头】每天 17 时 30 分,是战士们最为开心的时刻之一。"尊敬的首长,亲爱的战友们,水兵之声小广播现在开始播音!"音乐响起,伴随着流行曲《江南 style》的快节奏,官兵们最为轻松的一刻开始了。

战斗部队出海，状态是紧张的。

为保障军舰的顺利出行，9个部门的水兵各司其职：航海部门，负责保障舰艇航行的安全及舰艇作战时的航海保障工作；对海部门，担负舰艇的攻击与防御任务，控制导弹和舰炮武器的发射；反潜部门，担负舰艇对潜艇、来袭鱼雷的攻击与防御；观通、机电、情电、对空、航空、舰务等部门协同作战。

此次远海任务不间断巡航，一些战位必须保持24小时有人值守。为了缓解连续作战的压力，充实官兵的文化生活，舰上想尽了办法：观看经典海战影片、打绳结比赛、"我健康、我快乐"活动、"闪光的金锚"读书活动……各类新鲜好玩的节目轮番登场。"不出舰艇，战士们都能看到最新的影片。"

"每次重大任务和海上活动期间，舰上都会制订一份翔实的文体活动计划。"陈友珠说，舰艇空间狭小，但要尽量利用空间为官兵提供锻炼的场地，配置合适的文体器材。在文书室，记者看到，两部自行车、哑铃、臂力器、跳绳、象棋军棋等器材。"文体活动，是官兵喜欢的选修课，为远离陆地的生活增添了许多色彩。"官兵们一致认为。

网络学习室，这个在靠岸时学习、浏览新闻网页的地方，执行任务阶段就成为战士们闲暇时最开心的地方。"这里就是给官兵娱乐的场所。"记者看到，几名战士正在CS游戏世界里酣战。在上一次航海任务中，还专门举行了一次游戏比赛，主炮兵白杨、何永杰、刘洋还被评为游戏里的战斗英雄。

每天播放两期小广播、3天编印一期快报、5天录制一期电视新闻……"今天我上报了，广播表扬我了！"每一次意外的惊呼，传递着每位航海官兵的快乐。

战舰犁开深蓝的海水，卷起阵阵浪花。浪花扑打着船舷，给我们可爱的水兵拍打着节奏！"谁说远海唯寂寞，闲时可听海呼吸。"记者想起这句话，海洋生活并没有远离时代，乐观、积极、向上……在每个年轻水兵身上闪现。

探秘"中国之极"

探访手记

"浮"生五记

2012年11月底,记者有幸随东海舰队远赴西太平洋,辗转漂浮15日。体验生活,记录点滴,从另一角度观察水兵的海上生活——

晕　眩

徐徐离开军港,飘摇的生活就此开始了。

早就听说海上行军的第一考验就是摇晃带来的晕船。在航行中的船上,就连偶尔的转身,也要牢牢扶着把手,防止滑倒。

呕吐,对初次登船的人是不可避免的。我很快向大海交了"公粮",后来发现,同行人员无一幸免。舰队官兵说,这很正常,就连水兵也会晕船。舰上副航空长曾经在今年远航任务中,一天之内呕吐9次。"忍耐下来,习惯环境就好了。"晕眩,是登舰的第一课。原来,我们的水兵是这样炼成的。

到了晚上,睡觉就是一门苦差事了。本来在新环境就不易睡着,加上不停摇晃,整个人跟随着起起伏伏,时而左右,时而前后。我的床位在上铺,但床边仅有靠近脚的一边有很短的护栏。为防止滑落,每次入睡时,都将身体紧紧地靠向里边,尽可能地贴壁而眠。即使这样,遇到浪大的时候,还是明显感到身体不受控制地滑向外侧,我下意识地用脚勾住床边的栏杆,才能安心地睡去。遇到涌浪大的夜晚,时常一夜未眠,尝试着各种睡姿,终究无法安稳。听说,在这个时候有些战士用腰带将自己绑在床栏杆上,真是"与浪斗,其乐无穷"。

大海无风三尺浪,何况这是太平洋。

第三章 深蓝世界

自 信

走进驾驶室,舰队正在进行对海"攻击"操演。面对复杂的海空情况,指挥舟山舰沉着应对的是 34 岁的实习舰长张星。20 岁的下士苏秀山熟练地操作新型导弹指挥仪,正在进行目标数据解算;4 名 90 后指控兵将情报信息通过数据系统准确分发至舰上各个作战单元……

在这艘国产最新型的战舰上,闪动着不少年轻而自信的身影:从英姿勃发的对海、对空、反潜作战长,到击键如飞的指控兵,都是 90 后官兵,他们充满朝气、自信满满。

太平洋其实并不太平。编队四周 24 小时有外舰游弋,不时有外国飞机临空,要说"复杂电磁环境",这里是真复杂。但就是在被"围观"的复杂环境里,年轻的海军官兵们镇定自若,各课目演练按计划进展,丝毫不受影响。

听老兵说,小将操舟大洋,这在过去不可想象。我想,自信来自磨砺,更来自国家的实力。随着新型舰艇、潜艇、战机不断入列,海军主战装备性能与超级大国海军的差距在不断缩小。曾几何时,浩瀚大洋难见中国军舰的踪影,如今,走向深蓝演兵太平洋,已不是梦想。

欢 乐

早晨起来,打开水密门到中段甲板,刺眼的晨光让人一时睁不开眼睛,明显感到了热浪袭来。战士告诉我,此时的纬度已在海南岛纬度以南。

随舰几日,逐渐适应了漂浮航行的生活,飘摇的环境已经左右不了我的思维,偶尔竟然发现了"浮"生的快乐。寻找彩虹便是其中之一。

我依靠着栏杆向舰艉看去,犁开深蓝色海水的间隙,溅开的

探秘"中国之极"

水浪在阳光的作用下，竟然也有小段的彩虹点缀其中。

此前，我已经看到过两种形式的彩虹。当云层较低时，强烈的阳光投射过来，半条彩虹穿透云层，斜插入海里。第二种是直升机起降时，飞速旋转的机翼卷起漫天水雾，在阳光照耀下，一道道奇妙的彩虹蔚然生成。

生活中少不了美，缺少的是发现美的眼光。我突然想起了这句话。偶尔的发现，竟然让我忘却了颠簸和飘摇，整整快乐开心了好几天。料想很多官兵亦如是。

天　气

太平洋，是地球上最浩瀚的大洋，波涛汹涌的海面下是一眼望不到底的深蓝。"船动三分险。"这是航海界的警示语。曾经有一次，舰队出访途中，遭遇台风，舰艇躲避不及，只能冒险在风眼航行，当时官兵都做了牺牲的准备，最后终于躲过一劫，但船甲板裂开，已是相当危险。

今天见识了大洋的涌。放眼望去，大海不再如前些日子泛起许多浪花，而是海面平滑涌动，一轮接着一轮，如同顺滑的蓝色绸缎铺展在眼前。但海上的天气真是变化无常。临近中午，天阴沉下来，还刮起了风。低低的云层，淡淡的乌云，不时飘洒下雨点。风卷起浪，一层高过一层，航行如同过沟坎，起起伏伏，让人晕眩不已。14时，雨终于下起来，浪也激起4米多高，这是这次航行中最大的降雨了。远远望去，视野尽头，海平面已经模糊起来。不到半小时，已经雨停云散。

19时许，来到后甲板。仰望星空，漫天的星斗跃入眼帘。好美丽的星星，好静谧的夜空，内心里由衷地赞叹。凭栏遥望，挂在西陲的月亮慢慢升起，感觉那么透亮，那么接近，似乎伸手就能够到。

巡 航

历经 10 个昼夜的航行与训练，舰艇编队完成在西太平洋的所有训练课目，掉头北上，经与西水道返航。

与西水道位于日本与那国岛与西表岛之间，是连接太平洋和中国东海的重要通道。出与西水道北口不远，就是中国固有神圣领土——钓鱼岛。

中国海军编队穿越与西水道的消息让周边某国焦虑不安。12月9日晚至10日上午，有3艘舰船、3架飞机对我轮番跟踪，共发现近百批次不明雷达信号。入夜，风雨交加。舰艇编队排除一切干扰，劈波斩浪，于10日2时许进入与西水道南口。"战斗警报！"刺耳的铃声和急促的口令不时响起。

10日上午，中国海军舰艇编队驶出与西水道北口，开始在我国固有领土钓鱼岛附近海域巡航。

守卫蓝色国土，维护海洋权益。很幸运，我在现场！

探秘"中国之极"

我的西太平洋航行日记(摘选)

明代商人过钓鱼岛,著述《浮生六记》,记录其乘船漂浮日子里的所思所想。2012年11月,有幸与东海舰队远赴西太平洋,辗转漂浮15日。多有收获,偶有感悟,遂记录下来,是为浮生日记。

此前不久,乘坐商业邮轮旅行,近20000吨,体验离开陆地的人生,前后7日,奇妙无比。不想竟与船渡结缘,时隔两月,再度航行,吨位为4000吨,漂浮大西洋,感觉异样也。

2012年11月26日

乘坐飞机15时抵达机场。东海舰队的同志已在此迎候。随车行进1.5小时,抵达军港。一路上,欣赏南方冬日的余晖,感觉北京未曾体会的温暖。阳光洒在路边的稻田,甘蔗成片地挺立着,向我们昭示着丰收的富足。

19时30分,我们就来到舷号为529的舰船。登舰后,穿过狭长的过道,一位战士带我来到房间。

这一切,我充满了新奇感。房间不大,不过设施齐全。我和海军机关一位领导同在一个房间,我先认领了上铺。想起这次的行动,心潮还不能平复。不知道,今夜多久才能入睡。

这是我第一次近距离接触海军和海军战士。看来与海军还是很有缘分的。到军事室后编辑的第一块版,是海军部队。昨晚还在撰写辽宁舰的热点解读稿件。

今天的欢迎宴上,海军领导提出"四同",让我印象深刻:上了舰,就是同舟共济,同仇敌忾,同甘共苦,同吃一锅饭。部

第三章 深蓝世界

队有自己的文化，展示着官兵的自信。

今天属于熟悉阶段。我大致转了一下舟山舰。529 舰共有 7 层高，从下至上分别称作 4 甲板、3 甲板、2 甲板、1 甲板和 01 甲板、02 甲板、03 甲板。舰上所有指令通过每个舱室的内通广播传达。时间用海军呼号法：幺两……拐八勾洞。

整个航行采用北京时间对表，据说我们此行最远的区域与北京相隔两个时区，每天 16 时 30 分左右，天已漆黑。

据了解，舟山舰隶属东海舰队某驱逐舰支队，该支队诞生于世纪之交，仅用 10 年的时间，便从一艘战舰发展成为拥有海军最先进战舰的信息化驱护舰编队。参与 40 多项重大军事任务。舰队出访 5 个国家，停靠过 10 多个国家，两次参与亚丁湾护航，最远航迹到南非德班。

我们所乘坐的军舰也大有来头，是国产最新型导弹护卫舰——054A 型舰的首舰，是我海军第三代战舰。2008 年 1 月加入海军战斗序列，命名为舟山舰。担负的使命任务是编队反潜，攻击敌大中型水面舰艇，协同编队防空并为登陆作战提供火力支援，执行海上巡逻、警戒、护航任务以及驱护编队指挥。入列 4 年多来，在重大任务中锤炼了打赢能力，在远海大洋上创造了辉煌业绩，先后出色完成了出岛链远航、"多国海军"活动以及中俄"和平蓝盾"联合军演等 10 多项重大演练任务，并在演练任务中实射反舰导弹、防空导弹、鱼雷等型武器，都取得了优异成绩。

11 月 27 日

今天进入此次航程实际阶段。切身体会了海上行军对人的考验：摇晃，空间狭小，晕船。

6 时 30 分，房间的小喇叭开始广播，下达起床命令。7 时 40

探秘"中国之极"

分,离岸命令下达。我新奇地来到中段甲板,与身边的一位水兵攀谈起来。

中段碰垫手缪盼春,22岁的江苏小伙。已经在舰艇上4年了,他的岗位主要在离岸、靠岸、中段补给时指挥。他告诉我,今天的出发,工作是一样,但心境完全不同,以往是箭挂膛上,这次是箭在弦上。

近一小时后,船突然摇晃厉害,在屋里转个身随时可能摔倒。这时才真正感受到"脚踏实地"的好处。

下午,熟悉舰艇的各个部门。在机电部门碰到一个湖北老乡黄平,机电长,兴奋地交谈了好久,最后合影留念。

飘摇的生活就此开始。在航行中的船上,就连偶尔的转身,也要牢牢扶着把手,防止滑倒。我小心地做着,但终于还是不注意,划破了手指,鲜血涌出,算是上了深刻一课。

一直以为海军官兵不会晕船,孰料支队长说,水兵也是人啊,也有晕船的时候。隔一段时间再上船也晕船,吐了几次。

晚上,来到驾驶室。此时,实行灯火管制和静默驾驶。漆黑的驾驶室,各个战位的战士严正待命。外国一艘护卫舰尾随我们。雷达扫描仪指控兵时不时用手盖住电筒灯光,将数据报告给指挥长。

11月28日　晴转多云

今天是此次行动的一个重要节点。凌晨2时,529编队进入宫古海峡的北口,9时多穿过宫古海峡的南口。

早晨起来,就听到"外国直升机来了!",感觉莫名地兴奋。我跟随着来到中段甲板。

那艘外国护卫舰一度加速来到我们529舰附近1海里的位置。

除了氛围的紧张,还有一点感觉非常明显,越往南走,气温越高。

舰上的官兵告诉我,这已不是中国海军第一次穿过这个海峡。中国海军的这次出行,打破过去从 11 月底到次年 3 月都不出远洋训练的惯例,在冬季出远洋训练极为罕见。

11 月 29 日

今早起来,头依然晕得厉害。做梦看来是真的:估计是船颠簸得厉害,我梦里也是在一艘船上,遭遇大洪水,顺流直下,一路惊险。

战士说,昨夜一直在下小雨,预计我们此行会遇上风球,那才是一次考验。

因为空间的狭小,我也学会和那些有出海经验的记者一样,早晨在甲板上来回地溜达几圈。此时碧空如洗,深蓝的海水,晨光洒在海面上,波光粼粼。往舰近处的海水看,那么的深邃,蓝黑的幽秘,似乎要把人吸纳进去,战士提醒我"尽量往远处看,否则会晕眩的"。

今天很幸运欣赏到了海上日落。16 时,远处海平面上火红的云层铺展开来。不到 40 分钟,太阳落到海平面以下。绚烂云层的色彩变化,是那么真切地呈现在自己的眼前。

夜幕降临,海上生明月,天涯共此时。站在舰艉凭栏遥望,挂在西陲的月亮慢慢升起,感觉那么透亮,那么接近,似乎稍微伸手就能够到。

在海上仰望星空,觉得是那么静美,但这种感觉是短暂的。缓过劲来,还是晕眩。

果然,我们原先路线会与今年第 24 号热带风暴"宝匣"不期而遇。这个风暴风力可达 9 级。

探秘"中国之极"

11月30日

海上总是晴空万里，风平浪静却不一定。

海上睡不安稳，总感觉似睡非睡。

今天凌晨3时许，我们编队已经进入预定的2号训练区。在这里，要进行反潜声呐探寻。航渡中进行侦察与反侦察、编队、单舰防空反潜、昼夜连续航行值班训练。

早晨起来，到中段甲板，明显感到了热浪袭来。打开水密门，刺眼的晨光让人睁不开眼睛。当往身后的525舰望去，竟然发现一道彩虹。半道彩虹斜插入海里，仔细数了数，赤橙黄绿青蓝紫，谁持彩虹当空练？我海军雄师也。

14时，529舰载直升机要执行训练任务。我们早早等候在了后甲板。航空部门的官兵已经把反潜直升机拖曳到甲板。甲板原本竖着的栏杆，被平放下来，茫茫大海中好一个开阔的场地，放眼望去，真有点沙场秋点兵的豪迈。因为是第一次近距离地看到直升机，内心很兴奋。

轰轰——看到甲板指挥员的手势，飞行员启动了直升机。巨大的轰鸣声和直升机桨翼的旋转气流，将我推倒在甲板上。此时已经听不到任何其他声音，包括海浪。螺旋桨越来越快，感觉固定的绳索已经要挣脱了。排山倒海的气流，重达数十吨的直升机离舰而起，与歼-15起飞的速度感不同，直升机是缓缓离开甲板，腾空而去，沉稳而大气。此时竟想，若我是执行任务的飞行员，那是多么气派，多么令人自豪。

在众人的注目下，舰载直升机盘旋而去，往大约3海里外的地方飞去。

16时，直升机轰鸣声再次临近，如约而至。甲板上各个战位的官兵依然，在官兵的有序引导下，直升机稳稳降落在后甲板。

这是我第一次见到直升机从甲板起飞，原来有那么多复杂的程序。真的没有想到，一次飞行任务，竟然有这么多人在做着后勤保障。

12月1日

在西太平洋这样一个海域，我们促膝交谈。

在这个场合相聚，这是同舟共济的缘分。很高兴我在其中，这是我人生中重要的一个历程。

这次主要是战备巡航，意义重大。其一，这是党的十八大以来，新一届党中央、中央军委的一次重要训练部署；其二，这是今年度远海训练的收官之笔。

12月2日

一整天，没有外出到甲板。船晃悠得厉害，我们大部分时间平躺着。

船上睡觉不是那么安稳，当然也不可能深度睡眠。觉得好像是一个梦接着一个梦。梦里总是出现大山森林什么的，看来心底的渴望还是不由自主地出卖了，对于一个长期在陆地生活的人来说，已经形成了生物信息的条件反射。

12月3日

今天真正看到了"暗流涌动"，算是见识了大洋的涌。

放眼望去，大海不再如前些日子见到的，泛起朵朵浪花，而是海面平滑涌动，一轮接着一轮，如同顺滑的绸子铺展在眼前。这时，东航空兵一位团长也在观看。他告诉我，这就是涌。在太平洋，这样的海面经常可见，有时平静得如同一面镜子。今天轮动的急涌是因为我们在热带风暴"宝匣"的边缘。本来会不期而遇的今年第24号热带风暴"宝匣"已经减弱为热带气旋，向菲

探秘"中国之极"

律宾方向转去。看来，我们的这次航行躲过一劫！

今天，529编队与139编队联合训练——红蓝对抗。8时许，广播传来急促的声音：拉响战斗警报！我来到位于甲板1层的作战指挥室，这里早已经忙作一团，各种口令指令命令不绝于耳。但我们所能见到的是信号的闪烁和各类仪表盘上的数据：雷达扫描仪上的指针一圈绕一圈……

17时，529舰已经不再航进。随着大海涌动的节奏，如此庞大的军舰随波漂流。18时许，一阵剧烈地摇晃，倾斜度不小，房间很多东西已经倾倒下来。没有放好的眼镜，也在摇晃中被撞坏了。

19时许，吃过晚饭，来到后甲板。仰望星空，漫天的星斗跃入眼帘。数不清的星星挂在夜幕中，而夜幕又是离我们那么近。好美丽的夜空，好静谧的夜空，内心里由衷地赞叹着。此情景在陆地的城市里是无论如何看不到的。我的脑海忽然搜索起来，这样美丽清澈的夜空似乎很久没有见着了，上一次大约是在孩童时代回乡下的夜晚。

12月4日

凌晨的风浪，让舰身倾斜度不小。

今日见识到了不一样的大海。风速每秒12米，七级风。

低低的云层，淡淡的乌云，不时飘洒来小雨。风卷起浪，一层高过一层，舰如同过沟坎，起起伏伏，让人好不晕眩。

如此恶劣的航行环境阻挡不了官兵的学习热情。按照政治工作计划，今晚有一场以当下最流行的形式为载体开展的党的十八大报告知识竞赛——远海训练"一站到底"。

第三章 深蓝世界

12月5日

"船动三分险。"同屋的海军机关领导告诉我,这是航海界的一句警示语。船一离开码头,总会遇到未知的各种情况,危险往往包藏其中。

曾经有一次,舰队出访途中,遭遇台风,舰艇躲避不及,只能冒险在风眼中航行,当时很多官兵都做了牺牲的准备,最后终于躲过一劫,但船甲板裂开,也是相当危险。一般舰艇的抗台风能力能达到14级。目前业已在菲律宾登陆的台风"宝匣"最高风力达到17级。按照以前的气象预报,我们可能会在3—4日不期而遇。

习惯了海上生活后的每天中午饭后,我都会习惯在后甲板走走。吹吹海风,呼吸海上清新的空气。今日12时15分,恰巧下起雨来。浪有3米多高,战士告诉我,在海上遇到风浪的机会很多,今天就是涌浪,上下起伏较大。远远望去,视野尽头,海平面已经模糊起来。

12月6日

8时15分,直升机飞行碰头会。飞行员、地勤人员围成一圈。相对风速2米每秒,温度28℃,装备状况良好。最后决定:可以起飞!又一次舰载直升机反潜演练开始了。

海上的天气,真是变化无常。上午晴空万里,14时就开始下雨,而且越下越大,据说受"宝匣"影响。这是航行中最大的雨了!

12月8日

今天航行到一个特定的海域:钓鱼岛海域。几个新闻同行来到甲板上,一起朝着12海里外的地方,默默地行了注目礼。我

 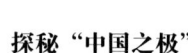

的心里感慨万千，眼眶竟然也有些湿润了。此时，很多官兵敬了一个神圣的军礼！

舰队指挥员表示，钓鱼岛及其附属岛屿自古以来就是中国的固有领土。中国海军舰艇在本国管辖海域航行，无可非议。

12月10日

随舰一些日子后，逐渐适应了漂浮航行的生活，飘摇的地面已经左右不了我的思维，偶尔竟然发现了漂浮人生的快乐。彩虹便是其中之一。

第一种是挂在天边的彩虹，穿透云层。

第二种是直升机起降时，旋起的水雾，在太阳的照射下，一段奇妙的彩虹蔚然生成。

第三种是某天清晨，海上的清晨似乎来得快也来得热烈，不到8时已经着实刺眼。我倚靠着栏杆向船舷看去，犁开深蓝色海水的间隙，溅开的水浪在阳光的作用下，竟然也有小段的彩虹点缀其中。

生活中少不了美，缺少的是发现美的眼光。我突然想起了这句话。偶尔的发现，竟然让我忘却了颠簸和飘摇，快乐开心了好长时间。

12月12日

越来越靠近祖国大陆了，已经适应海上飘摇生活的我，这两天竟然又开始晕眩起来，似乎比出发时更厉害了。舰上老兵告诉我，这是海上航行的惯性使然。这真是一种奇特的感觉！

第四章

九天揽胜

空军"模范轰炸机大队"
"战神"奋飞新航迹

"从空中看,大陆海岸线的形状就像一张弓,飞向大洋深处的轰–6K飞机是一支离弦的箭。坐在'箭'头上,我特别自豪。"轰–6K飞机飞行员袁俊在日记中写下这句感想。

这篇日记,记录于2015年5月21日。那是具有里程碑意义的一天。当天,我国空军发布消息,空军航空兵首次飞越宫古海峡赴西太平洋开展远海训练。消息一出,海内外高度关注。

开创这一历史的,正是空军"模范轰炸机大队"。这之后的4年多时间,该大队又陆续完成了绕岛巡航、飞跃对马海峡、联合战略巡航等重要任务,在蔚蓝海空,奋飞出一道道壮美航迹。2019年11月,记者来到这里。

"未来,我们会飞得更远"

宫古海峡,连接我国近海和西太平洋,是我国空军进入西太平洋的一条战略通道。

2015年5月21日早晨,暖阳洒在华东某机场,整齐列阵的轰–6K飞机被光线染得金黄。停机坪前,地勤人员把飞机机身和窗户清洗得锃亮;空勤机组比平时提前进场,细致地进行飞行前准备。

"能见度不错!"起飞前,时任机长田宁和飞行员袁俊相互鼓劲。7时50分,塔台发出起飞指令,两个机组驾驶轰–6K飞机,向宫古海峡方向飞去。在全国数个机场,预警机、歼击机等数十架次飞机同时起飞,为此次训练提供保障。

陌生海域,气象条件变幻莫测,雨水、冰雪、厚云等影响飞行的因素不断出现。在数公里的高空,飞机驶入一片厚厚的云层,水汽凝结成雨滴,不断敲击着风挡玻璃。与这些特殊气象条件"邂逅",机组成员沉着应对,飞机平稳飞行。

第四章 九天揽胜

飞机不断接近宫古海峡,有外国军机抵近机组,喊话要求我军机离开。

"我是中国空军,正在国际空域进行例行训练,行动符合国际法,不要干扰。"袁俊镇定有力地回复外军军机。这样的从容气度,彰显了大国空军的风范。

驾驶轰炸机这样的大型战斗机,操纵过程要柔和,但在对抗中,也需要迅速转弯、上升、下降,动作必须果断,才能躲避敌机的侦察,这时更加考验飞行员的驾驶技术。

机组成员按照预案,甩开外军军机,向西太平洋继续飞行。

在西太平洋深处,眼前的景象让袁俊惊艳:从空中看,大海的颜色由灰蓝变成浅蓝,再过渡到蔚蓝、深蓝。海天之间,轰-6K飞机银色的机身特别明亮,队友的"八一"机徽格外耀眼。他们意识到,现在每前进1米,中国空军的新航迹就向前延伸一步。

"东海不大、太平洋不远,我们也要去看看。"如今已是"模范轰炸机大队"参谋长的袁俊感慨,"飞越宫古海峡,我国空军远海训练成为常态,现在我们技术和心理都更加成熟。未来,我们会飞得更远!"

"中国的国土,我们守着,一寸也不会丢"

"模范轰炸机大队"荣誉室橱窗里,保存着一张轰-6K飞机和台湾岛合影的照片。"这张照片,宣示着我们维护国土的决心。""模范轰炸机大队"所在团团长陈亮告诉记者。

一次执行绕岛巡航任务,陈亮机组受到军机抵近干扰。对方在距离轰-6K飞机右机翼下面几十米飞行,陈亮甚至可以看到对方飞行员的头盔和他们在座舱里的动作。对方驾驶过程中不时翻转,展示挂载的导弹,进行心理施压。

"高度1米不变、航向1度不偏,继续巡航!"在紧张的氛围中,陈亮始终保持飞行状态不变,继续向前。

陈亮望向舱外,岛上的山脉绵延起伏、若隐若现,宝岛台湾紧紧依偎在祖国母亲怀中。"这是我飞行生涯中,见过的最美的风景。那一刻,我心里想,中国虽大,但一点都不能少;中国的国土,我们守着,一寸也不会丢!"他说。

探秘"中国之极"

新时代的"模范轰炸机大队",以开放自信的姿态,走向国际军事舞台,展现中国军人风采,为祖国赢得荣誉。

2018年,"模范轰炸机大队"代表中国空军,首次飞出国门参加"航空飞镖"国际军事比赛。大队负责操控武器的武控师辛传志,在参赛选手中年龄最大,当时只差两个月就达到参赛年龄上限。

"航空飞镖"比赛设置了体能课目,这对"大龄"选手辛传志来说,是个不小的挑战。他笑称自己是个"旱鸭子",在这次集中训练前还不太会游泳:"半年时间,我每天都练体能,游泳喝水都能喝到饱!"经过半年苦练,比赛中,辛传志4个体能课目全部得了满分,游泳成绩达到了国家三级运动员的水平,许多外国选手争相和他合影。"赛场上,要赢得对手的尊重,只有靠自己的实力。"带队领导感慨。

"从国家赋予的使命理解任务,每一次飞翔在辽阔天空都变得神圣无比,我们都拥有了超越自我的力量。"大队长杨勇说。

"轰炸机就像'铁拳'"

静谧的夜色中,灯光照射下,飞行团营区大队办公楼外墙上"雄风霹雳、铁拳无敌"的标语格外耀眼。

"轰炸机就像'铁拳',是用来进攻的。新型轰炸机,就是用来摧毁对方战争潜力、瓦解对方战斗意志的武器。"大队所在团政委魏长春介绍。

"战神"轰–6K飞机,是大国空军新"佩剑"。近年来,"模范轰炸机大队"接装了这款机型,只用数天时间,就实现了首飞。

一名飞行员介绍,该机型从操纵习惯到油门位置、仪表显示,都有较大改变,凸显了信息化等优势。

面对这么多改变,该大队为什么能在短时间内成功驾驶轰–6K飞机翱翔天际?在飞行员们的一场深入讨论中,记者找到了答案。

"老张,我刹车时飞机特别颠,咋回事?"食堂里,几名年轻飞行员围坐在一起,向39岁的飞行员张建请教。

"刹车踩重了，机头会忽上忽下，损伤机件，所以踩刹车之前要先用脚'摸'刹车，感受对速度的控制……"食堂成了"课堂"，张建边讲边用手比画着动作，年轻的飞行员们把这些都记录在飞行"错题本"上。

在副大队长陈昊昱的飞行"错题本"上，记者发现里面满满记录着飞行"小贴士"：退出靶场，高度下降要及时；进跑道前，控制好飞机下沉速度……

"这帮小伙子，特别好钻研。吃饭时大家坐在一起，大部分时间聊的都是飞行。打造空中'铁拳'，就得靠这样的精神。"张建骄傲地说。

接装轰–6K飞机以来，该大队在钻研中前行，不断提升陌生机场起降和海上跨昼夜低空飞行等能力。如今，继续攻克新技术、破解新难题的任务交到了年轻飞行员手中。

"改革强军为我们年轻飞行员提供了广阔的舞台！"飞行员陈劼介绍，自己是首批院校毕业的轰–6系列飞机学员。在院校提前接触过轰炸机作战平台的他，来到部队很快就掌握了轰–6K飞机的驾驶技术。

"我们热爱飞行、热爱国家，身处保卫国家利益的前沿，我们一定要当好蓝天上的战斗员。"站在飞机前，凝望广袤的天际，陈劼坚定地说。

空军轰 –6K 等多型多架战机开展远洋训练。(陈劼/摄)

新一代空中精锐
"王牌战鹰"的制胜之道

历时 20 余天的 2015 年空军自由空战比武，在西北大漠落下帷幕。

来自全空军的 6 种机型、160 余名飞行尖子展开对抗，角逐 10 顶代表空军飞行员最高荣誉的"金头盔"个人最高奖和 1 座"天鹰杯"团队冠军奖。

空军航空兵某师斩获 2 顶金头盔，摘走象征空军三代机王牌的"天鹰杯"，成为本届比武考核的最大赢家。

这是一支剑指未来战场的劲旅，也是一支从历史中走来的王牌。新中国成立之初，该师组建不久即两次入朝参战。老一辈飞行员以"不怕死"的血性担当与世界强国的一流空军血战蓝天，击落敌机 88 架，击伤敌机 29 架，让世界记住了这支"空中王牌"。

60 余载，斗转星移。该师官兵以使命担当续写历史荣光，上百次出色完成上级赋予的各项任务。近年来，更是在空军组织的各类比武考核中屡屡折桂。

"今天准备战斗"，师部大楼前这 6 个火红的大字，诠释着他们的忠诚与血性。2015 年 12 月，记者置身其中，感受到如剑在悬的"临战"状态和"战场思维"，官兵们的目光始终注视着："敌人在哪里""胜算在哪里""短板在哪里"……

"给自己留有余地，就是在为对手创造机会"

"轰隆隆——"硝烟散尽，面对瞬间被夷为平地的目标，负责对空防卫的地空导弹官兵一个个目瞪口呆。

"哪里出了问题？"对自己装备性能信心满满的官兵们很是纳闷，当即对目标指示雷达和跟踪制导雷达进行检查："一切正常。"能够在眼皮底下成功干掉目标，这样的对手，使他们不由得赞叹："这也太神了！"

第四章 九天揽胜

这是2014年盛夏，该师参加空军在西北某地组织的突防突击比武竞赛时，令所有官兵为之震撼的一幕。不仅是因为打得准，让目标瞬间"蒸发"，而且是在于极端恶劣的气象条件完全超出了战机升空和实弹发射的极值。

"打还是不打，你们自己决定。"那天黄昏时分，综合天气情况和装备作战性能，导演部把选择权交给了参赛部队。

带队指挥员、该师原师长景建峰决心坚定："要是真打仗，敌人恐怕不会给我们选择天气的机会。"

"报告导演部，我们打！"数分钟后，担负任务的所属某团团长陈权龙驾机升空远程奔袭。为达到最佳作战效果，增强突防的隐蔽性，他们逐渐将高度降到了最低。陈权龙镇定自若，稳稳操控，在对手火力的重重封锁下"取敌上将首级"，且全身而退。此役，陈权龙开创了极端恶劣天气远程机动、超低空山谷突防、实弹攻击3项纪录。

战机返场落地，很多人惊魂未定。景建峰说："我们都清楚，给自己留有余地，就是在为对手创造机会……"

不给对手创造机会，就意味着自己承担更多更大的风险。给自己留的余地小，战斗力成长的空间就大了。近年来，他们先后创下了普训山谷飞行、自由空战等数十项新纪录。

"容忍了'短板过夜'，也就等同于将胜算拱手让人"

飞行间隙，某团战术研究室里座无虚席。包括师团领导在内的全师所有某型三代机飞行员，坐在讲台下边听边记。

令人诧异的是，站在讲台上的却是一个挂着三级飞行等级证章的年轻飞行员。他叫孙腾，1988年年底出生，已是某型精确制导炸弹专攻精练项目管理组组长。

"别看他年轻，却是这类弹型专攻精练的第四代'掌门人'，组员有两个还是特级飞行员。"新上任的师长王卓平介绍，2014年他当组长还不满两个月，就攻克了某型炸弹复杂电磁环境快速发现、稳定截获等难题，一下将命中率提高了

探秘"中国之极"

30%多。

"一支能打仗、打胜仗的部队,需要更多这样的人来引领和积淀。"王卓平说,"容忍了'短板过夜',也就等同于将胜算拱手让人,我们等不起啊!"

"检讨失利的教训,往往比总结成功的经验更可贵""用最短时间忘掉胜利、用最快速度找回求胜姿态",这是该师官兵的一贯作风。师政委朱传法说,未来信息化战场上,"首战即决战",没有平时对问题进行刨根问底的分析研究,上了战场,哪来的信心去打败对手?

在训练中坚持"1小时准备、1小时飞行、4小时检讨总结","飞行、总结、准备飞行"成为飞行员的常态。

"王牌光芒的耀眼,也需要'整体卓越'的衬托"

2013年10月,所属某团在竞赛性考核中旗开得胜。飞行员们说:"这次能够打这么好,多亏了李桂辉。"

李桂辉,团里的网络管理员,负责把空中对抗的视频数据从机载硬盘拷给评估装备里的普通士官。但是,李桂辉不满足于当一名简单的视频数据"摆渡工",开始了艰辛的探索之旅。他发挥自己能够接触一手对抗视频资料的优势,每次对抗复盘之后都用心分析和研究。他把自己的思考和体会整理总结成文字《对抗空战战法原则》。为此,他受到师里表彰。

景建峰感叹:"信息化战争体系制胜,追求的是'整体卓越',王牌光芒的耀眼,也需要'整体卓越'的衬托。表彰李桂辉,就是树立这样的导向,营造这样的氛围。"

鲜明的导向成为引领。2014年3月,该师赴某海域执行重大任务,某团机务中队新战士姜宇例行检查时,在一架战机发动机叶片上发现异样。一名新战士挽救新战机,姜宇从此成为"明星"。某团机务二中队机械三队质控员熊仕敏,入伍13年,踏踏实实干好一件事,及时排查各类故障隐患100多起,所保障的2000多架次飞机,无一架带故障升空返航……

正是对强军强能的追求,让该师的王牌之光熠熠生辉:首开全军异型机自由空战训练先河；率先与驻地诸军兵种部队携手打造集成训练区；低空飞到最低、载荷拉到最大、实弹打到边界、远海飞到尽远；所属3个团均获得过空军自由空战比武团体第一，13人次获"金头盔"……

有什么样的眼光，就有什么样的担当。在该师营院中心，一块巨石上镌刻的大字昭示着未来：打造世界一流空中精锐之师！

演练归来（资料图片）

探访空军飞行员的摇篮
"蓝天骄子"从这里起飞

　　警巡东海、战巡南海、飞向远海……近年来,从南海之滨到东北大地,从西北大漠到东南沿海,空军航空兵部队常态化推进实战化训练,捍卫祖国领空领海。

　　鲜为人知的是,这些以飞行为事业的人出自同一所学校——空军航空大学。这所从"东北老航校"走来的学校,是空战力量的源头,70多年来始终以军事飞行人才培养为己任,先后培养了8万余名飞行人才,一批批蓝天卫士从这里起飞。

　　每年9月1日,空军以最高礼节在空军航空大学迎接1000余名新飞行学员加入"蓝天方阵"。

2017年9月1日,空军以最高礼节在空军航空大学迎接1000余名新飞行学员加入"蓝天方阵",他们未来将成为歼-20、运-20等新一代战机的驾驭者,成为制胜空天的新锐一代。这些蓝天骄子是如何起飞的?近日,记者探访了这座空军飞行员的摇篮。

迈过几道坎
招飞、练飞、单飞

谈起一路闯关过坎的经历,航空大学的飞行学员们记忆犹新。学员衣健阳回忆招飞情景说:"身体检查就有100多项,身高过高的淘汰,过低的出局,体型不匀称的'out'……一项项,一关关,哪一项不合格,都难圆飞行梦。"

"原以为进入航空大学就是飞行员,就能飞上天了,没想到全程淘汰才刚开始。"第10批女飞行学员屈星儿谈到基础教育阶段激烈竞争,心里仍有几分余悸,"军体素质不达标的'出列',文化成绩不合格的'稍息'。想要飞,还要加倍努力争取进入优秀行列。"既要练体能,还要强技能,空军飞行学员的选拔可谓是百里挑一。

飞行学员有句口头禅，"有种下降叫作成长"，说的是800米跳伞训练。谈起第一次跳伞的经历，54期飞行员郭明震觉得没过足瘾。"在飞机上屁股还没坐热，背着伞包，没反应过来，自己已经跳下去了。"当年身为区队长的他，第一个跳出舱门。

初教机飞行训练是另一难关。"初教机座舱内有10多块仪表，参数、功能、位置、操作方法必须牢记在心；飞行中一连串的操作动作和程序，必须丝毫不差地完成。"从认识飞机外表到进入座舱熟悉每一个器件，从第一次教练带着启动试车到第一次滑行飞天，每一步都并非学员们当初想象的那么轻松。

学员飞初教时，正值东北的寒冬，机场寒风四起，–20℃的低温，厚厚的飞行服要不了一会儿就冻透。就是在这样恶劣的气候条件下，学员们要完成初教机地面训练，常常一练就是一整天。

精神紧张、睡眠不足、连续飞行，学员们疲惫不堪。"感觉总是睡不够，东北的夜晚特别短，一躺下就又起来飞行了。"已毕业的学员高天雨回忆说，"然而起来后转念一想，又要飞行了，又要学新动作了。那种激动立马冲散了浑身的困乏。提着飞行包，直往机场赶。"

按照培养计划，从入学到成长为一名合格的飞行员，飞行学员需要完成近百门必修和选修课程，跳伞救生、野外生存、心战对抗、初教机高教机训练，哪一个都不能马虎，如果不勤奋努力，随时都有可能被"停飞"。也正是一轮轮的淘汰、一次次优中选优，才培养出一批批蓝天骄子。

走过几阶段
联合、早期、多类别培养

"计时，起飞！轰鸣的战机在空中做着起落特技、跃升盘旋、半筋斗翻转等高难课目。"2017年6月上旬，17名由空军与北京大学、清华大学、北京航空航天大学联合培养的首批双学籍飞行学员，完成了共同课目、体能、飞行技术等全部课目考核，顺利毕业成为真正的飞行员。

探秘"中国之极"

"军地高校联手,有利于从源头上提高飞行人才培养质量。"航空大学研究员邢国平介绍,军地联合培养可以从源头上提高飞行人才的层次和起点,造就一批具有强烈社会责任感、坚实文化基础、宽广国际视野的高素质飞行人才。

2011年,空军首次从招收的飞行学员中择优送入清华大学学习,探索军民融合培养军事飞行人才新模式。2013年,经习近平主席和中央军委批准,军队院校、普通高等学校联合招收培养"双学籍"飞行学员,成为改革军事飞行人才培养的重大举措。

探索联合培养之外,依托地方重点高中早期培养飞行学员,也是军民融合的另一创举。

2015年,空军在全国成立16所青少年航空学校,为此招收1000名高中生飞行"苗子"。空军希望,通过早期培养模式,可以从他们之中选拔更具职业认同感、更有飞行天赋、更加热爱空军的飞行学员。

来自吉林白城的孙浩源立志成为飞行学员:"这个目标,或者叫梦想,使我们与普通高中生相比,努力的方向更加明确。"他口中的目标和梦想就是考上航空大学,成为一名飞行学员。

飞行人才早期培养是世界空军强国的通行做法:与飞机、天空相伴成长,获得翱翔的本能、思维和力量。谈起创办飞行少年军校以及后来成立青少年航空学校的原因,空军招飞局一位领导说:"世界主要国家普遍重视飞行人才早期培养开发;我国历史上曾采取开办滑翔班、建立飞行学员早期培养基地等形式培养飞行学员苗子,孕育和培养了一大批堪当重任的高级将领和优秀飞行人才。"

空军飞行人才培养具有较高淘汰率,近半数飞行学员会被蓝天"拒之门外"。随着近年来飞行学员生源质量不断提高,如何充分利用停飞学员这一宝贵资源,成为航空大学无法回避的课题。连续多年负责承训空军战勤人员的杨建波教授说:"停飞学员文化起点高,是培养空中战勤、无人机操控等人才的'苗子库'。"

为满足空军战略转型和新质战斗力成长需求,该校自2015年年初开始,探

列阵大漠,蓝天雄鹰从戈壁走向未来战场。(杨军/摄)

探秘"中国之极"

索构建以飞行员培养为主体,空中战勤人员、无人机操控人员等多类别空战人才一体化培养格局。经过两年多的实践,此举对空军新质战斗力成长的重要作用逐渐显现,也得到了上级机关的认可和部队的好评。

承担多种角色
战斗员、指挥员、领导者

航空大学被称为"航天员的摇篮""英雄的摇篮""将军的摇篮",但师生们更希望被誉为"打胜仗的摇篮"。

"从大学校门到战场大门,距离不短,但只要方向不偏,就能越走越快。"该校飞行研究所黄永安主任说,把"简单的放飞"作为飞行人才培养的标准,这是典型的短视。"空军飞行学员从大学校门到战场大门,要掌握的不仅是具体技能,而是职业全面发展所需的思维方法和创新能力。"作为空军飞行人才的摇篮,航空大学瞄准未来二三十年的战场需要培养战斗员、指挥员。

"我们虽然没有打过仗,但从未停止研究战争。"总结4年学习生活,学员刘华嵩感叹,从承办"飞行人才培养高层论坛"到"国际空军院校长论坛",从联合清华北大等知名学府多渠道培养飞行人才到定期举办空军航空开放日,多样化、开放式的办学思路,让学员们的飞行生涯阔步而自信。

"飞行人才特色任务决定大学必然培养未来的指挥员、领导者,这是我们义不容辞的责任。"该校基础部主任邵伟介绍,"我们近年来也都在围绕'自主学习、自主管理、自我培养'展开各项活动,以此提高飞行学员的心智水平。"

与此同时,航空大学推行"春、夏、秋"3学期制,更多时间由学员自主支配,拓宽学员自主学习训练空间,提高自主学习能力。"看似学员只是多了自主时间,但实际上是在对飞行学员自我掌控、任务分配、时间管理等综合能力的训练。"邵伟总结道,"这有助于提高飞行员自主处理应对复杂战场环境、作战平台的综合智能,有助于他们日后成长为优秀指挥员和卓越领导者。"

随着空军战略转型和实战化训练深入发展，飞行人才培养模式也在不断创新变革。从"双学士"到"双学籍"，再到空军青少年航空学校早期培育；从飞行院校到改装基地，再到作战部队，三级训练体制基本形成。多型作战飞机进入院校教学，飞行员成长周期从7年缩短至5年。

面向未来空天战场培养精英飞行人才，航空大学在不断探索、实践与反思中，迸发出空军飞行人才培养的无限生机。伴随空军战略转型的高潮迭起，大学新一轮改革大讨论如火如荼，一场旨在探索新的战斗力生成空间的冲锋，已然催征。

揭秘空战王冠"金头盔"

军人崇尚荣誉，有荣誉感的部队才更有战斗力。

加快战斗力生成模式转变，人的能力是关键。翻开世界战争史，自产生空战以来，战争胜利离不开飞行员的叱咤蓝天。战争期间，空战能手是王者之王，抒写蓝天传奇。和平期间，他们是精英中的精英、骨干中的骨干，他们是航空兵部队战斗力建设的领头雁和生力军。

空军部队以空战比武为牵引，提升实战能力，设置"金头盔"奖。近年来，空军航空兵部队适应新体制、履行新职能、担当新使命，与之相伴的"金头盔"对抗空战竞赛考核"含战量"越来越高。

第一届"金头盔"比武举办于2011年年底，来自不同军区空军的100余名尖子飞行员，首次集中开展背靠背的自由空战比武，10名飞行员（机组）获"金头盔"。从此，金头盔争夺战一发不可收拾，搅活了空军战斗力的一池春水，可谓当前新形势下的一大创举。金头盔年年开战，从人民空军历史来看，争夺战规模越来越大、对抗性越来越强、实战化程度越来越高，锻造了我国空军的尖子飞行员。

"金头盔"是怎样炼成的

"金头盔"争夺战，是中国空军训练史上的里程碑。全程实施电子对抗、全程实施无限制对抗，从超视距攻击到近距格斗，全空域实施自主作战、自主应对风险……

构成整个战斗力的因素当中，人的因素至关重要。"金头盔"奖的设立表明，中国空军正在更高水平和更深层次上，关注战斗精神的培养和飞行技能的训练。

"金头盔"给中国空军训练场带来了什么？给空军飞行员带来了什么？2013年，记者首次走近"金头盔"飞行员，走进空军实战化训练场。

第四章 九天揽胜

说起2013年军队训练大纲的关键词"打仗",成都空军航空兵某团飞行大队长蒋佳冀向记者打开了话匣子。

"真打仗,就是要求飞行员把平时训练、对抗演练、战法战术等综合能力,在两分钟内最大限度地发挥出来。"蒋佳冀说,"金头盔"比武让他们有了更真实的"实战"舞台。蒋佳冀正是空军中最年轻的"金头盔"飞行员。

实战从来没有"剧本"

不知道"敌"机是否起飞,也不知道可能出现几架"敌"机,更不知道从哪个方向、以怎样的高度、采取什么战术来袭——这是每一名参与空战比武的飞行员所面临的战场环境。

在一场持续10分钟的空战中,红、蓝双方采用侦察与反侦察、干扰与反干扰、隐身与反隐身等技战术,斗智斗勇多个回合。

对抗结束,双方飞行员在战术评估室回放空战视频,所有人都震惊了:两人的对话,字字句句如从胸膛蹦出来一样,声调、语气像在真刀真枪的战场上厮杀,两人完全进入实战状态。

然而,曾几何时,训练场那种四平八稳的"和谐",让人后怕。

不符合实战要求的条条框框,会严重束缚战术训练效果。曾经"柔和一致,圆滑精准"的操纵习惯,难以适应未来实战需求,无限制自主空战带来了训练模式的根本性突破。这种训练理念与模式的转变,伴随着训练强度和难度成倍增加,会产生直接而显著的训练效益。正因为如此,世界强国空军的自由空战也是歼击航空兵部队的重要训练内容。

考核方式从"面对面"到"背靠背",考核内容从"规定套路"到"自由搏击",考核过程从"事后裁定"到"实时研判",考核双方从"手下留情"到"六亲不认"……

探秘"中国之极"

有智有谋，方可顺应万变

随着指挥员一声令下，成空航空兵某团飞行二大队大队长彭礼忠驾驶战机直刺苍穹，一对一空战正式开始。面对来自空军王牌部队的对手，彭礼忠毫不畏惧，沉着应战。对手装备性能如何？会采取怎样的战术？还在地面准备阶段，彭礼忠就针对任务特点，把蓝军摸个"门儿清"，开展针对性战术研究，研练出一批复杂电磁环境下的空战战法，并制订了详细的协同作战预案。

进攻开始后，为了摆脱地空导弹的攻击，彭礼忠及时进行大过载 S 机动，并释放干扰弹。"突击区域发现'敌'机！"指挥所发出通报。彭礼忠迅速跃升抢占高度，打开雷达搜索，迅速建立空战圈，并接着强势压迫、以假动作诱骗对手，用阳光做掩护机动至对手尾后攻击。

突然，作战空域受到强电磁干扰，彭礼忠沉着转换波道，灵活进行目标分配，与"敌"机展开激烈战斗……突击方向已经出现"漏洞"，彭礼忠不再与敌纠缠，迅速摆脱对手的追击，突了进去。

几分钟后，他敏锐地发现雷达屏幕上有一个亮点闪过。正如他所料，"敌"机就在攻击范围内，迅速回转，迂回策应。对手不知是计，全力迎击彭礼忠。洞悉空中态势的彭礼忠，连续变向机动，实施正面强攻，在距"敌"数十公里处抢先发射导弹将其击落。

彭礼忠获得了"金头盔"奖，他说："'金头盔'是和自己较劲较出来的，是和对手拼出来的。"

过程，远比结果重要

对于大多数人来说，飞行员在空中对抗到底是怎样的情景，恐怕一直是个谜。"金头盔"获得者于昌明告诉记者："过程，远比结果重要。"

一次对抗结束，空军某飞行训练基地副团长于昌明走下飞机，直奔战术评估室，心想赶紧评估一下，看看战果如何。可还没进门就听到里面传来了阵阵争吵。"刚刚在空中对抗得还不够过瘾吗？怎么跑到评估室里吵吵了起来呢？"于副团长一阵纳闷。

只见两位副大队长在电脑前正"吵"得脸红脖子粗，原来他俩是为了各自的空战结果而争论。主动进攻方模拟发射的导弹，在与目标机遭遇之前1秒钟，雷达突然丢失目标，制导信号也随即消失，导致此次攻击无效。而被动一方，因对导弹发射了如指掌，在遭遇攻击前，成功实施大机动摆脱，化险为夷。

一位说自己的攻击有效，另一位说自己成功地摆脱了他的攻击，两个人互相不服气。于昌明阻止了他俩的"争吵"，让他俩把飞行视频找了过来。几个人围在一起，利用空战评估软件，结合两个人的视频记录，反复推敲，一招一式地研究起来。最后在于副团长的主持之下，终于有了结果。

也许有人会问，因为1秒钟的事，值得面红耳赤地争吵吗？于昌明坦言，这很有必要！空战胜负往往就在一瞬间，实战中，1秒钟可能决定一个人的生命，甚至影响着一场战争的结局。作为一名合格的飞行员，必须具备科学、严谨、细致的思想作风。像这样的"争吵"在飞行员的生活、工作中还有很多，他们"吵"出了战法、"吵"出了成果、"吵"出了战斗力。

问鼎"金头盔"的背后

对于空军飞行员而言，"金头盔"被誉为空军歼击机飞行员最高荣誉。"金头盔"争夺战，检验的是空军飞行员的技战术水平，展示的是空军部队整体战斗力，积蓄的是制胜空天的力量。据了解，从2011年举办首届对抗空战竞赛，截至2017年，7年来63人次在自由空战比武竞赛中胜出。

"不想被超越，就要比别人跑得更快！"7年间，角逐"金头盔"的飞行员们追赶着时代步伐，一路学习一路比拼，每个人的目标都指向打赢。他们所代表的新质战斗力，承载了中国空军的转型和重塑。

探秘"中国之极"

压力与动力

感谢曾经的失败,逼迫着我们走向变革,实现了新的跨越

空勤楼南 203 房间,飞行员闫明亮在收拾东西准备返回部队。考核组通知,他所在的单位在半决赛中折戟淘汰。同闫明亮一样,4 个考核日过后,已有 9 支参赛部队败北出局。

"怎么会这样?"闫明亮所在的部队,是"金头盔"的有力竞争者,这次输给了曾是手下败将的北部战区空军航空兵某旅。只需两三小时,"闫明亮"们就可以驾机飞回部队,但要想重返这个赛场,他们还需要准备一年,或许会更久。

56∶33,第三场对抗空战结束,当得知团队打败对手后,北部战区空军航空兵某旅参谋长李凌笑逐颜开,激动地握紧了双拳,一雪去年"败走麦城"的前耻。

论空战水平,他们是空军"王牌"部队的尖子飞行员,曾在空军对抗空战考核中取得"三年三连胜"的佳绩,却在去年对抗空战考核中,以一"枪"之差输掉比赛,止步半决赛。按照考核规则,只有进入决赛的部队飞行员,才有资格摘得"金头盔"。

那一败,令他们痛彻骨髓,问题全面暴露出来:飞行员技战术能力、武器装备使用、空地之间协同等。李凌和战友们感受到了压力,只有扫除一个个"拦路虎",才能拿到角逐"金头盔"的入场券。

"回头去看,应该感谢这些失败,逼迫着我们走向变革。"李凌感叹,"部队正是从那次失败开始,重新审视自己,实现了新的跨越。"

空战对抗,会带给你荣耀,也会带给你伤疤。慢慢地,这些经历都化为坚不可摧的战斗力。

"胜利之后只能高兴 1 秒,然后重整行装再出发。"东部战区空军航空兵某旅飞行三大队大队长李海明,在 2014 年一战成名,成为当时中国空军中最年轻的"金头盔"三代机飞行员。

"金头盔"放哪儿了?在书架上摆了一段时间后,李海明就把它搁到了床底下。李海明明白,倘若不走创新和开拓之路,一旦上战场真的就有可能无路可

第四章 九天揽胜

走了。

输了，不服。有年轻飞行员说，大不了回去再练，明年再来。一名老飞行员毫不留情地说："倘若这是战场，你被对手击落了，还怎么跟人家打？"话里深藏一个道理：战场无亚军，能不能打胜仗，不能等到上战场再说，功夫要下在平时。

蒋佳冀、许利强、陈鸿程……空勤楼门口东侧，有一条醒目的宣传走廊，上面展示着近年来"金头盔"得主和"空战能手"，每块展板的右下角都写着同样一句话："从这里走向战场。"

胜算与胜出

从关注头盔到关注头脑，从关注队友到关注对手，从关注赛场到关注战场

又是一轮空战，战斗一打响，蓝方就主动示弱，故意置尾让红方锁定。红方一发射导弹，蓝方就迅速机动摆脱。等红方导弹全打完了，蓝方开始了真正的"猎杀"。

48∶0，蓝方大获全胜，带队长机是东部战区空军航空兵某旅旅长王东伟，僚机是年轻飞行员李钦帅，被击败的红方是上届两名"金头盔"得主。

有人说，这支部队是对抗空战的一匹"黑马"。话传到王东伟耳朵里，他并不认同："打到现在，每一场都很难，但我们不是'黑马'，这是我们的真实水平。"

凭什么敢让红方打自己？王东伟说，是底气。复盘检讨时，王东伟分析着空中态势，主动告诉对手，战机性能、导弹包线、高度速度距离等，一切都在掌握中。一句话，"我们把摆脱各型导弹的战术动作都研究透了"。

近年来，空军对抗空战竞赛考核牵引实战化训练，全面提高了部队核心作战能力。在飞行员技战术水平相当的情况下，细节决定成败尤显重要，不会计算就难有胜算。

用数据说话，通过相应的理论计算，破解空战背后的制胜密码，是王东伟和团队研究的方向。

一场空战对抗半小时，王东伟和战友们会复盘检讨四五小时，甚至十几小

探秘"中国之极"

时。对他们来说，争辩也是一种提高技战术水平的方式。评估室里，话语权是平等的，就像战场上不论职务，不分年龄，只看输赢。研究越深入，争辩的次数就越多，现场就会越激烈。当谁也说服不了谁，他们干脆驾机升空，来一场验证性空战。回来再讨论，一次次争辩后，一个个问号拉直，他们又找准了一条条通往胜利的路径。

渐渐地，空军飞行员感受到"金头盔"背后的力量，大家的认识实现从关注头盔到关注头脑，从关注队友到关注对手，从关注赛场到关注战场的蜕变，练为战的训练价值观根深蒂固。

"不是胜了对手你就赢了，关键是你变强了还是变弱了。"作为年龄最大的单座机参赛飞行员，王东伟的体力精力和反应速度，已不如年轻飞行员。他走上赛场，就想和顶尖高手过过招，看清自己与实战的差距，反思和探索抓实战化训练的新路径。

已知与未知

练兵备战，备的是明天的战斗。倘若不设计空战，就会被明天的空战所设计

走下战机，北部战区空军航空兵某旅旅长许利强看上去有些疲惫。在刚结束的这场空战对抗中，长机许利强和僚机刘汇敏以2分微弱优势险胜对手。正是这关键性的一局，让许利强所在的北部战区空军航空兵某旅晋级决赛。

战机停止了轰鸣，一天的对抗空战考核结束了，许利强顾不上休息，就同战友们一起，连夜研究起战术，备战次日的对抗空战考核。

"大家都在学习，挖空心思研究打仗，你不努力，稍有松懈就会满盘皆输。"去年，许利强带领团队拔得头筹捧回了"天鹰杯"。按照考核规则，一支部队连续3年取得团体第一，可永久保留"天鹰杯"，否则，"天鹰杯"交由新的冠军部队保存。

荣誉，是军人的第二生命，谁都不想把到手的荣誉交给别人。

"练兵备战，备的是明天的战斗，而不是昨天的故事。倘若不设计空战，就会被明天的空战所设计。"许利强说。

这是新时代赋予"许利强"们的使命。作为一名摘得 2 顶"金头盔"的飞行员，许利强认为自己是幸运的，在连续 7 年参加对抗空战考核的过程中，他看到了一条条制胜航迹在祖国的万里空天延伸——

这 7 年，空军航空兵部队适应新体制、履行新职能、担当新使命，问道打赢的步子越走越实，考核规则从同型机到异型机、从单机对抗到编队对抗、从远距中远距到中近距近距等不断变化，考核"含战量"越来越高；

这 7 年，空军航空兵部队整体训练成效明显，考核从关注个体到关注整体，再到关注体系的联合作战转变，飞行人员队伍技战术水平整体跃升，官兵全部心思和精力向打仗聚焦，能打胜仗的底气越来越足；

这 7 年，空军武器装备更新换代，创新成果转化为实实在在的战斗力，新研发的空战对抗综合训练评估系统，实现空战全流程的数据分析和精准判读，评估结果更准确，评估过程更高效，推进了空军实战化训练向纵深发展。

"这次考核，以新型战机为主体，规模、难度和实战化程度将再创新高。"空军参谋部训练局领导介绍，相比往年，今年的考核减少了指挥员空中干预，取消了部分战机外挂和干扰限制，还按照实战编成配置分组，突出态势未知、电磁未知，实战氛围越发浓厚。

探秘"中国之极"

探访手记

"金头盔"效应值得深思

2013年1月底的一天晚上,记者在空政机关大院见到了空军某飞行训练基地副团长于昌明。他是"金头盔"比武和规则制定的"始作俑者"之一。谈及初衷,这位资深飞行员坦言:"没有战争,飞行员的荣誉感在下降。""金头盔"争夺战就是以考试来牵引部队,按实战标准,以对抗考核。是"老鸟"还是"新手"?一上场就知道了。

"平时真刀真枪对抗为了啥?就是关键时刻对得起军人的荣誉。这份荣誉就是战胜对手,夺取胜利。"于昌明的话说出了飞行员们的心声。

从100多名尖子飞行员中脱颖而出,在近半个月的激烈对抗中突出重围……不难想象,问鼎"金头盔"的背后,是一条激情与智慧、意志与勇气的拼搏之路。

"金头盔",对"空中杀手"之所以充满诱惑,正因为它是飞行员职业最高荣誉的"标高"。"像打仗一样组织训练、在训练中学习打仗、目的是战胜敌人",是"金头盔"制胜的精神之源,是来自军人灵魂深处的永不磨灭的荣誉之源。最终正如世界空军强国对空战能手的个性化褒奖,"金头盔"象征着中国空军新一代战斗机飞行员训练领域的最高荣誉!

记者在采访中了解到几个细节。领奖归来,刘晓鹏把"金头盔"捐献给师史馆,又开始带着飞行员研究战法。蒋佳冀把"金头盔"锁进书柜,又进入飞行的琢磨状态,"'金头盔'是荣誉不是资本。""连续几年都能拿到'金头盔'那才叫本事!"在"金头盔"争夺战上，8枚弹命中对手7发、抢到全部4个首发命中的苏宛坚信学无止境，能力无极限，只有永突破……

崇尚荣誉，又不沉溺于过去的荣誉。他们的涌现，展示了新时期中国空军飞行员的过硬素质和时代风采，反映了空军在以提升飞行员能力素质为核心加速战斗力生成模式转变的道路上，在组训理念、模式标准、战斗作风等方面正在发生的深刻变化。王牌飞行员的出现，将带动和传染至空军所有战斗人员，乃至全军官兵——能打仗，打胜仗！

什么叫一石激起千层浪？空军设立"金头盔"奖就是这样！

"金头盔"让我们眼前一亮。只要是具备了最起码竞争常识的人，一眼就可以看出来，"三代机同型机间的空战比武""全空域实施自由空战"、奖励"对抗空战优秀飞行人员"，这些并不难理解的做法，在给予飞行员动力、压力、毅力等方面所具有的强大能量！它至少提供了我们靠其他方法不能提供，或者提供得很不充分的5种东西：公平的竞争条件，充足的创造空间，激烈的对抗模式，真实的较量淘汰，顶尖的荣誉激励。

从实践看，"金头盔"争夺战已经引发了一系列效应：训练的实战化水平大幅度提高，飞行员的战斗素质实现飞跃，军事人才的素质评价有了科学的标准，参训人员的竞争热情和训练士气也更加持久、强烈、自觉。尤其重要的是，它成功搭建了一个激励一线战斗人员爱军精武的公平竞赛场！

基于战斗力导向和实战化竞争的改革举措，不仅应当被军事训练、人才培养等工作所运用，而且在军队建设的其他方面也应当大胆借鉴。要通过更多这样的创新举措，让军队的发展充满活力，让训练场变得生龙活虎，让更多的人才投身国防事业，从而把军事斗争准备推向更加深远的层次。

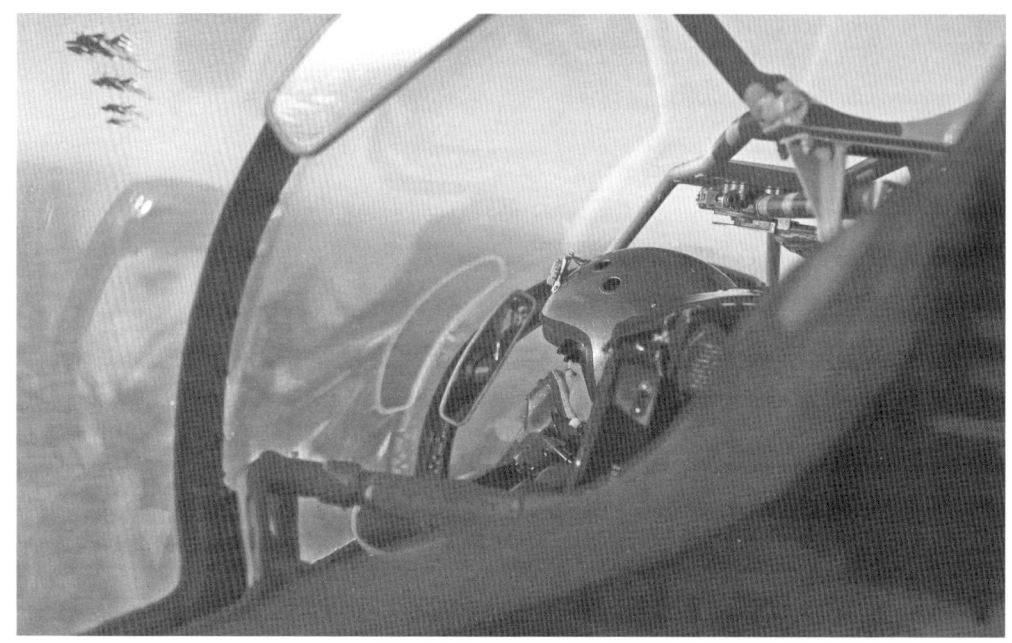

夕阳下，金灿灿的"金头盔"映衬着空军飞行员蒋佳冀的荣光与梦想。（刘应华/摄）

蒋佳冀和战友驾驶战机在夕阳的余晖中展开战术演练。（刘应华/摄）

我国首批歼击机女飞行员

劲舞蓝天"女汉子"

2014年11月11日10时许,伴随着巨大的引擎轰鸣声,6架红、蓝、白三色涂装的歼-10表演机分别以单机、双机、三机编队依次拔地而起,直入云霄。俯冲、盘旋、开花、滚转、翻筋斗……20余分钟的表演,衔接紧凑、干净利索。

当战机落地,飞行员摘掉头盔、取下墨镜,观众惊奇地发现其中有两位女性——飞行员陶佳莉和余旭绾着头发,微笑着和观众打招呼。她俩和盛懿绯、何晓莉,同为中国空军首批歼击机女飞行员,飞行时间都在800小时以上。她们都曾在新中国成立60周年国庆首都阅兵庆典上飞越天安门上空。我国首批歼击机女飞行员亮相珠海航展。

这些"女汉子"直接驾驶歼-10表演机抵达珠海,和八一飞行表演队其他队员在航展期间共进行6场表演。她们都飞过4种机型,具备独立驾驶三代机执行飞行表演任务的能力。

"发动机巨大的轰鸣声对我而言,悦耳动听"

"挑战自我,高飞远航"是余旭现在的座右铭。2005年5月,中国空军做出重大战略决策:在第8批女飞行学员中选拔培养歼击机女飞行员。余旭看到招飞信息后决心报考,回去和爸爸妈妈商量时他们很吃惊:自己的女儿怎么会坚定地选择这份神秘又富有挑战性的职业?

"每一次飞行都是新的起点。"陶佳莉个性随和、洒脱,平时酷爱打篮球。她说本来高三毕业后想考警校,后来在报纸上看到招女飞行员时,她觉得这个职业是为自己量身定做的。

飞行员的选拔标准极其严苛,女飞行员们在回忆起当年的选拔程序时,仍然印象深刻。不仅有全面细致的身体检查,心理考核和体能考核也是很重要的参

探秘"中国之极"

照。而让盛懿绯印象颇深的,是当时为抗眩晕测试而设置的电转椅,转久了会产生错觉,更别提一个从未接受训练的18岁的女生。

谁料到,这把转椅一转就转了5年。2009年4月,首批16名女飞行员圆满完成了初教机、高教机所有训练课目,以全优的成绩完成所有课目的学业,正式被编入作战部队,使中国成为第8个拥有战斗机女飞行员的国家。

直到今日,每当看到战友们的飞机一架一架起飞,何晓莉的内心仍很激动,"发动机巨大的轰鸣声对我而言,悦耳动听"。

女飞行员在训练中需要克服更大的困难

歼击机超声速飞行,机动性能强,操作技术难度大。目前,世界上仅有美、英等几个国家培养了少数歼击机女飞行员。与男性相比,飞歼击机对女性身体、心理素质和操作技能等方面提出了更加严峻的挑战。女飞行员们也承认,女性在独立驾驶单机特别是表演机时,相对于男性,对体能和毅力要求更高。

余旭说,女性空间定向能力跟男生相比较弱,这其中有先天也有后天的因素,但是我觉得可以克服。

空中过载是飞行员在高空高难度飞行时,必须克服的挑战之一。飞机在做转弯、拉升、俯冲、倒飞等机动动作时会受到发动机推力、空气阻力、升力和重力的综合作用。这个道理就好像我们平常在坐过山车时会感觉身体不适,执行高难度飞行时的过载力可想而知。据介绍,在专业抗载荷训练中,飞行员的达标标准是相当于7倍的体重加在人身上,长时间承受如此大的压力是很难受的,对人的身体素质要求也非常高。对于女性的身体机能来说,更是一项不小的挑战。一旦过载量超过可承受范围,便会出现"灰视"甚至"黑视"的现象。何晓莉说,如果持续时间短是可以承受的,但因为女性的大脑供血量比男性要低,时间稍长,难受的感觉就很明显。

在日常训练过程中,男女飞行员的训练科目和要求基本一致,因此即使在空中过载过量,也必须想办法克服。盛懿绯介绍说,一般她会采用短促呼吸,使肌肉紧张,降低血管压缩能力,当脑袋回流血液的速度减慢时,就不容易出现"灰视"或者"黑视"。此外，盛懿绯还解释，除了空中过载之外，飞行过程中的另一大危险是出现错觉，即在复杂的气象环境下，能见度低，人极易出现错觉。

"做懂得飞翔的鸟儿"

"这是表演队换装歼-10表演机以来，第3次参加珠海航展。同时，也是我国首批歼击机女飞行员首秀中国航展。"中国空军新闻发言人申进科说，针对此次航展，她们从10月起就开始进行针对性训练，创新了一批飞行动作，飞行强度、工作节奏也均相应有所增加。

由于是第一次参加国际航展，姑娘们也难掩欣喜，她们说中国航展与一般的飞行表演不一样，这次更多的是给飞行爱好者展示飞行实力的舞台。

"女队员主要承担编队表演任务，难度最大的动作是'水平开花'。"主飞3号机的陶佳莉说，"编队的最小间隔只有3米，突然四散分开，稍有不慎，就可能相撞。"

曹振中是八一飞行表演队的队长，他说每一个动作4名女队员都进行了30至50次训练，技术水平、心理素质、配合意识有了很大的提高，与男队员相比毫不逊色。为了追求最佳表演效果，表演队每次训练都全程录像拍照，利用飞参判读、录像回放、照片比对等反复研练，力求每个架次、每个动作、每组编队都练到精准精细。

几个月前，女飞行员第一次走入八一飞行表演队。表演队所在师师长赵康平说："经过短时间的训练，能够达到这样的水平，她们承受了常人难以承受的压力。"

"我心飞翔，高处风景美。"在2010年春节联欢晚会上，一个叫作《我心飞翔》的小品让人记忆犹新。小品中的原型就是中国空军首批歼击机女飞行员。"做懂得飞翔的鸟儿"，就是首批歼击机女飞行员的梦想。

回忆起第一次冲上云霄的时刻，姑娘们的眼中流露出梦想最初的样子。何晓莉说："第一次上天飞行时非常兴奋，一点都不紧张，那时是在春天的哈尔滨，经过了漫长的冬日，飞上天空后惊喜地看到，地上的草绿了，很多地面上看不到的风景，竟都在空中看到了。"

战机穿行在茫茫云海间(杨庆广/摄)

揭秘追梦蓝天的"试飞英雄"

　　试飞员群体,把蓝天看作自己的舞台,把飞机看作自己的生命,把试飞当作自己的人生。自 1952 年至 2013 年,61 年成功试飞 160 多型 2 万余架国产新机。歼-10 叱咤长天、舰载机横空出世、大型运输机鲲鹏展翅……是谁为这些"国之重器"赋予灵魂和生命?又是谁历尽万险千难将它们飞上蓝天?一条条航迹的背后,我们看到的是被誉为"蓝天追梦队"的空军试飞员群体,用青春热血书写出一个个传奇般的"中国故事"。

　　这是一个报国强军、追梦蓝天的英雄群体。60 多年来,从亚声速到超声速,从二代机到三代机,从万米长空到一树之高,他们历千难、排万险,矢志飞出"中国制造"的一代代"争气机"。每一型新战机装备部队前,都要完成数百个科目、数千架次的飞行试验,伴随出现的各类故障数以千计,一个个天上的"拦路虎"考验着试飞员。60 多年来,空军试飞员在完成 160 多型 2 万余架国产新机试飞任务中,空中历险 3000 多次,成功处置可能机毁人亡的重大险情 400 多起,为国家挽回直接经济损失数百亿元。

　　经过 60 多年接力奋斗,新一代空军试飞员,既有精湛的飞行技术,又有广博的工程理论,成为名副其实的"飞行的工程师"。这些年,歼-10、枭龙、飞豹、舰载机以及空警-2000 预警机等军机,包括新舟 60 和 ARJ21 等民用机型,都是由新一代专家型试飞员成功试飞后颁发的"准生证"。

　　这是一个激情燃烧、舍生忘死的英雄群体。1993 年 8 月 28 日,年仅 46 岁的试飞员刘刚在执行任务时壮烈牺牲,由于无法找到遗体,家人就在安葬刘刚的骨灰盒里放了一架小飞机模型。"试飞英雄"黄炳新在首飞"飞豹"战机前,将一封短短的"3 句话遗书"留在抽屉里:"即使我这次牺牲了,为国防发展也值得;这里面的钱,是我死后交给组织的最后一次党费;家人不要给组织添任何麻烦。"翻开空军试飞部队 60 多年荣誉史册:27 名英勇牺牲的英雄试飞员永载蓝

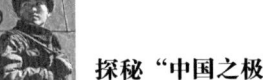

探秘"中国之极"

天丰碑,4人被中央军委授予"一级英模"勋章荣誉称号,10人荣立一等功,7人荣获航空航天月桂奖。

百折千回击长空

从巍巍群山到冰雪高原,从浩瀚大漠到辽阔苍穹,追风逐电,尽显凌云壮志……每天的工作看似浪漫异常;

亲历极限飞行速度,感受最大飞行载荷,问鼎最高飞行升限,在万米高空反复关闭飞机发动机……每天的工作实则惊险无比。

他们是英雄的群体,驾驶研制中的最新机种勇闯蓝天雷阵,飞的是别人从未飞过的飞机,面对的是不可预知的突发险情:高空停车、油箱着火、带弹着陆……

天路迢迢,问剑苍穹,他们共同的名字是——空军试飞员。

给新机试"错"

"和死神掰手腕,成败一瞬,做出最有分量的结论"

航空界有这样一系列公认数据:一架新机从首飞到定型,试飞中平均17分钟就出现一个故障;每型现代战机列装前,要完成数百个科目、数千架次飞行试验,伴随出现的各类故障数以千计;即使是世界"航空强国",每一种新飞机试飞成功,也要摔掉几架……

一种新型战机的飞天之路,就是一条试飞"险途"。1993年,我国一架飞机就曾在1.96万米高空试飞时发生空中解体,最终机毁人亡。

试飞员所驾驭的,往往都是最先进、最前沿的机型。近年来的歼-10、枭龙、飞豹、舰载机以及空警-2000预警机等军机,即使是民用飞机新舟60和ARJ21等机型也都是由试飞部队完成最终定型试飞。"试飞目的在于肯定成功的设计,发现存在的问题。"成飞副总设计师苗文中说。

第四章　九天揽胜

试飞员是特殊的飞行人才。2006 年，为适应航空武器装备发展试飞需求，空军党委决定开展试飞员专业化培训。按照部队推荐、集中考核的方式选拔试飞学员，全军近 300 名现役飞行员参加选拔，最后只有 8 人入选。

"试飞员就是给新飞机'体检'的飞行员。"空军级试飞专家、中国试飞研究院副院长张景亭说。而某试飞部队部队长邓友明的话更形象："试飞员就是故意给新飞机'找错'的人，找的就是飞机的安全边界。"

一次，试飞员驾驶某新型战机试飞，突然一声巨响，发动机瞬间达到超温临界点。如果发动机烧毁飞机将坠落，试飞员应该弃机跳伞。"这是凝聚成千上万人心血的科研成果，如果坠机，一切都要从头再来，就是死也要保住发动机。"生死抉择，试飞员毅然关掉发动机。万米高空，飞机机头下沉，高速俯冲，所有飞行信息全无，为保护发动机，试飞员多次交替开关左右发动机，此时，飞机已经从万米高空降至 2000 多米高度，终于成功启动发动机，避免了一次重大事故。300 秒的惊心动魄，试飞员凭借过人的胆识和飞行技艺，终于安全着陆，挽救了飞机，带回了宝贵的科研数据，为改进完善装备提供了重要依据。

"试飞员驾驭的新机，是几代人的心血、国家上亿元的财产。所以试飞员面对危险时，第一反应都是先保住飞机。"空军某试飞部队原部队长王文江指着一架新机动情地说。

"万分之一的隐患，也会百分之百威胁试飞员的生命。""英雄试飞员"李中华说，试飞员要有对国家和军队极端负责的态度，否则，就不是一个真正的试飞人！"开最新型的飞机，做最惊险的动作，出最有分量的结论，这是试飞员的责任。"

试飞员天天和死神掰手腕。在 61 年的试飞历史上，先后有 27 名空军试飞员血洒长空。由于培养战机试飞员是一项有特殊要求的工作，这些试飞员烈士的名字并不为人所知。

给科研找"碴"

"较真，是为了避免设计缺陷，为了挽救价值上亿元的科研样机"

某试飞部队技术研究室。20 多名飞机设计技术人员在这里当起了"学生"，

探秘"中国之极"

给他们"授课"的是试飞员。

"试飞员提出的任何意见,我们都视若珍宝。"某飞机设计研究所总设计师王海峰介绍,每个飞行起落科目前,这样的交流都必须进行,有时为了某个问题,试飞员和技术人员甚至会争论得面红耳赤。

由过去的被动接受试飞科目,到主动参与试飞全过程,变"要我怎么飞我就怎么飞"为"我怎么飞,为什么这样飞"。现今,空军试飞员已成为名副其实的航空科研工作者。从根本上改变试飞理念,实现了由技术型向专家型的过渡和转变。在飞机研发中,试飞员和工程技术人员一样,具备丰富的知识和敏锐的专业眼光,参与设计、试验、评估,和他们一起分析试验数据曲线,在各种试验中发现系统的瑕疵,找出缺陷和故障的原因,提出改进意见。

一次,试飞员李国恩承担我国某新型导弹发射验证试飞,在空中模拟试验中,他先后发现了构成发射条件的设置不合理、火控系统计算机软件缺陷等问题。

有专家认为,按目前标准,飞机已经达到试飞验证要求。但李国恩综合分析认为,如果按这样的数据标准定型,会加大飞行员操作难度,不仅不利于实战,而且飞机在大过载条件下发射导弹时,容易吸入导弹尾烟造成空中停车。

"作为试飞员,要时刻想着部队飞行员的需要。"尽管面对的是科研院所专家权威,承受的是科研进度巨大压力,李国恩还是大胆地坚持自己的意见:改进构成导弹发射的条件,修改火控系统软件。经过改进,该系统更加符合实战要求。

采访中,中国飞行试验研究院的科研人员有个共识:试飞员是新战机的"试用者",只有他们以科学严谨的态度,通过试飞对战机进行反复检验,才能使设计缺陷逐一得到暴露改进。

2002年,国产某新机试飞前,试飞员梁万俊作为试飞小组成员,在参加完台上试验和闭环试验后,提出驾驶杆的操纵设计不符合飞行员习惯。设计人员和厂方反复论证认为,当前的设计是可行的,而且就现有技术情况来看,很难再有改进。

"空中飞行员操纵是否灵巧顺手,直接影响飞行质量,丝毫的操纵障碍都可能会延误战机,甚至给飞行员带来灾难。"梁万俊坚持自己的看法。为此,好长一段时间,设计方和厂家怕见他,说他太"倔"。可是,后来的事实证明,这个小小的改进,对改善该型战机的操纵性起到重要作用。

歼-10战机之所以性能出众,是因为在科研试飞中,仅仅针对座舱、起落架等方面,试飞员就提出几百条改进建议,类似手柄、油门杆这样的部件,都是靠试飞员用橡皮泥一点一点把心中的感觉捏出来的。

李中华认为:这种"倔",往往避免了重大试飞特情,挽救了价值上亿元的科研样机;这种"倔",往往避免了设计缺陷,节省研制时间和数以亿计的研制资金;这种"倔",往往拉近了平时与战时的距离,避免了未来战场上的被动吃亏。

2007年,因成功完成某型导弹系统研制试靶,空军某试飞大队集体荣获"国家科技进步一等奖"。2009年,因在某新型战机飞机和发动机工程研制定型中做出重大贡献,张景亭、丁三喜荣获"国家科学技术进步奖特等奖"。2012年,因成功完成枭龙飞机定型试飞,王文江、梁万俊荣获"国防科学技术进步一等奖"……

给自己找"事"

"我们多一分风险,装备就少一分隐患,打赢就多一分胜算"

2013年8月上旬,中国某军用机场。晴空万里。

伴随着发动机震耳欲聋的轰鸣,一架正在跑道上滑行的新型国产战机猛然加速、拉高,直刺云霄。一小时后,战机成功着地,试飞员对记者说:"感觉很好!"语气轻松得让人想不到每一次试飞都是"刀锋上的舞蹈"。

"失速尾旋""空中停车""最大过载"被国际飞行界划为死亡禁区的专业名词,却是试飞员经常面对的科目。

三角翼飞机失速尾旋,是世界公认的"死亡禁地",也是试飞中必须攻克的难关。仅美国和俄罗斯在失速尾旋项目的试飞中,就损失过多架飞机,多名试飞员付出了宝贵的生命。这片"禁地",严重制约着我国航空工业发展和部队战斗力水平。

试飞员迈着铿锵的步伐,受命出征。(谭超/摄)

空军某试飞部队原部队长王文江做好试飞准备工作,向地勤人员竖起大拇指。(谭超/摄)

探秘"中国之极"

谁敢挑战这个难题？经过层层选拔，雷强、卢军被派到国外某知名试飞员学院学习。历经艰险，成功飞完米格-21正负尾旋100多次后，雷强感觉教科书上规定的负尾旋不能超过3圈，并不是极限值。雷强下决心要把"封顶"的极限刷新。

在一名老试飞教官的带教下，雷强跨入前舱，他驾机直冲万米高空。飞机进入负尾旋状态后，以4秒钟一圈、一圈600米的速度仰扣滚转下坠，"鬼门关"近在咫尺。1圈，2圈，3圈……飞机像陀螺一样越转越快，命悬一线，雷强操纵着飞机直至进入4圈，才改出"倒飞"状态。伴随一声轰响，飞机重新启动，调整姿态后安然落地，一个新的纪录被中国军人写下！

强烈的使命感和责任感，让每一位试飞员都不断自我加压，给自己找"事"——

李中华驾驶歼教-7试飞80多架次，经历10多次空中停车和意外险情，验证探索了三角翼型战机平飞、侧飞、倒飞尾旋等技术；

梁万俊驾驶燃油漏光的枭龙飞机从1.2万米高空成功迫降，演绎了生死8分钟；

徐鹏德、吕振修在运-7某型飞机上首次完成了失速适航试飞，填补了我国航空史上的空白；

张景亭在陆上"斜板滑跃"试验首飞成功，为舰载机在航母甲板顺利起降奠定基础；

……

"我们多一分风险，装备就少一分隐患，打赢就多一分胜算，这是几代空军试飞员们的共同心声！"试飞老英雄黄炳新感慨万千。

近年来，试飞员遭遇空中险情3000多次，成功处置险些机毁人亡的重大特情400多起，为国家挽回直接经济损失数百亿元。

第五章

卧虎藏龙

从第二炮兵到火箭军

这是载入中国战略导弹部队历史的重大时刻!

2015年12月31日,中共中央总书记、国家主席、中央军委主席习近平将一面鲜艳的八一军旗亲手授予中央军委委员、火箭军司令员魏凤和,火箭军政治委员王家胜。二炮正式更名为火箭军!中国人民解放军新军种"火箭军"诞生了!

在2015年12月31日之前,中国人民解放军由陆、海、空3个军种和第二炮兵一个独立兵种组成。二炮名号,始终如雷贯耳。这支掌握着"大国利剑"的神秘部队从诞生伊始,便肩负着保障中华民族根本生存利益的重任。成立于1966年7月1日的第二炮兵,由毛泽东主席批准,周恩来总理亲自命名,始终由中央军委直接掌握,是我国实施战略威慑的核心力量。从1966年到2015年,半个世纪的征程中,二炮圆满完成了保家卫国威慑对手的神圣使命,在辞旧迎新之时,二炮功成身退,将更大的重任交付给新成立的火箭军。

从第二炮兵到火箭军的变与不变

为什么成立火箭军?与之前的二炮有何不同?

习近平主席指出,这是党中央和中央军委着眼实现中国梦强军梦作出的重大决策,是构建中国特色现代军事力量体系的战略举措,必将成为我军现代化建设的一个重要里程碑,载入人民军队史册。他强调,火箭军是我国战略威慑的核心力量,是我国大国地位的战略支撑,是维护国家安全的重要基石。

风雨兼程半世纪,扬帆远航今又始。从兵种到军种,火箭军改变的是名称、阵形,不变的是战略导弹部队的能力和气质。

第五章　卧虎藏龙

激荡半个世纪的荣光

"剑阵"更雄壮　"剑形"更威猛　"剑锋"更锐利

战略导弹，被誉为大国佩剑。

1984年10月1日，一枚枚乳白色的战略导弹第一次走出深山驶上长安街，接受祖国和人民的检阅，神州大地沸腾了，全世界震惊了。

这是一种让中华民族挺直腰杆的自信。走出历史帷幕，撩开神秘面纱，先后4次在长安街精彩亮相。人们惊喜地发现，导弹武器装备建设经过50年的风雨征程，"剑阵"更雄壮、"剑形"更威猛、"剑锋"更锐利，中国战略导弹部队发生了根本性转变——

导弹家族更大了，武器型号越来越多，已形成核常兼备、型号配套、射程衔接、打击效能多样的作战力量体系，成为一支具有双重威慑和双重打击能力的战略力量。

导弹身材更小了，随着我国科技实力不断增强，导弹武器研制生产技术实现历史性跨越，导弹武器体积变小了，重量变轻了，本领却更大了。

导弹威力更强了，加快推进信息化转型，指挥控制能力、快速反应能力、导弹突防能力、生存防护能力和综合保障能力实现全面跃升。

导弹精度更高了，打击样式和作战效能都实现新的突破，战略威慑与核反击、常规精确打击能力稳步提升。

导弹机动更快了，采取现代信息技术优化导弹操作程序，提高导弹连续测试、快速机动、全天候发射等能力，部队全疆域机动、全天候作战的能力不断实现新的跨越。

战略导弹，和平利剑，时刻牵引着世界的目光。

这支神秘之师的变化，在这里还能得到印证：从1998年的首部《中国的国防》白皮书，17年间先后发表9部国防白皮书，人们就密切关注着战略导弹部队。从"具备快速反应和机动作战能力"到"部队的快速反应和精确打击能力不断提高"，从"遂行核反击和常规导弹精确打击任务"到"提高战略威慑与核反击和中远程精确打击能力"，国防白皮书彰显的是战略导弹部队战斗力建设的

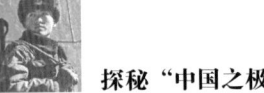
探秘"中国之极"

"能力自信"。

今天的火箭军,正迎着国防和军队改革新的挑战,向着更高的目标前进!

铸就听党指挥的忠诚

绝对忠诚 绝对纯洁 绝对可靠

因为使命特殊,必须牢牢掌握。

2012年12月5日,习近平主席主持军委全面工作后,第一次视察部队就来到战略导弹部队机关,并强调战略导弹部队是党中央、中央军委直接掌握的战略力量,在政治上必须特别过硬,确保部队绝对忠诚、绝对纯洁、绝对可靠。

部队党委坚持把用习近平主席系列重要讲话精神武装头脑作为首要政治任务和党委领导工作的头等大事,摆在突出位置,持续用力推动。引导官兵进一步增强对强国强军的信念信心,确保党中央、中央军委的声音传达到每一座导弹军营、每一个深山阵地、每一个战斗岗位。

从营区"励志标语"、床头"战士格言"到网上"热点评析""心得感悟",处处可见官兵思想的交锋与转变。"思想不迷向、导弹不偏航""导弹我操作、我听党指挥"成为火箭军官兵忠诚使命的铮铮誓言。

50年来,从挥师唐山重灾区抗震救灾到抗击赣南冰冻雨雪灾害,从迎战肆虐南北的特大洪水到参加舟曲特大山洪泥石流灾害抢险救援……战略导弹部队官兵响应党中央、中央军委的号令,在自然灾害猝然来临之际一次次紧急出动,全力以赴抢险救灾,书写下将士听党指挥、能打胜仗、作风优良的崭新篇章。

中央军委改革工作会议闭幕后,面对改革大考,战略导弹部队数万名官兵一心扑在实战化训练演兵场上,纷纷表示,要以绝对忠诚的政治态度、绝对服从的纪律观念、绝对落实的自觉行动,把对党忠诚体现到一言一行中,以实际行动投身改革实践,在新的起点上推动战略导弹部队建设创新发展。

第五章　卧虎藏龙

锻造敢打必胜的能力

随时能战　准时发射　有效毁伤

隆冬时节，多支新型导弹劲旅跨区机动开赴西北戈壁、东北密林，在我国寒区多个"战场"摆兵布阵，锤炼特殊地理环境和极端天气条件下作战能力。

刺骨寒风中，一枚枚墨绿色的导弹腾空而起，直刺苍穹，成功命中目标。这是刚组建的火箭军部队开展实战化练兵的一个缩影。

近年来，战略导弹部队"信息化蓝军"坚持数年如一日打造实战化训练"磨刀石"，与多支导弹劲旅在互锁信息、互设条件、互为对手的条件下真打实抗，构设逼真战场环境，在险境困境绝境中反复淬炼大国剑锋。

从南国密林到北国雪原，从江南深山到戈壁大漠，在一处处复杂陌生的战场环境中，部队坚决落实习主席近平关于"要扎实开展实战化军事训练"的重要指示，从实战需要出发从难从严训练，在演练发射中开创了30多个首次，取得100多项战法训法创新成果。

"导弹自动化测试系统"的研制成功，使我国测试技术一步跨入世界先进行列；"大型指挥自动化系统"的研制成功，标志着我战略导弹部队的"中军帐"日趋现代化；

从"液体型号"到"固液并存"，从"概略瞄准"到"有效毁伤"，我战略导弹部队核常兼备，雷霆万钧。有关部门领导欣喜地告诉记者，近10年来他们发射的导弹，成功率越来越高，发射精度越来越高，有效毁伤率越来越高，外国媒体称中国导弹具有"点穴"之功。

训练场上，他们突出加强实战化建设，揪住纯正训风演风考风这个重点，常态组织野外驻训演练和昼夜连续测试操作，定期开展密闭生存训练，始终保持"箭在弦上、引而待发"的戒备状态。

记者在导弹军营采访看到，深山密林、大漠戈壁，导弹军营最醒目的位置总写着这样的一句话："我们能打仗吗?！我们能打胜仗吗?！"振聋发聩的拷问，成为火箭军将士鼓舞催征的号角。

探秘"中国之极"

锤炼务实优良的作风

从严求实　英勇顽强　纪律严明

2个连队随意更改训练计划被通报批评，3个营级单位党委管训议训作用发挥不明显被亮"黄牌"……连日来，火箭军某旅军事训练监察组深入演训一线，对各单位训练情况进行严格监察。

"治训先治虚、打赢先打假。"该旅严格落实军事训练监察机制，严纠"花架子"、狠治"假把式"，进一步纯正了部队训练风气。

依法治军、从严治军，是建军治军的铁律。2015年4月，战略导弹部队机关专门下发《深化兵员清理整治实施方案》，采取核对编制、比对实力、清点人头、清查档案等方式，对"机关超编占用的公勤士兵""军事实力、后勤供给实力与实际工作岗位不符的士兵"等7类违规使用兵员进行集中整治，让1700余名士兵重返演兵场。这是火箭军部队夯实"强军之基"的一个例证。

军无法不立，法不严无威。部队坚持以上率下，贯彻落实中央"八项规定"、中央军委"十项规定"，制定加强作风建设的"二十条措施"，从重点部位和薄弱环节抓起，建立健全法规制度检查、督促、纠错常态机制，在部队上下营造了尊法、学法、守法、用法的浓厚氛围。

为增强纠风肃纪的针对性长效性，战略导弹部队党委机关把作风转变向全方位延伸拓展，先后出台了《加强基层风气建设"十不准"规定》《部队训风演风考风整治实施方案》等刚性措施纠治训练中的积弊沉疴，改革创新、求真务实成为导弹军营的主基调。

仅2014年，就梳理出20类200多个重点纠治的问题，既剑指首长机关的不良倾向，也有基层普遍存在的突出问题，个个切中要害、直击靶心，成为纯正部队风气的"度量衡"。

"东风第一枝"砥砺大国神剑

默居深山,心系强军梦;高车巨剑,一动天下惊。第二炮兵某洲际战略导弹旅官兵56年如一日,心中始终装着国家和民族,眼光始终紧盯未来战场,脚步始终紧跟信息前沿,枕戈待旦、孕育雷霆,以忠诚和热血砥砺着国家的"王牌"。

战略导弹,国之重器。作为我国第一支战略导弹部队,从1959年组建之日起,该旅就肩负着特殊使命,成功发射了被誉为"争气弹"的作战部队第一枚地地导弹,部队因此被誉为"东风第一枝";投身唐山抗震救灾任务,发出了灾情"第一报";走过天安门广场,向世界首次揭开战略导弹部队神秘面纱……

半个多世纪以来,该旅不仅接过了"两弹"装备,也完整传承了"热爱祖国、无私奉献、自力更生、艰苦奋斗、大力协同、勇于登攀"的"两弹一星"精神。如今,当年的"第一枝"已发展壮大成"第一旅",导弹武器装备经历多次换型,射程越来越远、精度越来越高、威力越来越大,一次次浴火飞天实现了战斗力建设从"打得响"向"打得远""打得准"转变。

党的十八大以来,该旅践行强军目标,着眼"能打仗打胜仗",在实战化建设中步伐日益铿锵。为了让"大国神剑"出手更加迅捷,他们探索优化作战流程,作战准备时间缩短4/5,大大提升快速反击能力;加大密闭生存防护训练力度,在地下"龙宫"一待就是数十天,特情处置接连不断,有时二十几天连轴转,让官兵的生理心理经受极限挑战;积极探索大型号导弹实战化训练新模式,在多个领域开创第二炮兵同型号部队的先河;按实战流程组织实弹发射,创造了该型导弹历史上的"五个第一"。

探秘"中国之极"

壮哉,"东风第一枝"

这是一支神秘的部队:

远离光环,却护卫万里天疆;蛰伏深山,却撑起大国脊梁;不在战争前沿,却是人类和平的盾牌。没有惊天动地之名,却有惊天动地之举。

50多年前,随着西北大漠上一声惊天巨响,共和国历史上一支新型武装力量——中国地地导弹部队宣告诞生,被誉为"东风第一枝"。

50多年后,这支英雄的"种子"部队已成长为洲际战略导弹劲旅,当年的"东风第一枝"已成为全面建设走在前列的中国"东风第一旅"。

默居深山,心系强军梦;高车巨剑,一动天下惊。第二炮兵某洲际战略导弹旅官兵50多年如一日,心中始终装着国家和民族,眼光始终紧盯未来战场,脚步始终紧跟信息前沿,枕戈待旦、孕育雷霆,以忠诚和热血砥砺着国家的"王牌"、民族的"底牌"。

2015年7月,记者走进这里。

浴火飞天,锻造大国神剑

这次发射,一开始就颇不寻常:远距离跨区发射、随机抽点发射……

对洲际导弹来说,一次发射挑战多个"首次",是个崭新课题。就在发射的关键时刻,天公再出难题,狂风骤起,大雨滂沱。

最终,导弹一发冲天,精确命中目标,不仅成功突破多个训练"禁区",还一次刷新5项纪录。

"任他西风凋碧树,我自东风唤惊雷。"敢闯禁区、勇劈新路,是这支洲际导弹旅几十年形成的独特"性格",更是一茬茬官兵用精武集聚而成的自信"底气"。

56年前,面临严峻国际形势,党中央、中央军委毅然决然组建中国地地导

第五章　卧虎藏龙

弹第一营。

280名刚刚掸去战争硝烟的老兵，上不告父母、下不告妻儿，悄然离开京城，扎进茫茫戈壁。"萝卜草绳白铁皮，沙枣树皮骆驼草。"一张白纸，就此铺开：他们把纸盒画作面板，用萝卜刻成按钮，将麻绳搓成电缆，"沉寂"3年多时间，在大漠深处炸响了一声惊雷——由作战部队发射的第一枚战略导弹发射成功！

这声巨响，打出了中华民族的骨气，打来了中国人民的志气，打掉了帝国主义的霸气。这枚导弹，被称为"争气弹"，开创了共和国战略导弹的"通天之路"。

在旅史馆一张张老照片面前，旅政委文青告诉记者，部队成立之初，除了280条汉子外几乎一无所有，但官兵豪情在胸激情满怀，"为党为人民，再苦心也甜"，愣是把导弹送上了天。半个多世纪以来，该旅不仅接过了"两弹"装备，也完整传承了"热爱祖国、无私奉献、自力更生、艰苦奋斗、大力协同、勇于登攀"的"两弹一星"精神，自觉把护佑民族振兴责任扛在肩头。

如今，当年的"第一枝"已发展壮大成"第一旅"，导弹武器装备经历多次换型，射程越来越远、精度越来越高、威力越来越大，一次次浴火飞天实现了战斗力建设从"打得响"向"打得远""打得准"羽化蜕变、华丽转身。

接过前辈的枪，承载一份责任担当，一茬茬官兵续写着新的辉煌。从这里，走出了"忠诚履行使命的模范指挥员"杨业功等33位共和国将军，10名导弹基地司令、16名导弹旅长，"东风第一枝"的种子撒满导弹部落。56载风雨兼程，该旅先后发射数十枚多型东风战略导弹，48次参加执行重大任务，每次行动都事关国际形势、国家战略，为中华民族争气蓄威。

一剑封喉，练就重器精兵

"导弹听我话、我听党的话。"

军营里，阵地上，官兵把"绝对忠诚、绝对纯洁、绝对可靠"的口号喊得震天响。

探秘"中国之极"

旅政治部主任曹建中说:"要信念坚定如磐,'三个绝对'从信仰、品质、行动立起听党指挥的新标准,这是'第一枝'的新起点,'发新芽'的催化剂,'强军梦'的力量源。"

"要打败强敌,必成为强手;要打败超强对手,必成为顶尖高手。"今天,面对"打得赢"的使命,这支掌握着国家"王牌"、民族"底牌"的洲际导弹旅,头脑更加清醒。

"导弹听我话"绝非易事,旅政委文青说:"洲际战略导弹担负着国家战略使命,不是一城一地的得失,只有'剑术'练到炉火纯青,出手才能'一剑封喉'。"

洲际导弹系统庞大、结构复杂,涉及10多个学科、30多个专业、数千条核心原理,在官兵眼中,一枚导弹就是一所综合大学,"入学"容易"毕业"难。

官兵常说一句话:要拿"毕业证",必先"跑三路"。"跑三路"就是默背导弹电路、气路、液路图及原理。跑通一张中等难度的图纸,相当于熟记一座省会城市的大街小巷和行车路线,要成为导弹号手,必须默背几十张甚至上百张图纸。一位博士来旅实习,感触很深:"上了这所大学,不成'学霸'毕业都难。"在这个旅,"学霸型"官兵随处可见。

上士文熙俊,为学好导弹专业,把10多本四五百页的专业教材连抄4遍,累计600多万字,苦学精练最终成为一名熟悉3个专业、胜任10多个岗位的专业组长,他参与编写的教材在部队推广。

三级军士长康平,对操作平台上密密麻麻的开关、按钮、指示灯如数家珍,内部结构原理烂熟于心,2次亲手按下点火按钮,打出不同型号洲际导弹最佳精度,在中国战略导弹部队首屈一指。

发射营长周游国,统管上百个战位、上千台设备游刃有余。参加基地导弹专业大会考,10名考官轮番提问,2个多小时对答如流,无一错误,破格晋升为第二炮兵一级发射营长。

某基地司令员刘启德自豪地说:"这个旅的官兵,拉出去与导弹专家比专业,一点都不逊色。"

国之重器，百人一杆枪。文青介绍，为锻造出一支随时能战的先锋劲旅，部队常态化开展"考比拉"活动，按战时要求编组指挥班子、配置火力单元，探索走开训练纲目化、指挥信息化、保障模块化的路子，所有作战单元都具备"接令就能打"的过硬本领。

2015年初的一次调研中，上级提出："阵地密闭生存条件下后勤装备怎么配置？"牵引出后勤实战化训练研究。为了不留短板，该旅进行实案探讨、实地勘察、实战检验，形成了完备的战时后勤应急方案。如今，在官兵的携行包里，连如厕用纸、洗漱用品、内衣、刮胡刀都齐备不缺，号令一下随时出发。

着眼前沿，号准世界脉搏

天上战机轰鸣，地上铁甲冲锋，海上航母巡弋，多维空间厮杀……某模拟训练平台荧屏上，伴随着轰隆隆的爆炸声，一幕幕战场画面撼人心魄。

这样一份追踪世界前沿的"军情通报"，是该旅每周交班会的例行内容。而这一传统，他们已坚持了数十年。

战略导弹，被誉为国家的"王牌"、民族的"底牌"。执掌"王牌""底牌"，必须未雨绸缪。"生怕一觉醒来落后。"该旅旅长王锡民表示，每次周交班，第一项内容就是军情通报，围绕世界大势、国家安全、使命任务，概览周边动态和军事发展要况，强化国际意识全球意识。

官兵们说，如果缺少现代战争知识，不把世界装在胸中，就不可能"按准地球的脉搏"。

踏访该旅一座座深山军营，记者看到，图书室里，整齐地码着高科技书籍，不少都被翻得毛了边；政工网上，官兵们浏览最多的是军事前沿知识；闲暇时间，官兵们经常关注的是世界热点，经常谈论的是大国形势，经常分析的是打赢差距。

他们把战略思维融入日常训练，通过研透潜在对手，研究未来战争特点，提高部队能打仗、打胜仗能力；将特情处置贯穿训练始终，提高机关和分队应对难局、险局、困局的能力；建立常态化训练体制，使部队在"常拉、常演、常导

 **探秘"中国之极"**

中提高实战能力。

仗怎么打,剑就怎么练。为了打赢未来战争,该旅在"地下龙宫"里开始了一场"寂寞的长跑"——

为了实现所有发射营独立发射能实战,他们突出抓导弹专业技术人才培养,运用集中研讨、帮带育才、周考月查、上装操作等方式,每年组织两次专业技术大会考,人人登台、个个过关,培养了一批技术明白人和训练领路人。

为了让大国神剑出手更加迅捷,他们探索优化作战流程,作战准备时间缩短4/5;加大密闭生存防护训练力度,数十天特情处置接连不断,官兵的生理心理经受极限挑战;积极探索大型号导弹实战化训练新模式,在多个领域开创第二炮兵同型号部队的先河;按实战流程组织实弹发射,创造了该型导弹历史上的"5个第一"。

在不断传承中不停前进,该旅官兵先后有35项创新成果在第二炮兵和基地部队推广。数十次神剑飞天,数十声轰天巨响,该旅在实战化建设中步伐日益铿锵。尽管从未与敌手正面对决,但在意念中不停地交锋,官兵的大拇指时刻悬在"点火"按钮上,听令行动蓄势待发!

"深山掩映绿色军营,倚天长剑刺破苍穹。钢铁托架是我们的臂膀,动地雷霆是我们的吼声。英雄的东风第一旅,守护祖国的安宁……"

强军征程上,"东风第一枝"底气长存,"东风第一旅"风帆正举!

第五章　卧虎藏龙

探访手记

美哉，大国仗剑人

在这里，国家"王牌"，第一次强烈地感受到与国家使命贴得那么紧。

在这里，有不少的博士、硕士，但都有一个称呼：守护国宝的卫士、战士。

军营在大山之间，阵地在岩层之下，"隐身"成为一种常态。密闭生存防护训练，在"玻璃罐"一样的阵地里一待就是数十天，官兵在挑战生理极限中等待"威震雷霆"之时。

守在岩层深处，地处信息孤岛，一代代"导弹守巢人"用忠诚坚守诠释着"强国梦""强军梦"的责任和担当。

火箭军某洲际战略导弹旅官兵视使命为生命，以战天斗地的精神练兵备战，共同铸就了召之即来、来之能战、战之必胜的战略铁拳，一次次圆满完成党中央、中央军委赋予的重大任务。

他们就是英雄，他们，是最美大国仗剑人！

地宫里的升"太阳"仪式

清晨，一轮"红日"慢慢升起。不在浩瀚的海平面上，也不在连绵的群山之巅，而是在深山导弹洞库墙壁上。

班长王进向"太阳"敬了一个军礼，喃喃地说："新的一天，早安！"

当兵到该旅，就走进了"周边山连山、头顶一线天"的世界：冬季，十天半月难见太阳踪影，夏季，每天也只有 2 个多小时见到阳光。中士梁显刚清晰地记得，第一缕阳光会照在饭堂墙壁的

探秘"中国之极"

第9块瓷砖上,最后一缕会从窗户下沿慢慢隐去。

长时间的时空错乱,让许多新来的官兵常常发出"今夕是何年"的感叹。没有白天黑夜,难辨日月晨昏,官兵把手表换成24小时制的闹钟,用水彩笔画出一个红彤彤的太阳,每天清晨准时"升"起在战斗岗位。

"缺少阳光的生活会让我们身体缺钙,但只要精神的钙质不流失,灵魂深处就永远充满阳光。"讲得十分轻松,笑得如此坦然,听得让人心中一凛。每一个到过导弹阵地的人,无不对这轮"最美的太阳"肃然起敬。

"抬头一线天,脚下乱石滩。极目百步远,出门就爬山。"这是该旅技术营阵通连驻地的真实写照。一名新毕业排长刚到那里,为了与女朋友说上几句悄悄话,一口气冲到山顶,把手机挂在树枝上,试图寻找微弱的漂移信号,最终失望而归。某导弹阵地四周高山环绕,日照时间只有2小时,官兵每天捧着洗过的衣服追太阳,不但没有怨言,还生发出"身体虽缺钙,精神有富矿"的豪情。

战士陈健入伍前是个"富二代",家中跑车就有3辆,每月零花钱动辄上万元。他选择当兵时,家人朋友很不理解:"值得吗?"

第一次上岗值勤,营长带他来到操作岗位前。几米宽的平台,一排密密麻麻的指示灯,这便是无数"国宝卫士"坚守几年、十几年甚至几十年的战位。

"别小看这几米,岗位虽小却系着大使命,守好它就是守好了大国'核心',守住了万家安宁!"营长一席话,让陈健感到肩头沉甸甸的责任。

那天夜里,他在日记本上写下这样一段话:"忠诚,是身陷囹圄、面对酷刑的坚贞不屈,是一声令下、万箭齐发的大军涌动,

第五章 卧虎藏龙

更是日复一日、无怨无悔的默默坚守。"

"金牌号手"是怎么炼成的

这个士官引人注目：

导弹起竖后，他离导弹最近；发射倒计时中，他是万众瞩目的焦点；号令下达后，他摁下"点火"按钮。他就是被官兵誉为"金牌号手"的康平，2次亲手将大国长剑送上苍穹。

摁动"大国神剑"核按钮的手，会是只什么样的手？

"金牌号手"的起点十分平凡。刚入伍时本想找个舒适的岗位，直到看见长剑起飞壮烈场面才开始转型之路。面对百余张电路图，他像攀岩一样发起了冲锋，一点一线一步一动，终于登顶发射专业头名宝座。

有次发控台瞄准控制器失效，他敏锐地判断出是一个元器件焊接不干净，加热时间长所致，为这款控制器的再生产提供了优化方案。

康平的转型突破化蛹成蝶，铸就了他的慨然底气。

导弹部队千人一杆枪，不仅要求每人过硬，还必须做到每个细节都无懈可击。在导弹部队，战位的兵都统一称为"号手"，士官陈俊峰就是一位"耳聪目明"的号手。

在一次测试时，陈俊峰听到仪表异响，顶住专家质疑提出重测，并找到故障点。一时间，陈俊峰的"耳功"名扬发射场。

陈俊峰还有不凡的"眼功"。一次演练，面对导弹发控台上数十个显示灯的不停闪烁，他敏锐捕捉到2个灯亮的顺序颠倒。一查，原来是发控台有个潜通路。陈俊峰一双利眼，及时解除了后患。专家感慨，几十年了，"东风精神"依然光芒不减。

为了让尖子人才多起来、硬起来，该旅从2006年起每年组织"十大创新成果"评比，广泛开展"问不倒""一口清""一摸准"

练兵活动,推动了人才队伍快速成长;制订人才培养3年规划,构建"总体型人才领头、权威型人才保底、通用型人才应急"的实战化技术人才保障体系,一举破解一线作战部队缺少"大家、高手、权威"的问题。

"老兵阶梯"的故事

隐匿于群山之中,山峦无声使命有痕。

在发射一营控制连上楼下楼的每个台阶侧面,都印有一名老兵的照片和简要事迹,被称为"老兵阶梯"。"东风第一枝"的精神也在这里传承——

赵平普是该旅刚退休的老兵,他的"战场"在一段连接指挥中枢和导弹阵地的通信线路上。25年前,他带着妻子组成"夫妻哨所",一辆破旧的自行车,近百公里的巡山线路,成了他们每天生活的轨迹。哨所年年被评为"红旗哨所",赵平普荣立了一等功,还被评为"全国拥政爱民模范"。退休后,他仍然经常到巡山线路上走一走,他说:"心在这里,过来走走就很踏实。"

发射四连连长瞿江,父亲曾是一名为导弹筑巢的工程连指导员,当年施工建设的坑道,正是他现在驻守的导弹阵地。父子两代人,同守一条沟,时隔25年,瞿江接过的不仅是导弹阵地,更是父辈的"精神衣钵"。他在给父亲的信中写道:"钻山沟、守国宝,不是每个人都有机会拥有这样的荣耀。"

四级军士长赵东山,从事专业危险工作,经常穿戴防护装具,只身钻入罐体清理残液,超负荷的工作,曾让他多次累倒在岗位上。但为了导弹的绝对安全,天天与艰险打交道,他从不犹豫,一干就是16年,10多次排除重大险情,成为天天与死神打交道的"钢铁卫士"。

2013年年底,副旅长李红武和邵国宸同时接到转业通知,而

第五章　卧虎藏龙

他们此时一个在千里之外的演兵场"仗剑出征",一个在大山深处坑道里"枕戈备战",没有商量、没有约定,他们同时选择了留下,推迟40多天离队,直到任务圆满完成。

精神的传承,润物无声!官兵们说,爱上"东风第一枝",我们有N个理由。

探访火箭军建巢铸盾部队

铸"剑"不易,建"鞘"亦难。随着武器装备更新换代,"剑鞘"改造升级迫在眉睫。半个多世纪以来,火箭军某所工程设计研究创新团队默默为导弹筑巢、为祖国铸盾。记者为您讲述背后的故事。

这是一则重磅消息:"中共中央总书记、国家主席、中央军委主席、军委联指总指挥习近平4月20日上午到军委联合作战指挥中心视察……"

这是习近平主席首次以"军委联指总指挥"的身份出现在公众视野,也是"军委联合作战指挥中心"这一机构首次披露。殊不知,在短短两个月内,完成联合作战指挥中心主要改造设计任务的,就是火箭军某所工程设计研究创新团队。

身居闹市斗室,心系国家全局。半个多世纪风雨征程,火箭军某所工程设计研究创新团队一默如雷,用数百项驰名全国全军的创新奖项,铺就一条为导弹筑巢、为祖国铸盾的强军之路,被表彰为"全国杰出专业技术人才先进集体"。

2016年初夏时节,记者走进位于皇城根下的一座军营,领略这支"国家队"的战斗风采。

导弹腾飞的奠基者

骄阳似火,长缨昂首。一阵号令过后,巨剑浴火轰鸣,刺破苍穹。

千里之外,某所工程设计研究创新团队成员心潮澎湃——正是该所创业者设计的多型发射托架,让不同年代的战略导弹接续巡游天疆。

1958年,为适应尖端武器发展需要,党中央、中央军委果断决策,组建一支特殊的工程设计部队,该团队所在单位前身应运而生。

第一代设计者,有的曾留学海外,有的是国内科研精英,从"一穷二白"起步,勾勒出震惊世界的"中国首次":第一颗原子弹爆炸铁塔、第一个某型导弹综合试验靶场、某型导弹第一个训练发射塔架……

寂寞战场,数载沉寂。1978年,他们设计的某型导弹训练发射塔架,斩获全国科学大会大奖。这项成果,彻底改变大型号武器发射样式和部署模式,使导弹发射效率以几何级数提升。

彼时,世界一流军事强国正整军备战,导弹武器建设飞速发展。如何在大国博弈中生存发展,成为我军夙兴夜寐的目标。

那年冬天,某核心工程上马,高级工程师黄炳华受命负责工程结构设计。几经风霜瓜熟蒂落,7项设计成果荣获国家、军队科技进步奖。仅某工程优化设计一项,就节省经费3200多万元。

黄炳华却因积劳成疾,罹患肺癌。生命最后一刻,他打着吊瓶,躺在担架上指导阵地施工……中央军委授予他"献身国防现代化模范科技干部"荣誉称号。

精神丰碑,化作永恒。53岁的女工程师范雅珍负责阵地验收,出现吐血症状仍不离一线,回京16天即病逝;工程师齐树山总是第一个冲进试验场测量数据,最终因肾衰竭倒在任务现场,年仅37岁……

铸"剑"不易,建"鞘"亦难。随着武器装备更新换代,"剑鞘"改造升级迫在眉睫。

所长田庆龙、总工程师费允锋、高级工程师谭可可等一批技术"大拿",用创新破解科技堡垒,向一个个"禁区"发起冲击。他们将仿真评估、参数化建模等技术,创造性嵌入这一宏大工程设计中,成功突破复合传感、人机对接等技术"瓶颈",终于成功打造智慧型"大国剑鞘"。火箭军首长批示称叹:这属于观念性的创新,具有开创意义!

未来战场的设计师

戈壁大漠,一场红蓝对抗演练激战正酣。

未来战争,发现即摧毁。扮演红军的某导弹旅,使出浑身解数,却在蓝军面前无处遁形。

探秘"中国之极"

　　创新团队当蓝军,既是"磨刀石"也是"设计师"。白天过招,夜晚复盘,一个个伪装方案,最终让千人百车奇迹般"消失"。

　　见此一幕,蓝军智囊团、团队骨干潘玉龙如释重负。数年前,他主动请缨,决心在"天眼"密布下,为战略导弹部队披上"隐身衣"。近百次试验,伪装技术实现从"静态模拟"到"动态适应"的跨越。数十项创新成果刷新纪录,取得4项国防发明专利。

　　天天想战事,人人当战士。每年,科研人员打起背包,走出实验室,参观地方高铁、隧道、桥梁建设工地,走进国防施工一线,开阔视野,聚焦"战场蓝图"寻找创新火花。

　　一次阵地调研,测试大厅内的一幕让他们深感愧疚,官兵人挨着人、凳靠着墙,连转个身都困难。

　　"创新,绝不能与战场脱节。"所长田庆龙不无忧虑地说。他们把设计"准星"瞄准战场"靶心",几经调试,阵地设计仿真系统"出炉"。

　　不求评奖"获得感",唯求战场"通行证"。项目结题,他们没有急于报奖,而是把技术民主会开进施工一线,请官兵来当"军师"。他们认为:"官兵的'不满意',就是新的创新点。"

　　以往,导弹阵地内各系统"烟囱林立",值班官兵任务艰巨。该所科技处副处长胡继波通过优化设计,使6个子系统拓展到19个子系统,最终全集成到1个平台中,仅需数人就能实现阵地智能管控。

　　聚焦打赢,步履匆匆。昔日设计阵地的"描图匠",已成为未来战场的"设计师",军营设计规划从"日常生活型"向"战备值班型"转变。

全域慑战的铺路石

　　"道路被毁。"演练途中,接到导调指令,某导弹旅一个梯队掉头换向。然而,横亘眼前的一座老旧桥梁,让满载的导弹发射车止步不前。

　　该所党委"一班人"陷入沉思。习近平主席对火箭军提出"全域慑战"要求,创新团队如何保障作战部队"全域机动"?

第五章 卧虎藏龙

由高级工程师王然江担纲的任务组成立，专司破解打仗时路径规划问题。团队成员走进国家交通部门，协调共享资料数据；踏上漫漫征途，测量数百座桥梁……标定战车通行关键数据，录入电脑分析研究、比对建模，成功研发某道路桥梁信息管理系统。

剑行天疆，路桥信息随行保障，精确高效的"综合导航"，让全域慑战有了基础支撑。

再上战场。该导弹旅奔赴陌生地域执行发射任务，搭载检测系统的装备车前置先行，适时对道路桥梁做"CT"，沿途道桥详尽数据、最优行进路线，尽显眼前。

面对这样的变化，深有感触的科技处长李吉笑了："一天时间就能干完以前半个月的活儿，全域机动插上了信息化翅膀。"

全域机动的"毛细血管"打通了，但导弹结构精密，贮存要求高，如何确保贮存期间性能稳定？

创新目光投向"剑鞘"内部。他们查历史数据、下部队调研，终于取得突破，先后研制多型导弹防爆牵引车和多功能减震支架车，使导弹技术保障能力有了质的跃升。

部队需求就是创新方向。一次，在某导弹旅进行工程验收时，一名指挥员道出一块"心病"：跨区机动途中，掌握导弹所处环境参数，只能靠停车检测，迟滞部队行动。

说者无意听者有心。创新团队集中攻关，改进反馈系统，组织力量为导弹运输车安装了即时报警系统，对车体震动、车内温湿度实施全方位监控。

经鉴定，这套系统实现了对导弹运行全程可视可控，大大提升部队全域机动和综合作战效率。

建巢铸盾的国家队

滔滔大洋，战舰林立。一发发导弹呼啸而出，精确命中陆上目标……

电视画面中震撼一幕，让该所党委"一班人"备感危机：导弹阵地，事关国

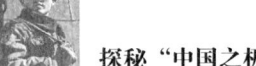

探秘"中国之极"

家安危,和平之盾,底数究竟如何?

高级工程师叶琳提出,启动一项史无前例的研究,校验战略阵地核心指数。他带领创新团队成员,依托某国防工程进行艰苦探索,穿梭于全国10多家科研院所,求教数十位权威专家,撰写百万字的论证报告。最终带领团队获得一项项引领科技前沿的创新技术。

项目评审那天,面对厚厚的开创性成果,专家不由得称赞:不愧是建巢铸盾的"国家队"。

一名名享誉国内外的设计"大师",汇聚成一支引领创新方向的"国家队"。中国工程院院士侯立安,长期致力于环境科学与工程领域的基础研究、工程设计和技术管理工作,创新研究成果浩若繁星;全国勘察设计行业科技创新带头人谭可可获得国家、军队科研奖20余项,获评"军队学科拔尖人才";全军爱军精武标兵潘越峰,主持完成勘察设计和科研任务百余项,被誉为国防工程的"定盘星"……

"大师"身后,是正在崛起的年轻科研群体。高级工程师操静滨在参与的项目中提出10余项合理化建议,项目获国家勘察设计金奖;高级工程师张永利运用信息化手段,创新建筑工程设计模式;高级工程师冯利指导勘测队技术人员,研发钻孔取芯和波速测试技术;高级工程师苏辉创新阵地变频通风模式,使阵地保障能力提高数十倍……

建巢铸盾,荣誉等身。所政委许凤忠介绍说,创新团队先后10人入选火箭军导弹专家,100余人次享受军队优秀专业人才岗位津贴。仅近年,创新团队就先后完成重大应用研究项目50多个,极大提高了阵地工程综合能力,成为全军国防工程设计领域的"领跑者"。

构筑"地下长城"的幕后英雄

在国防工程建设领域,军事科学院国防工程研究院设计团队用忠勇和智慧,为我国国防和军队建设发展奠定了坚固的防御基石,打造共和国坚不可摧的钢铁盾牌。

防御是作战的基本类型之一。在信息化战争时代,砺剑与铸盾对打赢同等重要,尤其是在国防工程建设领域,谁掌握了核心技术,谁就能在未来战场变被动为主动,就能使国家和人民在战时少受损失。一个个国防工程的背后,有着太多的牺牲与奉献。正是这些幕后英雄为共和国打造出坚不可摧的钢铁盾牌。

因为工作性质等缘故,记者记录的所见所闻只不过是国防工程设计团队风雨历程的一隅。迈进新时代的国防工程设计团队,正在用实际行动致力提升军事科研创新对部队战斗力的贡献率,为建设世界一流军事科研机构而努力奋斗。

2017年初冬时节,军事科学院国防工程研究院设计团队在海拔4500米以上的高原环境下,首次采用无人机搭载磁力仪、激光雷达和倾斜相机等设备,对既定区域进行飞行航测,实现了国防工程勘察设计领域新突破。这是该研究院将学习贯彻党的十九大精神转化为强院兴研的生动实践,成为新时代国防工程建设者绽放于雪域高原的"格桑花"。

伴随着鲜花和掌声,这支非同寻常的科技劲旅逐渐从幕后走到台前。军事科学院国防工程研究院是从事全军国防工程和全国人防工程科研论证、勘察设计、技术审查等任务的重点科研单位。该研究院的国防工程设计团队先后承担和参与了新中国第一个重要防护工程、第一条军用水下隧道、第一个大型地下机库、第一条地铁防护工程等奠基性、开创性工程,以及西北核试验、奥运安保工程建设等国家级重点工程的技术咨询和保障任务,累计完成重点工程勘察设计项目

探秘"中国之极"

2400余项、科研论证课题600余项,获国家、军队和部委级优秀设计科研成果奖210余项。

这是一个怎样的团队,是一群怎样的军人?记者走近他们,聆听荣誉背后一个又一个鲜为人知的故事……

苦累无悔,筑梦者的家园

大山深处,渺无人烟,这里是筑梦者的家园……

2017年12月上旬,乘着军用越野车,行驶在崎岖的山路上,悬崖峭壁、沟壑险滩尽收眼底。历经颠簸和数道"封锁线",车辆停靠在了某重点工程。

"这就是我们负责设计改造的重点工程,需要紧跟信息化战争的特点重新设计,具有很大的考验。"高级工程师郁永刚介绍说,这是一块难啃的硬骨头,它属于老旧工程改造,在20世纪50—80年代经历数次施工,结构破坏很大。

沿着穿廊到达技术人员休息房间,记者不禁心中一震。3位工程师围着图纸席地而坐,一只手端着盒饭,另一只手指点着图纸,偶尔下意识地扒拉几口饭。墙角摆放着行军床,随手一摸,军被里冰凉。

"这地方条件是差点,现在已经习惯了。"郁高工笑着说道,"受领任务后马上进驻现场,已经连续工作10天了,虽然困难重重,但我们也要坚决按期拿下。"

突然,一阵刺耳的钻机声骤然响起,一股股烟尘蹿起来,眼前顿时模糊一片。还没等记者反应过来,工程师们已扔下盒饭,抓起口罩冲进了施工现场。

测数据、做试验、查找原因、计算结果……获得准确的现场数据和实验结果后,他们又连夜开始了施工图设计。

连续奋战90天,200余张施工图相继出炉。"这一仗打得干净利落,工程改造再无任何障碍。"当初谁都不愿意碰触的难题迎刃而解,军内同行们都为该国防工程设计团队竖起了大拇指。此时,他们还肩负着另外几个重点工程的设计任务。

"这是对我们的信任,再苦再累也要干好。"再次受领某重点工程任务时,花甲之年的高级工程师林向军语重心长地说道："这是20年来承接的第一个从选址、勘察到施工图全部自主设计研究的新建大型工程，不仅是挑战，更是荣誉。"

有一次林向军赴现场勘察，车辆行驶在山路转弯处突然失控，连车带人栽进了沟里。他和项目组成员带着满身伤痕，忍着剧痛，草草处理伤口后，继续上山执行任务。

第二天清晨，他便向专家组进行方案汇报。第三天夜里，又奔赴外地参加研讨会。他爱人带着心疼的语气发着牢骚："一听任务就兴奋，一干工作就不要命。"

"该工程选址非常好，充分利用当地山体最大自然防护层厚度，主轴线、出入口、军事禁区、安全范围等方案也满足设计要求。"专家考评组给予了这样的评价。

技术创新，精品工程的基石

设计精品工程，不仅要满足战技要求，技术创新更是关键。

这个设计团队究竟是如何将技术创新运用到国防工程工作实践之中的呢？记者走进该研究院院长卫东办公室，聆听到背后的故事——

那是20世纪80年代，某工程设计中，项目组遇到了新情况，当地围岩条件极差，上千米长的坑道，大部分是砖红色黏土岩，如按照常规方法支护会大大增加施工风险。

这个国防工程设计团队，针对砖红色黏土岩具有黏弹塑性的特点，决定在通道被覆中采用曲墙拱加仰拱的形式，首次提出了按组合拱原理计算的支护方法，填补了该项技术领域的空白。结合该项工程实际开展的"围岩分类及其在被覆设计中的应用"项目，获得了国家科技进步二等奖。

暖通专业设计组看上去并不显眼，高级工程师姜建中介绍，由他亲自设计研发的工程内部环境保障技术，作为暖通专业的创新成果，目前已经成功应用于数个工程，真正做到了废热利用节能环保。

"设计灵感来源于空调交换机的工作原理。"姜建中说起设计理念侃侃而谈，"工程内部的水库就相当于交换机，我们将工程机房产生的废热集中输送到水库

探秘"中国之极"

中去,水库升温后再将温度较高的水流输送到温度较低的各个房间,在房间升温的同时还达到了除湿的目的,这样便解决了工程内部各功能房间冷热不均和潮湿的难题。"

"我们通过灵活多变、科学合理、综合防护的手段,将各方要素统筹考虑,最终确保工程既满足战技要求又各具特色。"高级工程师王吉远这样概括他们的工作。前瞻的视野,扎实的技术,科学的方法和密切的协作,这些是设计科研创新的基石。

人才盾牌,破壁垒的法宝

"突破专业技术壁垒,需要新鲜的思维和灵感。"这是该国防工程设计团队的"制胜法宝"。

几年前,某工程位于东北严寒地区,结合当地特殊的高纬度条件,工程内部面临亟待解决的很多难题。该所考虑到骨干技术人员常年设计低纬度地区工程,思维可能存在定式,于是出乎意料地安排仅入伍工作3年的工程师王毅担任项目组负责人。

恰逢冬季,大雪封山,出入极为不便,王毅毫不畏惧,克服重重困难,数十次往返工程现场勘察。

起用新人,老将护航。设计研究所特意安排老专家,对王毅进行实践指导,共同解决技术难题。如今,该工程已经成为当地标志性建筑,不仅受到使用方的高度评价,成果还获得了部级优秀工程设计奖。

数年前,"高抗力"项目还是一个未被攻克的高地。大家都知道,这是所有理论研究中最枯燥的课题,要花费巨大的精力和体力进行理论分析。

越是技术难点越要想法攻克。该国防工程设计团队当机立断,选派刚刚硕士毕业的工程师吴华杰赴解放军理工大学攻读博士,重点进行高强度混凝土结构动力学研究和高强组合结构性能分析研究。这两项课题的研究,有力推动了"高抗力"科研工作的创新发展。2008年,他参与的某毁伤效应及防护技术研究项目获得国家科学技术进步奖。

最后冲刺,不让一人掉队。(陈双维/摄)

一代代年轻的火箭兵士官,用青春和热血描绘着他们的强军梦。(陈双维/摄)

探秘"中国之极"

近年来,该国防工程设计团队主持的多项大、中型国防工程的设计科研任务中,年轻人活跃的身影随处可见,这些新鲜血液犹如一股股清风为设计工作带来了新的思路。

目前,该国防工程设计团队人才方阵中有2名中国工程院院士、9名总参优秀中青年专家、38名政府特殊津贴享受者、19名国家一级注册建筑师、24名国家一级注册结构师,为我军防护工程研究设计打造了一道坚固的"人才盾牌"。

第六章

利刃出鞘

走近中国特种兵

他们,是千锤百炼的神兵;他们,是锋芒万丈的利刃;他们,是不可战胜的勇者;他们,是无限忠诚的战士。

他们是兵王,是战神;他们是猛虎,是雄鹰;他们有一个响亮的名字——中国特种兵!

来无影,去无踪,他们是暗夜里的精灵;快如电,疾似风,他们是敌人心中的噩梦。

跋山涉水,他们如履平地;上天入海,他们无所不能;他们是战略级的威慑力;他们是千锤百炼的利刃。

特种兵,感觉离我们很遥远,只有在《冲出亚马逊》《我是特种兵》《红海行动》《战狼》等影视作品里,才能"读"到他们。在我军的序列中,特种兵是一支身份特殊的兵种。无论是作战还是执行非战争军事行动,特种部队都是首当其冲的重要力量。他们叫作特种兵,他们执行的是特种任务,他们接受的是特种训练。特种兵有血性有虎气,他们敢打必胜的出色表现,赢得了世人的认可和称赞。让我们一起走近解放军各部队,一起去看看特种兵是如何炼成的。

陆军特种兵

把忠诚刻进血肉

【阅读提要】

特种作战技能是特种兵执行特种作战任务的基础能力,包括熟练掌握国内和国外的各种常用轻武器,能够徒手格斗、搏击和利用各种冷兵器进行格杀,能够利用炸药进行摧毁和破坏,能够驾驶和操纵各种车辆,熟练使用各种侦察和通信器材获取并传递情报,熟悉核武器及核设施的构造与功能等。

开展特种技能训练,摸索"猎人""蛙人""飞人"三栖分阶训练法、反

第六章　利刃出鞘

恐维稳处置行动、反渗透行动等多项训练；结合使命任务，赴高原、踏戈壁、顶烈日、冒风沙，开展高原适应性训练，有效提高在陌生环境下快速适应能力。

猎人意志训练，突出意志和心理素质训练，通过模拟战场障碍，营造战场氛围，采取非常规的训练方法，培养特种兵超强的体能素质和克服战场障碍的综合技能……意志障碍训练培养特种兵深入敌后在生与死、荣与辱的考验下对党、对祖国的绝对忠诚，磨炼在艰难困苦中，战胜一切困难，去完成任务的必胜意志和绝对高于对手的标准。

代号为"砺刃–2013"的全军特种部队比武竞赛落下帷幕。来自全军陆海空的10余支特种部队，在近似实战的角逐中，原沈阳军区第39集团军特种作战团参赛官兵，一举夺得8金5银6铜，金牌、奖牌总数均居全军第一，以能打仗、打胜仗的实际行动诠释了特种兵的本色。

金牌和奖牌的背后又有着什么样的艰辛历程？2013年11月，记者走近陆军特种兵，听听他们鲜为人知的铁血故事。

"一号选手"　腰椎断裂仍战斗

2013年6月，当特种作战团比武夺魁的消息传来时，与队友们一起摸爬滚打、流血流汗的镜头立即浮现在四连班长马赫威的脑海里。

虽然胸前没能挂上金灿灿的奖牌，但他由衷地为战友们感到骄傲和自豪。

2012年深秋，由6名特战队员组成的突击队，马赫威任队长，奉命担负演习节点破袭任务。

那天9时30分，6人刚下直升机，便驾着突击战车，在科尔沁草原颠簸穿插。

9时45分，战车突遇"敌"火力阻击。"左侧迂回！"随着马赫威一声令下，战车一个急转，越深沟、过土坎、穿行水洼地，直抄"敌"阵地左翼。当行至一个陡坡时，驾驶员猛踩油门，战车像野马般一跃而起，将马赫威和队友抛离了座椅。

探秘"中国之极"

  瞬间,战车落地,马赫威腰部硬生生硌在坐椅横梁上。他眼前一黑,一阵疼痛从腰部向全身扩散,豆大的汗珠立刻冒了出来……

  11时02分,队员发现"敌"暗哨。马赫威努力让自己保持清醒。随着他一声令下,目标瞬间"开花"。

  战车继续颠簸,剧痛涌遍全身。马赫威咬紧牙关,运用战术数据终端搜寻目标。11时24分,当"敌"指挥所现身终端,战车一个急停,马赫威忍痛起身,右手持炸药包,在战友火力掩护下,奔向目标所在高地。400米,300米,50米……就在目标被摧毁的一瞬,马赫威眼前一黑,失去了知觉。

  医生诊断,马赫威腰椎横突第三、第四节断裂。医生摇着头说:"如果伤到神经,这小子就成废人了。"

  伤痛是压不垮特种兵的。几个月后,马赫威又站在了备战全军特种部队比武的训练场上。

  这次,马赫威要为荣誉而战。白天,伞降地面动作、穿越障碍、武装越野,他打着绷带、强忍疼痛,一次次地挑战自我、超越极限;晚上,就让战友帮着擦药酒、贴膏药,疼得直冒冷汗。

  正当马赫威争分夺秒备战全军比武的关键时刻,又一次意外降临了。

  5月20日,他像往常一样凌晨4时起床。伞降训练一切收拾妥当,取伞、背伞、检查、登机、离机、空中操纵一气呵成,动作熟练而又无可挑剔。

  距离地面越来越近了,500米,300米,150米,50米。忽然地面刮起了旋风,正在向中心点靠拢的他突然发现,一名伞降队员顺着风势向自己急速靠近。

  专业人士清楚,伞降过程中,一旦在低空发生两伞相撞相插,极易造成降落伞失速,后果不堪设想。

  危急时刻,马赫威不顾运动伞50米以下禁止做大角度转向动作的安全规定,毅然决定右手猛拉操纵棒,只见降落伞急速转向,险情顿时化解,那名队员安全着陆了,马赫威却重重地摔到了地上,脚踝严重扭伤。

  看着裂缝的趾骨,马赫威心里像打翻了五味瓶,有种说不出来的滋味。他是公认的备战比武"一号选手",但他清楚,目前的状况,他已经无缘比武竞赛。

第六章　利刃出鞘

一天，他拉住队长的手，笑着说："队长，从今天起，我就给大家做做训练保障吧！"

没过几天，马赫威担当起了伞降检查员的任务。每一次叠伞、登机检查，战友们总能看到脚上打着石膏的他忙忙碌碌。

看着"爱将"的身影，团政委刘修忠无比自豪地说："看来，'铁心跟党走、铁血练硬功、铁拳打头阵、铁骨当先锋'的团魂，已经融入每名特种兵的血肉之躯。"

"魔鬼训练"　勋章拍进胸大肌

该团特战七连连长庞尊欣和九连指导员史艳丰，在位于委内瑞拉的"猎人学校"，经历了他们一生中最血脉偾张的毕业典礼——

在猎猎飘扬的五星红旗下，神情庄重的校长马丁内斯上校，用自己有力的手掌，把猎人勋章、突击队员勋章等 10 枚奖章，重重拍进庞尊欣赤裸的胸肌上。

当时，庞尊欣的胸大肌被勋章狠狠"钉"了 10 次，不，应该是 12 次。因为有两枚勋章因校长用力过猛给拍断了腿儿。

史艳丰是在庞尊欣之后到"猎人学校"受训的。在跳伞课目的毕业典礼上，空军司令亲自为史艳丰授发勋章。空军司令是一个黑人，且高大威猛，拳头强劲而有力，他左手扶住勋章，右拳狠狠地将勋章捶进了史艳丰的胸大肌。当时，史艳丰几乎能感觉到血液的渗出和肌肉的膨胀。

这还不算，教官们不甘心只有最高领导能给他们授勋，为了证明自己才是特种兵荣誉的缔造者，又将史艳丰的勋章从胸肌里拔出来，再次将一枚枚勋章拍进他的肌肉里。仅自由跳伞一项获得的勋章，他的胸肌上就被钉了 14 个血孔，左胸完全被拍成青紫色，鲜血染红了前胸。

而此时，冲击他们大脑神经的不是疼痛，而是骄傲和自豪。他俩说，拍得越狠越自豪，扎得越深越骄傲。

这也难怪，"魔鬼训练"的那段经历的确让他们终生难忘。一入校，所有训练都不分昼夜，一连 14 天不让睡觉。一次，庞尊欣正直溜溜地站在队列里，因

探秘"中国之极"

为困得太厉害了,竟一头摔在水泥地上,摔得鼻青脸肿都不知道疼。还有一次,庞尊欣在连续游泳5小时后,被罚没晚饭和浇冷水。第二天跑操时,他一头栽倒在地。送到医院,连测几次血压都测不到,直到输了5瓶葡萄糖,他才从昏迷中苏醒过来。

再说史艳丰,连续9天9夜没睡觉的情况下,背着背囊和枪,负重30多公斤训练爬绳子,结果他爬到顶端没了力气,顺着10米高的绳子一滑到底,手心全滑烂了,血肉模糊,有的地方露出了骨头。他做了简单的包扎又开始障碍训练。

战俘训练时,他们被扒光衣服,蒙住头,双手被捆在后面,在不停地辱骂和鞭子抽打下,光着脚在满是碎石、尖石的山路上行进。当他们遍体鳞伤到达目的地时,更惨的"逼供"开始了。溺水、坐电椅、皮筋抽脸、皮鞭抽脚心等手段一个接一个。当把他们折磨得死去活来时,再将其捆在大树上,浇上一身蜂蜜,这时森林里的蚊虫和蚂蚁,就会爬满全身,一夜叮咬,全身肿得连衣服都穿不上。

长时间负重越野,他们的脚掌大面积溃烂脱皮,史艳丰的脚趾盖跑掉4个都浑然不知;伞降训练,庞尊欣因为收伞动作慢了被罚"鸭子拐",俩膝盖被"拐"得就像一对大灯泡,裤子都脱不下来;水上逃生训练时,史艳丰从疾速行驶的冲锋舟上翻身入水,左膝盖外侧被正在转弯的冲锋舟的螺旋桨绞破,留下两道深深的疤痕;史艳丰第一次自由跳伞,着陆时被风刮进灌木丛中,脚被灌木吊住,肩膀先落地,导致右肩关节脱臼……

"战胜是最大的褒奖,疤痕是最耀眼的勋章。"这一次又一次的"实战"经历,使他们变得一次比一次智慧和勇猛。

难怪,团长于源水这样形容特种兵:"没有特殊的人,只有特殊的记忆。"

"特战精兵" 上天入海战死神

2013年5月4日,对于"特战精兵"曾昇铨来说,是一个永生难忘的日子。

获得第十七届"中国青年五四奖章"的曾昇铨受到了中央军委主席习近平的亲切接见,聆听了习主席对当代青年的谆谆教诲和殷切嘱托!

然而,这位拥有千万家产的富家子弟,曾经历了生与死的考验,凭借过硬素

凌空一跃

猛虎出击

步坦协同训练
(严家罗/摄)

探秘"中国之极"

质躲过死神之吻。

2011年8月19日晚,茫茫科尔沁草原,一场实兵对抗演习拉开序幕。曾昇铨和战友登上直升机,实施夜间400米超低空武装跳伞任务。

夜间伞降"无地面指挥、无对空引导、无地面标识",跳伞员只能在心中读秒,判断自己在空中的位置。

"跳⋯⋯"20时15分,随着投放员的口令,曾昇铨作为第四架次第四名伞降队员,三步离机后,像往常一样数秒:"001、002⋯⋯"根据以往的经验,此时主伞就会打开,人会明显感觉到被降落伞拽住的冲击力。但当曾昇铨已经数到"003"时,还是没有感到向上的拉力。

"不好,有险情!"漆黑的夜空中,曾昇铨感觉到伞衣套掉在右腿上,一瞬间他就确认了自己的判断,主伞发生异常!千钧一发之际,曾昇铨几乎是本能地抛开伞衣套,右手准确抓住备份伞拉环,向右一拉,并迅速抖动伞衣,同时将身体展开成反弓形。

"嘭"的一声,备份伞打开的同时,他迅速调整空中姿势,几乎就在完成着陆动作的瞬间双脚落地,成功化险为夷⋯⋯

在场的跳伞专家说:"太险了!能在这么短时间内成功处置险情,军内外跳伞史上罕见!"

英雄岂止一个曾昇铨!

2011年3月,南方某潜水训练基地,一次生与死的较量,至今令班长雷先春记忆犹新:"那是执行总部赋予的'蛙人'输送装备试验,当时要是一慌神,一台价值几千万元的输送装备连同自己就葬身海底了。"

由于装备处于试验定型阶段,很多技术性能还不够稳定,对试验人员潜水技能和水下处置特情的能力要求非常高。经过严格考核,作为总部蛙人集训"优秀学员"的雷先春最终被选中。这套装备有7个分系统、上千个技术参数需要掌握,仅驾驶舱就有7组40多个功能按钮,让人应接不暇。

危险来得极其突然。

在一次按航迹航行训练中,雷先春按照方向、深度、速度的指令逐项做着规定动作。突然，意外发生了：他明显感觉到装备在运行中变为俯角45度迅速下沉，3秒不到，深度表就显示到了10米。

如果照这个速度下沉，很快就会艇毁人亡。此时，雷先春感到耳鼓鼓膜严重受压，脑子像要爆炸。按照应急预案，这个时候雷先春应该迅速脱离险境，他也收到水下通信器紧急呼叫："01，01，弃装、弃装逃生！"

但他不甘心价值几千万的装备就此毁掉。危急时刻，雷先春狠捶了一下自己的头部，在一丝冷静和清醒中，关闭应急开关，使发动机熄火。运输艇在惯性作用下缓慢下潜，深度已经达到20米。

此时，获生的唯一希望就是再次启动发动机，使输送艇上浮。但是，如果不奏效，艇就会以更快的速度下沉，雷先春弃艇逃生的可能性几乎为零。

生死关头，雷先春用应急开关钥匙启动发动机，急速拉起操纵杆。"轰"的一声，发动机重新启动，仪表显示顿时有了新变化。

雷先春奇迹般摆脱了死神的威胁！

海军陆战队
三栖劲旅踏浪来

【阅读提要】

世界海军陆战队起源。最早的海军陆战队可以追溯到15世纪，当时一些国家为了向海外扩张，建立了经过专门训练的登陆作战部队。17世纪中期，英国建立了海军步兵团。此后，俄国、葡萄牙、法国、西班牙、美国等先后建立了海军陆战团或海军陆战队。"二战"中，海军陆战队迅速发展，各国的海军陆战队在登陆作战中发挥了重要作用。"二战"后，美、英等国还多次把海军陆战队用于局部战争，如美国在侵朝和侵越战争中、英国在马岛战争中，都使用了海军陆战队。由于其独特作用，海军陆战队往往被视为

探秘"中国之极"

独立兵种。

海军陆战队通常由陆战步兵、炮兵、装甲兵、工程兵和侦察通信等部队、分队组成,有的编制有航空兵,一般按师(旅)、团、营的序列编制,海军陆战队独立或协同陆军实施渡海登陆作战、反登陆作战。

我国海军陆战队是海军的一个兵种,作战领域覆盖丛林海岛、空中水下、热带寒区,被誉为"陆地猛虎、海上蛟龙、空中雄鹰"。海军陆战队第一支部队始建于1980年,而后迅速成长为由海向陆突击的重要力量。海军陆战队以两栖作战、特种作战为主要任务,是国家海上武装力量的重要组成部分,是维护国家长远发展战略不可缺少的重要力量,可搭载两栖舰艇快速机动到与我有争端的濒海地区、岛礁区遂行两栖作战,或远涉重洋显示军事存在,或随舰艇编队遂行远海护航、海上反恐、海外撤侨、保卫海外基地和国家海外利益等任务。新时代使命任务拓展,海军陆战队着眼未来战争,狠抓实战化训练,积极投入建设世界一流海军陆战队的伟大实践。

陆地猛虎、海上蛟龙、空中雄鹰……说起三栖作战,自然想起海军陆战队,这是我军新型作战力量的代表。

2017年7月30日,庆祝中国人民解放军建军90周年阅兵在朱日和训练基地举行。一袭海洋迷彩的海军陆战队方队气势磅礴地驶过阅兵场,接受了习近平主席的检阅。这是军改以来,海军陆战队首次在世人面前亮相,立即引起广泛关注。

2017年年底,记者探访了这支部队。

全域练兵砥砺火蓝刀锋

大漠戈壁,山峦堆雪,呵气成冰。随着两发红色信号弹腾空而起,海军陆战队沙漠戈壁地区实兵实弹演习战幕拉开。

海军陆战队某旅合成营自行榴炮、两栖突击车、步兵战车火力齐开,对"敌"一线阵地火力点实施猛烈打击,"敌"工事相继被摧毁,突击分队迅速出击,夺占"敌"核心阵地,歼灭其残存有生力量。

这是海军陆战队赴新疆库尔勒进行实战化训练的一幕。近年来,按照"全域作战、全程练兵"的思路,海军陆战队先后转战内蒙古草原、东北寒区、云贵高原、西北大漠等地,开展了一系列快节奏、高强度、高难度的跨区机动实战化训练。

2014年1月,海军陆战队长途机动数千公里,从祖国大陆最南端奔赴内蒙古朱日和训练基地,与专业蓝军进行对抗演习,吹响了全域练兵的冲锋号角;2015年1月,奔赴白山黑水间的洮南训练基地,在平均气温零下十几摄氏度的恶劣条件下,顺利完成多个寒区实战化课目的训练;2015年8月,又转战云贵高原,在热带山岳丛林中磨砺实战铠甲……

2016年1月,数千名陆战队员和百余台车辆、装备跨越7个省区,采用摩托化机动、水路、铁路、航空运输等多维立体投送手段,驰骋5900余公里到达新疆库尔勒训练基地进行沙漠戈壁实战化训练。数十天中,海军陆战队员们在天山脚下,先后进行了实兵对抗演练、72小时跨昼夜连续对抗、反恐演练等科目。这是近年来海军陆战队第四次大规模跨区实战化训练,标志着海军陆战队跨区远程机动已成为常态。

要成为合格的陆战队员,必须经过严格的选拔和苛刻的训练。记者了解到,入伍伊始,他们进行游泳、格斗、渡海登岛障碍、实弹射击、爆破等课目的培训。每年盛夏,他们都要到酷热的海滩训练3个月,隆冬时节在寒区进行数十天的实战化训练,是名副其实的"反候鸟部队"。

无论是水际滩头、大洋孤岛、热带丛林、高寒山地、林海雪原、荒漠戈壁等最复杂、最恶劣的战场环境,这支钢铁劲旅都经受住了前所未有的考验,实战化训练水平不断跃升,全谱作战、全域作战、全维多栖作战、全时应急作战能力持续拓展。

国际舞台掀起陆战雄风

中国舰艇的航迹延伸到哪里,陆战队员的足迹就跟随到哪里。近年来,海军陆战队更加频繁地出现在国际舞台,在遂行联合军演、国际军事比武、随舰出访等活动中已成为中国海军的闪亮名片。

航渡途中,两栖侦察女兵队女兵进行直升机滑降训练。(严家罗/摄)

陆战队员进行滑降训练(尚文斌/摄)

越海夺礁训练

第六章 利刃出鞘

2017年8月,50余名陆战队员机动万余公里,赴位于符拉迪沃斯托克的俄罗斯太平洋舰队某部,代表中国海军陆战队参加"海上登陆–2017"野战技能国际比赛。面对陌生的地域、武器装备,陆战队员以过硬的作风、专业的技能先后包揽了"障碍赛""求生赛"的前三名,再次为祖国、为中国军队赢得了荣誉。

辉煌的成绩来自过硬的素质和血性胆识。2007年4月,经过残酷选拔,陆战队员周军与队友一起奔赴委内瑞拉"猎人学校",参加国际特种兵比武集训。那里号称是特种兵"兵王"的"生产车间",无数军人心向往之,而高达83%的淘汰率和3%的死亡率又让人望而却步。

那里不是战场胜似战场,271天"魔鬼式"训练中,射向他们的都是真枪实弹,熏瓦斯、泡水牢等"非人性"训练都是必修课。凭借坚定的信念和顽强的毅力,周军最终通过"三栖"38项课目的考核,总评成绩优秀,获得委内瑞拉特种部队最高荣誉——"突击队员"称号。像周军一样的"尖刀利刃",在海军陆战队不胜枚举。

休言女子非英物,海疆有花名霸王。陆战队女兵也不让须眉。2016年5月15日,当搭载着"蓝色突击–2016"中泰海军陆战队联合训练参训官兵的长白山舰解缆起航,海军陆战队"两栖霸王花"开启了陆战队新的历史——6名中国海军陆战队两栖侦察女兵走出国门,标志着"两栖霸王花"首次走向国际军事舞台。作为军人,这些女兵在异域演训场和所有男兵一样摸爬滚打,每天进行超负荷的体能锻炼、战术练习、实弹射击、爆破、直升机滑降、野战生存、综合演练等训练课目。首次亮相国际舞台,"霸王花"便以过硬的战技素养惊艳全场,赢得了泰军同行的尊重与称赞。

作为一支国际化部队,成立至今,海军陆战队先后迎接了美、英、法、澳大利亚等50余个国家外事访问团或驻华武官代表团来访,派员赴德国、英国、土耳其、西班牙、委内瑞拉等国留学或参加国际军事竞赛。

探秘"中国之极"

战火硝烟见证碧血丹心

随着海军使命任务拓展和国家战略需要,海军陆战队在海上反恐、国际救援、撤侨护侨等任务中当先锋、打头阵,为维护国家主权、海洋权益和海外利益做出了重要贡献,部队遂行多样化军事任务能力稳步跃升。

"感谢祖国,我们可以回家了!"2015年3月,沙特等国对也门胡塞武装目标发动空袭,也门安全局势急剧恶化。危急时刻,中国3艘正在亚丁湾护航的军舰临危受命,前往也门撤侨。

4月2日,亚丁港内仍交火激烈、硝烟四起,临沂舰在一片枪声中停靠亚丁港。"警戒!"军舰一靠码头,海军陆战队员即刻进入战斗模式,迅速建立环形警戒圈,在码头入口处立起了警示牌。前沿警戒哨距交火区还不到80米,战斗近在咫尺,危险无处不在,每名陆战队员却无所畏惧,像钢钉一样钉在各个警戒位置,成为隔离战火的一道盾牌。3月29日至4月7日,编队各舰连续作战,先后辗转3国4港1岛,分5批将613名中国同胞和15个国家的279名外国公民安全撤离战火纷飞的也门,向全世界彰显了中国力量和责任担当。

自2008年派出首批护航编队赴亚丁湾、索马里海域执行护航任务以来,中国海军共派出28批舰艇编队执行护航任务,完成了6000多艘船舶的远洋护送任务,解救中外遇险船舶60余艘。在历次护航任务中陆战队员承担了随舰护卫、武力营救、特种作战、反恐维稳等重要任务,为维护海上交通运输秩序,保障各国船只和人员安全做出了重要贡献,受到各国商船的赞誉。

军中之军,钢中之钢。海军陆战队是"尖刀"上的刀锋,能否有效履行使命任务,事关民族利益、大国尊严。伴随着人民海军迈向深蓝的铿锵步伐,置身于波澜壮阔的改革大潮,海军陆战队的地位和作用越发凸显,一支海陆空一体、攻防兼备的新型作战力量正在阔步前行。

空军特种兵

"雷神"突击,天降奇兵

【阅读提要】

  相对于其他军种的特种作战部队,空降兵特战队员最大的优势在于空降技术。"雷神"突击队,是空降兵部队一支遂行信息化条件下战略威慑、战役突击、特遣行动和多样化任务的特种力量。

  组建以来,按照"到达一切地域、夺占一切先机、克服一切困难、战胜一切对手"的要求,"雷神"突击队探索出4种机型、8种伞型、15个空降课目的训法,练就了能随时遂行远中近程应急机动侦察作战本领。

鄂北丛林,运输机悄然飞临目标上空。"跳!"随着指挥员一声令下,身负各种突击装备的特战队员从机舱鱼贯跃出,跃入蓝天扑向大地——

特遣分队乘翼伞高空渗透秘密进入作战地域,对"敌"战区的地形、"敌"情进行侦察;突击分队垂直空降到"敌"防御阵地,对重要目标进行突击;动力飞行伞分队迅速编队升空,越点向"敌"指挥部发起连续攻击……

这是空降兵反恐演习的一幕,做到这一点的正是空降兵"雷神"突击队的队员们。

"相对于其他军种的特种作战部队,空降兵特战队员最大的优势在于空降技术。"2013年11月初,时任空降兵部队政委范骁骏少将告诉记者,"雷神"突击队是空降兵某部着眼使命任务拓展,按照"到达一切地域、夺占一切先机、克服一切困难、战胜一切对手"标准,打造的一支"小型、灵活、多能"的空降特种突击新型力量,主要担负特种侦察、支援配合主力部队作战、遂行非常规作战等任务,为在关键时刻应对突发事件提供特殊力量和特殊手段选择。

选拔"特中之特"

"雷神,象征着雷霆万钧,有泰山压顶之势,也非常适合空降兵的特点。"范骁骏告诉记者。

探秘"中国之极"

据介绍，空降兵本身是空军的特种部队，而"雷神"突击队则是"特种部队中的特种部队"。建立"特中之特"的作战部队，就是在关键时刻、关键节点，给敌人致命的一击。而空降兵组建这种新型作战部队，有着无可比拟的优势——远程精确投送。数百次的跳伞训练，让他们完全可以乘坐大型运输机，直飞数千公里，通过高跳低开的方式，利用翼伞操控性强的特点精确地抵达目标，实现点对点的投放和打击。

2011年9月30日，中国空降兵"雷神"突击队正式成立。

为了遴选优秀的队员，一个包含几十项内容的选拔标准拟定出来：从身高、体重等基本身体条件，到体能、心理、智力、各种军事技能以及英语水平几乎无所不含。几项硬标准就刷下了很多人：参加过3次以上重大演习演练任务，能在"三无"（无对空目标引导、无地面指挥导调、无预设保障人员）条件下跳3种伞型、4种机型，10公里奔袭达到优秀。

经过层层选拔，一批经验丰富的士官和军官进入雷神突击队，这使得雷神突击队成为空军第一支全部由士官和军官组成的特战突击队。

符合选拔条件，通过选拔考核，只是成为一名"雷神"突击队员的第一步。在成为真正的"雷神"突击队员之前，他们还将面临残酷的训练和将近50%的淘汰率。

据介绍，"雷神"突击队的体能训练，就采用"猎人集训"的模式：早晚手拎石砖跑两个5公里，再加"5个100"，即100个俯卧撑、100个仰卧起坐、100个马步冲拳、100个倒立、100个收腹；上午，400米障碍、投弹、射击、拼刺刀、军体拳，基础科目训练环环相扣；下午，武装泅渡、擒拿格斗训练。

除了常规的精度射击练习，在"雷神"突击队，更多的是进行特种射击。从10米外奔跑到手枪放置点，装弹夹、子弹上膛、击发，一整套动作的完成时间不超过16秒。特种射击并非仅仅强调射击精度，在射击训练中，会突然叫停，然后要求每一名特战队员在不检查弹匣的情况下报出剩余子弹的数量，提示队员要精确计算弹药量。

"精确伞降和直升机机降的优势，是空降特种部队区别于其他特种部队的重要特点。"雷神"突击队队长史建强介绍，目前，"雷神"突击队员跳伞次数少则几十次，多则几百次，是我军唯一一支成建制进行翼伞伞降的突击队。高空跳伞训练时，他们带着氧气面罩从 6000 米高的飞机上纵身跳下，自由落体到 1000 米才打开翼伞；超低空跳伞，他们从 200 多米的高度跃下，几乎是离机即开伞，伞开即落地。不仅如此，很多队员都掌握三角翼和动力翼伞的操纵。而直升机的滑降训练算是比较基本的科目了：坐滑、抱滑、侧滑、倒滑，他们要根据不同的战术背景、地形条件和滑索采取不同的滑降方式。

狠抓"猎人"集训

2011 年 10 月 14 日 21 时，委内瑞拉某山区，夜色如墨，一辆卡车在崎岖的道路上疾驰。车上坐着刚刚参加完"合作–2011"中委空降兵联合城市反恐训练开幕式的中国空降兵"雷神"突击队员。此时，距离突击队成立仅有半月。

让人始料未及的是，公路两侧突然响起激烈的枪声，卡车猛一刹车。"下车隐蔽！"当时的"雷神"突击队队长杜志辉下达指令，队员们迅速行动，但终究还是没能躲过催泪瓦斯的喷洒。霎时，鼻孔、眼睛就灌满了瓦斯，泪流满面、呼吸困难。

"中国朋友，欢迎来到'猎人'学校！"突袭结束，一名肩扛少校军衔的委内瑞拉军官出来迎接他们，"从现在开始，你们就进入了实训阶段，接受挑战吧！"这就是鼎鼎有名的"猎人"学校，以训练难度高、强度大、关口众多、惊险苛刻、酷似实战而著称，其校训是"这里造就的是特种作战中最具战斗力、最凶猛、最有头脑的战士和躯体"。

对中国空降兵来说，这一切并不陌生。早在 1999 年，该部队的两名年轻的中尉扈华国、王亚林曾赴委参加集训。面对 38 道难关考验，他们以钢铁般的意志和过硬的军事素质，成为集训班仅有的两名完成全部训练科目的外籍学员。后来，他们的事迹被拍成电影《冲出亚马逊》，在国内引起了巨大反响。

丛林潜伏训练，是联训的一个重要科目。10 月的委内瑞拉仍然酷暑难耐，突击队员们趴在密不透风的丛林里，犹如进了蒸笼，厚厚的伪装服一会儿就湿透

探秘"中国之极"

了。更要命的是，尽管队员们衣领、袖口、裤腿扎得严严实实，但依然挡不住蚊虫的疯狂肆虐。

酸痛、饥饿、干渴、蚊虫叮咬轮番折磨着突击队员们，但他们稳如泰山、纹丝不动。

第二阶段为跳伞、机降训练。飞机满载全副武装的突击队员飞向预定空域。委内瑞拉这个季节气候变幻莫测，飞机在忽上忽下的气流中艰难飞行。

陌生伞具、陌生气候、陌生地域，这三个"陌生"对任何老跳伞员来讲都是难以克服的障碍，而"雷神"突击队员之前只进行了2天地面动作训练就直接升空跳伞。

这次跳伞也让被誉为"跳伞专家"的熊海波终生难忘。由于委方提供3种不同型号的伞，突击队员领到什么就跳什么，根本没有时间熟悉伞的性能和构造。

在这样的条件下，突击队员们在5天内顺利完成了3种伞型昼（夜）间48架次高难度跳伞任务。

第三个阶段为城市反恐近战突击训练。空地结合、联合搜捕营救人质的行动在凌厉的警报声中拉开序幕。当清晨第一缕阳光穿破晨雾时，6名全副武装的狙击手搭乘一架运输机悄然飞临演习地点上空。

5000米高空、能见度极低、丛林茂密，哪一项都是突击队员跳伞演习的"沼泽地"；无地面引导、无地面标识、无气象资料，哪一条都是突击队员勇敢和智慧的"试金石"！

风劲吹，伞漫"舞"。跳伞现场，身负各种突击装备的队员犹如雄鹰展翅一般，凭着平时练就的过硬跳伞技能，沉着冷静地处置各种特情，强行着陆，隐蔽渗透至预先侦测好的制高点……

据了解，这是我空降兵成建制出国行程最远、规模最大、转场最多的联合演练。其间，"雷神"突击队先后有8人获得爆破合格证书，7人获得狙击手印章，5人获得自由跳伞勋章，全体获得陆军特种作战学校猎人勋章及证书。不少委方官兵对中方参训队员的表现竖起了大拇指："中国空降兵，名不虚传！"

实行优胜劣汰

11月底,鄂北某地,空降兵特种作战训练基地。"雷神"突击队员陈永年和方彬,在记者面前上下翻飞,迅速攀爬、跃过一道道障碍。

在这里,记者看到了传说中的"猎人障碍",这实际上是一种包括17种障碍物的体能训练场,包括滑降、攀登、泥泞等。

此时,"雷神"突击队进行完汇报演练不久。"目前'雷神'突击队已经形成了一个良好的机制。"空降兵部队政治部主任郭普校少将说。他所说的机制,就是资格认证和优胜劣汰。据介绍,"雷神"突击队员实行等级认证制度,这也是空军第一支采取等级认证制度的特种作战突击队。正式的"雷神"突击队员将通过考核认证,按照特级、一级和二级三类,颁发荣誉证书并进行物质奖励。这种认证考核每年都要进行,达不到二级的退为预备队员,限期整改,再次考核仍然无法通过的,将淘汰出队,作为原单位的骨干使用,空缺名额由新队员补充。这既是一个补充新鲜血液,达成良性循环的机制,同时也给队员们赋予了一种荣誉感。"综观世界各地的反恐作战部队,除了必要的物质奖励外,荣誉感往往成为很多人选择特种部队的主因。"

据空降兵部队部队长李凤彪少将介绍,这两年来,突击队着眼信息化条件下的联合作战要求,对传统的组训方式进行大胆改革,按作战任务确定课题,按作战要求设置环境,按作战程序组织演练,着重突出直升机伞(滑)降、高空翼伞渗透、低空伞降突袭、地面远距离渗透等20多个高难科目训练,把困难设足、对手设强、环境设险,摸索出多套训法战法,破解各类训练难题16个。此外,他们还采取个人与个人、班与班、排与排之间展开对抗训练,将官兵置于陌生复杂环境中,从难、从严开展实战化训练,培养战斗作风,检验训练成果,进一步提高部队应变能力。

探秘"中国之极"

二炮特种兵

"神剑利刃"如何百炼成钢

【阅读提要】

　　组建虽短,技术不单;队伍精干,任务饱满;装备精良,气势不凡。作为全军最年轻的特种兵部队,第二炮兵某特种部队积极推进强军实践,奋力跻身我军特战精兵行列。

　　在我军特种兵的编成里,有一支年轻而又特殊的新生力量——第二炮兵某特种部队。它组建于2006年,主要担负引导导弹打击、打击效果侦察及抗击袭扰等任务。组建以来,该部多次参加全军、第二炮兵组织的比武集训、战备执勤和"红蓝"对抗演习任务,展现出英勇善战、顽强拼搏、敢打必胜的战斗姿态,成为我战略导弹部队序列里一支不可或缺的新生作战力量。

　　2009年纳入全军特种作战体系,是二炮唯一一支担负特种作战任务的新生力量,平时主要担负反恐维稳、处突安保等任务;战时主要担负目标侦察、目标破袭、引导打击、打击效果核查、核武押运、反特防卫等任务。

"来无影,去无踪,快如电,疾似风;他们,是不可战胜的勇者;他们,是无限忠诚的战士。他们是战略级的威慑力,他们是千锤百炼的利刃。"

这支被命名为"利刃"的特种部队,隶属第二炮兵,与第二炮兵其他部队相比他们更加神秘,几乎没有在公众面前露过面曝过光。中国战略导弹部队的"兵王""战神"是什么样子?这支年轻的"神剑利刃"又是如何炼成的?

2013年11月13日,燕山腹地,寒意正浓。记者带您近距离领略战略导弹部队特种兵的风采。

向梦想进发

"利刃"队员这样产生

"你自豪吗?我光荣我自豪。我们靠什么生存?信任,我们相互信任。我们

第六章　利刃出鞘

的口号是什么？忠诚、睿智、勇敢、奉献。你会在最危险的时候冲在战友前面吗？我可以死，但我的战友会活下去！"

在特种部队训练场，一段问答形式的对话引起了记者的注意。"这是我们的特战文化，也是每位特战队员必须铭记的入营誓词。"第二炮兵某部政委王爱民介绍。

誓词的旁边就是"利刃"的标识：一把利剑与一道闪电的臂章，一条铭刻代号和编码的项链。对第二炮兵某特种部队官兵来说，能够戴上这样的标识，那就是莫大的荣光。

每到特种部队招人时节，军营里总会引起一片沸腾。然而，这并非坦途，听完考核课目的介绍，"险象环生"这个词立马跃入记者脑海！

猎人训练场内。参选考核从5公里武装越野开始，队员们身负20公斤的装备，要求在规定线路上25分钟内跑完。未等喘口气的他们，当即被拉进猎人训练场。

第一项考核开始了。参选队员们两人一组，手抓横梯，在晃动中悬空前进。接着，快速通过2米高的软桥，在摇摆不定的平衡木上奔跑，攀向挂在空中的晃动轮胎……不少队员败下阵来。

水面浮桥出现在眼前。由于极度疲劳，队员们个个表情痛苦，大口喘着粗气，此时，就在他们耳畔响起教练的呵斥声："你们行不行？看你们连3岁孩子都不如！"面对刺激和挖苦，一部分队员丧失了战斗力，遗憾地选择了退出。

剩余队员进入抗眩晕训练环节。紧接着，他们陆续钻进长20米、直径50厘米的"鱼雷管"。由于管道狭窄，他们只能窝着身体，匍匐前进。钻出"鱼雷管"，等待他们的是三级圆木组成的"步步高"。一个个高难课目接连上演，时刻考验着队员们的意志力和忍耐力。

挺举60下轮胎，翻越高空横木，跑过梅花桩，再潜入冒着熊熊烈火的深水涵洞。出了涵洞，队员们进入了一道长25米，高30厘米，地面铺满碎石的泥泞地桩网，他们的前方，教练手持高压水枪向他们喷射。训练难度越来越高，危险系数越来越大，场上队员越来越少。

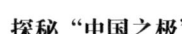

走出猎人训练场,全副武装18公里急行军开始了,由于体能严重透支,掉队的越来越多。

历时3天,第一轮考核结束,50名候选人从1000名参选队员中产生了,他们将在更加残酷的训练中接受选拔。

他们被拉到一个陌生水域,进行3公里武装泅渡训练。面对冰冷的河水,候选队员们携带一杆枪、4颗手榴弹,为着即将到手的"利刃"身份,毫不犹豫地下了水。

如果说体能的考核已经让人精疲力竭,那么心理素质的训练更是不近人情。在地桩网课目,一名战士仅仅因为慢了20秒,被惩罚跪在地上,手抱头匍匐前进。

忠诚度也是考核的重要内容。他们模拟特战队员在实战环境下被抓捕,然后通过严刑拷打,检验其承受能力。最终,严格的体力、智力和心理测试过后,20名队员脱颖而出。

庄严的入队仪式上,他们佩戴上崭新的"臂章",领到了属于自己的"项链",正式入编中国特种部队战斗序列。仪式现场,部队长吕烽板着面孔,开始了第一次训话:"你们戴上了'利刃'标识,不代表你就是合格的特种兵!等待你们的,不是鲜花和荣誉,将是流血和牺牲!"

为荣誉而战

"菜鸟"练成绝顶高手

一拳劈下,砖块一分为二;一肘砸去,花瓶全都粉碎;一脚侧踹,木板断裂落地……这不是大片里的钢铁战士,而是实实在在地发生在第二炮兵某特种部队日常训练里的一幕。

"开砖、破瓶只是最低要求。要想真正成为兵王、战神,必须经过严苛的训练。"说这话的,是特种部队大队长张鹏,一米八零的大个,戴着一副黑框眼镜。"特种兵,执行的是特种任务,接受的是特种训练。部队训练的危险性比较高,同时又是三栖,包括陆地、海中和空中。"张鹏说。

第六章 利刃出鞘

第二炮兵某特种部队在军中的首次亮相，便是在海上集训——

2009年5月，全军特种兵海上集训在海南某海域拉开帷幕。除了第二炮兵代表队，其他6支代表队的参训队员，个个都是特战领域的绝顶高手。曾经并肩战斗，或者多次过招的他们，相互间热烈地招呼着。

报到那天，5名来自第二炮兵的特战队员，显得多少有点落寞。他们心中都攒着一股劲："我们代表着战略导弹部队，绝不能输！"

回忆当时的情景，那次集训的领队、现任该部司令部参谋的汪建辉情绪有些激动。报到第一天，抛进帐篷里的烟幕弹让他们乱了阵脚，紧急集合哨同时吹响。

集训项目中，最艰苦的要数3000米沙滩极限扛舟。训练完成，未及休整，他们被要求立即划舟前往10公里外的一座小岛。抵达岛屿后，早已精疲力竭的他们，被要求下水拖舟游回去。

集训队大门口的两盏大灯泡成了唯一的指向标。漆黑的夜里，他们第一次在大海里度过。凌晨2时，他们终于上了岸，掐指一算，已经连续训练了9小时。

凌晨5时30分，新一天的课目继续上演。日复一日，21天的集训终于结束。考核场上，第二炮兵代表队取得了海上徒手1500米泅渡、海上5公里极限滑舟、短池游泳接力3项第一，团体获得全优成绩，在集训队中名列前茅。

首次亮相，大放异彩。"炮特"这一称呼也开始在全军特战部队中传开。作为领队的汪建辉获得了总参颁发的"集训优秀学员"荣誉证书。

5名队员只是这支年轻队伍的缩影。要想成为"利刃"的一员，除了体能训练，还要能够熟练使用各种轻重武器，操作多种机械设备和驾驶汽车、坦克、装甲车等各种车辆，具备擒拿、格斗、攀崖、越障等技能，掌握爆破、救护、修理、开箱等一门以上专长。

2013年3月，机缘巧合，已从解放军信息工程大学无线电侦测专业毕业6年的李扬，被任命为该部一中队中队长。1个月后，参加全军狙击手骨干集训的通知来了，要求该部推荐6名队员，3人一组，分别参加城市和丛林两个类别集训。

探秘"中国之极"

李扬想参加。可入伍到现在,手枪、步枪实弹加起来打了不到50发。来不及多想,他带着两名队员开赴城市狙击手集训地。

面对强势的对手,李扬给大家打气:"我们是'菜鸟',没名气,但也没压力,能及格就可以了!"话虽这么说,可他们每天都要加练两三小时。一到休息时间,极度疲惫的其他队员想休息一会儿,却被他们缠着"取经"。

集训的102名学员,来自全军10个大单位68个旅团级单位,"炮特"3人全部被评为优秀,团体成绩名列第二。参加丛林狙击手集训的3名学员,也全部被评为优秀,团体成为两个全优代表队之一。

靠使命牵引
任务中诠释成长"密码"

如果说赛场的争锋是为荣誉而战,那么战场上显威,才是特种兵的价值所在。部队长吕烽告诉记者,我们这支部队,说简单也简单,就是用最短的时间,最简单、最直接、最有效的方式,以战术级的力量完成战略战役性任务。

刚从"红蓝"对抗任务中归来的中队长牛玉雷向记者讲述了团队的成长。

已经第5天了,发放的野战干粮早已用尽。说是干粮,其实每天也就相当于正常供应量的半顿。牛玉雷带着"闪电班"在深山密林中穿插,刺探对手的作战行动。

所谓"闪电班",就是来无影去无踪,让对手摸不着北。今年6月,该部千里机动,开进深山密林,执行第二炮兵"红蓝"对抗任务。

演练刚开始,牛玉雷就发现,"红方"较往年更加"狡猾"了。找了几天了,连"红方"的影子还没见到。找不到"红方",找不准他们的行动规律,就展开不了破袭,预示着"蓝方"就得退出战斗。任务的时间逐渐被拉长。

饥饿难忍之下,牛玉雷带着大家开始抓蛇。一天里,8条蛇成了8名特战队员的"补给"。

牛玉雷带着两名战友走向了沼泽地。林子里异常潮湿,各类蚊虫肆虐,特别是蜱虫,一旦被其咬上,容易引发森林脑炎,危及人的生命。

第六章　利刃出鞘

出发前，他们在身体裸露部分涂抹上了泥巴和木炭。牛玉雷说，这是他们从老百姓那里学来的，只有解决了生存之道，才能保持战斗力。

一行3人保持着战斗队形，行进在一人多高的草丛里。凌晨1时，月亮躲在了乌云后面，四周漆黑一片。牛玉雷脚下一滑，半个身子陷进了沼泽地，他下意识挣扎了一下，结果越陷越深。听到声音，两名战友才把他拉了上来。

饿了，他们捕来鱼、青蛙、蜘蛛和蚯蚓吃；渴了，他们就俯下身子，喝下雨聚下的雨水。一次快速前进中，牛玉雷发现一名队员掉了队，回头一看，口渴难耐的他正在舔树叶上的水珠。

数天后的一个午后，他们终于摸到了某导弹旅一个发射营的驻地。该营驻地依托山势而设，伪装措施极度严密，四周布控有瞭望哨、移动哨，还有警卫小组。牛玉雷小组在距离该营20米的地方潜伏下来，记录营地坐标，绘制驻扎地图，开始等待"战机"。

牛玉雷他们的对手很多都是久经沙场的导弹劲旅，导弹发射场上尽显神威，让这帮"毛孩子"给搅了局，多少有点不服气。

这不，在"红蓝"双方交换意见阶段，不少旅团指挥员发起了牢骚。可牢骚归牢骚，到了演兵场，特战队员依然不留情面。因为，在他们的脑海里，没有强有力"对手"的磨砺，就会遭到真对手的破袭。

"特种兵的忠诚，就是要把我们手中的刀磨得更快。"该部政委王爱民说，正是在一次次的使命任务中，特战队员的精神得到了升华，意志受到了磨砺，已成为能够让党放心、让人民放心，政治上特别过硬的"铁拳头"。

探秘"中国之极"

武警特种兵

练军中精兵，铸反恐利器

【阅读提要】

2014年4月9日，习近平总书记视察武警特种警察学院（以下简称"特警学院"），并为"猎鹰"突击队授旗，中国反恐劲旅展露真颜，无数国人为之振奋。4月25日，中央又做出建立健全反恐工作格局、完善反恐工作体系、加强反恐力量建设的总体部署。

在武警序列中，已成建制组建总部、总队、支队和中队4级反恐力量体系。其中，被称为反恐"国家队"的有两支精锐队伍。"猎鹰"突击队——特警学院特种作战大队，这是中国最早组建的反恐专业力量。自1982年建队以来，先后执行民航空中护卫、北京奥运会安保、援疆反恐维稳、首都机场备勤及党和国家领导人警卫等多项特殊勤务。另一支是组建于2002年12月的武警北京总队"雪豹"突击队，它立足北京、面向周边，主要担负大规模劫持人质事件处置中的武力突击任务。

此外，各省（自治区、直辖市）还拥有自己的反恐突击力量，如武警新疆总队"天鹰"突击队、黑龙江总队"老虎"突击队等。2013年，武警部队在全国各执勤中队成立应急班，担负地、市、县恐怖事件先期应急处置任务。此外还有多支侦察、反劫机、工化、火炮中队和少量女子特警队。隶属"猎鹰"突击队的女子特警队，就是名副其实的"军中玫瑰"和"特警霸王花"。

"雪豹"突击队

【阅读提要】

"雪豹"突击队是由时任中央军委主席胡锦涛同志亲自批准命名的。他

2020年第二季度"魔鬼周",特战队员参加单兵全能项目训练。图为"雪豹"队员识别、拆除爆炸物。(贾科林/摄)

"猎鹰"突击队狙击手在执行警戒任务(戎鹏飞 杨志毅/摄)

探秘"中国之极"

们在严酷的条件下训练,不断超越自我;在复杂的环境下执行任务,为祖国争得荣誉;在特殊使命的感召下,只争朝夕、勇往直前。经过数年的艰苦磨炼,"雪豹"突击队已经成为中国反恐"国家队"。

"雪豹"突击队原名"雪狼"突击队,隶属中国人民武装警察部队北京总队特勤支队,组建于2002年12月,是我国为防范和打击恐怖主义而专门组建的反恐特种部队,主要担负处置重大恐怖事件中心区武力突击任务。参加"和平使命-2007"联合军演时更名为"雪豹"突击队。

以被人们誉为"雪山之神"的"雪豹"命名特勤大队,寓意队员忠诚、团结、坚毅、勇猛、机敏,是对特战队员所应具备的高尚品质、作战能力、战斗精神和坚定信念的高度概括。臂章上是张嘴怒吼的雪豹头像;手枪、冲锋枪、重步枪,各种武器样样在行……

该部队先后圆满完成处置突发事件和各种重大临时任务90余次,参加各类重大军事演习、演练和对外表演10余次,连续4年被评为"军事训练先进单位"和"基础建设先进单位",为国家和武警部队赢得了荣誉。

"雪豹"——中国首支精锐反恐部队

"首战"告捷,惊现莫斯科

面对恐怖主义的威胁,为维护人民群众生命财产安全,我国成立了反恐特战部队。2002年12月,武警北京总队十三支队特勤大队正式组建。

"雪豹"突击队命名后的第一项任务,就是飞赴莫斯科参加中俄"合作-2007"联合反恐演习。根据上海合作组织宗旨和中俄两国内卫部队有关协议,中俄"合作-2007"联合反恐演习于2007年9月4日至6日在俄罗斯内务部内卫部队独立作战师驻地进行。根据计划,在实兵演练阶段,中俄官兵并肩战斗,消灭"恐怖分子",解救"人质"。

身着迷彩服的队员从直升机上一跃而下,装甲车上的机枪喷吐着火舌,远方草原上腾起阵阵硝烟。激战,在莫斯科郊外打响。中俄联合战役司令部决定,伏

第六章 利刃出鞘

击"恐怖分子"劫持人质的大客车。"雪豹"引诱大客车进入伏击地域,"恐怖分子"引爆爆炸装置,一团蘑菇状的火焰腾空而起。瞬间,两名特战队员从尾随的卡车飞身跳上车顶,破窗投掷爆震弹。同时,设伏队员突入车内展开攻击。

一阵激烈的枪战过后,"雪豹"队员在俄方的配合下击毙6名、生擒4名"恐怖分子",将4名"人质"安全解救。

历时3天的"合作–2007"中俄联合反恐演习,通过"联合封控、立体突破、机动歼敌、多路围剿"等高强度演练,系统检验了中国反恐特战队员在长距离机动条件下面对陌生环境的快速侦查、高效协同、有力打击的作战能力,有效测试了小组集成、车辆保障、技术实施的反恐装备水平。"中国部队训练有素,装备精良,表现出了高度的爱国主义精神和组织性、纪律性。"俄内务部内卫部队总司令尼古拉·罗戈日金大将评价说。

铸造"利剑",汗浸训练场

枪响,百米之外,鸡蛋粉碎。

"雪豹"突击队员李强,2007年进入位于北京南郊的这个神秘大院,他和他的300多名战友开始了日夜与"实战"为伴的生活,在无数次真枪实弹的训练中,突击、瞄准、击发就成了李强们生活的"主旋律"。

"轰、轰……"随着几声巨响,枪声和爆炸声交织在一起。一伙"歹徒"在两个不同的地点制造事端,数十名群众被困。

现场气氛骤然紧张。集指挥控制、情报信息、集群通信和辅助决策为一体的指挥车群在第一时间赶到现场。警灯闪烁,身着黑色特战服的队员乘坐银白色防弹运兵车迅速到位。

在与"恐怖分子"谈判无效的情况下,武警特战队员开始实施武力强攻。随着一声令下,突击小组兵分五路,用高空垂降、地下潜入、破窗突入等方式秘密接近敌人。直升机快速飞临楼房顶部,在离地18米的高空,只见一名特战队员以迅雷不及掩耳之势,打开舱门,甩下一根绳索,在没有任何防护措施的情况下抓住绳索快速垂降。破窗、握枪、击发,干净利落,分秒不差。在特战队员的合

探秘"中国之极"

力攻击下,"恐怖分子"被一一"击毙"。这是"雪豹突击队"反恐训练的一个镜头。

"雪豹"突击队训练场如同战场,可以用"高、险、难、强、真"来概括。高,从几十米的高空从容垂降,穿越于楼房之间,奔走在悬梯之上;险,训练场始终硝烟弥漫,弹雨纷飞,险象环生;难,针对目标千变万化,很难对付;强,训练强度大;真,训练不拘泥于预案,一切贴近实战。

训练尖子王新建第一次探家,饶有兴致地给家人讲起自己的训练生活,描述了自己脱胎换骨的过程。讲着讲着,一脸兴奋的他猛然发现,母亲和姐姐已是满脸泪水。

闯枪林弹雨,亮剑伊拉克

2009年10月1日,伊拉克首都巴格达。

当地时间5时(北京时间早上10时),夜空中驻伊美军的武装巡逻直升机轰鸣作响,街道上不时传来刺耳的枪声。中国驻伊拉克大使常毅召集全体使馆工作人员和武警警卫小组官兵一起收看国庆庆典电视直播。

当武警装甲车方阵缓缓驶过天安门时,警卫小组组长王学礼中校激动地说:"我们为阅兵现场的战友感到自豪,也为我们能在伊拉克保护中国使馆以及外交人员的安全做出自己的贡献感到光荣。"

在王学礼中校的胸前,白色的"雪豹"胸标异常醒目。他们已经是"雪豹"突击队向伊拉克派出的第6批警卫小组。

2004年2月,经中央批准,外交部决定派复馆小组赴伊展开工作,6名特勤大队特战队员随行警卫,这在中国外交史上是第一次,也是中国武警首次驻外执行任务。2月9日,6名来自武警北京总队十三支队特勤大队的警卫队成员经莫斯科到达约旦,与孙必干等人会合。2月16日,警卫队队长席栓柱就率领战友们跟随大使孙必干,从约旦安曼出发奔赴伊拉克边境。

一踏上伊拉克这片世人瞩目的战争焦土,空气中浓烈的硝烟味道扑面而来。荷枪实弹的伊拉克警察和美军车队不时地从身边疾驰而过,远处不断地传来枪声

第六章 利刃出鞘

和爆炸声。

队员们在车内头戴钢盔，子弹上膛，手指头一刻也不离开扳机，全神贯注地搜索着每一个可疑情况。凌晨4时，席栓柱把队友们集合在一起，打开弹药箱，在突击步枪中压满子弹，掷地有声地说："外交官代表祖国。一路上，不管遇到什么情况，我们必须保证外交官的生命安全！"

在此后的日子里，席栓柱和队友们几乎每天都要面对血雨腥风。

2005年1月，我国8名公民在归国途中被当地武装分子绑架，席栓柱与战友们受命保护使馆人员与武装分子交涉。23日，武装分子同意释放人质，但指定地点在激烈枪战的逊尼三角地带。

"哪怕用我们的命，也要换回同胞安全归来！"警卫队成员异口同声地说。那次，席栓柱带领3名队员，第一次动用了轻机枪。在6小时的营救过程中，队员们寸步不离外交人员，最终把8名同胞安全地营救回来。

赴伊期间，席栓柱和战友们圆满完成了223次外交行动随行警卫任务，复馆小组租住的曼苏尔饭店曾3次遭到炮弹袭击。每到危急关头，他们都毫不犹豫地为外交官充当"生命盾牌"。

对话特战队队员："一切紧贴实战！"

14个参赛课目中，9个课目夺冠，总分第一名——我国武警部队派出"雪豹"突击队和特警学院特勤大队参加在约旦举行的第五届"勇士竞赛"国际特种兵比武，并一举夺魁。

2013年3月31日，在武警某训练基地，记者见到了参赛队伍之一——"雪豹"突击队的7名队员。50多小时没有休息，刚回到北京，他们略显疲惫的脸上还难掩比赛的兴奋。强手如林的国际擂台上，中国武警靠什么拔得头筹？

记者：对你们来说，哪个项目挑战最大？

谭鹤（"雪豹"突击队员）：有一个项目叫"国王的挑战"，据说是约旦国王

不屈

飞翔

亲自设置的。5名队员携带2支步枪、1支狙击步枪，跑完10公里，全是山路，有些路段坡度超过60度。1支狙击步枪就有14斤重，要爬上陡坡，几乎是手脚并用。在这个过程中，还有射击任务。由于气喘、心跳，射击很难瞄准，一旦打不中靶心，又立刻会罚跑。

我们最后拿到了第一名，约旦国王为此送给我们一把军刀。这靠的是平时扎扎实实的训练，以及关键时刻的团队凝聚力。

记者： 特战队员是如何选拔的？平时怎么训练？

屈可： 参赛队员选拔过程非常严格，最初有30多名队员参加集训，层层筛选、淘汰后，只留下7名队员。这些队员，年龄大的29岁，小的22岁。有两名出色的狙击手都是90后的小伙子。

队员们素质非常均衡，有的自幼习武，有的擅长钻研战术，有的心细谨慎，有的枪法精准。与欧美队员相比，我们的队员在身高体重上不占优势。但在比赛中，多次遇到单人要扛起重达180斤的包裹或假人的情况，我们的队员也都毫不含糊地做到了，这令一些外国队员十分惊叹。

谭鹤： 从比赛情况来看，我们的训练方案还是非常科学的。从去年8月到今年3月，队员们一直在参加集训。前期主要是打基础，苦练基本功。每天早晨起床后先跑5公里，无论刮风下雨，从未间断过。后期练技能和意志力，这也是比赛决胜的关键。扛100公斤圆木跑20公里，肩膀磨出血泡也不能放下。

平时的训练好比一个麻袋，体能、技巧、战术，一样一样地全装进去了，等到比赛的时候，需要什么，就从麻袋里取什么，快速做出临场判断。

"猎鹰"突击队

【阅读提要】

2014年4月9日，中共中央总书记、国家主席、中央军委主席习近平为"猎鹰"突击队授旗，强调"猎鹰"突击队是国家级反恐拳头部队。

探秘"中国之极"

5年来,"猎鹰"突击队牢记习主席嘱托,锻造特战反恐劲旅,创造了一项又一项骄人业绩。

去年10月,京郊某训练基地硝烟弥漫,一场武警部队举办的"锋刃–2018"国际狙击手射击竞赛拉开战幕,21个国家的狙击精英在此展开巅峰对决。中国武警"猎鹰"突击队员斩获个人全能总冠军和小组团体总冠军。

猎鹰突击队根据反恐形势不断更新训练理念,奔赴大漠戈壁、高山峡谷、城市街区、高温、高湿、高寒环境等地区,每年开展数十次研训;圆满完成全国"两会"、博鳌论坛等重大活动安保任务;8次参加世界军警狙击手锦标赛,取得16项冠军;4次参加国际特种兵比武,斩获6枚金牌……

2014年4月9日,"猎鹰"突击队授旗仪式举行。这支国家级反恐拳头部队,引起人们的瞩目。

中国人民武装警察部队特种警察学院原是1982年成立的反劫机特种警察部队,是武警总部直接领导和指挥的一支国家反恐力量。学院组建以来,先后为国家和军队输送了一大批特战人才,出色完成一系列安保、处突特殊任务,为维护社会稳定做出突出贡献。2014年2月20日,习近平主席命名学院特种作战大队为中国人民武装警察部队"猎鹰"突击队。

据了解,鹰为空中霸主,形象机敏、勇敢、犀利,"猎鹰"贴近特战大队担负以反劫机为中心的反恐特战任务特点,能够表现部队反应敏捷、刚毅勇猛,制服猎获一切恐怖分子的超强能力和良好形象。

"猎鹰"突击队密切关注国际国内恐怖活动动向,深化研究,形成多种战法,建设指挥、侦察、攻击、排爆、防护等攻防兼备的装备体系。

不打招呼、不设预案,"猎鹰"突击队员经常被拉到地铁站、火车站等地实地演练。一次,接到上级命令,"猎鹰"突击队30名队员在副队长的带领下,穿戈壁、爬雪山、越险滩,历经47天追击,将藏匿的"暴恐分子"悉数打尽。

厉兵秣马,淬火利刃。"猎鹰"突击队在大强度训练中融入核心力量训练、悬挂训练等一些功能性训练方法,并针对武装泅渡、越障、攀登、搏击、射击等军事技能课目开展专项体能训练,最大限度强化和保持队员的身体机能。

他们坚持仗怎么打兵就怎么练,搏击训练突出一招制敌,射击训练突出一枪毙敌,排爆训练注重搜排一体,驾驶训练注重技战合一;每年参加跨区检验性演练和对抗考核,每年与国外同类部队进行业务交流和联合训练,每年组织特战队员和毕业学员进行"魔鬼周"训练。

在连续7昼夜的"魔鬼周"训练中,每名队员全程携装30公斤,每天训练18小时,在山林、断崖、滩涂、河流等20多处陌生环境,连续完成10公里奔袭、30公里负重行军、12小时扛圆木行军、6公里负重涉水和意志训练、极限搏击、综合越障、高塔垂降等40多项训练内容,挑战生理心理极限,锤炼超常本领。有时,凌晨营地就会遭到"突袭",战士们要在不到5分钟的时间里全部撤离,追剿"恐怖分子"。背着几十公斤重的行囊,战士们一跑就是五六小时。

"猎鹰":反恐特战劲旅这样炼成

(一)

"你们的口号是什么?"

"猎鹰突击!所向披靡!反恐利剑!为国而战!"

"俯卧撑,再来200个!"

一个普通的训练日,"猎鹰"突击队特战队员的呐喊声响彻训练场。京郊凛冽的寒风吹在队员身上,汗水却止不住地往下流。

武警"猎鹰"突击队把演训场和比武场作为反恐处突的"第一战场",将忠诚深深融入血脉中。2019年3月,记者来到"猎鹰"突击队,探寻这支队伍成为反恐特战劲旅的"奥秘"。

在"锋刃-2018"国际狙击手射击竞赛相关课目夺冠后,"猎鹰"突击队并没有召开庆功会,而是第一时间检讨反思在挑战狙击和综合战斗狙击课目上失利

探秘"中国之极"

的原因。部队长米彦广告诉记者:"作为反恐'国家队',我们担负着多样化反恐作战任务,作战技能必须样样过硬,向国际一流水平看齐!"

身负重任、以身许国,"忠诚"二字深深融入"猎鹰"突击队员的血脉中。结束一天的训练,特战三大队大队长王占军都会为特战服右臂上的国旗轻轻擦去灰尘。"一面国旗,代表着强大的祖国!"王占军说,"无论训练多苦,大家每天也都会精心擦拭、整理右臂上这面国旗,这已内化为队员们的一种行动自觉!"

"战旗在手,责任上肩,'猎鹰'突击队的每一名队员都深知自己的职责使命。"部队政委张卫说,"我们一定把反恐利剑磨砺得更加锋利,让党和人民放心。"

(二)

"砰!"一声"枪响"从不远处的客机机舱里传来。2018年年底,"猎鹰"突击队"魔鬼周"极限训练中的一场反劫机战斗演练打响,王占军指挥队员与"恐怖分子"对峙一整天,全天未进热食。只睡了3个多小时的王占军,"梦里都在琢磨咋对付'恐怖分子'"。

"魔鬼周"极限训练是特战队员练就过硬本领的训练方式,也是"猎鹰"突击队每季度的例行课目——7昼夜中,每名队员全程携装30公斤,每天训练18小时,在山林、断崖、滩涂、河流等陌生复杂地域,连续完成10公里奔袭、30公里负重行军、极限搏击、综合越障等40多项训练内容,挑战生理心理极限,锤炼制敌硬功。

"要锻造出难局能破解、残局能逆转、险局能求胜、死局能重生的反恐尖兵,就必须让特战队员不断在实战环境中淬火。"特战训练大队大队长叶鹏说。

特种作战是体能、智能、技能等多能综合较量,"猎鹰"突击队正推动训练既"燃烧卡路里",又"燃烧脑细胞"。一次演练中,废弃的采石场隐匿着"恐怖分子"窝点,狙击手提前潜伏在狙击阵位上,战斗一触即发,却被导调组突然喊停,10多名"恐怖分子"随即瞬间移形换位。这样的演练,战术衔接更紧密,更贴近实战,给队员们思考判断的时间更少。既考体力,又考脑力,已成为该部队"魔鬼周"的标配。

（三）

2017年年底,在一档综艺节目中,一位身穿迷彩绿的"95后"姑娘,要挑战一个几乎不可能完成的任务:在距离目标350米远、23米高的狙击点观察,并在30秒内记住5个随机设置的玻璃容器位置。之后在目标前加盖一层布,这位姑娘凭借空间记忆远距离狙击,5次射击、5发命中,弹无虚发。

这位姑娘叫郭子睿,是"猎鹰"突击队女子特战大队一班班长。2013年,刚入伍的她3公里越野掉队后被人拉着才能跑到终点,训练成绩在同年兵里样样落后。经过在"猎鹰"突击队严苛的训练,郭子睿由一个"后进生"成长为优秀的狙击手。

记者在"猎鹰"突击队女子特战大队看到,一块展板上,贴着该大队军事训练创破纪录的课目成绩和相应的纪录保持者。名单上出现最多的姚亚男,在2018年11月打破了4项纪录。不服输的信念,根植于"猎鹰"突击队员们的心底。

"及格不算数,良好刚起步,满环看弹着。"过硬的军事素质,来自日积月累的训练。新兵韩焕强在去年第三季度参加"魔鬼周"训练,脚部撕裂性骨折,打着石膏仍然每天跟着参加训练;当兵12年的李健,在一次极限对抗训练课目中担任指挥员,与其他大队的队员竞技,膝盖髌骨损伤,类似的伤病很多,却从未想过放弃。"我心中有个信念,'猎鹰'人从来不服输!"李健说。

①②
③④

①对抗狙击课目比赛中,狙击手正通过潜望镜隐蔽观察目标。
②在为期5天的比武竞赛中,392名特战尖兵展开巅峰对决。
③武警海南省总队特战队员邢运才利用铁索通过"沼泽地"。(蒋波/摄)
④武警海南省总队特战队员进行泥浆摔擒。(杨瑞明/摄)

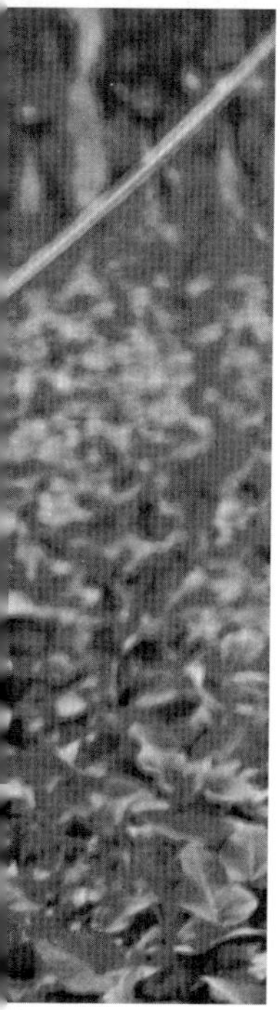

"王杰班"：做新时代的好战士

"老班长好！我是'王杰班'第 31 任班长王大毛！现在向您宣读习主席写给'王杰班'全体战士的回信！"

王大毛口中的老班长，就是著名的英模王杰。54 年前，装甲兵某部工兵一连班长王杰在组织民兵训练时突遇炸药意外爆炸，为保护现场 12 名民兵和人武部干部，他舍身扑向炸药包，用 23 岁的宝贵生命，践行自己"一不怕苦、二不怕死"的铿锵誓言。

2019 年 1 月收到习近平主席回信的那天，"王杰班"班长王大毛和战友们激动得难以入眠。

逐梦强军路，基层有作为

"2017 年，随着编制体制调整改革，我们由工兵班调整组建为装甲步兵班，又经历两次换装，一切从头开始。2017 年 12 月 13 日，习主席视察 71 集团军，专程来到'王杰班'与战士们座谈交流。"王大毛告诉记者，写信的初衷，就是要将这一年多来取得的成绩向习主席汇报。

将全班和个人的成绩都写在信中，就太长了。战士们想了个办法，各自精心挑选满意的工作照，将个人情况写在照片背后，最后列一个前后对比的总表。

"我挑选了一张给战士们讲解驾驶要领的照片，汇报我们工作转型的努力。"王大毛记得，在一次战斗演练中，导调组突然宣布驾驶员"阵亡"，经验丰富的他脑袋蒙了。直到演练结束，装甲步战车一动没动。

一辆装甲步战车是一个整体，实战中如果有人牺牲了，其他战位的人能不能顶上？对此，"王杰班"在全旅率先开展减员战斗训练：减员至 7 人不影响战斗，减员至 5 人可继续战斗，减员至 2 人能坚持战斗！

第六章　利刃出鞘

　　为实现这一目标，他们在练好专业本领的同时，还请来其他专业的教练员辅导，一个个零件认，一项项任务过。在新装备首次实弹射击中，"王杰班"首发命中、发发命中；在与求教过的兄弟单位同场竞技时，综合排名第一。去年，全班外训天数超过280天，人人获得通信、射击、驾驶3个专业的等级证书，并全部熟练掌握11种打击武器，确保了战场环境下的持久战斗力。

　　"每个战士都是军队的重要组成部分。在整个系统运行中，每个零件都发挥价值。"中士谢彬彬对习主席回信中"推进强军事业，基层大有可为"这句话感触颇深。入伍8年，他多次在岗位上摘金夺银。担任炮长以后，面对信息化程度更高的火控系统，他将过去清零，经常拿着教材钻到蒸笼一般的炮塔里，一待就是几小时，终于在专业考核中获得"最佳射手"称号。

　　"收到回信后，全旅上下将习主席的亲切关怀转化为练兵备战的动力源泉，通过学习讨论、专题授课、'十学王杰'等活动，让习近平强军思想在每个战士身上得到贯彻落实，去年全旅6人因备战打仗成绩突出荣立二等功！"旅政委张振东说，转型啃下硬骨头，实战攻克新难关，是基层改革创新的探索努力与奋进脚步，也是向习主席交上的最好答卷。

奋进新时代，争做好战士

　　"生死有些沉重，但军人必须敢说，一旦有需要，我也会像老班长那样奋不顾身。如果能平安归来，一定会磨炼意志、增强本领；如果不能，希望小外甥能以舅舅为荣，长大以后成为有用的人……"

　　这是"王杰班"下士徐斌第四次给家人写告别信，也是"王杰班"所在旅开展"假如明天上战场，留给亲人一封信"活动的一部分。第二天，旅里首次组织新装备水上驾驶训练。该课目有一定危险性。徐斌向连队提交申请书，争取到了头车。

　　脚踏离合，手控挡位，轻踩油门……车尾水浪翻腾，车体稳速推进。突然，车内警报大作，一旦车辆进水熄火，后果不堪设想。"打开出水口！"徐斌果断下达命令，渗水开始从步战车缝隙中流出，同时他加大油门，在轰鸣声中，车辆

王杰部队官兵参加跨区机动演习（赵聪／摄）

王杰部队官兵交流学习体会（王磊／摄）

第六章 利刃出鞘

抢滩登陆。

"我们是王杰传人,必须有血性胆魄,关键时刻顶得上!"徐斌告诉记者,班里每天为老班长铺床叠被、擦拭雕塑,54年来从未间断,"一不怕苦、二不怕死"的精神,战士们永志不忘。让他备感自豪的是,水上首驾成功这个消息,也写进了寄给习主席的信。

习主席勉励"王杰班"战士们"努力做新时代的好战士",现已为其他班班长的原副班长王佳锋说,大家在收到习主席回信后,喜悦之余也纷纷为自己树立起更高的人生标杆。

武术教练出身的上等兵李哲,由于长期运动量过大,患上重度静脉曲张,一旦负重跑就疼痛难忍。动完手术,他在训练时,将各项"要领"和"口诀"记录在手心,方便随时随地查看。

在这个不断取得突破和荣誉的集体中,每个人手掌都有厚厚的老茧和斑斑伤痕。"优秀是合格,第一是标准",这已经成为"王杰班"代代相传、人人践行的"金标准"。

军队大熔炉,青春写篇章

"王杰班"中士吴学哲大学毕业后入伍,2018年,由于考核发挥失误错失提干机会,他一度曾考虑过退伍。

"习主席嘱咐我们每年都要定个目标。我去年定的目标,是掌握所有武器、通过一专多能等级考试。可惜只实现了一半目标。"吴学哲说,"如果那时退伍了,既辜负了习主席的期望,也违背了在老班长雕塑前许下的誓言。"

为了能成为业务尖兵,他把训练标准定得更高。最终在等级考核中脱颖而出。今年,他顺利通过提干考核,已被陆军工程大学录取。

上等兵周智涵来自杭州,今年20岁。拉开袖子、卷起裤管,他身上的40余处伤疤记录着拼搏的青春。

"习主席与我们谈话时,问到这一批孩子还能不能吃苦、有没有'骄娇'二气。我先是一阵脸红,随后又挺直了腰杆!"周智涵是家中独生子,入伍前从没

 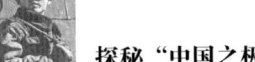

做过家务,沉迷网络游戏,还曾逃学、离家出走。

到部队这两年,周智涵变成了"手茧厚、伤疤多、脸庞黑"的"神射手"。更重要的是,他学会了关爱他人、关心集体,闲时为战友们理发,换岗前为战友们挤好牙膏。周智涵夹在信中的照片,记录下了训练间隙和战友们休憩、学习的场景:"我想向习主席报告,军营里的青春有苦也有乐,搞实训也重理论,有付出也有收获。"

"闷葫芦"韦勇国业务能力很强,在同届义务兵里,他最早一批实现所有体能课目全部合格,可内向的他说话半天蹦不出一个字,与战友的沟通交流、战术配合难免存在阻碍。班里引导帮助他上台发言、担任解说。现在,他变得开朗健谈,还主动参加旅里组织的"学习主席回信精神,做新时代的好战士"演讲比赛。"王杰部队就是一个大熔炉。老班长用生命换来的荣誉、战友们用成绩取得的光环,我们要发扬和传承,人人要过硬,事事要过硬,成为更好的自己!"韦勇国说。

新型陆军的探路者
全军首个新型合成步兵营

雨后,一架无人机悄然升空。爬升、突防、盘旋……蓝军前沿及纵深目标尽收"眼底"。密林深处,抵近潜伏的侦察分队运用多种手段,把隐匿目标一一"挖"出。

指挥车内,担任红军主攻任务的陆军第78集团军某合成旅一营火力参谋果断呼叫空中火力支援。10分钟后,空军两架战机对"敌"实施精准打击,该营顺势打出一套"左右组合拳",在武装直升机的火力掩护下,迅速夺控蓝军阵地。

"作为新型陆军的探路者,我们一刻不敢耽搁。"该营营长宋恒哲告诉记者,2018年8月,记者走进火热的练兵场,探寻他们作为陆军转型急先锋铸就"陆战铁拳"的答案。

思维转型
必须对接明天的战争

2014年8月1日,嘹亮的军歌响彻礼堂。接过新型合成步兵营营旗,该营从此拉开了改制换装的序幕。

新型突击车列装、新式侦察通信设备入库……看着"豪华"的新装备,官兵们欢欣鼓舞。天天盼着的信息化新装备终于到来,靠"两条腿、一支枪"打仗的步兵营终于"鸟枪换炮",可当看到数百份说明书、数万个部件,还是有种"老虎吃天无从下口"的感觉。

编制调整,装备变化,并不必然带来战斗力的提升。"新型合成步兵营到底应该怎么建,如何训?"一场转型思辨的头脑风暴在全营迅速掀起。他们邀请专家讲解新装备性能特点、原理构造,讲清战斗力生成模式的时代特征、核心,填补官兵认知空白。

 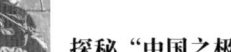
探秘"中国之极"

转型,必须用新理念、新视野、新方法、新标准来提升战斗力。为此,他们跳出传统步兵视野局限,把握转型升级核心要素,深入研究融合战法,针对不同作战形态,将打击力量和各种侦察装备配合使用,探索出动中指挥模式和保障力量伴随行动办法,形成合成营山林地、夜间作战等一整套战法。

主动作为

起步就按下"倒计时"

转战10多个省市,行程10余万公里;动用武器装备数万余件(次)、车辆数千台(次);参加各类演训活动数百次,消耗各类弹药几十万发……

这一组组数据犹如一串串脚印,见证着一营的转型之路,他们从零起步,始终把转型"准星"对准战场"靶心",不断锤炼部队打赢本领。

武器装备尚未完全定型,人员编制还没最终确定,承领新型合成步兵营试点任务,一营白手起家、困难重重:一无先例可循,二无可靠装备,三无教材可用,四无人才储备,五无配套设施……

怎么办?面对转型契机,一营官兵不给自己预留"缓冲期",起步就按下"倒计时"。

没有教材、大纲,他们从基础理论学起,寻找相近装备、专业共同点,组建攻关小组,试编大纲、撰写教案。为了搞懂一个数据,官兵们有时在战车上一干就是几个昼夜。为了搞明白一步操作,大家四处找专家……

4年来,他们接连克服复杂地形远程机动难、百人千装数据采集难等矛盾困难,先后完成力量组建、接装改装、效能试验等一系列工作——

首次实现全程战术背景,长时间、远距离带武器弹药安全行军;首次取得新型合成步兵营飞机装载固定、战斗编组同机乘载第一手数据;首次以营作战单元模块化编组形式,独立遂行行动任务;打出了某新型防空导弹、反坦克导弹等武器装备极限值,为全军新型合成步兵转型提供了实践样板。

第六章　利刃出鞘

能力扩容

战斗力"最硬的那块钢板"

一营之所以能当先锋、打得赢，与官兵的高素质密不可分。

转型初期，一营面临的首要问题是新装备保障人才短缺。一营党委紧盯关键岗位紧缺人才，积极协调上级、军地院校、装备厂家、地方驾校等，采取"联合式"培养送出去学、"嫁接式"办班请进来教等方式，超前培训各类专业人才近300人，关键岗位满编适岗，列装当年人装融合率达97.6%。

"迈不过能力关，就过不了转型关。"全军爱军精武标兵、三连连长降巴克珠深谙此理。2015年9月，刚从军校毕业的降巴克珠来到一营一连当排长。面对一众新装备，他拜老士官为师，学原理、练操作、研数据……不到一年，就变成了会驾驶、懂操作、精通信、能指挥的"全能通"。

一次训练中，突击车武器站出现故障，教导员于林新现场带领战士捣鼓了4小时，成功排障。专家感叹："没想到教导员也懂维修技术！"

紧前培养，一专多能，才能助力战力稳步跃升。如今的一营，从营长到班长，从中校到列兵，不仅人人精通本职业务，而且每个人都熟练掌握两种以上武器，人人会使用侦察、通信设备，真正实现了人人素质过硬。

创新驱动

转型建设最大原动力

4年前，某型新式火炮首次"亮相"演兵场，曾是旅里有名的"一号观察手"的徐大鹏主动请缨，炮弹却偏移预定落点。

痛定思痛，徐大鹏带领全班从观测装备到指挥系统，从赋予射向到诸元计算，对照新老装备性能特点，梳理总结出新式火炮射击诸元计算、观察所开设等6种创新方法，填补了该型火炮观测空白，大大缩短了射击准备时间。

实现强军目标，是具有很强开拓性的事业，面临大量新情况新问题，必须勇于探索、大胆创新、锐意改革。旅政治工作部主任徐文联介绍，在该营，人气最高的地方是"强军论坛"，官兵们针对"把车载武器当成摆设""人员登下车需

探秘"中国之极"

要车辆短停"等老步兵做法,纷纷为突破制约战斗力生成瓶颈建言献策,"金点子""小发明"层出不穷,一个个转型难题、训练症结迎刃而解。

转型以来,该营在全军第一个构建起装备作战试验鉴定理论框架,围绕"信息力、打击力、机动力、防护力、保障力"探索新装备作战效能,提出400多条改进建议被上级机关采纳,梳理10余条实战化训练经验做法,均被上级大力推广。

2015年10月,在一场检验性实兵对抗演练中,一营某新型突击车在炮火支援下迅速前出,快速夺取制高点,用时比未换装前快了数倍。2017年冬季实兵对抗演练,一连在冰天雪地的战场上快速穿插,在侧翼给"敌"以致命一击,成为赢得胜利的奇兵。

如今,一营已初步形成轻便化、多能化、模块化特点,具有机动速度快、火力打击猛、指挥便捷高效、自我保障能力强等作战能力,成为名副其实的"陆战铁拳"。

第七章

刀锋战士

戴明盟:放飞航母"战鹰"第一人

"'飞鲨'真帅!""零误差表演堪称完美!"……2015年9月3日,5架歼-15舰载战斗机组成的"V"字形梯队米秒不差地飞过天安门上空,并放下尾钩向人们致敬,引来现场不少赞叹。

这是中国海军舰载战斗机首次接受祖国和人民检阅。带领舰载机梯队出色完成这次受阅任务的,是海军某舰载航空兵部队部队长戴明盟。

作为我国第一批航母舰载机试飞员,戴明盟第一个完成地面高速滑跑阻拦,第一个完成飞行阻拦着陆,第一个完成地面滑跃起飞,第一个绕舰飞行、触舰复飞,创造了歼-15舰载机试验试飞的多项纪录。2012年11月23日,他驾驶歼-15舰载战斗机在辽宁舰成功阻拦着舰,成为中国航母放飞"战鹰"第一人。2014年8月,习近平主席签署命令,授予戴明盟"航母战斗机英雄试飞员"荣誉称号。

"刀尖"上的传奇
实现战机首次由陆基向海基的历史性突破

2012年11月23日,戴明盟像往常训练一样,起飞、临空、绕舰,下降高度、放下尾钩、对准跑道……9时8分,"嘭"的一声巨响,歼-15稳稳着落在辽宁舰的甲板上。戴明盟实现了我国固定翼飞机首次由陆基向海基的历史性突破。

这一突破并不容易。

数年前,我国的航母和舰载机事业才刚刚起步。权威军事理论家指出:在现代海战条件下,没有舰载航空兵的海军不是一支真正的海军。中国首艘航母何时能形成战斗力?承载着特殊国家使命,一支神秘的试飞团队应运而生。

第七章　刀锋战士

立志从军报国的戴明盟，在经历院校和航空兵训练基地的严格训练后，早已是"海空雄鹰团"的尖子飞行员。从那时起，戴明盟肩负使命开启了惊心动魄的"着舰人生"。

"技术支援，没有；图纸资料，没有；标准规范，没有；组训经验，没有。"戴明盟说，当时摆在中国军队面前的，完全是白纸一张。

从零开始从来都意味着巨大的挑战，而戴明盟没有丝毫畏惧。他和战友们跨越一道道技术难关。几年来，戴明盟完成歼–15舰载机科研试飞400多架次，绕舰飞行数百架次，积累了大量的科学数据。

舰载机着舰被称作"刀尖上的舞蹈"。戴明盟说，驾驶舰载机着舰，好比"在高度晃动中玩穿针引线的活儿"。高速度的飞机必须精确地降落在航母甲板上，有效着陆宽度还不及陆地跑道的一半。而从空中看航母甲板，就仿佛一枚小小的邮票。更困难的是，航母高速前进，飞机不断调整姿态，空中气流忽大忽小，这些都给飞机着舰增加了许多不确定因素。

"选择了舰载机，选择当试飞员，就要敢于挑战极限。"戴明盟说。驾驶的是从来没人驾驶过的飞机，飞的是从没飞过的科目，然而，戴明盟总是冲在最前面，以令人惊叹的胆魄和超凡的技术，第一个实现了舰载机在航母上的成功起降，书写出彪炳史册的"刀尖上的传奇"。

与死神"掰手腕"的勇者
创造试飞着舰"零伤亡"的世界奇迹

飞行员是高危职业，而舰载机试飞员，更是直接与死神"掰手腕"。据美国安全中心统计，舰载机飞行员的事故率是航天员的5倍，是普通飞行员的20倍，其中80%的事故发生在着舰过程中。西方某大国刚刚发展航母时，平均每两天摔1架飞机，牺牲了1000多名飞行员。

让戴明盟印象深刻的第一次遇险是入伍第二年的伞训。戴明盟本来是第三个跳伞，但跳下之后他突然察觉到，自己超过前两个战友成了第一个跳伞的了。原来，是他的伞没有完全展开，以致下降速度过快，他立即拉开了备份伞。

探秘"中国之极"

"最后,我掉离着陆点将近两公里,好在捡回了一条命,身体也没受多大伤。"戴明盟说。

更危险的一次飞行是飞机升空不久后遭遇了故障。指挥塔台命令他跳伞,然而飞机下方是人口密集区。最终,他和战友操纵随时可能爆炸的飞机,仅在距地面500米高度的地方才弹射出舱,让飞机坠毁在农田里。

试飞几年来,戴明盟经历了10多次险情。"有的飞行员经历这种险情后,心理上会产生阴影,不愿再从事飞行职业。"戴明盟遭遇险情后反而更有信心。他说,只要科学处置,就可以避免灾难。这正是他在试飞中敢闯"鬼门关"的底气。

艰险的试飞生活,处处充满挑战。每一个课目和实验,戴明盟都愿意第一个上场。困难接踵而来:舰载机在钩住阻拦锁后,时速在瞬间减到零,飞行员会承受巨大的载荷,对脊椎等部位损伤明显;由于惯性,血液加速向飞行员头部涌去,眼前会出现"红视"现象;因为14度滑跃倾角,飞行员起飞时还会有加速撞墙的感觉……

"为了国家,为了航母,再大的风险都要冒,再大的挑战都要上。"几年间,凭着大胆加科学的精神,戴明盟和战友们一次次挑战极限,创造了试飞着舰战机"零坠毁"和人员"零伤亡"的世界奇迹。

团队发展的"拓荒牛"
助推自主培养舰载机飞行员的新跨越

在北方某机场,涂装海军灰的"飞鲨"一次次从跑道上起飞,频繁进行起降和空中编队训练。

歼-15舰载战斗机的两个垂直尾翼上涂有两个飞跃而起的鲨鱼形象。"将绰号涂注在战斗机机身,在我军历史上不多见。这种自信的展示,透射着我舰载战斗机部队捍卫祖国海疆的坚定意志。"部队政治部主任余五海说。

彰显国家意志的航母要真正形成战斗力,必须培养出一批成熟的舰载机飞行员。由于难度大、风险高,原来只有美、俄两国具备这种培养能力。

海军某舰载机部队部队长戴明盟(钟魁润/摄)

探秘"中国之极"

"什么时候,中国能够成批量培养出自己的舰载机飞行员?"在辽宁舰着舰成功后,戴明盟便把目光瞄向这个新的战场。

成立飞行教员组、制订方案、编写大纲、整理教材、讲授理论、模拟器代飞……作为海军首位着舰指挥官,戴明盟像一头不知疲倦的"拓荒牛"。此时,歼-15战机仍在试飞中。白天,他除了试飞,还要给新飞行员讲课,并进行模拟器代飞;晚上,他要对新飞行员的每一个动作进行讲评,有时一个细节要反复抠上几十遍。

一次,新飞行员徐英训练中状态不佳,驾机着落时在舰尾段出现下沉。徐英左思右想,找不出原因所在,便去请教戴明盟。戴明盟问:"早饭有没有吃饱?"一句话让徐英如梦初醒,原来早上确实没吃饱,影响了血糖和血压,导致精力不能集中。

在新飞行员心中,戴明盟不仅是师长,更是兄长。为了他们早日着舰,戴明盟殚精竭虑。战斗机中校飞行员祝志强告诉记者,在一次围绕舰载机新飞行员训练方法的讨论中,为了节省改装时间,戴明盟提出一个非常大胆的想法。有人表示反对,理由是歼-15还在试飞验证阶段,这样做太危险了。

"航母形成战斗力刻不容缓,新飞行员培养一天都不能等,我是试飞员,技术上的风险我来解决!"一向低调内敛的戴明盟此刻坚定如山。最终,戴明盟的提议被采纳。新飞行员培养周期再次被缩短。

戴明盟欣喜地告诉记者,不久的将来,会有更多的空中"飞鲨"在辽宁舰上阻拦着舰和滑跃起飞。中国已成为世界上第三个能够独立培养舰载战斗机飞行员的国家,在世界大国航母俱乐部中占据一席之地。

"九天猎手"蒋佳冀

两度斩获空军飞行员对抗空战考核"金头盔",10余次执行重大演习演练任务,15次实弹打靶命中率100%,被空军授予"矢志打赢的模范飞行员"荣誉称号……

交出这份成绩单的,是一名1999年入伍的80后特级飞行员——空军航空兵某三代机团团长蒋佳冀。

2014年12月30日,由全军官兵投票产生的2014年度"践行社会主义核心价值观、争做新一代革命军人"10位新闻人物揭晓,蒋佳冀赫然在列。

《孙子兵法》称:"善攻者,动于九天之上。"蒋佳冀,就是九天之上善攻的猎手。

"没有永远的战法,只有永远的变化"

2011年秋,中国空军首次对抗空战检验性考核拉开战幕,100余名精英飞行员列阵鏖战,争夺10个象征职业至高荣誉的"金头盔"。此次对抗,是一场"自由仗",战机上天,只要能打赢,想怎么打就怎么打。

作为参战的少数几名80后飞行员,蒋佳冀第一仗便遭遇威名远扬的王牌部队飞行员,装备性能和对抗经验都优于自己。

第一天,双方从7000米高空缠斗到3600米中空。激战中,他大速度、大幅度急转抢先,战机过载超过7个G,接近了性能极限。但他沉着冷静,抓住战机,连战连捷,最终以大比分完胜对手。首战告捷,他又接连战胜对手,成为当年最年轻的"金头盔"获得者。一年后,蒋佳冀蝉联这一殊荣。

从名不见经传的"蓝天雏鹰",到令人瞩目的"尖刀团长",蒋佳冀的身上,深深烙上了时代的印记。

探秘"中国之极"

　　那年,部队组织对战机信息系统进行升级。"空军是高技术兵种,设备更新,必将带来观念创新。"蒋佳冀敏锐地嗅到了这一战斗力"增长点"。熟练掌握设备基本性能后,他还向专家求教,并找来外军相关资料,摸索不同模式的使用方法,将几项新功能应用融入日常战术训练。"悟性极高,内心敞亮。从不藏着掖着,敢于发表个人看法。"蒋佳冀的二代机教员、老副团长陈玉林这样总结蒋佳冀的成功秘诀。

　　"没有永远的战法,只有永远的变化",蒋佳冀与战友们研练了10余套行之有效的战法,先后被四总部评为"全军优秀基层干部"和"全军学习成才标兵",荣立了二等功。

每次飞行训练,都是"打仗前的最后检验"

　　九天猎手绝技是怎么样练成的?

　　"他有一双鹰眼!"有人告诉记者。经测验,蒋佳冀目视发现距离比有些飞行员多出5到10公里。

　　先敌发现、胜敌一半,空战中,目视发现能力至关重要。然而,一直以来,目视发现训练主要靠老飞行员的零碎经验,缺少系统科学的训练方法。

　　为此,蒋佳冀专门请教医科大学的眼科专家,了解眼睛基本构造和功能特点,并利用对抗训练契机反复试验,总结出间隔扫视、循环搜索、交替搜索等训练办法,终于练成"绝技"。

　　"飞得高,因为他看得远。"在师政委廖应宾看来,蒋佳冀的骄人成绩,更源于另一种层面的眼力。

　　1999年高中毕业,蒋佳冀放弃做民航飞行员的机会,选择招飞入伍当空军飞行员;2003年军校毕业,婉拒"留校当教员"的劝说,选择到一线作战部队;2006年初露锋芒,放弃在二代机部队提前晋职的机会,选择从头开始改装新型战机……

　　心中想着飞行,脑子琢磨打仗,是他的工作常态。每场对抗前,蒋佳冀都认真研究对抗空域特点、对手战机性能、干扰手段,对空战的每一个环节都精心做了预案。在蒋佳冀眼里，每次飞行训练，都是"打仗前的最后检验"。

上高原、穿戈壁、赴沿海……这些年来，蒋佳冀在高难课目中练、在处置特情中练、在突破极限中练，执行重大演训任务10余次，15次实弹打靶全部命中。

"为荣誉而战，人人皆可成'王牌'"

在航空兵部队有句行话："飞行的结束，才是训练的开始。"

走进飞行讲评室，飞行员、领航员、电抗人员、机务骨干悉数列席。背后数台电脑一字排开，态势图、飞行参数、视频等数据实时回放。讲台上，飞行员讲述空战过程，讲台下不断有人提出建议。他们一秒一秒地回放空中动作，一个数据一个数据地计算核对，有时为了一个动作、一个数据争得面红耳赤，有时又为了一套战法的成形彻夜难眠。

"我要带的不只是会飞的飞行员，而是会打仗的战斗员。"自2011年3月当大队长时起，蒋佳冀便旗帜鲜明地提出了新员带教理念。

"从第一架次飞行开始，就植入打仗意识！"基础课目开飞前，蒋佳冀就给新员灌输如何在空中学会生存；战术课目训练中，设置"假想敌"，从能量、角度、高度等方面分析每个动作的战术价值；为让新员感知实战的火药味，他专门组织观看对抗空战视频，请参加过"金头盔"空战的老飞行员分析讲解……

"没有平时战时，只有岗位战位。"秉承为战而飞的理念，蒋佳冀的一系列训练举措，使新员成长周期缩短7个月。蒋佳冀带出的14名飞行员，个个都是执行重大任务和创新战法训法的排头兵，其中9人已成为某新机团大队长、副大队长等。2014年9月，蒋佳冀被任命为团长。

"以前升空作战，想得更多的是'击落对手'，而今后，我的眼里要装着一张体系制胜图。"自信、奋进、超越，透过蒋佳冀的心声，记者感受到其代表的精武之风，正在空军部队蓬勃生发……

郭峰：新时代的坦克兵王

2015年10月底的一天，北京军区某兵种训练基地训练场，秋风萧瑟，烟尘滚滚。坦克兵驾驶四型多辆坦克正在进行多课目训练。战车来回穿梭，轰鸣声不绝于耳。突然，一辆主战坦克"趴窝"，只见驾驶员跃出，迅速进行修理，不到半小时，坦克重新投入"战斗"！

既是驾驶员，又当修理员。他叫郭峰，坦克特级驾驶员、该基地一大队三级军士长，集驾驶、射击、通信、修理专业于一身，被誉为新时代的"坦克兵王"！

入伍17年，他练就一身全军少有、基地唯一的硬功夫，荣获全军爱军精武标兵、全军士官优秀人才奖一等奖和全军"百名好班长"等5项"全军头衔"。

从"火头军"到"坦克兵王"

1.75米的个头，身材瘦削，脸庞黝黑，两鬓斑白，一身尘土和油污。从烟尘滚滚的训练场下来，郭峰——这个37岁的老兵来到记者面前。

17年前，来自太行山革命老区的郭峰怀揣梦想走进军营，本希望能驾驶坦克冲锋陷阵，结果先当了3年炊事员。2002年，大队实行社会化保障，郭峰"下岗"来到坦克一连，终于成为一名初出茅庐的坦克兵。

经过一段时间的学习培训，郭峰开始担负教学训练保障任务。一次，负责学兵驾驶训练保障的郭峰，遇到棘手难题：坦克突然转向失灵。当时，他急得满头大汗，只好向旁边一名上等兵请教，却受到奚落："都第四年的老兵了，连最简单的故障都不会排除？"

"一定要学好技术，不能让别人瞧不起！"郭峰暗下决心。为了尽快掌握坦克基础理论，郭峰把自己的业余时间都用在坦克驾驶等专业知识的学习上。他采用"三三制"自学法,每晚至少用 3 小时研读坦克理论,每册教材至少精读 3 遍,有关零部件至少分解组装 3 次。第二年,郭峰就当上了班长。

一次,基地组织新装备训练时,大队仅有的 3 辆某新型坦克相继"趴窝",返厂维修时间太长,大家一筹莫展,郭峰立下军令状,边拆边学边修!

"拆坏了就是等级事故,要受很重处分的。"面对战友的善意提醒,郭峰态度坚决。制订科学详尽的修理方案,多次打电话向厂家请教,吃住在修理间,困了就靠着坦克打个盹。

第一台坦克故障是变速箱摩擦片损坏,分解拆下来的上千个零部件将 11 个 8 平方米的工作台放得满满当当。经过 10 多天的连续奋战,郭峰不仅顺利排除了故障,还掌握了不少关键技术。

凭着这股敢于担当的血性和不弄明白不罢休的钻劲,郭峰熟练掌握了 3 代坦克 4 种车型 8 个专业的使用与维修技能,对坦克底盘、仪表、按钮等百余项技术参数烂熟于心。他加班加点,挑灯夜战,仅用一个月便将我军最新型坦克全车 2000 多条线路熟练掌握。

2015 年 3 月,已经考取某新型坦克驾驶特级的郭峰,又决定学习信息化程度较高的坦克射击专业。为练好手眼配合,他盯着手表秒针练眼力,180 秒不眨眼、不流泪。他还反复揣摩快速瞄准的动作要领,钻进坦克一练就是半天。功夫不负有心人,他通过了坦克射击专业的考核。

"一人一车能战斗",他成为名副其实的"坦克兵王"。

一身绝活的"兵专家"

闭眼不看,他就能摸准坦克底盘的每个结构;竖耳一听,他便能判断出坦克运行时的故障点……

"技术是装甲兵的生命。"走上营技术员岗位后,郭峰用手中的笔记下了 150 多台坦克的"脾气秉性",每台坦克每天的工作情况、行驶里程、故障现象……这一记,就是 20 多万字的"技术档案"。作为基地赫赫有名的"兵专家",郭峰练就了一身绝活——先后攻克了变速箱不转向等 12 个训练保障难题,总结了 32

探秘"中国之极"

种应急修理办法，自主革新 7 项成果。

有一天，郭峰看到一份资料用大数据描述百姓的时尚变化等趋势，心想也许可以用大数据理念精细化管理装备。

说干就干。郭峰为基地每台坦克建立起信息档案，对行驶里程、技术状况等信息实时收集、及时更新；他还通过上百次的试驾训练，得出新型坦克在各种路况行驶的数据，编写了两种车型 10 万多字的《技能实习手册》《常见故障排除手册》，打通了与教学训练互联互通、实时共享的"信息链路"。

数据库的建立，让装备管理向精细化迈出了一大步。以前，装备换季普查，7 名技术骨干需要一周时间，加班加点收集数据、统计分析；现在，依靠采集的"时鲜"数据，只需登录装备信息数据库，启动应用系统，半个多小时就能完成，装备完好率、器材库存数、训练消耗量等信息一目了然。

如今，被基地官兵视为"技术宝库"的是他亲手写下的《坦克常见故障诊疗手册》。有一回，郭峰外出送修装备，有一台某新型坦克"趴窝"，技术骨干轮番上阵，但都无果而终，最后，是这本"故障诊疗手册"救了场。

"真想不到，一个战士掌握的装甲修理知识这么全面！"一位地方厂家工程师看到郭峰整理的《坦克常见故障诊疗手册》后说。

驾驶场上的"保护神"

据了解，训练场一圈不到 3000 米，而郭峰每天的行程可达到 25 公里。

作为营技术员，只要有训练任务，郭峰就会像"保护神"一样，出现在驾驶场上。这些年，他每年平均有 8 个月都奔波在训练场，鞋子磨破了一双又一双，排除上百次装备故障和训练险情。

坦克翻越土岭，被称为"土岭上的芭蕾"。

那年，郭峰看到学兵驾驶坦克通过土岭等障碍物，萌生念头：实战中，驾驶员通常要克服各种障碍物，处置核生化袭击等一系列战术情况，正确利用快速机动占得先机或规避敌陆空火力打击，方能最终实现消灭敌人、保存自己。

郭峰便以土岭为例，探索快速机动的方法。失败了重来，额头碰破了、膝盖磕肿了、脚踝扭伤了、腰痛加重了，战友们劝他别练了。郭峰撸起袖子说："只要练不死就要往死里练，我们要为实战化训练蹚路！"

训练中，他按照实战关窗驾驶，坦克怒吼着向土岭冲去。坦克冲向土岭，当车头向上抬起的一瞬间，松油、凭惯性高速通过一气呵成。不仅如此，他还掌握了各种恶劣条件下高速通过障碍物的技能，撰写了组训方法。

调研过程中，郭峰白天到演兵场跟演跟训，摸断崖、走壕沟、测弹坑，仔细观察记录真实的战场地貌，为改进驾驶教学内容积累资料，晚上到帐篷里与官兵座谈交流，逢人就探讨请教，笔记本上记得满满当当，掌握了"高强度连贯演练对坦克乘员体能、智能和技能的影响""野战条件下装备维护保养的难点"等课题的翔实数据。近年来，他围绕教学训练向实战聚焦、向部队靠拢多次深入调研，对改进教学内容提出了50条建议，其中30多条被基地和大队采纳。

张磊:"当好潜艇的耳朵和眼睛"

潜艇,现代军舰中最神秘的舰种,它靠隐蔽自己消灭敌人,被称为神出鬼没的"水下杀手"。而噪声是潜艇的致命弱点,因为在反潜技术飞速发展的今天,被发现就等于被消灭。

清晨6时,"啾——啾——"一阵"声呐敲击艇体声"准时响起,南部战区海军某潜艇基地声呐技师张磊应声从床上弹起,开始了一天的工作。

2019年7月的一天,跟记者刚见面,张磊就说起这个习惯:"把声呐的敲击声,设为手机铃声、起床的闹钟声,目的就是警醒自己:战争离我们很近,要时刻做好战斗准备!"

漆黑的深海中,一旦听到"啾——",就意味着敌人在头顶上盘旋,你有可能被发现……被称为"大洋杀手"的潜艇,出得去、藏得好是基础,打得赢是关键,而声呐就是这一切的基础。"声呐,是潜艇的耳朵和眼睛,声呐兵就是要在恰当的时间点,给艇长送上最需要的信息。"张磊说。

"潜艇航行在深海和大洋,我就是指挥员手中最锋利的剑!"自打入伍,张磊不改初心,坚守声呐战位23年,先后参与30多项重大任务,被评为"全军爱军精武标兵""海军十杰青年""海军技术能手""人民海军70周年突出贡献个人"。

埋首苦练,练就听音辨位的绝活

"伸手不见五指的深海中,潜艇航行、搜索、攻击等都离不开声呐!没有声呐,再先进的潜艇,都是聋子、瞎子。"当初老班长的话,让张磊备感肩上使命神圣、责任重大。

声呐专业难,难就难在要在噪声的"汪洋大海"之中,将隐匿其间的舰型,

第七章 刀锋战士

以及该型舰船的主机类型、转速、国籍、桨叶等数据准确无误地"揪出来"。

基本功,只能靠苦练,没有别的捷径。张磊守着录音机,没日没夜地练听音辨型。为了练习,他听坏了 3 台"磁带+CD"的双模录音机,直练得考核数据库中所有噪声目标都记得滚瓜烂熟。

"数据库中的目标,随你点!"张磊请战友帮忙点题考自己。

战友们惊呆了:张磊无一差错,平均每个目标耗时仅数秒,远远低于训练大纲规定的时限。凭着这手绝活,张磊连年获得听音比武第一名。

张磊对声音的敏感已经刻到骨子里。每次吃完饭,张磊都会早早地回到班里,眯着眼睛,听宿舍门前的脚步声,一个一个甄别过往的战友。

不过,张磊最敏感的还不是声音,装备才是他的"必杀技"。有一次,实射某新型战雷试验,所有人都捏着一把汗,搜索接敌的关键节点,声呐装备突然"停摆",警戒画面成了一条直线。张磊抄起万用表冲进设备舱,仅用 5 分钟:"××电源故障,换电源!"几分钟后,新型战雷呼啸而出,准确命中目标,舱内一片欢呼,指挥位置上的首长冲他竖起了大拇指。

这样的功夫是一滴滴汗水换来的。多年来,张磊参与实射了 100 多次水中武器,没有一次误判或丢失目标。

日积月累,在战场上精准判断

"这是海豚音,这是民用渔船,这是护卫舰""驱逐舰,汽轮机,××转/分"……听到数百个噪声目标,以最快速度判断出噪声目标的舰型、主机类型、转速,在基地官兵看来,张磊的字典里没有"不可能"。

一次,在一场"背靠背"潜舰对抗演练中,演练现场突然多出了一艘观摩舰,这让参练人员一筹莫展:"舰型相同、主机相同、转速相同、桨叶相同……一切都相同,这让潜艇声呐兵怎样断定哪个是攻击目标?"

千钧一发之际,只见张磊冷静地戴上听音耳机,双眼紧紧盯着声呐显示屏,指尖不停地在腿上敲击着信号。叠加杂乱的数十种信号声,无疑就像一个巨大的信号迷宫,在外人听起来,这些无规律的信号如同刺耳的噪声,此时的张磊却像

探秘"中国之极"

在听一首优美的乐曲。

忽然,张磊眼前一亮,他从纷繁复杂、瞬息万变的信号中"揪"出了有用信号,迅速锁定了目标,兴奋地说:"就是它!"鱼雷呼啸而出,精确命中目标……

一场漂亮仗的背后,是张磊20多年孜孜不倦、不懈努力的沉淀。日积月累的训练和一次次重大任务的锤炼,让他成为基地乃至海军、全军的"声呐专家"。

前不久的一次任务中,张磊突然发现扬声器中多出许多杂乱的"噼啪、噼啪"声,这一现象引起他的高度警觉。但随艇出海的专家检测后认为,声音是浅海声场环境影响所致,不属于设备故障。面对专家的意见,张磊主动找到专家们探讨分析,最后一直咨询至上级业务部门。后来,经厂家排查发现,是一条电缆内芯松脱自激造成的设备故障。排除故障后,专家们都对这名"兵专家"竖起了大拇指。

"战场上只有精准的判断,没有差不多。"张磊认为,工作中必须坚持高标准、严要求,没有"弹性"可言。

倾囊相授,善把绝招拿出来分享

"想学吗?我教你。"

2019年7月,在基地组织的基础技能比武中,张磊以绝对的优势摘得桂冠,但优势越大,他心里就越着急。

要培养出一名称职的声呐兵,至少要六年时间。作为基地声呐专业的领头人、教练员,张磊这些年一直在寻找破解声呐兵培养困局的路子。

"一人蹚一条路,不如众人一起朝着同一个方向开拓,把路走得更宽更深。"2015年,张磊转岗为声呐专业教练员,他用多年来积攒的笔记心得,结合上千天的出海经验,制作了40多套多媒体教程,首创"声呐警戒跟踪、识别判型"的海上训练模式……"是绝招就拿出来分享!"张磊任职教练员的两年多,基地声呐专业的训练水平整体上了一个大台阶。

装备的发展为声呐兵提供了许多辅助设备,为声呐兵判别目标属性提供了可靠依据。"我们更缺乏的是噪声素材和数据!"虽是士兵的身份,也要站在指挥

第七章 刀锋战士

员的高度上考虑问题。2017年,张磊再次回到声呐岗位。随着潜艇航迹不断向深蓝延伸,张磊遇到的新噪声越来越多。"针对敏感目标,我们听上千遍都很正常,有些声音我们一生都在听,但怕就怕在没听过。如果不能准确判别目标,潜艇指挥员怎敢出手?"

张磊分享的绝招不只是在听音判别上。潜艇降噪是世界级难题,张磊结合日常训练,提出对个别部位联结加固相关构件等方法,减少艇舯噪声,相关做法很快得到推广。

"信息战场,数据为王。每揭开一层迷雾,我们就多一分胜算。"战友们称张磊是潜艇"王牌",张磊微微一笑,"我只想当好潜艇的耳朵和眼睛!"

张国春：兵棋战场的生命之光

兵棋推演，是练兵现代战争的一场"革命"——运用信息技术从"多维棋盘"上学习战争，在虚拟战场空间追寻制胜之道。

张国春，国防大学信息作战与指挥训练教研部战役兵棋系统教研室原副主任，我军最早从事体系建模评估方面的专家，中国兵棋事业的拓荒者，"多维棋盘"建设的重要参与者。

2015年，就在我国首个实战化大型兵棋演习系统研发成功并运用于部队训练实践中时，年仅45岁的张国春不幸患上脑胶质母细胞瘤，倒在了钟爱一生的兵棋系统研发阵地上。

光之源："命为志存"植入骨髓

"最欣赏的格言——命为志存，最理想的职业——工程师。"在一本泛黄的毕业留言册上，记者看到了张国春亲笔写下的"梦"。

"从军报国！"1987年，黑龙江克东县高中毕业的张国春，以高出录取分数线44分的成绩，放弃地方重点大学，毅然决然报考了军队院校。1995年，他又来到国防大学，攻读硕士学位，毕业后留校任教。

2001年，张国春攻读博士研究生。他选择的军事运筹学是公认最难学的专业。留校后的张国春敏锐地察觉到体系问题、体系效能评估问题是未来本学科的发展方向。

2003年，美国兰德公司发布了两份报告，对陆军网络中心战和海军网络中心战提出了体系作战的思想。随后，张国春收集到美军为攻打伊拉克，专门在卡塔尔多哈利用兵棋系统进行战争推演的信息后，详细分析了当时世界兵棋推演的基本情况，成为当时全军对信息化模拟的最早解读者之一。不久，张国春以"体系效能评估研究"作为论文题目,开始研究和探索这种大系统的作战效能评估。

"这是个全新的课题,学术上可借鉴的成果很少。"张国春的博士生导师、兵棋系统总设计师胡晓峰说,当时这在国内外都比较前沿,起初担心张国春不能完成。但他走访了部队、院校和机关等数十家单位,抱来海量书籍研读,向专家登门求教……隔几个月,胡晓峰就会收到张国春刻好的光盘,都是他看的国外文献。

其间,张国春参与完成了我军第一个大型军事概念模型体系工程,使我国成为世界上能够全面完成大规模军事概念建模工程的少数几个国家之一。

2004年,张国春的博士论文顺利答辩,并完成了后来22万字的学科专著《体系对抗建模与仿真导论》,在针对信息化战争物理域、信息域、认知域特点的体系建模和对抗仿真方面,取得了很大进展。

国防大学信息作战与指挥训练教研部总工程师司光亚教授如是评价:"他在体系建模上是先驱者、开拓者之一,他10多年前的研究是创新,到现在也不落伍。"

光之刃:谱写出"棋"制胜战歌

2013年岁末,张国春进行第二次手术后,已经记不得妻子和女儿,甚至连自己的名字都无法记起,却依然没有忘记兵棋。

兵棋系统,也称"战争模拟系统",是一种运用计算机模拟实战环境和作战进程,实施战争推演的系统。它是推演战争的平台,"不经过流血而有效获得战争经验",无限接近真实战场的虚拟战场,被业界称为第0.99场战争。

早在20世纪80年代,美军就开发出兵棋系统,用于军队的演习训练和作战方案评估,所有作战行动都以兵棋推演作为支撑。可我军还在搞传统的作战模拟。2007年1月,全军首个大型计算机兵棋系统研发工程正式启动。这是解放军加快向信息化迈进的一项重大工程。

张国春的博士生导师胡晓峰任兵棋系统总设计师。张国春成为最早一批进入兵棋团队的技术骨干。

探秘"中国之极"

核心技术买不到,单纯模仿又走不远,依赖引进行不通,严酷的现实让张国春认识到,这块"硬骨头"比想象中还要难啃。

"我们就是要从观念和技术上全面打破国外'紧箍咒'。"没有理论借鉴,张国春通过艰苦探索,创造性提出了体系作战仿真的构想,实现了仿真技术与战争实践体系化融合的方法突破;没有现成技术,他对以往作战模拟模型进行脱胎换骨的改造,并取得多项原创性突破成果;没有数据积累,他就和同事们从一兵一车、一炮一弹开始,逐条逐项采集核对,为兵棋系统研发提供了基础支撑。

张国春和他的战友们突破一项项核心技术。作为主管设计师,张国春承担了兵棋3个重要系统的研发任务,一个是兵棋的引擎,犹如飞机、坦克的发动机一样,既重要,又复杂,极具挑战性。还有两个支撑兵棋实际运用的关键系统。作为兵棋系统的骨干力量,张国春研发的空军模拟系统,不仅在我军广受好评,还被翻译成英文、法文供外军学员使用。

经过7年,我军首个大型计算机兵棋系统研发成功。运用这一系统已培训我军高级指挥员上万人次;团队先后获得国家科技进步二等奖3项,军队科技进步一等奖4项,10余项重大技术突破达到国内领先、国际先进水平,团队被四总部授予"全军科技创新群体奖"。

光之影:正能量影响一大批人

"张国春是整个兵棋团队的典型代表,是一位有正能量的人,影响了一大批人。"司光亚回忆说。

作为最早加盟兵棋团队的成员,张国春在领导眼里,是能够解决棘手难题的先锋;在同事眼中,是能够带队打胜仗的生力军。凡有通宵解决问题的时候,他总是在场,被同事誉为兵棋团队的"定海神针"。

"国家花那么多钱搞兵棋系统,就是为了准确掌握第一手材料,假不得,也错不得!"为了获得某类作战武器的毁伤精确数据,张国春和战友们在计算机上需要做千余次试验。整整两个半月,他们与电脑上跳跃的数据曲线为伴。

在胡晓峰眼里,张国春是一个只需交代任务、不用督促检查的"踏实人"。

作为主管设计师，张国春要求团队成员对每一行代码、每一条字段都要按实战标准认真编写、严格校验。

"真没想到这位负责战略、战役层次指导的教授，对我们基层营连后装保障的了解也很多很深。"时任济南军区某师炮指部主任徐军智对张国春印象深刻：每天朝夕相处，张国春教授就像老大哥一样，讲解和传授兵棋系统知识。

站在指挥员的角度上，张国春改进了人机交互方式——"将打仗时指挥员最关心的数据情报，放在他最方便看到的地方"；从实战需求出发，他又进一步改进了系统的人机接口设计，细化了情报时效色彩分类标志，增加了有关新的作战模块……

当张国春了解到手术会影响到记忆时，他利用几天时间，将他负责的报告系统进行细致校验后，分门别类整理好交给战友。住院后，他忍着癌细胞吞噬躯体的剧痛，用颤抖的手写完两大本兵棋系统技术改进文档。

"要以明天的战争，设置今天的课堂。"张国春常常这样说。10多年来，他就像一块磁铁，吸引着青年才俊投身兵棋系统研发应用。王阔考入国防大学时，尽管张国春的身体已亮起了红灯，但他依然选择张国春作为导师。"导师是一座高山、一座丰碑，只能仰望。"王阔说。

吴孟超院士的肝胆春秋

一个人在 94 岁的时候，可以做些什么？

吴孟超院士在这样的高龄，依然每周亲自主刀多台高难度的肝胆手术，坐堂周二上午的专家门诊，主持着第二军医大学东方肝胆外科医院院长的日常事务，并亲自带教着多名研究生。

是什么力量，使这位年逾九旬的老科学家依然充溢如此的生机？

"朴素的报国心，伴随一生的选择。为人民服务，则是一生的信仰！"回想走过的人生路，从医 73 年、有着 60 年军龄和党龄的吴孟超告诉记者，"选择回国，我的理想有了深厚的土壤；选择从医，我的追求有了奋斗的平台；选择跟党走，我的人生有了崇高的信仰；选择参军，我的成长有了一所伟大的学校。"

在自己选择的路上，吴孟超老人执着地前行着。他说："即使有一天，倒在手术室里，也将是我一生最大的幸福！"

2016 年 5 月，记者跟随吴老，走进他的手术室，近距离感受他的幸福故事。

手中一把刀

"啪"，护士递来的手术刀，与他的手掌轻轻相击。

5 月 26 日上午，东方肝胆外科医院 6 号手术室。又一次，老人伸向血肉深处，剥离、阻断、切除，双手取出肿瘤，缓缓托起。这一刻，一个 5×6 厘米大小的肿瘤被分离出肝脏。整台手术操作沉稳笃定，动作熟练灵活。若非亲眼见证，记者很难相信，此时，这位 94 岁高龄的老人在手术台前已经整整站立了一个多小时。而这，是老人工作的常态。

吴孟超走路从容而矫健，说话思路清晰，声音洪亮，握手时还很有力量。

记者发现，这是一双白皙、修长的手，不颤不曲，灵巧有力。唯有右手食指

第七章 刀锋战士

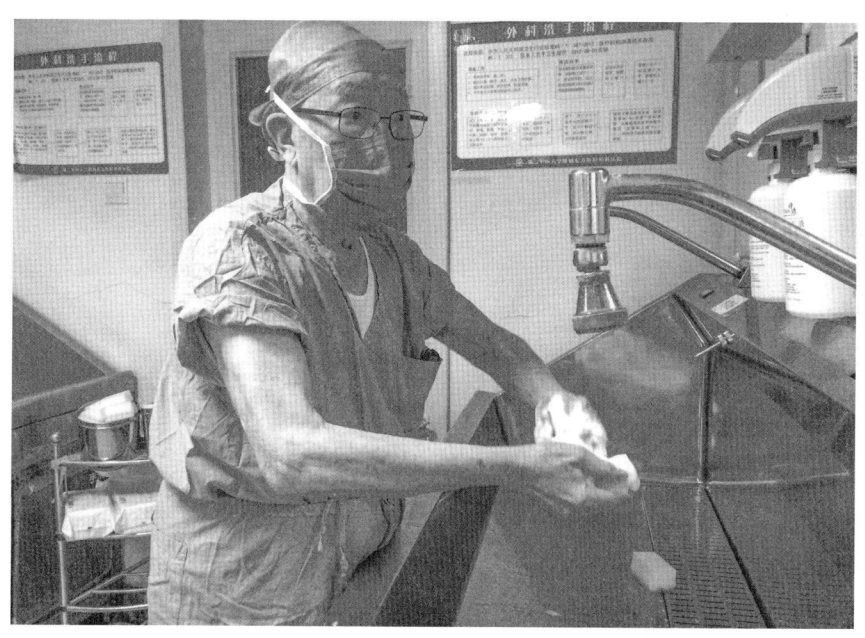

吴老在做术前准备（倪光辉/摄）

指尖微微向内侧弯，那是常年握止血钳的结果。

这双手曾在马来西亚割过橡胶，曾在抗战烽火中为建筑大师梁思成描过图。也正是这双手，在肝脏的方寸之地破译生命密码，创造了中国肝胆外科的无数个第一，把近 1.5 万名病人拉出了生命的绝境。

一场手术，生死之间。参与手术的医生、肝外二科主任王葵说，吴老平时态度温和，但一站在手术台上自然就会流露出一种威严，紧握手术刀的双手有力又坚定。

从拿起手术刀，吴孟超就从来没有放下，至今仍保持着年平均 200 台的手术量。手中一把刀，游刃肝胆，94 岁高龄依然精准无误。吴老说："我现在的身体情况，自己还能坚持。我的锻炼是看病、查房、看门诊，时间用在看病上，我高兴。"

"吴院士是我们的精神领袖，很多医生护士面对苦和累时，想想吴老专注的神态，自己也会打起精神加倍努力工作！"王葵说。

探秘"中国之极"

心里一团火

1922年8月,吴孟超出生于福建闽清一贫苦农户家。5岁时他跟随母亲来到马来西亚投奔前期过来打工赚钱的父亲。在马来西亚,幼年吴孟超一边帮父亲割橡胶一边读书。

吴孟超就读的光华学校,是华侨创办的。孙中山亲自题写校名,并写下校训"求知求义最重实践,做人做事全凭真诚"。

1936年,吴孟超升入本校初中。他自己做主,把名字由"孟秋"改为"孟超"。这是从他内心发出的第一个渴望自强的信号。那时,从国内来了一位新校长,他经常给学生讲国内的形势。1936年的光华学校校长像一盏灯,点亮了初中生吴孟超的心,在他心里装进了一个"祖国"。1937年,抗日战争爆发。中国共产党的抗日主张和英勇作战的事迹,成为马来西亚华侨们的热议话题。

初中毕业,按照当地习俗,校方和家长是要出资让毕业生聚餐一次的。当钱收齐之后,身为班长的吴孟超建议,把聚餐的钱捐给祖国正在浴血抗战的前方将士。建议立刻得到全班同学的拥护,于是一份以"北婆罗洲萨拉瓦国第二省诗巫光华初级中学1939届全体毕业生"名义的抗日捐款,通过爱国人士陈嘉庚的传递,送往抗日根据地延安。令所有人都没有想到的是,在毕业典礼时,学校收到了八路军总部以毛泽东、朱德的名义发来的感谢电。校长和老师激动万分,立即把电文抄成大字报贴在公告栏上,这件事引起了全校的轰动。

受到这次事件的鼓舞,1940年,18岁的吴孟超和6名同学相约回国抗日。到达云南后,他们一时去不了延安,留在昆明求学。他后来师从被誉为"中国外科之父"的裘法祖院士。

"是党让人民看到中国的希望,是毛泽东和朱德为我们捐钱给延安的事专门回信,坚定了我为党奋斗终身的决心。"吴孟超沉浸在无尽的感慨之中。从回到祖国的那一天起,从目睹解放上海的大军露宿街头的那一刻起,他已为自己的忠诚、自己的挚爱找到了扎根一生的土壤。心中一团火,守着誓言,从未熄灭。

1949年新中国成立时,同济大学毕业的吴孟超成为第二军医大的前身华东军区医院的住院医生。从那时起,他就申请入党。此后年年写申请。直到1956

第七章 刀锋战士

年，吴孟超迎来人生最为重要的一年，他称之为"三喜临门"：参军、入党，还成为一名主治医生。

身上一股气

"在实践中始终坚持共产党人的理想信念，忠实践行全心全意为人民服务的宗旨，为党的事业忘我工作。这才是一名合格的共产党员。"

吴孟超是这么说，也是这样做的。他牢牢记得，在入医学院之初，恩师裘法祖就讲过这样一句话："医术有高有低，医德最是要紧。"

"病人生病已经非常不幸了，为了治病他们可能已经花光了家里的钱，有的还负债累累。作为医生，一定要设身处地为病人着想，替病人算账。"这是吴孟超对年轻医生说得最多的话。

王葵告诉记者，平时，吴老总是反复强调，要求医生在保证疗效的前提下，哪种药便宜用哪种。在为病人做检查时，如果B超能解决问题，他绝不会让病人去做CT或者核磁共振检查。

吴孟超创立的"吴氏刀法"对待肿瘤"快、准、狠"，对病人则是"慢、拙、仁"。

"你是哪里人，家里有几口人？"面对千里迢迢前来求医的病人，他总是会先跟病人聊聊家常，让病人消除紧张的情绪。冬天的时候，他会先把手焐热，再去触碰病人的腹部做检查；检查时顺手拉上屏风，检查完后顺手掖好被角，并弯腰将鞋子摆放好……吴老不经意间的动作，常常感动患者。

"我现在94岁了，攻克肝癌，在我这辈子大概还实现不了，我要培养更多人才，把这个平台铺好，让以后的人继续往前走。"吴孟超白眉微动，动情地说。

吴孟超亲手带过的徒弟已是第4代了，仅培养的博士研究生和博士后研究人员就有70多名，绝大多数已成为我国肝脏外科的中坚力量。他常对学生说：看病是人文医学，一定要关心病人，爱护病人，热情接待病人，"医学是一门以心灵温暖心灵的科学"。

蓝天"金孔雀"余旭

手握舵杆,俯冲,转弯,跃升,歼-10冲上云霄,翻腾高空,完成规定动作后,驾驶飞机安全着落……这是歼-10首批女飞行员余旭一次次完成荣耀飞行的剪影。

然而在2016年11月12日,这个在八一飞行表演队里有着"金孔雀"美誉的美丽姑娘却永远地离开了我们。空军发布消息:余旭在飞行训练时不幸牺牲。

"致敬英雄!一路走好!""愿你在另一片星河里飞翔"……余旭实现了把全部的青春和热情献给蓝天的誓言,她瘦小的身体中蕴藏的强大力量,诠释着歼击机女飞行员们对祖国蓝天的忠诚使命与责任担当,她直冲云霄的身姿永远被天空铭记,被人民铭记,被祖国铭记!

蓝天巾帼英雄余旭,是中国培养的首批歼击机女飞行员,是首位驾驶歼-10飞上蓝天的女飞行员。余旭1986年出生于四川崇州,2005年9月入伍,先后飞过4种机型,两次荣立三等功。2016年11月12日在飞行训练中不幸牺牲。余旭被批准为革命烈士。

飞行是生命的书签

余旭的百科页面现在已经变成了灰白色,在她的介绍栏中,添上了"烈士"一词,看上去庄严肃穆,却又触目惊心。

作为中国首位驾驶歼-10战斗机的女飞行员,余旭在训练中不幸牺牲的事早已传遍世界各地,获悉者无不扼腕叹息。海外华人、国际友人和外国空军同行纷纷表达了悲痛之情,新西兰、意大利、巴基斯坦、英国等国家的空军先后致函中国空军外事部门,向她致以沉痛哀悼。网友也在第一时间成立了余旭贴吧,缅怀这位巾帼英雄。"从来就没有什么岁月静好,只是有人为我们负重前行!""天堂

第七章 刀锋战士

里你依旧是最美飞行员。""没有她,哪有天空的安宁?"……到目前为止,为余旭网上灵堂"献花"的网友已达千万人。

年仅 30 岁的余旭,19 岁即成为飞行员,把 1/3 的生命献给了中国空军,献给了蔚蓝的天空。有人曾说,优秀的飞行员从不畏惧将生命定格在巍巍苍穹,但对余旭来说,来得实在太早了!

最后一条朋友圈信息

"人民空军! 67 岁生日快乐!"这是余旭在出事前一天发的朋友圈信息,也是她人生中的最后一条朋友圈信息。5 天后,余旭的悼念仪式在空军航空兵某师举行,黑底白字的挽联写着:"雷霆玫瑰流芳千古,余辉旭日光芒永驻。"

意外发生得猝不及防。2016 年 11 月 12 日,看似无比寻常的一天,上午余旭像往常一样与战友在天津市武清区进行飞行训练,其间事故陡生,飞机朝着河北省玉田县方向坠落。长机男飞行员跳伞成功,余旭却在弹射过程中撞上了僚机(编队飞行中跟随长机执行任务的飞机)副翼,不幸牺牲。

收到噩耗的刘应华无比震惊,他是一位军旅摄影家,也是余旭的老乡,曾两次为余旭拍摄照片,2016 年 11 月初刚在珠海航展上见过她。"我完全无法相信,感觉就像昨天才见完面,今天怎么突然就没了呢?"在与记者的交谈中,刘应华数度哽咽,叹息不断。在他的镜头中,余旭飘逸潇洒,乌黑亮丽的头发甩动起来风采十足。"那次见面时我还想,以后要给她制作一本画册,哪知道那竟是最后一面!"刘应华的语气里满是悔恨和遗憾。

亲朋好友更是难以接受余旭牺牲的事实,因为就在此前一天,余旭还联系好友余颖,请她的爱人朱先生帮自己准备礼物,她要带给北京的战友。出事的当天下午,朋友们反复用微信联系余旭,却得不到任何回应,他们这才意识到事情可能是真的。消息被证实后,朱先生发了一条朋友圈:"妹妹一路走好,家里还有姐姐和姐夫照顾父母,你在那边放心好了,不要担心父母。你为祖国国防事业牺牲,剩下的事交给姐姐和姐夫。"

记者获悉,出事当晚,余旭的父母连夜赶往天津,在拒绝了部队安排的宾馆

后,两人来到女儿的宿舍,在余旭的床上生生坐了一夜、哭了一夜。14日清晨,两位老人拖着一只行李箱来到事发地。一个二三十米长、数米深的大坑,清冷地遗留在空旷的田地里,那是余旭所驾驶的战斗机坠毁后形成的。老人在坑前打开行李箱,里面全是余旭的衣服和生前喜爱的玩偶娃娃。按照老家习俗,他们将这些物品逐个放入坑内焚烧,每一件烧前都先在怀里抱一抱,仿佛抱的是女儿。

在采访中,余旭母亲含泪说:"这份事业是她所热爱的,是她从小的梦想。她实现了自己的梦想,她无悔,我们也就无憾了。"在巨大的悲痛中,余旭的父母还为女儿上缴了最后的1万元党费。

"我要一直飞下去"

2005年,经中央军委批准,中国空军首次招收歼击机女飞行员。经过万里挑一的筛选,19岁的余旭成为新中国空军第8批女飞行员。2009年,中国首批16名歼击机女飞行员以全优成绩完成学业,正式编入作战部队,余旭是其中一员。同年,她驾驶着战斗机,出现在国庆60周年大典的空中分列式中,飞越天安门广场。

为了冲上云霄,余旭几乎放弃了所有业余时间,全心投入飞行训练中。记者曾在她的工作日记上看到这样的句子:"不管每次训练多么辛苦,我好像从来没有真正退缩过。我觉得青春是无悔的。"

众所周知,飞行员的选拔标准极为严苛,不论是体能训练还是心理压力,非常人所能承受,而女飞行员的选拔培养则更是难上加难:八大关口、几十项标准,每一项都是艰巨挑战,没有顽强的毅力和超人的胆识,根本不可能飞上蓝天。然而这些,余旭都扛过来了。

100米蛙跳、3000米长跑、无止境的滚轮旋转;战机座舱的仪表参数、功能、位置要烂熟于心;起落飞行的短暂时间内,近千个操纵动作和程序要精准完成;理论不过关淘汰,技能不过关淘汰,反应速度慢淘汰……这就是余旭每天都要面对的挑战。

"真的挺难的,晚上回到宿舍躺在床上,感觉身体都不是自己的了。"余旭曾经这样对记者小小地"吐槽"。那次见面是 2015 年,在抗战胜利 70 周年阅兵训练基地。"想上蓝天真不容易啊!"对记者说出这句话时,她的眼圈都红了。在成为女飞行学员的第一个月里,她就意识到自己选择的路绝不轻松。3000 米长跑是每天必训的项目。"我很难受,从来没有跑过那么远。"冬天训练完哈口气,围巾就会结冰。"我几乎受不了那种冷,腿跑得不听使唤。"但最终,余旭还是咬牙坚持下来了。

记者曾亲历飞行员的选拔测试,一场训练下来,吐的吐、昏的昏、放弃的放弃,仅有极个别能勉强坚持。在种种挑战甚至"折磨"下,余旭却感到充实:"当我们很辛苦地投入飞行事业时,别人可能很享受地过自己的生活。有时心里也挺羡慕,但只是瞬间的感觉。我们选择的生活方式不一样,追求的东西也不一样。"

杜文彪是空政文工团原政委,他回忆说:"在部队当飞行员,待遇与民航飞行员差很多,我问过余旭:'想一直这么飞下去吗,要不要转行去当民航飞行员?'"余旭回答:"歼击机飞行员是一项崇高的事业,有无上的光荣与自豪。我喜欢蓝天,喜欢驾驶歼击机的感觉,那种感觉很自由、很酷。再说,国家花大力气培养我,我要一直飞下去。"

凭着努力和韧劲,余旭创造了历史。2012 年 7 月 29 日,她驾驶歼-10 战斗机起飞,成为中国首位驾驶该机型的女飞行员。两年后她再创纪录,在 2014 年珠海航展上,成为中国首批驾驶歼击机进行公开特技表演的女飞行员之一。空军新闻发言人申进科说:"目前能飞三代战机的女飞行员,中国仅有 4 名。"余旭是其中之一。

对于艰苦和磨炼,余旭写过这样一段话:"每个人的青春乐章中,总会留下动人的旋律和音符。我期待在飞行之路上能多添几笔,把每一笔都当作书签,收藏在我生命中的每一页。"

"没事,我搞得定"

余旭家庭条件并不好。她的父亲一直在外面打零工,有时也当泥水匠。母亲

探秘"中国之极"

则做家政服务,给别人干家务。平时在家的只有外公外婆。由于训练繁忙,余旭格外珍惜亲情,外公外婆也一直将她看作家庭的顶梁柱。

得知外孙女牺牲的消息后,外婆周建英已经因悲痛过度病倒在床,茶饭不进,每天摸着身上的红色棉衣以泪洗面。

"这衣服是外孙女买的。"她哭着说,还有家中角落里摆放的洗衣机,"是全自动的,她怕我冬天洗衣服把手冻坏。"外公胡明康则反复摩挲着外孙女留给他的签名照,摇头叹气:"怎么走得那么早?"他身上穿的大衣、戴的帽子、喝的茶叶,也都是外孙女买的。

家人回忆,余旭从小就懂事而独立。上小学的时候,从家里到学校要走两公里多的路,很多孩子坐三轮车,但余旭每次都走路,舍不得花钱,中午饭也走回家吃。刘应华对记者说:"余旭一直节俭、不娇气,出了名也很低调。我没见她穿过名牌,也没见她乱花过钱,这在老乡圈子里都知道。"

工作后,为了不让家人担心,余旭向来报喜不报忧。"她总是大大咧咧地说:'没事,我搞得定。'"胡明康回忆道。没到现场看过外孙女的表演是两位老人最大的遗憾,但已经永远无法弥补了。

余旭牺牲后,她的微信自拍头像在网上流传开来。照片中,她嘴里含着一朵洁白的栀子花,轻轻闭着眼,风格恬静安然,与驾驶战机时意气风发的她截然不同,也正应了泰戈尔那句箴言:"生如夏花之绚烂,死如秋叶之静美。"

第七章　刀锋战士

> 探访手记

壮阔海天见证不朽青春

军人的牺牲，是为了更多人的安宁和幸福。在我们的身边，这样的奉献和牺牲一直都在。

"永远的'金孔雀'一路走好""愿你在另一片星河里飞翔"……在人民空军67岁生日的第二天，空军八一飞行表演队女飞行员、我国首位歼-10女飞行员余旭在飞行训练中不幸牺牲。震惊、哀恸、惋惜，人们追念英雄，感怀于中国女飞行员群体在万里长空展现的使命担当，向所有为国奉献、英勇捐躯的勇士深深致敬。

因为工作的关系，记者与余旭有两面之缘。2014年11月第10届中国航展上，包括余旭在内的八一飞行表演队"蓝天四姐妹"，以炫丽的"空中芭蕾"领舞珠海航展。站在眼前的余旭，身材瘦小，却十分精神，一双眸子闪着晶莹的光。这位飞行女英雄出生于1986年，当时已是空军八一飞行表演队中队长，23岁时参加了国庆60周年阅兵，26岁驾驶中国自主研发的三代战机首次单飞。

第二次采访，是在2015年纪念抗战胜利70周年阅兵前的空军训练基地。"真的挺难的，每天的3000米长跑、大强度的滚轮旋转……晚上回到宿舍躺在床上，感觉身体都不是自己的了。"那天的采访是在训练之后，余旭也小小吐槽了一下。

歼击机是超音速飞行，机动性能之强，技术难度之大，常人难以想象。与男性相比，驾驶歼击机对女性身体、心理素质和操作技能等方面提出了更加严峻的挑战。作为中国空军历史最悠久的特技飞行表演队，八一队的飞行员们均从空军精英飞行员中选拔而来，平均飞行小时数都在1300小时以上。

探秘"中国之极"

飞行是勇敢者的事业。飞行员选拔培养标准严格,战机座舱的仪表参数、功能、位置要熟记于心;5分钟的起落飞行,有近千个操纵动作和程序,需要丝毫不差地完成。理论不过关淘汰,技能不过关淘汰,反应速度慢淘汰……面对各种挑战,必须有顽强的毅力和超人的胆识。

在余旭之前,也有飞行员在训练中不幸牺牲。海军航空兵学院飞行教员姜涛和飞行学员鲁朋飞,在一次飞行训练中,面对突发重大险情,果断驾机成功避开人口密集区域后,终因高度过低处置时间短促,无法跳伞,壮烈牺牲;李剑英,有着22年飞行生涯的优秀飞行员,发动机空中停车,为了保护人民群众生命和国家财产,他先后3次放弃了跳伞逃生机会,壮烈牺牲。

就在数月前,我还采访了这样一位英雄的事迹,他就是海军飞行员张超。2016年4月27日,他在驾驶舰载战斗机进行陆基模拟着舰接地时,突发电传故障。危急关头,他尽最大努力保护战机,推杆无效、被迫跳伞,坠地受重伤,经抢救无效壮烈牺牲,29岁的生命定格在壮阔海天。

确保飞行安全,是世界各国空军的共同追求。随着使命任务的增加,空军实战化训练强度增大,坚持从难从严训练,对于飞行员来说,各种危险自然难以预料。在真正的战场上,任何情况都可能发生,只有对战机自身条件了解清楚,才能更好地发挥出战斗力。飞行的每一个新动作的实施成功,都是一次飞跃。在追求突破中,一线飞行员能更直观地感觉到飞机可能存在的问题,为以后的训练和实战提供宝贵的经验。

军人的牺牲,是为了更多人的安宁和幸福。在我们的身边,这样的奉献和牺牲一直都在。对于陌生人来说,他们或许就是一个名字。对于他们的家人,他们却是儿女,是父母,是丈夫和妻子。他们用自己的牺牲,换来摇篮里甜蜜的酣睡,校园中琅琅的读书声，田野上五谷丰登的飘香，工厂里机器马达的轰鸣。他们的名字将铭刻在共和国的丰碑上，铭刻在千千万万人的心里。

这次"遭遇战"，我们怎么写余旭

"军事记者如同战士，要多打胜仗，少打败仗，不打无准备之仗。"余旭的报道就是一场猝不及防的"遭遇战"。

2016年11月12日，在出差途中看见微信朋友圈刷屏的余旭牺牲的消息。第一时间与空军新闻发言人申进科联系妥当。当时觉得，人民日报的军事报道应及时发声，抢占舆论制高点，在突发事件的舆论场中表达党报的关切与态度。

11月14日，《人民日报》以大篇幅报道：头版《致敬！蓝天"金孔雀"》，并在政治版头条刊发《最美的青春在蓝天绽放》，图文并茂。凭借自己两次采访余旭的独家经历，我撰写了评论版头条《壮阔海天见证不朽青春》。人民日报客户端、微博微信也及时跟进《在我们身边这样的牺牲一直都在》，人民日报政文公众号还在11月20日余旭安葬的日子，抓住新闻时点，再送英雄一程。专门为《环球人物》杂志量身定做了报道，聚焦折翼的"孔雀"。

作为人民日报的军事报道记者，这一事件中我们该做些什么？

首先，还原事情的真相，帮忙不添乱。"战机发生事故，一死一伤，"这一消息在社交媒体和朋友圈引爆。到底是怎么回事？通过官方渠道得到证实，余旭在飞行训练中不幸牺牲。人们追忆余旭，震惊、哀恸、惋惜，根据舆情反馈和各渠道因素，我们迅速做出判断。这个事件应该关注，要早做准备。

其次，做出基本的判断后，怎么报道余旭？落脚点在哪里？在训练中牺牲本身就是英雄。余旭是谁？大家对她的印象停留在八一飞行表演队女飞行员、在国内外重大航展上有过精彩表现。

探秘"中国之极"

"天上是女汉子,地上是女孩子",她所代表的女飞行员是怎么炼成的?我们以自己的方式向英雄致敬,通过对余旭的追怀,报道她所在的中国女飞行员群体在长空万里中展现的使命担当。

最后,报道事件时必须体现专业记者的专业素质和精神。飞行表演的本质,是飞行训练,是对飞机性能的追求、对人体和飞行极限的挑战。飞行表演是一国空军人才素养、装备性能、训练水平等各项指标的直观体现,有助于发掘人与装备的潜能,提高作战实力。用战斗机做飞行表演,足以看出这些国家在设计飞行表演时充分接近实战。这是大国空军的风采和尊严。

还要厘清一个问题。为表演而牺牲值得吗?面对网络上的部分杂音,有必要进行情况说明和科学的解释,对中国飞行员们以忠诚使命的责任与担当、践行对祖国和人民立下的誓言致敬,鲜明地表明了尊重军人的态度,有力回击某些不当言论,以正视听。"我们就是要引导舆论尊重和尊敬军人的牺牲与奉献。"作为一名军事报道记者要多到一线采访,一定要注重平日里的积累,很多时候你不仅是记录者,还可能就是事件的见证者和参与者。

"报道余旭的通讯充满了温情和担当!"有读者这样评价。通过重温余旭短暂人生的一段段华美乐章,以余旭生前在工作日记中写下的话串起全文,对女飞行员群体的刻画,在温情脉脉的行文中展现余旭和女飞行员群体对飞行事业的忠诚热爱与责任担当。

在14日见报当天,空军新闻发言人申进科来电表示:感谢人民日报对余旭的关注,此次对余旭不幸牺牲的迅速反应、真情报道和定纷止争的评论,形成合力,表达了人民日报军事报道的新闻担当与新闻敏感,发出了人民日报对英雄的致敬。

掩卷长思,凝视"金孔雀"自信坚强的笑容,我心里坦荡了,以我们的方式向英雄致敬,做到了我们该做的。

"飞鲨"英雄张超

化作海天一"飞鲨"

苍茫海空,辽宁舰劈波斩浪,一架架"飞鲨"战机陆续临空、绕舰、着舰。这意味着,新一批中国航母舰载战斗机飞行员将诞生!

然而,本已做好充足准备、具有绝对实力的一位"飞鲨"英雄缺席了。他叫张超,海军某舰载航空兵部队一级飞行员。

2016年4月27日,张超在驾驶舰载战斗机进行陆基模拟着舰接地时,战机突发电传故障,危急关头,他果断处置,尽最大努力保住战机,推杆无效、被迫跳伞,坠地受重伤,经抢救无效壮烈牺牲。

张超是为我国航母舰载机事业牺牲的第一位英烈。在壮阔海天绚烂绽放的生命之花,永远定格在了29岁的青春。

生命最后的4.4秒,折射其一生的报国梦想

4月27日12时59分,连续完成两架次海上超低空飞行后的张超,驾驶战机执行当天最后一个架次飞行任务。当他近乎完美地操纵飞机精准着陆时,飞行教员已经开始在心里点赞,这意味着他们又顺利完成一天的飞行任务。

然而,谁也没有料到,已经接地的飞机突报"电传故障"。电传故障,是歼-15飞机最高等级的故障,一旦发生,意味着飞机失去控制。不到2秒,机头急速大幅上仰,飞机瞬间离地,机头超过80度仰角。所有人的心都揪了起来。"跳伞!跳伞!"飞行指挥员对着无线电大喊。几乎同时,火箭弹射座椅穿破座舱盖,"砰"的一声射向空中……

正在塔台商议第二天飞行计划的舰载航空兵部队长戴明盟、时任团长张叶马上往外冲,朝张超落地的方向狂奔。由于弹射高度太低,角度不好,主伞无法打

探秘"中国之极"

开,座椅也没有分离,从空中重重落下,在草地上砸出一道深深的痕迹。此时的张超脸色发青,嘴角有血迹,表情十分痛苦。救护人员赶到了,张超被紧急送往医院。

20多分钟的路程,张叶从未觉得如此漫长。"团长,我是不是要死了,再也飞不了了……"张叶没想到,这句话竟成了张超最后的告别。15时08分,一颗年轻的心脏永远停止了跳动。彩超检查显示,在巨大的撞击中,腹腔内脏击穿张超的胸膈肌,全部挤进了胸腔,心脏、肝脏、脾、肺严重受损。

"战机在张超的心里,比生命更重要!"现场视频和飞参数据清楚地显示,在飞机出现大仰角时,张超做出的第一反应竟是把操纵杆推到头,他想保住飞机,却错过了最佳跳伞时机。"从12时59分11.6秒发现故障到59分16秒跳伞,整个过程仅用了4.4秒,张超娴熟地完成了一系列动作,堪称优秀的战机飞行员。"戴明盟说,张超肯定知道,歼-15飞机系统高度集成,发生电传故障,第一时间跳伞才是最佳选择。生死关头,张超却做出了一个"最不应该"的选择……

张超1986年8月出生在湖南岳阳的一个农民家庭。大家庭里有10多名党员,大舅当过20年兵,从小耳濡目染党的信念宗旨、听舅舅讲战斗故事,他的胸膛里早就激荡着一股英雄气,从军报国的理想在他心里深深扎下了根。

2003年9月,空军到张超就读的岳阳七中招飞行员,张超欣喜若狂。因其3个哥哥少年时先后淹死、病亡,张超是家里的"独苗",家人劝他"别去当飞行员,这职业太危险",但张超还是第一个报名应征。2004年9月,张超顺利通过层层考核选拔,成为当年全校唯一的飞行学员。

进入航校后,张超不知疲倦地学习、训练。两年下来,理论功课门门优秀,训练成绩项项满分。航校毕业时,学校提出留他任教,他坚决要去作战部队,要去"海空卫士"王伟生前所在的海军航空兵某团。

他在日记中写道:"飞行不仅是勇敢者的事业,更是我的使命所系、价值所在!"

第七章 刀锋战士

从零追赶，敢做不畏挑战的"飞鲨"英雄

2012年11月23日，万众瞩目中，首飞试飞员戴明盟驾着"战鹰"成功实现了中国舰载机在自己的航母上成功起降。从这一刻开始，张超梦想深处再次荡起涟漪。

随着航母事业的发展，要在三代机部队遴选舰载战斗机飞行员的消息，搅乱了张超平静的心。一个崭新的"舰载梦"在张超心底萌生了。"要干就干最难的，要飞就飞舰载机！"张超第一个递交了申请表。

2015年3月，张超以优异成绩被选拔进入舰载机部队，正式投身舰载飞行事业，成为中国海军中最年轻的舰载战斗机飞行员。

此前的张超是部队公认的飞行尖子，先后飞过多型战机，参加过西沙驻训等10多次重大演习演练。曾数十次带弹紧急起飞，次次都出色完成任务。在某飞行团，他改装二代机第一个放单飞，改装三代机比计划提前4个月完成，和战友们一道创造了海军三代机改装多项新纪录。

然而，从陆基到舰基，并不只是简简单单的一字之差，更意味着一切归零。

"有本事，就是要素质过硬、能打胜仗"，这是张超挂在嘴边的一句话。他是这么说的，更是这么做的。

张超是海军超常规培养的舰载机飞行员之一，而同班其他飞行员在两年前就开始了培训。为了赶上进度，张超用近乎疯狂的状态学习钻研，夜以继日逐项攻关。他经常利用周末和休息时间给自己加量，把自己"绑"在模拟器上训练，就连睡觉时室友都常听他念叨上舰飞行口诀，他的模拟器飞行时间超过大纲规定近3倍。对战机座舱内上百个飞行仪表和电门，他能"一摸准""一口清"，每次飞行几百个操纵动作和程序记得丝毫不差，近百个空中特情处置方案倒背如流……

陆基模拟着舰训练中期，张超进入着舰技术反复期，技术状态时好时坏，训练成绩徘徊不前。为突破技术瓶颈，每飞完一个架次，张超都会不停地向教员请教自己飞行中存在的问题；每个飞行日讲评，他总是第一个请着舰指挥官分析自己动作的偏差，不搞懂弄通决不罢休。

张叶回忆说："张超牺牲了很多休息时间，平时很少外出，都是在房间、在

探秘"中国之极"

模拟器上加班补课。"付出终有回报,张超训练水平稳步提升,飞行技术日臻完美,所有课目全部优等,在班里训练综合成绩名列前茅。

既是一座精神丰碑,更是一块前进路标

"他是为'飞鲨'而生,为'飞鲨'而死的!等上舰的时候,我要带着张超的徽章,让他陪我们一起见证,成为真正的舰载战斗机飞行员!"团参谋长徐英告诉记者。

遗体火化那天,全团飞行员去殡仪馆送张超最后一程。看到张超仍然佩戴着二级飞行等级标志,其实他在今年3月就被评定为一级飞行员,因训练紧张还没来得及换发。徐英摘下自己的一级飞行员标志,端端正正地戴在张超胸前。战友们把张超的二级飞行员标志珍藏起来,表示"要带着这枚胸标一起飞上航母,完成张超未尽的心愿"。

在战友眼里,张超是一个完美主义者。他大胆地飞、科学地飞、安全地飞,飞行技战术水平跨越式提升。训练之外,他还善于总结。张超把自己改装的经验体会写成论文发表在团里《尾钩》舰载飞行杂志上,为后续改装的舰载机飞行员提供借鉴,这期杂志也成为全团每名飞行员的珍藏。

"诚实守纪,是飞行员宝贵的品质。"戴明盟介绍说,飞行讲评非常严苛,都是直指问题,但有些问题如果飞行员自己不说,别人未必知道。在一次驾驶教练机起飞后,张超忘记把起落手柄复原。这个小失误,短期内虽不会造成直接严重后果,但时间一长容易使电门失效,最终导致起落架放不下来等灾难性后果。飞行讲评会上,张超主动说出自己的错误,虽换来一顿严肃的批评,但他觉得很值得,警醒了自己,也提醒了其他人。

使命召唤、时不我待。距离驾驶"飞鲨"上舰的梦想越近,张超浑身越有使不完的劲。从4月初开始,张超在紧张的飞行训练之余,把全部精力都用在整理经验、收集资料、编写教范上,只用了20多天就整理出视频资料200余份、心得体会2万余字,丰富了舰载飞行的"资料库"。

张超的电脑里,保存着一份歼-15飞机实际使用武器的教学法。"今后,每一个学习歼-15飞机武器使用的飞行员,都会记住张超的名字。"副团长孙宝嵩表示,这套教学法凝聚着心血,体现着担当,弥足珍贵,成了张超为航母部队战斗力生成贡献的最后一份力量。

"张超既是一座精神丰碑,更是一块前进路标。航母事业是一项全新的事业,未来考验还很多、要走的路还很长,但我们一定会朝着尽快形成航母战斗力的既定目标,毫不动摇、毫不畏惧,勇于探索、勇敢前行!"戴明盟说。

2016年6月16日,渤海湾畔,一架架歼-15飞机再次展翅海天间。

矢志舰载事业,甘洒热血驰骋长空;献身碧海蓝天,千秋浩气永垂英名。魂归海天,英雄不死!

探秘"中国之极"

探访手记

今天,我们如何讲好英雄的故事

"一个有希望的民族不能没有英雄",习近平主席曾在多个场合表达对英雄的崇敬之情。从习主席到我们普通人,每个人心中都有一个英雄梦。

媒体报道的典型人物,实际上就是新时代我们身边的英雄。如何塑造英雄形象、报道英雄事迹,号召全社会铭记英雄、崇尚英雄、捍卫英雄、学习英雄、关爱英雄,是党中央机关报工作者义不容辞的使命和责任。

2016年4月27日,12时59分12—16秒。生死一瞬,29岁的海军歼-15舰载机飞行员张超,毅然选择"推杆"挽救飞机,放弃了第一时间跳伞,壮烈牺牲。一个英雄,横空出世!

2016年7月中下旬,我接到宣传报道张超烈士的任务。这是党的十八大以来习近平主席批示的第一个军队个人全国重大典型。四五天实地采访这位折翼海天的飞鲨英雄后,《人民日报》刊发消息《"飞鲨"英雄 魂系海天》(2016年8月1日头版头条)及"时代先锋"栏目通讯《化作海天一"飞鲨"》《"飞鲨"是怎样炼成的》《"飞鲨"英雄情亦真》。报道推出后,受到了读者和媒体同行的广泛好评,被称赞是"近年来军队典型宣传难得的精品力作"。

于我而言,采访这个英雄的战友和家人,是需要勇气的。他本有完美的家庭,有一个和我女儿同岁的女儿,很多场景感同身受。"悲壮,是一种独特的感受:心绪哀伤,但意气激昂!"几天的实地采访,让我感受到,要想感动读者首先感动自己,只有写

第七章　刀锋战士

出伟大背后的平凡，写出英雄成长的大时代，才能更好地呈现英雄、理解英雄，才能增强英雄之于普通人的代入感和感召力。

在今天，我们该如何讲好英雄的故事？

平凡入手，让英雄食人间烟火

生死一念之间，选择国为重己为轻——张超是当之无愧的英雄。他最终倒在离梦想咫尺之遥的地方，只剩下最后7个飞行架次，他就能"飞"上航母辽宁舰。即便这样，他也足够"高大上"——这个天生的优秀飞行员，飞过8个机型，一年完成2型三代机改装。他驾驶歼-8巡逻西沙，驾驶歼-11B南海战备值班，驾驶歼-15舰载机着舰飞行技能有口皆碑。

然而，我们宣传张超，仅仅是为了呈现这些吗？悲壮、"高大上"，就能让读者理解认同英雄，进而生发出感动的力量吗？英雄并不需要有意为之的"神化"，从平凡入手，让"食人间烟火"的英雄走近读者，从而让英雄可感可触。正如一首歌所唱：平凡的人们给人最多的感动。平凡，让很多年轻人找到了代入感。真实是新闻的生命，不刻意拔高，还原真实人物，触摸真实场景，才能写出典型人物的人性。

细节着眼，让英雄形象饱满

采访中，当我去发掘张超过硬事迹的更多细节时，张超的领导、战友以及家人在一次次与我对话交流中提供了大量张超生活中的细节和回忆片段。这就像打开了一道闸门，深深吸引着我们，也感动着我、冲击着我。

比如说，他和同龄人一样，喜欢在微信里秀恩爱、秀女儿，喜欢分享心灵鸡汤；他喜欢打篮球，喜欢自己的偶像；张超是如此的爱笑，以至于所有的采访对象，都反复描述他那灿烂如阳光

探秘"中国之极"

的微笑;探亲回家他给战友们带家乡的茶叶;张超父亲确认张超牺牲后的表情和语言;妻子张亚与张超微信交流——这些片段,拼接"复活"了英雄的另一面:一个平凡、鲜活的张超。那一刻,仿佛推开了一扇窗,我们意识到,这位英雄,离我们并不遥远,就在你我身边。

点面结合,让英雄不再孤单

4.4秒的悲壮瞬间,12年的飞行生涯……张超29岁的生命中每一次人生选择,都与这个时代密不可分。张超的成长,是一代人的成长。时代在张超身上留下印记。张超的牺牲奉献,是整个舰载机飞行员的牺牲奉献。这是一群勇敢的人——他们有着和张超一样的梦想,有着和他一样的家国情怀。张超的牺牲,没有让他们胆怯,反而让他们更团结、更执着、更勇敢。他们为了早一天让航母形成作战能力,继续飞行……历史终将记住这群英雄。他们,有一个共同的名字:中国第一代舰载战斗机飞行员。

舰载机飞行员的风险系数是航天员的5倍、普通飞行员的20倍;世界上飞行员数以万计,而现役舰载机飞行员只有2000余人,如果没有玩命的勇气,没有拎着脑袋干事业的劲头,当不了一名舰载机飞行员。每一次飞行都是一次战斗冲锋,每一次升空都是一次生死考验。"飞鲨"英雄张超,赓续优良传统,擦亮精神底色,代表的是新一代革命军人的样子。

英雄就在身边,英雄可亲可学。做好军队重大典型人物报道,我们要运用好几点辩证法——

首先,高与低的关系。典型是"高富美",行文要"接地气"。

曾几何时,"高大全"式的典型人物让读者望而却步,越是事迹过硬,越是被提炼得过于纯粹。"大而全""高大上",容易让受众产生与典型人物的距离感,与宣传预期背道而驰,从某种程度上削弱了典型宣传的效果。

"脚底板下出新闻""新闻七分采、三分写""脚上沾满多少泥土,心中就沉淀多少真情"……"走下去"才能抓到活新闻,"沉下去"才能写出好稿子。记者必须沉到基层军营一线,对准基层官兵,着力讲好"有思想、有温度、有品质"的故事。"接地气"才会有人气,才能讲好新时代的强军故事,为广大官兵积极投身强军实践灌注正能量。

其次,大与小的关系。聚焦重大典型,要发掘最有表现力的小细节。

拍不出好照片,因为离战争不够近,写不出好看的细节,因为采访得不够深。典型是拥有光环的,然而拉腔作势的赞叹已然不合时宜,润物无声的细节故事,才更容易打动人。

全国和全军重大先进集体或个人典型,事迹非常过硬,闪耀着时代光芒,经得起时间和历史的检验。要想让典型立得住、叫得响,最重要的就是通过大量深入细致的采访,发掘出最有表现力的典型细节。

细节成就伟大。这些细节着眼点虽小,但反映的往往是人物的性格特征和情感变化,突出的常常是故事的主题,提升了人物形象。典型事件的选择,鲜活场面的刻画和细节描写,都应该为突出表现这一人物个性服务。"如果是我看这篇文章,我想了解什么。"写作时要常这样问自己。表现典型要靠事实细节说话,要讲好故事,事一定要看得见、摸得着。

最后,点与面的关系。从个人对接群体、对接时代,让英雄可爱可敬。

英雄是时代的符号。任何时代都离不开英雄,英雄也总是应时而生。认识英雄,不能离开他所处的时代。离开了时代的讲述,英雄必然是虚空的。从狼牙山五壮士到邱少云,从雷锋到李向群,到如今的张国春、张超……那些打动我们的英雄身上,无不跳动着时代最动人的音符。那些书写英雄的成功范例,无不紧扣着时代的脉搏。文章欣赏见仁见智,但有一条,深入人心的就是好的。

"因为可感可触,他的成长与梦想如此真实可信;因为可感可触,他的牺牲与付出如此令人扼腕痛惜;因为可感可触,他传递的力量如此动人澎湃。"正如一位网友所说,打通了英雄与读者的距离,才能让英雄的故事可信、可敬、可亲,宣传报道才能真正深入人心,学习英雄才能在社会上蔚然成风。

中央电视台焦点访谈：
深入其中，用心用情

（2019年5月13日）

（编导：刘琳）

今年是新中国成立70周年，怎样展现伟大成就、讲好中国故事，怎样描绘新时代、迎接新未来，是宣传思想工作者的职责和使命，也是践行"四力"要求的主战场。"壮丽70年，奋斗新时代"大型主题采访活动3月28日在西柏坡启动以来，记者们翻高山、过荒漠、进老区、访边疆，用实际行动增强脚力、眼力、脑力、笔力，创作了一大批富有感染力、影响力的新闻作品。

……

另一个默默无闻的群体，70年的坚守同样应该被铭记。

人民日报记者倪光辉：

"现在，我们在海拔4200米以上的红其拉甫边防连。红其拉甫边防连的巡逻分队借助边民的牦牛分队将走向一个巡逻点位。

"我经常走边防，身体平时还是可以的，在平地上还算是健步如飞。但在红其拉甫，我们从连队走到这个河谷，应该是两三百米的距离，我就觉得特别喘。采访的时间很短暂，行走的距离也很短，记者立马就感觉到身体的不适，那么边关战士常年在那个地方坚守，做出的这种牺牲和奉献，生活在城市的人是难以想象的。"（同期声）

记者所跟随巡逻的红其拉甫边防连担负着中巴边境线近100公里的守防任务，最高巡逻点海拔超过5800米。因为高原的地理条件和气候恶劣，他们边防巡逻都得借助牦牛，来回得十几小时。

探秘"中国之极"

"他们这些人就守在这里,像钢钉一样守在祖国的边防线上,用自己的脚步来丈量我们祖国的轮廓,保卫祖国的安宁。一名老士官在红其拉甫坚守了十几年,老士官跟我握手的时候,我就看到他手上的指甲,不是脱落的,就是翘起来的,而且因为高原病,他的皮肤、嘴唇都是紫色的。"

国不可一日无防,边关哨所都是在边境线和海岸线,在高原,在雪山,在海岛,在荒漠,都是最艰苦的地方。边防战士的坚守和奉献打动了倪光辉。他在常规报道之外,每年自己走访边防部队,了解战士们的故事。

"他们(边防战士)从来没有后悔过,他们说得更多的就是,到了这个地方就是自己的责任,这种使命非常神圣,能在边关见证祖国的强大,觉得祖国的发展有他们在边疆贡献了自己的力量,他们非常自豪。有一句话说,哪有什么岁月静好,只不过是因为有人在负重前行。每次走边关,对这句话的感受是最深的。这些边关将士在高光之外,不光所在环境条件艰苦,而且要忍受孤独和寂寞。把更多的目光关注到这些70年来一直默默无闻、为祖国和人民的安宁奉献着自己青春的边关将士,这样一群人才是我们更应该用镜头、笔墨着重描写的。"

附 录

中央人民广播电台《新闻和报纸摘要》：
记者践行"四力"体验新征程上人民的奋斗精神

（2019年5月9日）

央广网北京5月9日消息（记者**李行健**） 据中国之声《新闻和报纸摘要》报道，"壮丽70年·奋斗新时代"大型主题采访报道启动以来，全国各媒体记者深入革命圣地、偏远乡村、工程现场等进行蹲点调研采访，充分体验新征程上人民的奋斗精神，报道新中国成立70年来的光辉历程、伟大成就、宝贵经验。

"脚力、眼力、脑力、笔力"——在践行"四力"的蹲点采访中，"脚力"是对记者们的第一道考验。

……

倪光辉：现在是在海拔4200米以上的红其拉甫边防连。我们现在跟随采访的是红其拉甫边防连的巡逻分队。

人民日报记者倪光辉多次赴祖国最远端采访边关战士，他说，常走边关，才更懂得家与国。

倪光辉：最好的作品是要带着很深刻的感情，感同身受，有感而发，倾其心血而完成。这样的作品才会以真情动人，这也是我们作为记者的追求。

此次系列报道，倪光辉还将赴西沙中建岛，蹲点采访驻守南海的"天涯哨兵"。

倪光辉：要和海岛上的官兵们深入采访交流，亲身感受他们驻守海岛的酸甜苦辣，我希望把他们背后的故事挖掘出来。

 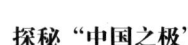

中央电视台新闻联播：
温情记录时代 担当不辱使命

（2017年2月20日）

党的新闻舆论座谈会提出，要加快培养造就一支政治坚定、业务精湛、作风优良、党和人民放心的新闻舆论工作队伍。一年来，广大新闻舆论工作者牢记职责使命，俯下身，沉下心，说实话、动真情，推出了一批有思想、有温度、有品质的作品，展现了忠诚敬业、勇于创新的时代风采。

2016年纪念红军长征胜利80周年，人民日报、新华社等中央单位的记者用长征精神、创新手法，书写新篇章。中央电视台长征"信仰的力量"报道以跨越时空的意象，展现了无数英烈用流血牺牲换来的美丽中国。"历史回响"系列采访红军后代，追忆父辈用生命走出征途的感人故事。人民日报40多名记者沿着长征路线，历时3个多月，寻访红军种子部队的身影，发回近200篇采访报道。

人民日报记者倪光辉："重走长征路，我们走过很多地方，如红军井、红军桥、红军村，当时出发的这些红军战士可能比我们现在的记者年纪都要小。他们这一路就是从这个地方跋山涉水，要克服很多的艰难险苦。这对我们每个参与者、每个采访者都是一种精神的洗礼。"

附 录

讲好中国故事　传递中国声音
——新闻舆论战线工作者群像扫描之一

（2017年2月18日）

新华社北京2月18日电（记者胡浩、李亚红、王思北）他们记录时代风云，他们捍卫社会道义，他们始终牢记自己是党的新闻舆论工作者。

习近平总书记在党的新闻舆论工作座谈会上的重要讲话，为广大新闻舆论工作者指明了努力方向，提供了根本遵循。一年来，他们以更加饱满的热情讲述中国故事，凝聚中国力量，传播中国思想，弘扬中国主张，展现中国风采。

讲好中国故事，首先要传承中国精神。

在重走长征路的采访中，人民日报社政文部军事室主编倪光辉用近1个月时间，行程1万多公里，沿着乌江沿岸，踏访当年红军走过的土地。为寻访到突破乌江取得决定性胜利的老虎洞，倪光辉和同事们钻入密布的灌木丛，登上了渡口崖壁500米高的老虎洞。

"习近平总书记在'2·19'讲话中指出，新闻舆论宣传要高举旗帜、引领导向，要成风化人、凝心聚力。战争烽烟虽已消散，但是长征精神依然需要宣扬传承。"倪光辉说，"旗帜引领航向，精神穿越时空。作为记者，我要坚定理想信念，勤勉工作，用手中的笔、镜头和心中的爱记录时代变迁以及人民对美好生活的向往追求，走好新时代的长征路。"

在风云变幻的历史进程中保持政治定力，始终以正确的舆论引导人，唱响主旋律，传播正能量，是党的新闻舆论工作者始终遵循的初心。

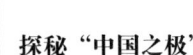

探秘"中国之极"

随战舰远航、随潜艇下海、随战车冲锋、随战鹰飞翔
——什么也不说，祖国知道我

倪光辉

我是人民日报的一名军事报道记者。

今天，和大家分享几段不同的"战斗"故事。

（一）

潜艇在深海里潜行，会遇到什么？

汪家友，一名潜艇长。去年5月，我在南海之滨的军港见到他时，首先问他："上次的事情会经常发生吗？"他很认真地说："深海潜行没人知道会发生什么。只有练好本领，才能化险为夷！"

怀着好奇而忐忑的心情，我开始了一次海底之旅。

潜艇舱门只容得下一个人进入。关闭后，一种压迫感袭来，突然"嗡"的一声耳鸣起来，这耳鸣随后几天再也没停止过。舱内空间狭窄，到处都是线路管道和仪表设备。在一个舱室里，不到2米的高度横着3层铺位。官兵们要睡觉只能手脚并用钻进去，为了节省空间，有些床位甚至安排在鱼雷架上。

因为工作要求，舱室之间的温差有三四十摄氏度：有的穿背心短裤仍然大汗淋漓，有的披着棉大衣还冷得发抖。

水面航行1小时后，潜艇晃动得厉害了。"下潜了！"我顿时感觉天旋地转，好像自己被装进铁罐，抛入深不可测的大海。

这里没有白天黑夜，艇员们只能看着挂钟来判定时间。空气、水、阳光这在陆地上习以为常的生命三要素，在这里竟成了昂贵的"奢侈品"。淡水极为宝贵。每人每天用水量仅1升，相当于两瓶矿泉水。高湿、高噪声、高污染环境，莫说完成任务，能在艇里待住就是奉献。而潜艇官兵一待要数十天。

在深夜休息的时候，汪家友告诉我，第一次远航，老班长就提醒他，出发前要给家人写上几句话。"这，不就是遗书吗？！"等我回过神来，心跳突然加快了。在他的抽屉里，一直保存着写给家人的那份"遗书"。

因为使命特殊，潜艇兵总是默默地离开，悄悄地回来。出航就是出征，下潜就是去战斗。这是悄无声息的战斗，默默付出，从没有鲜花和掌声。

（二）

还有另一种战斗叫：主动出击，勇于担当。

2012年我第一次跟随海军远洋出海，航行3800海里，历经15个日夜。海上行军的第一考验就是晕船。我很快向大海交了"学费"，而且一吐就是四天。李伟，导弹护卫舰的机电长，动力系统总管，他告诉我："有人曾在远航中一天之内呕吐数十次。忍下来，就习惯了。"

航行中，我们遭遇8级风浪。强烈的颠簸让我把眼镜也撞坏了。遇到涌浪大的夜晚，几乎一夜未眠。听说，在这个时候战士们都用腰带将自己绑在床杆上，我也努力尝试了几次，终究无法安稳入睡。大海无风三尺浪，何况这是太平洋。

在靠近钓鱼岛海域时，日本显得焦躁不安，派出舰船和飞机轮番对我们跟踪锁定。真实的"战斗警报"第一次在耳边响起！我拿出相机冒险拍下了这样几张照片。排除一切干扰后，中国海军编队在我国固有领土海域开始巡航。到现在我还能清楚地记得，遥望钓鱼岛，许多官兵默默敬下人生中最神圣的一次军礼。而那一刻，我的眼眶湿润了。守卫蓝色国土，我在现场！

在这艘国产最新型的战舰上，我看到了不少90后官兵，他们充满朝气和自信。经历风浪，才能练出精兵。也正是这次远航，中国海军正式对外宣告，远海训练实现了常态化。

（三）

这张和俄罗斯士兵的合影，拍摄于2013年中俄联合军事演习中。

探秘"中国之极"

那是两国迄今最大规模的陆地联合反恐军演。两天的实兵演练充满了硝烟,为了更真实地体验,我跟在中国军人的身后冲锋,听着炮弹在身后炸响。右下的照片,是一位记者抓拍的,我躲在联合指挥所的坑道,将观察到的点点滴滴第一时间发回报社。在演习结束的间隙,我采访了俄罗斯士兵,他竖起大拇指,连连称赞:"中国军人,好样的!"

实际上,"走出去"的中国军队越来越有底气。仅在2015年,实战化演练,全军就已进行了近百场。刚从演兵场归来的一位军人这样说:"只有军人自信了、军队硬气了,国家才更有底气。"军队有军队的使命,军人有军人的担当。敢打必胜,这是时代的召唤,更彰显了中国军人的荣光!

(四)

我采访过这样的平凡英雄,给了我深深的震撼。

驻守在海拔5418米的新疆军区河尾滩边防连,巡逻时经常干粮就着冰雪下肚。狂风暴雪和高原反应一度把新兵折腾出幻觉,指着雪花硬说是满天的乌鸦。即使这样,这群"离星星最近的兵",依然像界碑一样挺立在那里……

战场上为国捐躯、马革裹尸是军人的最高荣誉,那么,和平年代忧军备战、为国奉献就是军人的核心价值。"我站立的地方,是中国!"共和国军人用行动书写了震撼人心的答案,牺牲只是军人最大的付出,胜利终将是他们最高的荣誉。

军人对家庭,往往是心怀愧疚的。作为常年行走在军营的记者,我也一样。因为有些军事报道的特殊性,我不得不对家人"讳莫如深"。面对家人的疑问,我只能借用军人的回答:"不要问我在哪里,问我也不能告诉你。"

因多次参加军演,我的右耳被枪炮声震得持续耳鸣。经医生检测,确诊为神经性耳聋,800分贝以上永久性失聪。跟随部队在高原和海上演练,皮肤反复多次被晒破了皮。到天津爆炸核心区采访,因缺少防护而引发低烧……

虽然身体受到创伤,但内心充满了激情。与军人的奉献相比,这些付出又算得了什么呢?

（五）

军人的冲锋不止，军事报道记者的脚步不能停。

从数百米海底到上万米高空，从塞北大漠到南沙岛礁……为讲好新一代革命军人的故事，我随潜艇下海、随战舰远航、随战车冲锋、随战鹰飞翔。

跟随军人的脚步，奔忙演兵场1200天，我采写了200万字的文章，拍摄了数千幅照片。

常有人问我，和平年代军人的价值在哪里？作为一名军事报道记者，就是要用手中的笔纸和镜头，讲好中国军人的故事，传递中国军队的声音。

"什么也不说，祖国知道我！"这是我的职责，更是我的使命。

（本文为2015年全国"好记者讲好故事"大赛讲稿）

后记

本书付梓的时候，我的内心还有很多不舍，似乎写了不少故事，似乎还有更多的故事没有写出来。

作为军事报道记者，很多采访经历让人难忘。为了尽早奔赴玉树地震灾区，我乘坐没装座位的空军伊尔-76运输机，尽管牢牢抓住救灾物资，还是被气流颠得上蹿下跳；为了讲好海军陆战队首次寒训的故事，我跟随部队千里奔袭东北极寒之地，零下30℃多爬冰卧雪，戴着厚厚的手套，依然满手冻疮……2012年第一次跟随海军远洋出海，航行3800海里历经15个日夜，遭遇8级风浪，连续呕吐4天。为了睡觉，硬是用腰带将自己绑在床栏杆上。在靠近钓鱼岛海域时，某国舰船飞机轮番对我们跟踪锁定，真实的"战斗警报"第一次在耳边响起……但所有的这些难忘经历，对官兵来说就是每天的日常。

这些年，在采访中见到不少呕心沥血、以命相许的共和国卫士，他们有着不一样的青春故事——

虽被癌魔吞噬记忆，但直到生命最后始终忘不了兵棋系统的国防大学教授张国春；愿做一粒礁盘沙而忠诚守护、付出生命的南沙守备部队原气象工程师李永强；驻守平均海拔4800米、含氧量不足内地50%的冰峰雪岭，缺氧不缺精神的西藏军区岗巴边防营；在大洋潜航时遭遇最危险的"断崖"掉深，依然冷静应对化险凯旋的372潜艇官兵英雄群体；牺牲在边疆哨位上的"执勤能手"李影超；空军首个双料"金头盔"获得者蒋佳冀；被中央军委授予"英雄潜水员"称号、获评第五届全国道德模范的官东……我钦佩他们，与雪山、雄鹰、大漠、深海、怒涛凝视，我尊崇他们，更珍惜与他们的不期而遇，时常回味与他们的对话，让人一下子好像触摸到了灵魂的高度，对国与家、得与失、苦与乐、取与舍等诸多

站在祖国西陲的界碑旁,家国情怀愈加浓厚。

倪光辉(左一)深入一线采访(许必成/摄)

探秘"中国之极"

倪光辉在西太平洋上向报社传稿

选择有了全新的理解。

　　最忠诚的守候,在最遥远的天边;最强大的国防,在每个人的心里!感谢每一个陪伴我走边关、上海岛、上高原的同行者,感谢各相关部队的官兵,特别是宣传干事,为我讲述边关故事,给我收集提供资料,让我更全面地了解每一个边关的历史。感谢人民日报社政治文化部的领导和同事,支持我这些年走访边关一线,以一名党中央机关报工作者的身份去了解、宣扬和培塑我们的家国情怀。对所有在我采写过程中给予过帮助和支持的同事、家人与朋友,表示衷心的感谢!

2020 年 10 月于金台园